이승훈의 문학탐색

시와세계 기획

이승훈의 문학탐색

The Literary Search of Lee Seung-Hoon

푸른사상

이강怡江 이승훈의 문학세계를 집중적으로 조명하고 정리하기 위해 《시와 세계》에서는 『이승훈의 문학탐색』을 기획한다. 그는 1962년 4월 《현대문학》에 시 「낮」 외 1편, 8월 「바다」 외 1편, 1963년 4월 「눈보라」 외 1편이 추천되어 문단 활동을 시작한다. 1960년대 모더니즘을 표방한 《현대시》 동인으로 활동하고 그동안 시집 『사물A』, 『당신의 방』, 『이것은 시가 아니다』 등 시선, 전집을 포함해 시집 20권, 시론집 『시론』, 『모더니즘 시론』, 『포스트모더니즘 시론』, 『한국모더니즘시사』 등 시론집 28권을 포함해 57권의 저서를 펴냈다.

그는 자타가 공인하는 현대 한국 모더니즘 시인이자 시 이론가이다. 그가 45년 동안 한결같이 추구한 모더니즘의 세계는 한 마디로 새로움, 현대성, 전위성이고 그것은 초기의 모더니즘, 중기의 해체주의와 포스트모더니즘, 후기의 禪불교적 사유로 요약된다. 그의 시와 시론이 강조하는 것은 끊임없는 실험정신과 모험정신이고 한 마디로 부정성이다. 그런 점에서 그는 우리 시단에선 고독한 개성이다.

이 책은 이런 개성, 고독, 절망을 새롭게 조명하는 데 목적이 있다.

사실 이승훈은 처음부터 이런 기획에 반대했고 그는 최근에 더욱 자신
이 쓴 시나 시론이나 모두 쓰레기라고 모두 버려야 한다고 말한다. 그
러니까 45년 동안 그는 자아도 버리고 시도 버리고 시론도 버리기 위
해 시를 쓰고 시에 대해 사유한 것 같다.

중요한 것은 이런 사유에 이르기까지 그가 싸운 고독, 불안, 광기,
공포이다. 그는 언제나 혼자였고 지금도 혼자이고 앞으로도 혼자일 것
이다. 혼자가 아니고 어떻게 문학을 할 것인가? 우리가 그에게서 배우
는 메시지다. 언제 미칠지도 모른다는 불안 속에서 진정한 시가 태어
나고 진정한 사유가 가능하다. 이런 불안과 싸우며 마침내 그가 도달
한 곳은 사유의 영도이고 영도의 사유이다. 이런 사유가 앞으로 어떻
게 시와 시론으로 드러날지는 아무도 모른다.

이 책은 저자가 없지만 자전 에세이, 대표시, 대표 시론이 수록되
기 때문에 이승훈이 저자일 수도 있고 한편 그의 시와 시론에 대한
글을 쓴 평론가들이 저자일 수도 있고 이 책을 기획한 《시와 세계》 기
획위원이 저자일 수도 있다. 아무튼 시력 45년의 세계를 집중적으로

조명하기란 말처럼 쉽지 않고 이 책에서는 크게 5부로 나누어 살피기로 한다. 1부는 자전적 에세이와 대표적인 대담, 특히 고교시절의 시가 돋보인다. 2부는 《시와 세계》 주간인 송준영 시인이 선정하고 해설한 대표시를 시기별로 수록하고 3부는 이승훈의 시와 시론에 대한 대표적인 평론들을 모았다. 4부는 동료, 후배, 제자가 본 이승훈의 삶, 5부에는 대표 시론을 수록한다. 좀 더 많은 글을 싣지 못한 것이 아쉽다.

2007. 10
「이승훈의 문학탐색」 추친위원회

● 기획의 말 5

제1부 이승훈 시력 45년

제2부 이승훈 시선

– 선정 · 해설 • 송준영

제3부 이승훈의 시세계

이승훈 시력 45년

1. 나의 시 나의 삶

이승훈

1.

　내가 태어난 곳은 강원도 춘천시 소양로 2가 60번지이다. 그러나 이 한 줄을 쓰고 갑자기 글이 막힌다. 어째서 글이 막히는 것일까? 아마 이런 글이 주는 억압 때문일 것이다. 나는 이런 글을 쓸 자신이 없다. 감추고 싶은 것도 많고 모르는 것도 많기 때문이다. 자전적 에세이라지만 글은 과거를 재현할 수 없고 도대체 과거가 있는지도 모르겠고, 이 과거가 있다면 지금 내 기억 속에 있을 것이고, 나는 내 기억을 신뢰할 수 없다. 그리고 무엇보다 언어가 문제이다. 언어는 사물의 현존을 재현하는 게 아니라 부재를 대신하고, 더욱 과거는 지금 여기 없기 때문에 과거에 대해 글을 쓴다는 것은 부재의 부재에 대해 글을 쓴다는 것이고 이런 글쓰기는 얼마나 두려운가?

　과거에 대해 쓴다지만 나는 내가 살아온 과거를 잡을 수 없고 볼 수 없고, 과거의 현존에 대해 말할 수 없고, 오직 기호라는, 언어라는, 글이라는 우회로를 통해 가까스로 접근할 뿐이다. 이런 의미에서 글은, 기호는, 언어는 나의 과거에 닿는 게 아니라 나의 과거를 다시 구성하고, 나의 과거를 연기하고 나의 과거와 차이가 난다. 따라서 지금 쓰는 글(언제 어디서 어떻게 끝내야 할지 모르는)은 나의 과거가 아니라 나의 과거에 대한 차연이고 흔적이고, 사실 나의 과거가 있는 게 아니라 현재 내가 쓰는, 쓰면서 생각하는, 회상하는, 기억하는 삶들의 잔재, 흔적, 상흔이 있을 뿐이다. 이 흔적들이 나를 구성한다. 과거가 나를 구성하는 게 아니라 내가 과거를 구성하고 언어가 나를 구성한다.

나는 1942년 11월 8일 강원도 춘천시 소양로 2가 60번지에서 태어난다. 호적에는 소양로 2가 60번지로 되어 있지만 사실 내가 태어난 곳은 춘천시 낙원동 금강병원 외가이다. 외조부는 일제 시대 경성의전을 졸업하고 고향에서 병원을 경영하신다. 해방이 되자 제헌의원을 지내시고 자유당 시절 강원도 도지사를 지내신다. 그후 농림부 장관, 4·19 때는 다시 국회의원을 지내신 분이다. 외조부에 대한 기억은 분명하지만 이상하게도 조부에 대한 기억은 거의 없다. 아마 내가 태어나던 무렵 타계하신 것 같고, 조부의 모습은 어린 시절 신남 큰집에서 지내던 제사 때 병풍 앞에 놓였던 사진의 인상이 전부다. 사진 속의 조부는 한복에 수염을 기르신 전형적인 선비 풍이었다. 조부는 원래 함경도에 사셨고 해방 전 충청도 청주 지역(연안 이씨가 많이 살았다고 함)으로 식솔을 끌고 내려가시다가 경기도 가평에 자리를 잡으신다. 선조들이 함경도에 산 이유에 대해서는 지금도 잘 모르겠고 조부는 그후 독학으로 경기도 가평에서 한약방을 경영하신다.

어머니는 외조부의 장녀로 어려서부터 병약하셨고, 결혼 전에는 주

로 소설을 읽으며 행복하게 나날을 보내지만 어린 시절 앓던 귀의 악
화로 그후 작은 소리를 잘 못 듣게 되신다. 아버지는 춘천 고보를 졸
업하고 평양 의전 중퇴 후 외조부 병원에 취직을 하신다. 어머니와의
인연은 이렇게 맺어진다. 내 위로는 누이가 있고, 나와 누이의 나이
차이는 한 살, 연년생이다.

　내가 태어난 11월 8일은 음력으로 10월 초하루에 해당하고, 절기로
는 입동立冬, 겨울이 시작되는 날이다. 그러므로 나는 추위와 함께 태
어났고, 이 추위가 내 정신의 고향이 될 줄은 몰랐다. 내가 태어난 해
는 말해壬午이고 초하루는 말날午日에 해당하고, 내가 태어난 새벽 네
시, 좀더 정확하게 말하면 새벽 세 시에서 다섯 시까지는 인시寅時에
해당한다. 어머니 말씀은 내가 태어날 때 눈이 내렸다고 한다. 태어난
해와 날이 인이므로 내 팔자에는 말 두 마리가 있고, 시간이 인시이므
로 내 팔자에는 호랑이 한 마리가 있다. 말도 고독하고 호랑이도 고독
하다.

　말은 지성, 빛, 활력을 암시하지만 풀밭에 서 있는 말은 고독하고,
나는 천생이 활력과는 거리가 멀고, 호랑이는 사자가 아니다. 호랑이
는 어둠 속에서 사물을 바라보기 때문에 땅에 속하지만 한편 호랑이
는 태양과 달 양쪽에 속하고 창조자이며 동시에 파괴자라는 양면성을
지닌다. 그러나 깊은 산 속 호랑이는 고독하다. 요컨대 내 팔자에는
고孤가 있고, 그러나 내 별자리는 전갈좌이고 나는 소음少陰 체질이
다. 그러므로 우울하고 고독하고 어둡지만 이 놈의 고독이 독을 품고
있는가? 소음 체질이기 때문에 KBS TV 연속극 〈이제마〉를 본 게 아
니라 내가 소음인 것은 그동안 나 스스로 터득한 지식이다. 밀가루 음
식을 먹으면 고생이고 고기도 아무 것이나 잘 못 먹고 술도 맥주만 마

시지만 카스를 마시면 고생이다. 카스도 소음 체질과 관계가 있는지, 조선 시대 명의인 이제마에게 물어볼 수도 없고 아무튼 체질도 문제고, 갑자기 피로가 몰려와 더 이상 글을 쓰기 어렵다. 그러나 쓴다.

나는 낙원동 외가에서 태어났지만 그곳에 대한 기억은 하나도 없다. 아버지는 결혼 후 강원도 홍천군 화촌면으로 자리를 옮기신다. 홍천에서 인제 방향 버스로 한 20분 거리. 도로변 작은 병원을 차리고 공의로 의사 생활을 시작하신다. 그러나 내가 아버지를 알고 어머니를 알고, 말하자면 흰 가운을 입고 병원에 앉아 계신 분이 아버지라는 것을 알고 작은 키에 아름다운 여인(어머니는 미모이셨다)이 어머니라는 것을 안 건 여섯 살 때 바람이 불던 늦가을 저녁이었다. 아버지를 안 건 일곱 살 때 봄이었던가?

가을 저녁 마을 사람들은 밤나무에서 밤을 따고 있었다. 나를 아는 분이 밤을 싸준 것 같고 나는 집으로 뛰어 갔다. 대문을 열고 안으로 들어갔지만 아무도 없었고, 부엌에서 작은 여인이 아궁이에 불을 때고 있었다. 그때 내가 한 말이 이 세상에 태어나 처음으로 한 말이다. 그때 나는 어머니에게 춥다고 긴 바지를 달라고 한 것 같다. 나는 짧은 여름 바지를 입고 있었다. 하필이면 왜 이런 말을 했을까? 내가 태어나 처음으로 어머니를 알고 어머니에게 한 말이 춥다는 것은 무엇을 의미하는가? 사실 나는 춥게 살았다. 어린 시절에도 그랬고 나이가 들어서도 그랬고 지금도 그렇다. 여름에도 춥고 여름에는 더 춥다. 팔자라면 팔자다. 누가 알랴? 추위는 고독이고 고독은 분리이고 분리는 불안이다. 불안은 이미 거기 있었다.

일곱 살 때 어느 봄날 친구도 없던 나는 신작로 건너 혼자 산으로 갔고 태어나 처음으로 거기서 꽃을 보았다. 진달래였다. 그러나 그때는 이름을 몰랐을 것이다. 아무튼 꽃 몇 송이를 꺾어 들고 집으로 돌아 왔다. 그때 아버지가 병원에서 나오시더니 혼자 산에 갔다고 회초리로 종아리를 때리신 기억이 난다. 내가 아버지를 안 건 그때이고 아버지는 그후 계속 어렵고 무서운 공포의 대상이었다.

나는 초등학교 입학에 대한 기억이 없다. 어머니 손을 잡고 교문을 들어서던 기억도 없고 새로운 학교 생활에 들뜨던 기억도 없다. 지금도 생각나는 건 어느 날 갑자기 아이들이 많은 교실에 내가 앉아 있고, 아이들은 큰 소리로 무언가를 외우고 있고, 아무튼 모두가 낯선 곳에 내가 말없이 공포에 질려 앉아 있었던 풍경이다. 아이들이 두렵기만 했다. 도대체 어떻게 된 것인가? 그후 알게 된 것이지만 아버지는 친구도 없이 혼자 길가에 나가 놀던 나를 일곱 살 때 그것도 한 학기 지나 학교에 넣은 것이다. 아마 그때는 이런 일이 가능했던 모양이다. 아무튼 나는 일곱 살 때 그것도 한 학기가 지나 초등학교 생활을 시작하고, 그때부터 낯선 것에 대한 공포가 생기고, 지금도 낯선 것에 대한 공포는 계속되고, 내가 여행을 싫어하는 것도 낯선 것에 대한 공포 때문이다.

그러나 내 팔자는 이상하게도 계속 낯선 것과의 만남을 강요하고, 난 계속 낯선 것들에 시달리고, 초등학교 2학년 때 6·25가 터진다. 청주, 대구, 부산으로 떠돌던 피난 생활. 수복 후 원주에서 보낸 초등학교 생활. 모두가 낯설었고 낯선 것들은 예기치 않은 순간에 찾아온다. 하도 이사를 자주 해서 친구도 없고 전학이 잦아 학교 생활에 적응하기도 어렵고 밖으로 나가면 낯설고 집에 있으면 불안했다. 원래 내가 소심해서 더 그랬지만 그렇게 유년 시절이 간다. 철이 들고 알았지만 아버지는 부산 피난 시절 병이 생겨 제대로 병원 일을 못 보시고 툭하면 어디론가 사라지곤 하셨다. 일종의 역마살이었다.

원주에서 살던 판잣집. 가기 싫던 학교. 아무도 없는 빈집에서 동생들과 놀거나 혼자 노는 게 유일한 즐거움이었다. 저녁이 되어 아버지가 돌아오시면 여지없이 어머니와의 싸움이 계속된다. 아버지 병 때문이다. 언제 집안이 박살날지 모르는 불안, 몇 차례에 걸친 어머니의 자살 시도, 어머니가 나이 어린 동생과 나를 버리고 떠날지도 모른다는 불안. 그러므로 집에 있어도 불안하고 밖으로 나가도 낯설고 무섭기만 했던 유년 시절, 나는 우울했고 지금도 우울하고 자신이 없고 이상한 상실감이 찾아오는 가을이면 우울증이 도진다. 난 어린 시절 한 번도 즐겁게 웃어본 일이 없다. 우리 집안에는 웃음이 없었다. 이런 환경에서 보낸 유년 시절, 무슨 공부를 제대로 했겠는가?

2.

원주초등학교 6학년 겨울이었다. 당시는 중학교 입시 제도가 있던 때라 6학년 학생들은 정규 교과가 끝난 후에도 밤 늦도록 담임 선생을 모시고 과외 학습을 했다. 전기 시설이 없어서 학생들은 호롱불 비슷한 등잔을 책상 앞에 놓고 공부를 했다. 나도 원주중학교를 목표로 밤 늦도록 학교에서 입시 준비를 했지만 공부보다는 일찍 집에 들어가지 않는 게 좋았고 또 밤에 교실에 등잔불을 밝혀 놓고 앉아 있다는 게 좋았다. 아무튼 그렇게 입시 준비를 하던 어느 날, 그날은 과외도 안 하고 오후에 집으로 왔고, 집 앞에는 트럭이 있었고 나는 식구들과 함께 그 트럭을 탔다. 이사를 하는 건 알았지만 홍천으로 가는 건 자세히 모르고 있었다.

겨울 방학을 며칠 앞두고 였다. 홍천. 나는 또 낯선 곳에 팽개쳐진다. 아버지가 홍천에 새로 병원을 차렸기 때문에 식구들이 이사를 한 것. 병원은 홍천 읍내 중심가 도로변에 있었고, 병원 이름은 성일병원이었다. 문을 열면 작은 진찰실, 그 뒤로 어둡고 작은 방이 하나 딸린 셋방. 아버지는 보이지 않았다. 어머니와 함께 병원에서 한참 떨어진, 그러니까 중심가에서 벗어난 변두리 셋방으로 이사를 했다. 집 앞이 바로 도로이고 추운 겨울 저녁이면 어디로 가는지 모르는 많은 군용 트럭들이 먼지를 내며 지나가곤 했다. 홍천초등학교로 전학을 했지만 도대체 아는 얼굴들은 하나도 없고 교과 내용도 원주에서와는 달랐다. 원주에서는 그때까지도 교과서를 공부하고 있었지만 홍천에서는 이미 교과서를 끝내고 종합 정리와 예상 문제를 풀고 있었다. 공부에 다시 혼란이 오고 무엇보다 너무 외롭다는 생각이었다.

원주에서는 이런 일도 있었다. 원주초등학교 4학년 늦은 가을. 다니기 싫은 학교를 억지로 다니고 있던 어느 날 힘없이 집으로 돌아왔다. 이상하게도 집 앞에는 낯선 트럭이 한 대 서 있고, 트럭에는 고등학생들이 타고 있었고 어머니가 아니라 외가댁 친척 아저씨가 나를 보더니 타라고 한다. 나는 무슨 영문인지도 모르고 트럭을 탔다. 고등학생들 틈에 앉아 어디로 가는지도 모르고 계속 길을 달렸다. 고등학생들은 교복이 아니라 운동 선수들이 입는 화려한 선수복을 입고 이따금 합창을 하곤 했다. 낯선 마을들을 지나 대관령을 너머 내린 곳이 강릉. 그때 트럭에 탄 학생들은 나중에 안 것이지만 당시 강릉농고 축구 선구들이었고 그들은 도내 고교 대항 축구 시합에서 우승을 하고 고향으로 가는 길이었고 친척 아저씨는 체육 선생으로 축구 코치로 계셨다. 늦은 가을 강릉에서 처음 본 것은 집집마다 감나무에 매달린

붉은 감들이었다.

나는 왜 강릉까지 온 것인가? 나중에 안 일이지만 당시 아버지는 강릉에 계셨고, 식구들이 아버지를 따라 이사를 한 것. 그러나 지금도 이상한 것은 언제나 아버지는 먼저 떠나시고 어머니가 이삿짐을 꾸려 이사를 한 점이다. 아버지는 그후에도 이사를 할 때 한번도 집에서 이사 준비를 하신 적이 없다. 무심한 건가? 대범한 건가? 식구들이 귀찮은 건가? 아무튼 이렇게 느닷없이 이사를 하는, 지금 생각하면 웃기는 (?) 집안에서 산다는 건 어린 시절 참으로 괴로운 일이었다. 그리고 또 하나 이상한 것은 강릉으로 이사를 한 다음 도무지 학교를 보내주지 않은 점이다. 셋집은 강릉 시내가 내려다보이는 높은 언덕 위에 있었다. 나는 학교도 안 가고 친구 하나 없는 언덕 위의 작은 집에서, 쓸쓸한 집에서, 이방에서 누이동생과 함께 가을을 보내고 겨울을 맞이한다. 어머니는 시장에서 감을 사오시곤 했다. 아버지는 별로 본 적이 없다. 겨울 오후면 처마에 매달린 고드름을 따먹던 기억이 있을 뿐.

그리고 겨울 어느 날 나는 다시 낯선 트럭을 타고 원주로 되돌아간다. 아버지가 원주로 가셨기 때문이다. 문제는 다시 원주초등학교 4학년 교실로 들어섰을 때 발생한다. 담임 선생에게 얼마나 혼이 났는지 모른다. 나는 강릉으로 이사를 하면서 전학 수속도 하지 않고 그냥 갔고, 따라서 선생은 나를 장기 결석으로 처리하면서 여기 저기 알아보신 모양이다. 강릉으로 이사했다는 것을 알 무렵 3개월만에 내가 나타난 것. 내가 생각해도 이건 아버지나 어머니가 너무 한 것 같다. 강릉 생활 3개월, 그리고 다시 원주 생활. 집에서 공부를 한 것도 아니고 학과를 따라가기에 너무 힘이 들었다. 아무튼 이런 일은 그후에도 계속된다. 나는 계속 낯선 곳에 팽개쳐지고 낯선 것들 앞에서, 낯선 것들의 습격 앞에서 긴장과 불안에 쫓기기 시작한다. 나는 너무 어렸으나 너무 늙어버렸다.

다시 홍천 이야기. 한 일주일 학교를 다니고는 바로 겨울 방학이었다. 그 기인 겨울을 친구 하나 없는 낯선 홍천에서 어떻게 보냈는지 모르겠다. 아버지는 거의 집에 오지 않고 병원에서 지내셨고, 이따금 오시면 어머니와 싸우시고, 추운 겨울밤 작은 셋방에서 나는 가슴만 두근거리며 자는 척 했다. 낮이면 혼자 주인집 마당에서 공을 차거나 동네 아이들이 노는 것을 옆에서 구경만 하며 그 힘든 겨울을 보내고 개학. 그러나 개학을 하고 한 사흘 지난 어느 날 오후 아버지 병원 앞에 또 낯선 트럭 하나가 서 있고 병원은 텅 비고 아버지는 보이지 않고 외조모가 우울한 얼굴로 트럭 앞에서 나를 보더니 어서 타라는 것이었다. 어머니도 보이지 않고 여동생들도 보이지 않았다. 햇살만 따스하던 겨울 오후 나는 영문도 모르고 또 낯선 트럭에 실려 어디론가 갔다. 이번엔 춘천이었다. 춘천 요선동 외가댁. 당시 외조부는 강원도 지사로 계셨고, 내가 간 집은 도지사 관사였다. 문에는 경찰이 서 있고 방도 많고 응접실도 있는, 나로서는 처음 보는 크고 화려한 집이었다. 동생들과 어머니는 보이지 않았고, 누이가 있었다. 누이는 나와는 연년생이고 계속 외가에서 지내고 있었다. 아버지는 어떻게 된 걸까?

다음 날 나는 외조부 비서를 따라 춘천초등학교 6학년으로 전학을 한다. 학교는 봉의산 아래 기와집을 사용하고 있었다. 6·25로 춘천은 폐허가 되었기 때문이다. 춘천초등학교 6학년 학생들 가운데는 아는 얼굴들이 있었고, 그들은 원주에서 함께 공부하던 학생들이었다. 따라서 그렇게 낯선 분위기는 아니었지만 이번에도 공부가 문제였다. 춘천에서는 이미 모든 학과가 끝나고 예상 문제만 풀고 있었다. 그것도 반에서 1등을 하던 반장이 선생 대신 칠판 앞에 나와 학생들을 가르치고 있었다. 그의 이름은 김봉현. 그는 나중에 춘천중학교를 1등으로 합격하고 서울고등학교에 합격한다. 모두들 세련되고 약다는 느낌이었다. 당시 도청 소재지가 춘천이고 춘천은 그런 점에서 원주나 홍천과 비교할 때 학생들 노는 게 다른 분위기였다. 춘천중학교에 원서를 냈지만 솔직히 말해서 나는 자신이 없었다. 내가 춘천중학교에 합격한 것은 내가 생각해도 이상하다. 아마 운이 좋았던 모양이다.

3.

중학교에 입학한 다음 공부에도 취미가 붙고 특히 영어 시간이 제일 좋았다. 중학교 입학식을 앞둔 어느 날 나는 누이와 함께 걸어서 춘성군 신남을 찾아간다. 신남은 소설가 김유정의 고향. 실레 마을이라고도 한다. 그때 나와 누이는 외가에 있었고 아버지는 병 치료로 신남 큰아버지 댁 근처에 살고 계셨다. 어머니, 동생들도 그곳에 있었다. 몇 개월만에 본 아버지는 건강하시고 무엇보다 이런 아버지를 본 것이 제일 기뻤다. 그러나 이런 기쁨은 내 생애에 그렇게 많지 않다. 아무튼 중학교 시절은 행복했다. 공부도 재미있고 실력도 늘고 친구들도 생기고 그렇게 중학교 시절은 간다. 중학교 2학년 때 집은 조양동에 있었고, 아버지는 병원이 아니라 도청 보건과에 계셨고, 조양동에서 효자동으로 이사한 것은 중학교를 졸업할 무렵이었다. 그러나 언제나 이사가 문제였다. 언제나 이사는 기쁘기보다 불안했다. 서울에 와서 아직도 서초동을 떠나지 않는 건 돈도 문제지만 이사의 불안, 낯선 것에 대한 불안 때문이다. 효자동으로 이사하는 일은 이상하게 예감이 좋지 않았다. 효자동 집은 산 아래 있었고 마당에서 보면 남춘천 둑길과 서울행 기차가 보이는 전망이 좋은 집이었지만 서향이었다. 집 앞 도로에는 먼지를 날리며 홍천 방향으로 군용 트럭들이 지나가고 그런 날이면 마루와 유리창에는 자욱히 먼지가 쌓이곤 했다. 아버지가 처음으로 마련하신 집이지만 가정 분위기는 차츰 어두워지기 시작한다. 아버지 병이 다시 도지기 시작한 것은 이 집으로 이사한 다음부터였다.

나는 중학교를 마치고 어렵지 않게 춘천고등학교에 입학한다. 중학교 졸업과 고등학교 입학식 사이에는 한 달 남짓한 공백이 있고, 이 공백이 나를 문학으로 몰고 간다. 물론 어둡던 가정 분위기 때문이었으리라. 지금도 고등학교 입학식을 얼마 남기지 않은 이른 봄날, 그 으스스한 분위기를 잊을 수 없다. 다른 에세이에도 쓴 것처럼 이런 봄날 저녁이면 나는 으슬으슬 앓았다. 오전에 잠시 해가 나고, 해는 다시 구름 속으로 숨곤 했다. 그런 날 마을에서는 거리의 악사들이 흘러간 옛 노래를 하루종일 구성지게 부르곤 했다. 마을 변두리 판잣집 골목이나 가설 극장 앞 공터에 봄이 오고 있었다. 으스스한 봄날 그런 곳에서는 서울에서 내려온 악사와 약장수, 그리고 슬픈 치마 저고리를 입은 여자가 구성진 노래를 불렀다.

대룡산 허리나 남춘천 들판에 부우연 먼지만 일던 봄날 저녁 집에서는 아버지가 앓고 계셨다. 으슬으슬한 추위. 이 놈의 추위가 계속 문제다. 육체의 추위가 아니라 이젠 정신의 추위다. 어린 시절 가을 저녁에 처음 찾아온 육체의 추위가 이제는 이른 봄날 정신의 추위로 바뀐다. 어째서 아버지는 일생을 그런 병에 시달리게 된 것일까. 뜻대로는 안 되었지만 내가 고교 시절 의사가 되어야겠다고 생각한 것은 아버지가 준 정신적 상처가 너무 컸기 때문이다. 그리고 고교 시절 시를 쓰게 된 것도 따지고 보면 어두운 가정 환경 속에서 체험한 고독과 추위와 불안과 공포 때문이다.

사실 중학교 시절에는 문학을 몰랐다. 그때 읽은 시집으로는 김소월의 『진달래 꽃』, 그것도 친구 책을 빌려 읽었고, 도서관에서 우연히 읽은 김규동의 『나비와 광장』 정도였고, 대체로 『야담과 실화』 같은 3류 잡지를 읽었고, 방인근의 연애 소설, 최인욱의 에로 소설 『벌레먹은 장미』, 김래성의 탐정 소설, 특히 재미있었던 것은 나관중의 『삼국지』였다. 그러나 우연히 정말 우연히 이 무렵 나는 시내 서점엘 들린다. 당시만 해도 서점에는 문학 서적들이 많지 않았고, 나는 문학서적들, 그러니까 소설집도 본 적이 없고 시집도 중학교 때 본 두 권이 전부였다.

시집 코너에서 이 책 저 책 뒤지다가 고른 것이 박목월의 『산도화』, 잡지 코너에서 고른 것이 《문학예술》이었다. 나로서는 생전 처음 산 시집이고 문학잡지이다. 난 당시만 해도 이 세상에 이렇게 아름다운, 신비한, 여백이 많은 시집이라는 것이 있고 무엇보다 문학잡지가 있다고는 생각하지 못했고, 문예지는 구경도 못했다. 그때 서점에는 《현대문학》과 《문학예술》 두 문예지가 있었지만 이상하게도 《현대문학》보다는 《문학예술》이 마음에 들고, 그것은 어디까지나 느낌이었지만 이 느낌이 운명이 될 줄은 몰랐다. 『산도화』에 나오는 시들은 깔끔하면서도 그리움이 있는 게 좋았고, 《문학예술》은 서구 스타일이 좋았고, 그후 집에 와서 읽은 시들, 특히 추천 완료작으로 발표된 이희철의 「낙엽에게」가 마음에 들었다.

고등학교 입학식이 끝나고 첫 국어 시간을 나는 잊지 못한다. 키가

후리후리하게 크고 섬세한 느낌의 선생이 들어오시더니 칠판에 성함을 쓰신다. 이희철. 그리고는 칠판에 비로 시를 판서하신다. 제목은 「낙엽에게」였다. "떨어져가야 하는 까닭을/다시 알고 싶다/마치 층계를 내려가는/얼마나 오랜 순간이기에/나의 눈이 머물러 있는 공간을 지나는지/알고 싶다". 시의 전반부이다. 그때 나는 이 시를 외우고 있었고 지금도 내 시는 몇 편 못 외워도 이 시는 전부 외운다. 이 시를 잡지에 추천하신 분이 훗날 평생 은사가 되는 박목월 선생이고 내가 태어나 처음 산 시집이 선생의 첫 시집 『산도화』이다. 내가 두 분 선생을 만나려고 두 분의 책을 산 것인가? 두 분의 책을 샀기 때문에 두 분 선생을 만난 것인가? 인연이 아니고 무엇이리요? 내 생에 고마운 인연들이 많지만, 물론 악연들도 있었지만, 두 분 선생과의 인연은 정말 잊을 수 없다.

첫 시간에 대한 다른 기억들은 별로 없고, 선생이 나가시자 나는 뒤따라 나가 나로선 용기를 내어 선생님이 《문학예술》에 시가 나온 바로 그 선생님이냐고 물었고, 선생은 웃으신 것 같다. 이렇게 선생과의 인연이 시작된다. 그후 나는 이따금 선생님에게 내 시를 보이고 선생님은 그때마다 원고에 언더라인을 치시며 고쳐주시곤 했다. 물론 나는 고교 시절 다른 문학도들처럼 문학에만 매달린 건 아니고 학과 공부에 열심이었다. 당시 춘고에는 문과반, 이과반이 있었고, 다시 이과반은 생물반, 물리반이 있었고, 물리반은 공과대, 육사를 지망하는 학생들이, 생물반은 의대, 약대를 지망하는 학생들이 공부하고, 나는 생물반에 있었다. 물론 이 세 계열은 다시 우열반으로 편성되고 나는 생물 우수반에서 의대를 목표로 공부했다. 내 자랑 같아 창피하지만 나는 고교 시절 공부를 잘 했다. 이건 당시 문과반에서 공부하던 지금은

유명한 소설가요 강원대 교수로 있는 친구 전상국도 잘 알고 동기생들로 역시 강원대 교수로 있는 주왕기, 이성실, 심종섭, 춘천에서 건축사로 활동하는 이국남 등도 잘 안다. 내가 왜 이런 말을 하는지 나도 우습다. 아무튼 고교 시절은 지금 생각해도 아련하고 알뜰하고 한편 우울하고 허무했지만 용케 견딘 셈이다.

지금도 생각난다. 고교 2학년 가을 교정에는 코스모스 꽃잎들이 바람에 지고 있었다. 일요일이던가? 우울해서 시집 한 권을 들고 아무도 없는 학교로 가곤 했다. 아무도 없는 교정에 앉아 혹은 서서 바람에 흩어지던 꽃씨들을 보던 일. 내가 생각해도 너무 고운 풍경이다. 고교 시절 읽은 시집들로 지금도 기억에 남는 것들은 이상의 시집. 김춘수의 『부다페스트에서의 소녀의 죽음』, 박봉우의 『휴전선』, 김수영의 『달나라의 장난』, 전봉건의 『사랑을 위한 되풀이』, 김광림의 『상심하는 접목』 등이 있었고 소설집으로는 황순원의 『학』, 김성한의 『바비도』, 오영수의 『갯마을 사람들』, 손창섭의 『비오는 날』, 문예지는 계속 보고 있었고, 해외 작품으로는 보들레르의 『악의 꽃』을 읽었지만 이해를 못했고, 릴케의 『말테의 수기』는 당시 문학도에겐 필수 작품. 이 가운데 당시 내 문학에 결정적인 영향을 준 것은 이상과 김춘수 그리고 릴케였다. 세 사람 모두 현실이나 자연을 노래하지 않고 현대인의 내면을, 특히 이상의 경우엔 병든 내면을 노래하는 것이 좋고. 그의 「아침」 같은 시는 그 무렵 나를, 나의 내면을, 나의 병을 그대로 노래한 것 같아 좋았다. 겉으론 멀쩡했지만 사실 고교 시절도 아버지 병으로 집안은 엉망이고 나는 속으로 얼마나 병이 들었던가? 고교 2학년 때 강원일보 주최 도내 고교현상문예에 당선한 「얼굴」은 이 시절의 나의 내면을 보여준다. "천정을 수다히/엉키어 간 거미줄 속에서/

어쩌면 하나의 단편으로 퍼져버린/가을 하늘 속에서 외로이/숨지던 꽃잎으로/눈을 감고/창백하게 누우시던 어두운 밤을/아버지, 아버지의 옆 모습을/누인 울고 있었다." 시의 전반부이다. 병을 고치시겠다며 병원에 입원하신 아버지를 모티브로 한 시이다.

그렇다면 소설도 읽고 시집도 읽고 공부는 언제 했는가? 그때는 지금과 달리 시집도 읽고 소설도 읽고 그리고 공부도 했다. 물론 시집도 읽지 않고 소설도 읽지 않고 공부만 하던 학생들도 있고, 시집도 읽지 않고 소설도 읽지 않고 공부도 안 하던 학생들도 있고 언제나 여러 부류가 있다. 전상국, 허남헌, 유근 등이 모여 고교 2학년 때는 춘천 여고, 춘천 사범 문예반 학생들과 함께 무슨 《오전》인가 하는 동인도 하고, 당시 1년 선배이던 허단은 강원일보 현상문예에서 소설 「진달래는 피어도」가 당선되어 알게 되고 춘천사범 유연선도 〈강원일보〉가 계기가 되어 알게 된다. 전상국은 고교 3학년 때 학원문학상에 소설이 우수작으로 당선되고 물론 나도 「거울」이라는 작품으로 당선된다. 그러나 나는 지금도 이 작품보다는 고교 2학년 때 《학원》에 우수작으로, 그것도 박목월 선생에 의해 뽑힌 「나목이 되는」을 고교 시절 내 대표작이라고 생각한다. "이 길을 가면/나의 마음은 비어간다/어쩌면/겨울 한나절 같은 햇빛이 퍼져오는/오후의 잔상들이/하나씩 떨어져간다." 시의 앞 부분이다.

지금도 떨어져 간다. 마음은 비어가고 모두가 사라져 가는 것뿐이고 나는 나목이 되어 가고 고아가 되어 가고 아버지 병은 악화되어 가고, 3학년 여름 마침내 나는 견디지 못하고 가출한다.

4.

　의대를 목표로 잠자는 시간도 줄여가며 입시 준비에 몰두하던 3학년 여름 공부도 포기하고 나는 강원도 화천으로 간다. 화천에는 당시 휴학한 친구 유근이 살고 있었다. 화천읍에서 한참 들어간 양지 마을. 방학으로 텅 빈 초등학교 운동장엔 하염없이 뜨거운 햇살만 내리고 있었다. 학교 담장에 피어 있던 노오란 해바라기가 지금도 떠오른다. 책이라곤 손바닥만 한 영어 숙어집 한 권을 주머니에 넣고 떠난 길. 시간이 나면 그걸 외우며 일주일을 보냈던가? 열흘을 보냈던가? 어느 날 친구 성실이가 화천으로 나를 찾아 온다. 어머니가 나를 찾던 끝에 그를 찾아가고 그는 내가 화천에 있으리라는 생각이 들어 찾아왔다고 한다. 그는 어머니 말씀을 하며 어서 돌아가자고 한다. 의지가 약한 나는 그와 함께 다시 춘천으로 갔지만 마음은 안정이 안되고 입시 준비엔 차질이 오고 의욕도 없고 그렇게 여름 방학을 마친다. 나는 원래 공부는 치밀하게, 꼼꼼하게 하는 성격이라 계획이 어긋나거나 계획대로 되지 않으면 정신적 혼란 상태에 빠지고 마침내 모든 것을 포기하는 내성적인 성격이다. 여름 방학은 입시 준비에서 중요한 기간이고, 이 중요한 기간을 망쳐 버렸으니 공부에 의욕이 없고 더욱 괴로운 것은 아버지 병이었다. 이젠 출근도 안하고 누워 계시다가 문득 무엇에 홀린 사람처럼 정신없이 밖으로 나가시곤 했다.

　모든 아버지들이 그런 것인가? 아버지가 아버지의 자리를 채우지 못할 때, 아버지의 자리에서 사라질 때, 아버지의 자리를 포기할 때 그 자리에는 무엇이 들어가야 하는가? 나는 아버지의 부재, 아니 존재하면서 부재하는, 있는 것도 아니고 없는 것도 아닌 병든 아버지, 병든 집안을 견디기 어려워 가출을 시도했지만 가출은 실패로 끝나고 이 실패는 지금도 계속된다. 실패하기 위한 가출, 도피, 망명은 내 정신의 현주소이고, 내 말이 들리는가? 알튀세르는 그의 자서전에서 말한다. 이데올로기적 국가 장치 중에서 가장 끔찍하고 고통스런 것은 가족이라는 세계라고.

그렇다. 내가 결혼을 하고 더 끔찍한 불안과 공포에 시달린 것도 결국은 아버지가 된다는 두려움, 그것도 실패한 아버지가 된다는/될 것 같다는/될지도 모른다는 두려움 때문이었다. 그러므로 아버지 이전에 내가 있고 아버지 이후에 내가 있다. 이상적 자아ideal ego인 아버지를 상실한, 혹은 그 이상이 병든 경우 내가 할 일은 이런 이상에서 도망치는 것. 기댈 곳 없는 허무주의자가 되는 것, 나도 병이 드는 것. 아무튼 당시 나에겐 들고 갈 불이 없었다. 불은 타오르기도 전에 꺼져버리고 잿빛 운동장에 나는 친구 하나 없이 서 있게 된다.

그렇게 병약하고 창백한 날들이 지나간다. 예상한대로 의대 입시 실패. 나는 거세되고 도둑맞고 버려졌다는 생각에서 탈출하기 위해 술을 배우고 담배를 배운다. 나를 사랑할 수 없는 끔찍한 무능력이 나의 유일한 능력이었다. 처음엔 새로 입시 준비를 했지만 역시 집에서는 뜻대로 공부가 안되고, 저녁이면 불량(?) 친구와 어울려 영화관엘 가거나 시장 뒷골목 술집에 앉아 있었다. 그렇게 흘러가던 12월 아버지가 영월도립병원 원장으로 새로 직장을 옮기신다. 아마 외조부의 힘이 컸으리라. 물론 아버지는 떠나신 후 춘천엔 거의 오시지 않고 어머니와 내가 부랴부랴 짐을 싸 이사를 한다. 언제나 그랬다. 사실 나는 그때 영월로 이사가는 게 마음에 내키지 않았다. 영월은 강원도 벽지 탄광 마을. 아침부터 부슬거리며 눈만 내리던 낯선 땅 영월에서 역시 나는 친구 하나 없는 외톨이었다.

　유배의 땅 영월에서 나는 카프카의 『성』과 도스토예프스키의 『까라마조프가의 형제들』을 읽으며 길고 어둡고 춥던 겨울을 보낸다. 특히 그때 읽은 카프카의 『성』은 그후 내 문학의 뿌리가 되고 고향이 된다. 나는 현실적으로 연안 이씨 집안이지만 문학적으로는 이상, 카프카, 다자이 오사무, 베켓 집안에 속하고 정신적으로는 소쉬르, 프로이트, 라캉, 데리다, 최근에는 불교, 특히 선불교 집안에 속한다. 나 스스로 그렇다고 생각한다. 그만큼 카프카는 내 인생관, 세계관, 문학관에 많은 영향을 준다. 늦은 저녁에야 K는 눈 덮인 마을에 도착한다. 『성』은 이렇게 시작된다. 고독이 아니라 절망에 대하여, 절망한 인간의 내면에 대하여, 불안에 대하여, 창백하고 우울한 삶에 대하여, 겨울 저녁 강원도 산골에 내리던 눈에 대하여, 남몰래 시들어가던 삶에 대하여 카프카는 무슨 말을 했던가?

　집안은 계속 엉망이고 아버지 병은 더 깊어가고 어머니는 또 자살을 시도하고 철모르는 동생들은 마당에서 놀고 나는 도망갈 궁리만 하던 겨울, 우연히 신문에서 한양대 특차 모집 광고를 본다. 시험 없이 고교 성적만으로 뽑는 특차 시험에 응시한 것은 졸업 후 1년 동안 공부한 게 없고 고교 성적은 좋았기 때문이다. 나는 공과대 섬유공학과를 지원한다. 공대를 지원한 것은 당시만 해도 공대를 졸업하면 취직이 잘 된다는 말 때문이지만 하필이면 공과에서도 건축이나 화공이 아니라 섬유공학을 선택한 이유는 지금도 모르겠다. 아마 섬유공학을 선택한 것은 내가 그 학과에 대해 아무 것도 몰랐기 때문이리라. 그러나 섬유공학과에서 나는 태어나 처음 한 여자를 만나고 그후 그녀와 결혼한다. 섬유공학과엘 갔기 때문에 그녀를 만났는지 그녀를 만나기 위해 섬유공학과를 갔는지 지금도 잘 모르겠다. 팔자라면 팔자이고 운명이라면 운명이다.

아무튼 다음 해 그러니까 1961년 1월 바람만 불고 춥기만 하던 왕십리 한양대 어떤 건물 앞에서 합격 통지서를 받고 3월에 나는 왕십리에서 하숙을 시작한다. 1학년에 입학하고 놀란 것은 학생들이 정원보다 많았다는 것. 그것은 당시 청강생 제도가 있었다는 것. 그러나 나는 그리고 지금의 아내도 정 티오였다. 낯선 대학 낯선 얼굴 속에서 공부하는 게 역시 고달프고 나는 또 외톨이가 되어 헤매기 시작한다. 소외는 운명이다. 아니 스스로 소외를 즐기며 살아온 것인가? 쉬는 시간이면 복도(현재 사회과학대 건물 2층) 창가에 서서 왕십리를 구경하며 담배를 피우곤 했다, 그러던 어느 날 지금의 아내와 처음 계단을 내려가며 이야기를 하게 된다. 1학년 과정은 교양이기 때문에 별로 공부를 안 해도 되었지만 그 놈의 물리화학이 고민이었다. 고교 시절 물리를 공부하지 않았기 때문이다.

당시 한양대 국문과에는 박목월 선생이 계시고, 나는 이따금 시 원고를 들고 선생님 연구실로 찾아간다. 그렇게 1년이 간다. 겨울 방학. 다시 영월에서 우울하게 방학을 보낸다. 집에만 오면 우울증이 찾아오고, 참으로 견딜 수 없다는 생각이 들어 처음으로 자살 시도. 그것은 버림받는다는 두려움, 무력감, 상실감을 동기로 하지만 결국 나는 아버지의 늪으로 뛰어 든 셈이다. 여기서 글이 막힌다. 우울증은 고교 시절부터 나를 괴롭혔지만 나는 병 속으로 도피했고 이 도피가 나를 구원했다. 병 속으로의 도피가 유일한 구원이다. 그러나 당시 영월에서는 이 우울증을 견디기 힘들었고, 자살 실패 이후 나를 찾아온 것이 피해망상증. 대학 시절 4년과 30대를 피해망상으로 보낸다.

피해망상을 견디는 방법, 이기는 방법, 극복하는 방법은 이 망상을 드러내는 것. 나의 무의식을, 억압을, 상처를 치료하는 길은 건강한 자아를 찾고, 만들고, 세우는 것이 아니라 억압을 드러냄으로써 억압에서 해방되는 것. 사실 나의 경우 건강한 자아의 모델, 이상적 자아인 아버지는 이미 병들었기 때문이다. 그러므로 나의 경우 건강해진다는 것은 내가 병드는 것이고 나는 병들었고 이 병에서 벗어나는 길은 없다. 이 병을 들여다 보고 폭로하고 억압을 억압에서 해방시키는 것만이 사는 길이다. 대학 시절 초기에 쓴 시들은 그렇지 않지만 후기로 올수록 그리고 대학원 석사 과정 시절부터 내 시가 어두운 내면, 병든 무의식, 환상을 노래한 것은 피해망상에서 벗어나기 위한 노력이었다.

1학년 겨울 방학을 마치고 서울로 오자 당시 중앙여고에 계시던 이희철 선생님에게서 연락이 온다. 내용은 겨울 방학 전에 박목월 선생님에게 전하고 간 내 시가 《현대문학》 4월호에 추천되었다는 것. 이희철 선생님과 함께 최초로 원효로 박목월 선생님 댁엘 들린다. 선생님은 당신이 이군처럼 어린 학생을 시인으로 추천한 건 처음이고 대단한 용기가 필요했다면서 격려해 주시고 나는 얼결에 시인으로 등단한다. 그때 내 나이 스무 살. 「낮」 외 1편이 추천작이다. 이 시에 대해 선생님은 "어리고도 연한만큼 순결한 이미지와 싱싱한 생기와 광채를 뿜는다"고 과찬을 하신다. "침전하는 것이란 나의 온몸이 아니다/햇살이 풀리고/바람은 언덕에 오른다" 시의 첫 연이다.

그렇게 2학년 1학기를 보냈지만 집에서는 연락이 끊기고 방학을 얼마 앞두고 동생 편지가 온다. 내가 떠난 다음 아버지는 병이 더 악화되어 도립 병원을 그만 두고 삼척 보건소로 직장을 옮기셨다는 내용.

말하자면 원장에서 보건소 의사로 좌천이다. 삼척. 그때부터 1년이 멀다 하고 이사가 시작되고 나는 방학만 되면 가방 하나 들고 새 주소를 찾아간다. 낯선 곳에 아버지가 계시고 낯선 곳이 아버지이다. 어린 시절 아버지에게서 느낀 공포가 커서도 계속된다. 낯선 곳에 대한 공포, 두려움, 불안. 아버지는 언제나 말씀이 없으셨다. 나는 한번도 아버지와 따뜻한 대화를 나눈 적이 없다. 그러므로 방학이 되어 찾아가는 곳은 말이 없는 곳, 어머니는 반갑다고 나를 반기시지만 고생이 말이 아니시다. 삼척 변두리 방 두 개가 딸린 시골집. 그해 여름 방학은 결국 집에서 지내지 못하고 강릉 외숙 댁에서 보낸다. 외숙은 경성 의전을 나온 의사로 강릉에서 안과 병원을 차리고 계셨다. 그해 9월호 《현대문학》에 「바다」 외 1편이 2회로 추천된다.

등록금은 어떻게 마련했는지 기억이 안 나고 하숙을 할 처지도 못되고 결국 2학기부터 나는 학교 가까운 성수동에 작은 사글세방을 얻어 자취를 시작한다. 자취 생활은 대학 졸업 때까지 계속되고 지금도 나는 아내가 외출한 집에서 혼자 밥하고 빨래하고 혼자 노는 게 그렇게 좋을 수가 없다. 대학 시절 자취 생활이 준 교훈이다. 해질 무렵 혼자 밥을 짓고 작은 방에 앉아 혼자 밥을 먹을 때 나를 찾아온 것은 처음에는 끔찍한 고독, 이 세상에 나 혼자만 있다는 끔찍한 고독이었지만 차츰 이 고독이 나를 구원하고 그후 내가 고독을 사랑하게 된 것도 이런 생활과 관계가 있다. 내 팔자에 고孤가 많아 그런 모양이고 나는 팔자를 사랑하게 된다. 자취를 시작한 건 가을이고 그 전에 나는 금호동 숭덕학사에 잠시 머물었다. 숭덕학사는 당시 하숙비의 3분의 1 정도의 돈을 받고 나 같은 떠돌이 대학생, 가난한 대학생, 혹은 독실한 크리스챤 대학생들을 받던 곳이다. 이 학사에는 남자 대학생만 한 30

명 정도가 있고 새벽 네 시면 일제히 마당에 나가 목사님을 모시고 찬송가를 부르고 설교를 듣고 하느님에게 기도를 드려야 한다. 식당에 가면 식사는 김 몇 장, 김치나 짠무 몇 개, 밥과 국이 전부였다. 이런 생활도 그렇게 힘든 것은 아니었지만 무엇보다 괴롭던 것은 한 방에 3, 4명 정도가 같이 생활해야 한다는 점이었다. 결국 나는 숭덕학사를 나온다. 작은 방 하나 얻어 자취를 시작하던 가을 저녁이 떠오른다. 그해 가을 저녁의 비애, 해질 무렵의 비애, 해질 무렵의 시쓰기. 이상한 서러움.

5.

그해 겨울 방학을 앞두고 나는 연탄이 꺼진 추운 성수동 자취방에 엎드려 《현대문학》 3회 추천 완료 소감을 미리 쓴다. 아마 추천이 완료된다는 목월 선생님 말씀이 있었던 것 같고, 방학이 되면 또 어디로 갈지 모르기 때문이었던가? 이 소감은 다음 해 《현대문학》 4월호에 시 「두개의 추상」과 함께 발표된다. 이 글은 이렇게 시작된다. "겨울을 부르던 가을 저녁은 한없는 상처와 욕망을 안아다 주었다. 그리고 허전했던 나의 가슴에 황야와 같이 피곤했던 아버지의 생리가 있었다. 그건 背理였다. 잠시 동안 나를 망각할 수 있는 것, 사실은 시로 불리어졌던 나의 언어들보다 그 주변에서 잠시 연소해버린 나의 감정들이 더욱 애처로울 뿐이다. 바람이 불고 있다." 한참 멋을 부리고 쓴 흔적이 역력하지만 이 말을 남기고 나는 또 낯선 곳을 찾아간다. 이번엔 아버지가 울진군 서면 보건소로 직장을 옮겼기 때문이다. 서면은 그야 말로 벽촌. 울진과 서면을 왕래하는 버스는 당시 하루 1회 정도.

나는 울진에서 짐 실은 트럭을 타고 서면으로 간다.

그 기인 겨울을 서면에서 무얼 하며 보냈는지 기억이 안 난다. 당시 진주 고향으로 간 지금의 아내에게 몇 통의 편지를 보냈을 것이다. 방학이 끝나고 돈 한 푼 없이 무작정 서울로 올라온다. 등록도 못한 채 한 학기 정도를 강의실에 나가지만 사는 게 정말 너무 힘이 들었다. 한대신문사 기자 노릇도 좀 해보다가 결국 나는 자퇴한다. 그러나 갈 곳도 없고 할 것도 없고 캠퍼스 룸펜으로 떠돈다. 군입대를 생각하고 춘천 시청을 찾아갔지만 나도 모르는 사이에 병종으로 판결이 나 있었다. 그렇게 떠돌며 1년이 간다.

그리고 1964년. 나는 재입학 절차를 걸쳐 국문과 3학년으로 전과한다. 목월 선생님은 국문과 전과를 말리셨다. 그러나 그 무렵 나는 사는 게 너무 고달프고 공학도 체질에 맞지 않는 것 같고 국문과라도 나와 중등학교 교사 자격증을 따서 강원도 바닷가나 어디 머언 섬마을 중학교 선생이나 하면서 살고 싶었다. 지금의 아내도 전과를 권했다. 그러나 당시만 해도 공대에서 국문과로 전과하는 일은 거의 없었다. 그러나 팔자였던가? 고교 시절 문과를 선택했다면 나는 한양대와는 인연이 없었을 것이다.

아무튼 나는 뜻한 대로 국문과 3학년으로 전과한다. 그때 국문과에는 김윤경, 박목월, 이경선, 이종은, 장세경 선생님이 계셨고 이 분들은 모두 나를 따뜻하게 대해 주셨다. 등록이 어려우면 등록금 걱정까지 해주신 은사님들이다. 학과 공부도 공대에 비하면 아무 것도 아니었고, 언어학이 그래도 공부같다는 다소 건방진 생각을 하면서 한 학기를 마친다. 국문과 3학년 강의실에서 이건청을 만난 것도 고마운 인연이다. 그는 서라벌예대 문창과 2년을 마치고 국문과 3학년으로 편입한다. 그가 있어서 국문과 생활은 덜 외로웠다. 3학년 2학기부터 계속 장학금을 받은 것도 힘이 되었다. 별로 공부한 것도 없이 체육을 제외하고 국문과 3, 4학년 학점은 모두 A. 물론 아버지에게는 국문과 전과를 알리지 않고 있었다. 이 무렵 나는 광나루로 자취방을 옮긴다. 그러니까 나는 처음 행당동에서 하숙을 시작했지만 차츰 금호동, 성수동, 구의동, 광나루로 쫓겨간다. 아마 천호동까지 가면 내 대학 생활이 마감되리라. 그만큼 국문과 시절도 힘이 들었다는 뜻이다.

3학년 여름 방학. 이번엔 아버지가 울진군 평해로 이사를 가신다. 사실은 서면에서 아버지가 몹시 앓으시고 내가 갔을 때는 제대로 거동도 못하실 정도였다. 아무래도 안되겠다 싶어 강릉 외숙에게 연락을 하고 아버지는 평해 바닷가에서 여름 한철을 지내시게 된다. 평해도 낯선 곳. 그러나 집 앞에 바다가 있고 집 뒤에는 초등학교가 있었다. 물론 친구 하나 없이 그해 여름을 나는 바다를 보며 혹은 해가 질 무렵이면 초등학교 운동장에 앉아 교무실에서 흘러나오던 풍금 소리를 들으며 지낸다. 서울에서 들고 간 영어 원서를 옆에 두고 그렇게 방학이 끝나고 다시 서울. 또 한 학기가 끝나면 방학. 이번엔 아버지가 포항으로 이사를 하신다. 포항에 대한 기억은 춥고 아프다. 추위는 아버지 병과 함께 찾아온다.

나는 3학년 2학기 때 국문과에 강의를 나오시던 박남수 선생을 목월 선생님 연구실에서 만나고 선생의 소개로 황운헌 시인을 만나고 《현대시》 동인에 참여한다. 원래 《현대시》는 전봉건, 김종삼, 김광림 등이 중심이 되어 펴내던 범 시지였지만 그해 가을부터 당시 신인이던 김영태, 주문돈, 이유경, 정진규, 이수익 등이 중심이 되어 본격적인 동인지로 바뀐다. 내가 《현대시》 동인으로 참여하게 된 것은 당시만 해도 공대 시절 친구 이성부, 전상국 뿐이던, 그러나 성부는 군에 입대하고 상국은 졸업을 하고 고향에 있던 터라 문단 친구가 없던 나에겐 많은 도움이 된다. 《현대시》 동인으로 활동하면서 내 시는 이른바 어두운 내면을 파고 든다.

대학을 졸업하고 나는 대학원 석사 과정으로 진학한다. 낮에는 과사무실에서 조교로 일하고 강의 듣고 밤에는 한양여중 강사로 나간다. 그렇게 2년 과정을 마치고 논문을 쓰고 대학원 석사 과정을 졸업한다. 그리고 1968년 나는 오랫동안 사귄 지금의 아내와 결혼, 이문동 자취방에서 결혼생활을 시작하고 1년 반 동안 한양여중 야간에서 어린 학생들을 가르친다. 그리고 1969년 2학기에 목월 선생님의 배려로 첫 시집 『사물 A』를 내고 춘천교육대학 국어과 전임강사가 된다. 그 자리는 목월 선생님 큰 자제 박동규 교수가 있던 자리. 참으로 운이 좋았다. 그때 내 나이 28세. 목월 선생님이 아니면 어찌 내가 어린 나이에 교수가 되었으랴?

나의 30대는 춘천과 함께 시작된다. 10대는 낯선 곳에 계속 버려지고 20대는 낯선 곳을 계속 찾아가고 30대는 어떻게 될 것인가? 유년 시절의 고독, 소외, 추위, 공포는 지금도 계속된다. 평생을 우울증에 시달리던 알튀세르의 말이 생각난다. 그는 이렇게 말한다. "이 사람의 나이는 문제가 아니다. 그는 아주 늙었을 수도 있고 아주 젊었을 수도 있다. 핵심적인 것은 그가 자신이 어디 있는지 모른다는 것, 그리고 어디론가 가고 싶어한다는 것이다. 이 때문에 그는 자기가 어디서 와서(기원) 어디로 가는지도(목적) 모르면서 미국 서부영화처럼 기차를 타고 도중에 아주 조그만 어느 역 부근에 내려 선술집에 들려 맥주를 시킨다." 사유는 무엇이고 시는 무엇인가? 오늘도 나는 기차를 타고 어디론가 가는 느낌이다. 어디로 가는가? 산이 가는가? 물이 가는가?
산도 가고 물도 간다. 그러므로 가는 것이 없다.

2. 고교시절의 시 6편

이승훈

나목이 되는

이 길을 가면
나의 마음은 비어 간다.

어쩌면
겨울 한나절같은 햇빛이 퍼져오는
오후의 잔상들이
하나씩 떨어져 간다.

새벽별 빛날 때마다
다시 살아나고 싶은 그 몸짓

항시 서 있어야 할
나 혼자의 모습을

언덕을 향하여
오르는 것은
얼마나 오랜 기다림이었나.

바람이 잔잔히 다가오는 순간마다
안으로 지니고 싶은
나의 사랑은
가을 하늘 함께
하나씩 떨어져 간다.

– 1959. 2. 《학원》 우수작

얼굴

천정을 수다히
엉키어 간 거미줄 속에서

어쩌면 하나의 단편으로 퍼져버린
가을 하늘 속에서 외로이
숨 지던 꽃잎으로

눈을 감고
청백하게 누우시던 어두운 밤을
아버지, 아버지의 옆 모습을

누인
울고 있었다.

아침 햇살이 퍼져오는
유리창 가에서
지금은 무수한 축도의 종소리

어느 화단엔 분명
꽃잎이 지고 있었을 것이다.

– 1958. 8. 〈강원일보〉 도내고교현상문예 당선작

햇빛

햇빛은 어느 겨울
따스한 어머님의 모습으로 돌아오고

하늘은 저토록 고요한데
어디쯤 〈나의 생각〉 구름은 이미 흩어져 버렸나.

어린 날
하아얀 고드름을 우적우적 씹으며
기다리던 해는 밤새도록 나를 깨우고
다시 울리고 하던 아 어머님의 울음

상기 푸르기만 한 달빛의
텅빈 들길을 지나
이제는 영 돌아가버리신 아버지와

뜨거운 대낮에
하나 가득 넘치고 있는 항아리

햇빛은 어느 겨울
따스한 어머님의 손짓으로 퍼져오고.

- 1959. 11 《학원》

거울

수없이 많은 흰 구름을 가지고
무너지는 파도에도
그의 얼굴은 깨어지고 있었다.

스쳐가버린 수많은 눈동자처럼
멀리 또 가까이에서

아늑히 무너져오는
둘레의 사물들

누가
보내주었는가
이렇듯 잔잔한 물주름을

온갖 아늑한 산 것의 목소리
잉태만으로는
움직일 수 없는 원근들

그는 처음
빛나는 돌멩이었을 것이다.

맑은 옹달샘마다 떠 있는
흰 구름

내가 그의 안으로 들어가고 있는
깊은 우물 속
아 파열하는
물결이었을 것이다.

– 1960. 3. 《학원》 제6회 학원문학상 우수작

꽃씨

한없이 빛나던 배경을 가지고
오늘 꽃밭에 머물던 한 어여쁜
흰 나비의 고백.

허나
오후의 꽃밭을 스치는 하늬 바람에
꽃씨, 꽃씨는 흩어지고 있었다.

- 1959. 10

그림자

아니
나를 부르는데

땅 위에 부각되는 그림자여
너는 벌써 꽃이 이운 대낮에
죽어 간
말 못하는 짐승.

그날
꽃밭에 엎딘 채

푸른 갈 바람으로 변신하던
나의 간절한 모습이여.

어쩌면
울며 돌아서던
손 잡을 수 없던
먼 갈매 빛 풀밭에서
쓰러지던 꿈이여.

배 고픈 저녁
바람에 휘감기는 가느른 팔목
땅 위에 스러지는 그림자여

너는 흔들리는
너는 흔들리는
먼 날의 나의 자화상.

— 1960. 1

3. 대담/ 자아 찾기의 긴 여정

— 『사물 A』에서 『인생』까지

이 승 훈 · 박 찬 일

대담자 : 이승훈 · 박찬일
일　시 : 2002년 9월 28일 (토요일)
장　소 : 《현대시》 사무실

모더니즘과 자아 찾기

박찬일 : 시에만 국한시켜볼 때 선생님은 그동안 12권의 시집, 한
　　　권의 그림 시집, 두 권의 시선집을 펴냈고 지금 또 한 권의
　　　시선집 『아름다운 A』가 황금북에서 나올 예정으로 알고
　　　있습니다. 첫시집 『사물 A』가 1969년에 나온 이래 『환상
　　　의 다리』(1977), 『당신의 초상』(1981), 『사물들』(1983),
　　　『당신의 방』(1986), 『너라는 환상』(1989)이 출간되었습니

다. 그후 『길은 없어도 행복하다』(1991), 시선집 『환상이
라는 이름의 역』(1991), 『밤이면 삐노가 그립다』(1993),
『밝은 방』(1995), 『나는 사랑한다』(1997), 『너라는 햇빛』
(2000), 『인생』(2002)이 2~3년 간격으로 연이어 나왔습
니다. 그림 시집 『샤갈』은 1989년에 나왔습니다. 혹시 누
락되거나 연도가 잘못된 것이 있습니까?

이승훈 : 없습니다. 시집을 너무 많이 낸 게 아닌가 하는 생각도 들고.

박찬일 : 선생님 하면 우선 모더니즘, 혹은 후기모더니즘이라는 용
어가 떠오르게 됩니다. 모더니즘은 내적 독백의 문학입니
다. 내면성의 문학입니다. 그러므로 여전히 주체가 살아
있는 문학입니다. 후기모더니즘은 "태양 아래 새로운 것
은 없다"는 말에서처럼 주체를 부정하는 문학입니다. 선
생님의 시들을 모더니즘과 후기모더니즘으로 나눈다면
어디까지가 모더니즘이고 어디까지가 후기모더니즘인지
요. 선생님은 선생님의 초기의 시들을 '비대상시' 라고 명
명하면서 비대상시를 내면세계를 탐사하는 시라고 정의
하셨습니다. 자연 선생님의 초기시들은 모더니즘의 영역
에 있는 것이 됩니다. 후기모더니즘에 대해서는 따로 여
쭙겠습니다.

이승훈 : 모더니즘이라는 말은 상당히 다양하게 쓰이잖아요. 근대,
혹은 근대성이라는 말도 그렇고. 내가 모더니즘을 쓸 때

는 '미적 모더니즘'을 말합니다. 간단히 말하면 20세기에 나타난 새로운 경향의 시들입니다. 한국에 국한시키면 1930년대 식민지 시대의 이상, 정지용, 김기림의 문학들이 거기에 속합니다. 나는 이들의 문학을 한국적 모더니즘이라고 부를 수 있다고 봅니다. 혹은 좁혀서 식민지 모더니즘이라고 부를 수도 있습니다. 20세기 초 서구에서 나타난 자아 추구의 경향이 이들 특히 이상에게 그대로 나타납니다. 달리 말하면 객관적인 세계를 노래할 수 없는, 혹은 리얼리즘에 절망한 사람들이 가는 내면의 길, 이것이 한국적 문맥에서는 식민지 시대에 시작되었고 나는 이것을 모더니즘이라고 부르는 겁니다. 나는 처음부터 내면의 세계를 노래하기 시작했어요. 나에게는 객관적인 세계를 노래할 능력이 없는 것 같아요. 우선 관심이 없어요. 그러니까 출발부터 반리얼리즘이었지요. 사회 현실을 노래한 것도 아니고, 그렇다고 자연 서정을 노래한 것도 아니고. 20대부터 '나는 누구인가' 라고 묻기 시작했는데 이것이 우연하게 1960년대의 한국적 상황과 맞물렸지요. 4·19, 5·16 이후의 정치적 현실이 나에게 영향을 끼쳤다는 말은 아니고. 다만 근대화 초기에 한국이라는 땅에서 있는 나에 대한 질문, 즉 나는 누구인가 라는 질문이 처음 시를 쓰기 시작했을 때의 화두가 되었다는 것이죠. 또 하나의 원인으로는 개인적으로 바깥 세계보다는 내면 세계에 집착하는 기질이 있었던 것 같고. 성장 배경에도 원인을 찾을 수 있겠고. 한 마디로 모더니즘이 취향에 맞았어요. 리얼리즘이나 전통주의보다는.

박찬일 : 선생님 개인적 시사를 볼 때 어디까지가 모더니즘, 혹은
미적 모더니즘의 시대라고 볼 수 있을까요. 후기의 시 경
향들을 모더니즘으로만 보기 어렵기 때문입니다.

이승훈 : 초기 시집들인 『사물 A』(1969), 『환상의 다리』(1977), 그
리고 『당신의 초상』(1981)에 실린 시들이 주로 자아 찾기
테마의 시들입니다. 구체적으로 말하면 무의식 드러내기
의 시들입니다. 억압된 무의식을 들춰내야 '나'가 드러날
것 같았어요. 그 다음 단계가 '너'의 테마입니다. 『사물
들』(1983), 『당신의 방』(1986), 『너라는 환상』(1989)이 여
기에 해당되는 시집들이죠. 너와의 관계 속에서 나를 찾
으려고 했습니다. 나를 찾아가는 과정에서 화두를 '너'로
잡았다는 것이죠. '나'만을 가지고는 나를 찾을 수 없었어
요. 다음 시집들 『길은 없어도 행복하다』(1991), 『밤이면
삐노가 그립다』(1993)에서, 『특히 길은 없어도 행복하다』
에서는 '그'의 테마가 나타납니다. '그'라고 하는 것은 나
를 물질로 객관화시켜 바라보는 조소적이고 냉소적인 태
도입니다. '나'가 '너'를 거쳐 '그'로 치환된 것이죠. 『길
은 없어도 행복하다』가 자아 찾기의 세 번째 단계에 해당
됩니다. 결론적으로 『사물 A』에서부터 『밤이면 삐노가 그
립다』까지가 모더니즘의 시들이라고 보면 됩니다. 주제가
'자아 찾기', '정체성 찾기'이니까요. 기법적인 면에서 초

기시들은 상징주의, 쉬르리얼리즘의 영향을 많이 받았습
니다. 조금 내려와서는 환상적 세계를 다룬 시편들도 있
습니다만.

박찬일 : 요약하면, 선생님의 시적 발전을 나의 세계에서 너의 세
계로 또 그의 세계로의 발전이라는 코드로 읽을 수 있다는
것입니다. 60년대, 70년대의 『사물 A』(1969), 『환상의 다
리』(1977), 『당신의 초상』(1981)은 '나의 세계'와 관련되
며, 80년대의 『사물들』(1983), 『당신의 방』(1986), 『너라
는 환상』(1989)은 '너의 세계'와 관련되며, 90년대의 『길
은 없어도 행복하다』(1991), 『밤이면 삐노가 그립다』
(1993)는 '그의 세계'와 관련있다는 것입니다. 그렇지만
전부 '자아찾기'의 과정이었다는 것입니다. 문학평론가
정효구 씨는 그런데 『사물 A』, 『환상의 다리』, 『당신의 초
상』에서 『사물들』, 『당신의 방』, 『너라는 환상』으로 이어
지는 과정을 독백의 회로에서 대화의 회로로의 변화로,
나아가 소승적 차원에서 대승적 차원으로의 변화로 이해
했습니다. 선생님은 '나'에서 '너'로의 이동을 근본적 변
화가 아닌, 자아 찾기의 서로 다른 형태라고 하셨는데.

이승훈 : 정효구 교수는 저의 시와 시론에 대해 남다른 관심을 가지
고 있는 분입니다. 저의 미학과 근본적으로 다르다고 생
각하지 않습니다. 독백의 회로에서 대화의 회로로 변했다
는 것은 양식적인 차원에서 그렇다는 것입니다. 다만 나

의 입장은 독백을 통해서 나를 찾으려한 것처럼 대화를 통해서도 나를 찾으려 하였고 '그'를 통해서도 나를 찾으려 했다는 것입니다. 큰 틀에서 보면 같은 얘기입니다.

박찬일 : 선생님 시의 또 하나의 큰 줄기는 역설적이지만 '소통 불가능'에 대한 것입니다. 1980년대의 『사물들』, 『당신의 방』, 『너라는 환상』에서 너와 나의 관계의 복원에 대한 시도는 회의를 바탕에 깔고 있으며, 그리고 좌절로 점철되어 있다고 보여집니다. 2001년 《시현실》 가을호에 실린 '자선 대표시' 대부분이 소통불가능에 대한 것입니다. 소통불가능은 양방향에서 제시됩니다. 시인 본인도 세상과 소통하려 하지 않고 세상도 시인을 이해하려고 하지 않습니다. 전자의 예를 들면 「당신의 방」과 「오토바이」가 있고 후자에는 「1995년의 편지」「겨울 저녁 일곱시의 풍경」「너」가 있습니다. 「오토바이」에서 "세상엔 관심이 없다 내가 관심을 두는 건/의자, 작은 방, 개미, 염소"라고 말하고 있고 「1995년의 편지」에서는 "수천 개의 불빛이 한 개의 의자를 밝혀주지 못하니 미래에 만날 사람들 또한 배반할 것이다"라고 말하고 있습니다 「당신의 방」은 이렇게 끝납니다 "나는 죽을 때까지/아마 당신의 방엔/갈 수 없을 것 같습니다"

이승훈 : 고립, 소외, 소통 불능 등은 현대인의 조건을 설명하는 말들이지만 나는 그런 경우는 아닙니다. 현실로부터 도피해

서 나만의 공간에 있을 때 나는 행복을 느끼고 구원을 느끼니다. 다시 말해 현실로부터의 도피, 대화로부터의 도피는 자의식적이었다는 거죠. '너'와 대화를 모색하다가도 미리 겁을 먹고 담을 쌓습니다. 대화에서 초래될지도 모르는 고통이 두려워 나만의 세계로, 나만의 불안의 세계로 도피합니다. 이해될지 모르겠습니다. 담을 쌓아 놓으면 안심이 됩니다. 혼자만의 세계에 있으면 안심이 됩니다. 불안에 시달리는 사람의 신경증적 증상? 나에게는 질병이 구원이고 도피가 구원이고 단절이 구원이었습니다. 정신분석학적 관찰의 대상이라고 해도 할 말이 없습니다. 개인적으로는 어린 시절 찾아왔던 불안감, 30대에 있었던 피해망상증들이 이런 증상의 원인이거나 이런 증상을 심화시킨 요인이었던 것 같습니다. 앓지 않은 사람들은 모르죠. '너'와의 관계에서 생길지도 모르는 불안보다는 "의자, 작은 방, 개미, 염소"가 낫다고 하는 것을. 혼자 있는 것이 낫다고 하는 것을. 프로이트식으로 말하면 병이 구원이었다는 것입니다. 아프면 아무도 못건드립니다. 나의 시의 자아찾기의 과정은 그러니까 '나는 누구인가', 더 구체적으로 말하면 '나는 왜 불안한가', '나는 왜 자꾸 망상에 시달리는가' 라는 질문에 대한 대답의 시도라고 보면 됩니다.

비대상, 표현주의, 불안

박찬일 : 선생님의 신조어인 '비대상시'에 대해 평소 궁금하게 생
각하던 것이 있습니다. 세 번째 시집 『당신의 초상』(1981)
에 실린 「비대상」이라는 시론에서 비대상시를 자연세계나
일상세계가 아닌 내면세계가 드러난 시로 정의하셨습니
다. 그러니까 『당신의 초상』을 포함한 앞의 『사물 A』
(1969), 『환상의 다리』(1977)들의 시들을 비대상시라고 하
신 것입니다. 그러나 내면세계도 보이지 않을 뿐 대상이
라고 할 수 있지 않습니까. 존재론적 내면세계를 다룬 시
도 대상시가 아닙니까.

이승훈 : '비대상'이라는 말에 대해서는 1981년 그 당시에도 많은
논란이 있었고 지금도 마찬가지입니다. 비대상이라는 말
은 일종의 추상표현주의 계통인 잭슨 폴록의 '액션 페인
팅'에서 온 것입니다. 더 정확히 말하면 그 당시 어느 학
자가 잭슨 폴록의 작업을 비대상이라고 이름 붙인 것에 자
극 받은 것이고. 영어로는 non-object라고 하는 것이지
요. 최근에 김춘수 선생은 비대상이라는 말보다 무대상이
라는 말이 더 적합할 것이라고 했는데 의미상으로 보면 무
대상이라는 말이 더 정확한 말일 것입니다. 무대상은 대
상이 '없음'이고 비대상은 대상이 '아님'이기 때문입니
다. 다만 저는 잭슨 폴록의 비대상이라는 용어에 매력을
느꼈었고. 그의 작업이 내면의 억압된 충동을 밖으로 터

뜨리는 저의 시작업과 유사하다고 생각했습니다. 한 마디로 내면의 억압된 충동, 내면의 억압된 무의식을 터뜨리는 시가 저의 비대상시입니다.

박찬일 : 김춘수 시인의 '무의미시'와 선생님의 '비대상시'는 어떻게 다릅니까. 혹은 같습니까.

이승훈 : 평론가들은 비슷한 것을 달리 표현한 것이 아니냐고 하는데, 글쎄요, 크게 보면 같을 것입니다. 젊었을 때 나는 김춘수 선생의 무의미시론을 읽었습니다. 그런데 김춘수 선생의 무의미시는 관념의 억압으로부터 벗어나 사물을 있는 그대로 보자는 것입니다. 그러나 저의 경우는 관념이나 의미와의 싸움이 아닙니다. 나에게는 '관념이나 의미와의 싸움'이 아니라 '나와의 싸움'이 문제였습니다. 나의 억압된 무의식을 터뜨리는 것이 문제였습니다. 나의 경우는 의미가 아니라 심리가 문제였던 거죠.

박찬일 : 선생님은 리얼리스트도 아니고 순수 서정시인도 아닙니다. 1997년 『나는 사랑한다』에 실린 「오토바이」라는 시에 "거울을 연구하는 교수"라는 구절이 나옵니다. 외부가 아닌 내부를 바라보는 자라는 뜻일 것입니다. 같은 시의 "현실 따위 모른다"라는 구절도 이것을 뒷받침합니다. 선생님은 현실주의자, 혹은 리얼리스트가 아니라는 것에 대해 어떻게 생각하십니까. 김영태 시인은 선생님을 "이상한

토양에 이상한 거름으로 된 이상한 꽃"이라고 하였습니다. "차가운 뼈"라고 하였습니다. 그리고 "아주 강한 개성 때문에" 한국 시단에서 "혼자 동떨어진 존재"라고 하였습니다. 아마도 순수서정시가 주류를 이루는 한국 시단에서 선생님의 시가 매우 독특한 위치를 차지하고 있기 때문이라고 생각됩니다만.

이승훈 : 아까도 얘기한 것 같은데 우선 나는 리얼리스트로서의 재주가 없는 것 같아요. 물론 역사적 현실을 보려는 노력도 하지 않았지만. 그리고 자연을 서정적으로 노래하기에는 너무 늙어 있었어요, 어렸을 때부터. 집사람이 베란다의 꽃들이 아름답다고 와서 보라고 하지만 나는 꽃들이 아름답다고 생각해본 적이 없어요. 심리적으로 늘 쫓기는 사람들은 자연을 돌아다볼 여유가 없다고 생각합니다. 나는 내면만 보고 살았습니다. 내면에만 관심이 있었어요. 처음부터 리얼리즘이나 리리시즘과는 거리가 멀었지요. 나는 계속 새로운 것을 보려고 했고 새로운 것에 관심이 많았어요. 그런 점에서 나를 모더니스트라고 부를 수 있을 겁니다. 옛날 시인들이 노래한 것을 또 노래할 필요는 없다고 생각합니다. 그렇다고 내가 리얼리스트나 서정시인들을 적대시한 적이 없습니다. 그들은 그들의 길이 있고 나에게는 나의 길이 있습니다. 나에게는 나의 내면으로의 길이.

박찬일 : 칸트는 그의 『판단력 비판』에서 문학예술은 "모든 이해관
계에서 벗어나 있다"라는 말을 합니다. 이에 대하여 페터
뷔르거는 칸트가 문학예술을 당시의 자본주의의 이윤 극
대화의 원칙에서 제외시킨 것으로 풀이했습니다. 선생님
은 시를 혹은 시쓰기를 현실과 무관한 무용의 행위, 무상
의 행위로 보고 있는 듯합니다.

이승훈 : 미적 자율성 문제를 최초로 철학적으로 이론화한 사람은
칸트입니다. 칸트에 의해 과학적 진리, 도덕적 양심, 미적
상상력, 즉 진, 선, 미는 서로 분리되었습니다. 쉽게 말해
과학과 종교와 예술이 분리되었다는 것이죠. 나는 이것을
칸트의 비판철학의 핵심이라고 봅니다. 과학이 아버지이
고 종교가 어머니라고 하면 둘 사이에 예술이라는 아이가
있었는데 아버지와 어머니가 헤어지게 되자 예술은 갈 데
가 없어졌습니다. 근대 미학의 출발점은 그러므로 외로움
이고, 분리이고, 고독이고, 다시 말해 자율성인 것입니다.
뷔르거가 예술의 자율성에 대해 자본주의 사회를 용납하
는 것이라며 비판적 입장을 취했지만 그러나 자본주의 사
회에서 자본주의의 물을 먹지 않고 살 수 있었던 것은 예
술밖에 없었지요. 미적 자율성은 현대 시인들에게 있어서
하나의 조건이었습니다. 한국의 경우에는 1920년대의 동
인지 활동이 미적 자율성 공간을 확보하는 과정이었다고
봅니다. 미적 자율성의 공간이 그전에는 없었어요. 미적
자율성 이론은 그러나 후기모더니즘에서 흔들리게 되지

요. 나는 『밝은 방』을 쓰면서부터 그 미적 자율성이라는
것을 깨보려고 했습니다. 한국의 많은 시인들은 아직 미
적 자율성이 뭔지도 모르지만.

그리고 무용성, 즉 쓸모 없음의 문제인데, 이것은 모더니
즘이나 후기모더니즘과 관계없이 예술의 조건인 것 같아
요. 옛날부터 지금까지 예술은 현실에 쓸모가 없었어요.
쓸모 없기 때문에 쓸모 있다는 역설, 이것이 내 문학관입
니다. 쓸모 없음은 놀이와 관계 있고. 나는 예술이 신선 놀
음까지 가야된다고 생각하는 사람입니다. 신선 놀음은 최
근의 나의 주요 화두입니다.

박찬일 : 80년대 변혁의 시대에는 문학 예술이 선전 선동의 도구로
　　　　쓰였었는데.

이승훈 : 역사적인 대 사건이 시인으로 하여금 시를 쓰게 하지는 않
　　　　는다고 생각해요. 작은 아픔들, 작은 고뇌들, 그것이 예술
　　　　을 하게 만듭니다. 이런 생각을 했기 때문에 80년대의 격
　　　　동기 때 나는 외로웠습니다. 리얼리즘, 목적문학의 시대
　　　　에 학생들에게 미적 자율성을 강의했어요. 자아 찾기라는
　　　　테마를 갖고 내면의 시를 쓰는 것은 정말 외로운 작업이었
　　　　습니다. 그러나 나는 내가 싫은 건 하지 않아요. 나는 내가
　　　　쓰고 싶은 것을 씁니다. 어떤 의미에서 나는 고집스럽게
　　　　나의 세계만을 추구해왔다고 할 수 있습니다.

박찬일 : 선생님 시를 이해하는 또 하나의 키워드는 표현주의입니
다. 표현주의적 경향입니다. 인상주의가 밖에서 안으로
향하는 것이라면(impress), 표현주의는 안에서 밖으로 향
하는 것입니다(express). 제1차 세계대전이라는 역사적
상황을 고려하면 절규같은 것입니다. 절규할 때 문법은
파괴됩니다. 절규의 언어에는 형용사, 부사, 조사, 대명사
들이 빠집니다. 절규의 언어는 주로 명사의 언어이거나
동사의 언어입니다.

이승훈 : 지금 하신 말씀이 옳아요. 내 시가 어렵다는 말을 듣는 이
유 중의 하나죠. 유년 시절 무의식에 새겨졌던 것들이 터
져 나갔다고 봅니다. 『환상의 다리』(1977)에서 특히 그랬
어요. 거기에 그냥 명사로만 연결된 시들이 있습니다. 그
렇다고 이론에 맞춰 쓰여진 건 아니고, 그냥 자연스럽게
나온 거죠. 그래요. 표현주의적인 요소가 내 시에는 많아
요. 또 표현주의가 나에게 맞는 것 같아요. 신표현주의의
잭슨 폴록을 좋아했고 20세기초의 표현주의 화가들도 좋
아했어요. 뭉크라든지, 고흐라든지. 내면적인 것을 터뜨
리는 사람들을 나는 좋아했어요. 아마 초기에 그런 이들
에게서 영향을 받았을 겁니다.

박찬일 : 그래서 선생님의 시를 관류하는 또 하나의 키워드는 아까
도 말씀하신 불안입니다. 대상이 있는 불안fear이 아니라
보다 근원에 닿아 있는 불안anziety입니다. 자전적 요소

와 관계있다면 설명을 부탁드리겠습니다. 큰 사건이 분명
있었을 것 같습니다.

이승훈 : 밖에서 보면 내가 거의 모범적인 스타일로 보여질지 모르
지만 심리적인 세계에서는 상처가 참 많은 사람입니다. 불
안이라는 것은 아까 말했듯이 대상이 없는 거죠. 대상이 뭔
지 알 수는 없지만 늘 불안했어요. 그래서 이번에 자전적인
연대기를 쓰면서 분석을 해봤는데 나의 불안이라는 것은
결국 나의 유년 시절에, 그러니까 나의 무의식에 기인한다
는 결론을 내렸습니다. 무의식인데도 어슴푸레하게 드러
나는 조건이 있지요. 불안의 조건이라고 할까. 유년시절,
끊임없이 이사, 전학을 반복했고 대학시절에도 그랬어요.
어디로 가는지도 모르는 이사가 계속 반복되었지요. 그래
요. 느닷없이 어딘가로 계속 이사를 다닌 것이 불안을 키웠
던 것 같습니다. 그리고 한번도 중심이나 백그라운드가 있
다는 생각을 못해 봤어요. 라캉식으로 말하면 아버지가 문
제였던 것이죠. 거기다가 성격도 내성적이고. 지금도 해질
무렵 시 한 줄 쓰고 맥주 한 잔 마시는 것도 불안해서 그러
는 게 아닌가 싶어요. 불안이 밑바닥에 깔려 있는 것이죠.

흐름, 가벼움, 타자

박찬일 : 초기부터 지금까지 선생님의 시들을 관류하는 또 하나의
키워드를 저는 흐름이라고 봅니다. 의식의 흐름stream

of conciousness에서의 그 흐름과 비슷합니다. 초기시들의 주요 경향인 모더니즘의 자동기술법과 90년대 시들의 주요 경향인 후기 모더니즘의 기표들의 유희, 혹은 환유의 연쇄들은 다같이 흐름을 그 주요 특성으로 하고 있다고 보는 것입니다.

이승훈 : 참 지적을 잘하셨네요. 초기에는 거기에 대한 의식이 없었어요. 포스트모던한 경향을 띠는 『밝은 방』(1995)이라든지, 『너라는 햇빛』, 『나는 사랑한다』에서부터 그런 의식이 생겼지요. 시인이 시를 쓰는 태도에는 두 가지가 있다고 보는데 하나는 돌의 경우처럼 깎고 새기는 것입니다. 쓴다는 것이 사실 흘리는 게 아니고 새기는 것이죠. 대부분의 시인들이 그렇습니다. 어떤 발상이 왔을 때 그것을 흘러가게 하지 않고 깎고 새기고 다듬습니다. 나는 그렇게 시를 쓰지 않았어요. 나는 어떤 것이 떠오르면 앉은 자리에서 다 씁니다. 시를 흘린다고 할까요. 시를 쓰는 동안만이라도 자유롭고 싶었습니다. 종이 위에서 말입니다. 시를 그냥 흘러가는 대로 내버려둠으로써 어떤 구원 같은 것, 억압으로부터의 해방 같은 것을 느끼곤 했습니다.
이런 데에 대한 자의식, 즉 흐름에 대한 자의식은 후기 구조주의나 후기모더니즘 미학에서 말하는 언어 기호를 구성하는 기표와 기의, 즉 씨니피앙과 씨니피에에는 서로 아무 관계가 없다는 인식을 받아들이면서 비로소 확고하게 되었습니다. 시는 씨니피앙의 놀이라는 생각을 하게 되었

습니다. 의미 없이 낱말들을 흘러가게 하는 것 말입니다.
세 번째 단계는 불교와 관계가 있습니다. 뒤늦게 불교를 믿
으면서, ‘나는 없다’, ‘그냥 흘러가는 시를 써야겠다’ 라는
생각은 더욱 강화되었습니다. 요즘은 다듬거나 정리하고
싶은 생각이 더 없어요. 나오는 대로 그냥 흘려버리고 싶어
요. 그게 시라고 생각해요. 요컨대 초기에는 흐름에 대한
자의식이 없었고 중기 이후 후기구조주의나 후기모더니즘
미학을 받아들이면서 그런 것들이 생겼다는 것이죠.
좀 다른 얘기지만 한국시단에서 김수영이나 서정주 같은
분들도 깎는 타입이 아닙니다. 그냥 흘리는 타입이죠. 김
춘수 시인도 『처용단장』에서 씨니피앙을 흘리고 있고.

박찬일 : 그래서 가벼움입니다. 선생님의 시는 후반부로 갈수록 점
　　　점 가벼움을 지향하고 있다고 봅니다. 경쾌한 행보라고 부
　　　를 수 있습니다. 인식론적으로는 허무주의인데 적극적인
　　　허무주의입니다. 니체의 니힐리즘과 같습니다. 허무주의와
　　　놀려는 허무주의 말입니다. 선생님은 「비빔밥 시론」에서
　　　"예술은 업이고 사막이고 우리의 인생에 의미가 없다는 사
　　　실을 깨닫는 일이고 해탈이고 그런 점에서 위대한 놀이이
　　　다"라고 말씀하셨습니다. 이러한 가벼움은 주체의 소멸이
　　　라는 인식과도 분명 관계있다고 보여집니다만.
이승훈 : 흐름의 미학을 생각하다가 궁극적으로 지향하는 것이 가
　　　벼워지자는 것이었죠. 무엇으로부터의 해방 말입니다. 가
　　　벼움의 반댓말은 무거움인데 무겁다는 것은 집착이 많다

는 것입니다. 나와 사물에 대한 집착 말입니다. 이것으로부터 벗어나 흘러가면서 가벼워지고 싶었습니다. 공기처럼 위로 올라가고 싶었어요. 최근의 나를 지배하고 있는 것이 이런 가벼움에 대한 것이었는데. 가벼움에는 두 가지가 있습니다. 역사적인 문제라든지 현실적인 과제, 이런 것으로부터 초월하고 싶은 게 한가지이고 두 번째는 나로부터의 가벼움이죠. '자아 찾기'를 시작해서 중기에 '자아 없음'이라는 자각을 했지만 정작 실천은 참 어려웠습니다. 정효구 교수도 지적한 것처럼 이론적으로는 '자아 없음', '무아無我'라는 것을 얘기하면서 시는 여전히 무거웠거든요.
가벼움이 최상의 것이라고 생각합니다. 가벼움을 지향해야 한다고 봅니다. 어린아이나 모든 것을 비우려고 하는 스님들이 가벼워 보입니다. 박 시인이 지적한 것처럼 허무주의와 놀려는 허무주의죠. 아름다운 예술, 위대한 예술들은 전부 가볍지 않았습니까. 장 쥬네! 얼마나 가벼웠습니까. 우리는 가벼움이 가지고 있는 무거움, 그것을 배워야 합니다. 가벼움의 철학을 알아야 합니다. 가벼움에는 가벼움에 맞는 기법이 생길 것이고. 가벼움은 참 소중한 테마입니다. 우리 시단은 너무 무겁습니다. 예술은 그게 아니거든요.

박찬일 : 선생님이 여러 시론에서 밝혔듯이 후기모더니즘의 주요 개념들인 차연, 흔적 등은 데리다에서 온 것이고 기표들의 유희, 환유의 연쇄 등은 소쉬르를 거쳐 라깡에게서 온

듯합니다. 먼저 라깡과 선생님의 시와의 관계에 대해 알고 싶습니다. 선생님의 경우 발생사적 연구, 혹은 정신사적 연구가 매우 중요하다고 봅니다. 선생님께서 주관하시던 계간지 《현대시사상》에서 쟈끄 라깡 특집을 꾸민 것은 1994년 여름이었습니다. 예를 들어 『나는 사랑한다』의 유명한 서시는 '나는 타자다' 라는 명제를 설명하고 있습니다. 무엇에 골똘해 있는 선생님의 사진이 나오고 그 밑에는 다음과 같은 구절이 있습니다. "시는 나의 의지를 넘어선다. 그것은 나로 하여금 그 자신이 원하는 것을 하게 만든다" 내가 시를 쓰는 것이 아니라 시가 시를 쓰게 한다는 것입니다. 고 김준오 교수의 지적처럼 "시쓰기란 타자의 글쓰기"라는 것입니다. 결국 나는 타자라는 것입니다.

이승훈 : 한 이론가를 충분히 안다는 것은 어렵습니다. 내가 이해하는 것이죠. 라깡은 내가 이해하는 라깡입니다. 실제 라깡은 다른 생각을 하고 있었는지 모르죠. 사실 라깡에게서 많은 영향을 받았어요. 내가 생각해오던 것이 라깡의 이론과 맞았어요. 처음에는 소쉬르에서 시작했습니다. 소쉬르 언어학을 보면 언어라는 것은 현실과 관계없는 씨니피앙과 씨니피에의 짝이라고 하는 부분이 나옵니다. 이것이 모더니즘 미학으로 갔고. 다음이 프로이트인데, 프로이트를 통해서 나의 무의식을, '나는 누구인가' 를 찾아 들어가다가 라깡을 만난 겁니다. 소쉬르와 프로이트의 결합이 라깡입니다. 소쉬르의 언어학, 프로이트의 정신분석의

결합이 라깡입니다. 물론 라깡은 소쉬르를 가지고 프로이
트를 다시 읽은 거지요.

타자의 문제는 사실 참 어려운 개념입니다. '소문자 타자'
가 있고 '대문자 타자'가 있는데 중요한 것은 '대문자 타
자'입니다. 라깡은 '나'는 태어나기 전에 이미 이 세상에
있었다고 말합니다. 아버지 어머니 할아버지 할머니 부
모, 조부모라는 가족체계가 이미 있었고, 이 가족체계란
것은 다름 아닌 언어체계로 존재하는 것이고, 이것이 라
깡식으로 말하면 소위 상징계이고 대타자라는 것이죠. 라
깡에 의하면 '나'라는 존재는 이미 이 상징계 속에 존재하
고 있었으며, 이 상징계를 결코 벗어날 수 없다는 것입니
다. 결국 나는 내가 아니라는 것입니다. 나는 타자라는 것
입니다. 이것이 '대문자 타자' 개념입니다.

내가 시를 쓴다고 하지만 시를 쓰다보면 내가 쓰는 것이
아니라는 생각이 들 때가 많아요. 언어가 시를 쓰는 것이
아닌가, 언어가 있어서 시를 쓰는 것이 아닌가, 라는 생각
이 들 때가 많아요. 언어가 먼저 있었다는 얘기입니다. 그
렇지 않습니까. 언어가 없다면 나는 시를 못쓰지요. 그러
면 언어란 무엇이죠. 이것이 문제인데, 이것을 나는 '대문
자 타자'로 보는 겁니다. 다시 말하면, 언어는 대문자 타
자의 언어라는 것입니다. 그런데 그 타자는 알 수 없는 타
자이지요.

박찬일 : 내가 시를 쓰는 것이 아니라 언어가 시를 쓰게 한다는 것
의 단초는, 즉 타자가 시를 쓰게 한다는 것의 단초는, 이미
1993년의 시집 『밤이면 삐노가 그립다』에 나타났던 것으
로 보입니다. 「이 난폭한 그리움이」에서 "이 난폭한 그리
움이/그를 낳는다 […] 이 난폭한 그리움이/그를 낳고/이
난폭한 그리움이/시를 낳는다/이 난폭한 그리움이/바로
시다"라고 하셨습니다. 「이 시는」에서는 "이 시는/바람이
쓴다/창백한 해가 쓴다/치정 같은 그리움이 쓴다/너의 방
을 찾아갔던/어제의 마음이 쓴다 […] 이 시는 네가 쓴다"
라고 하셨습니다. 『밤이면 삐노가 그립다』의 여러 시편들
을 '나는 타자다' 라는 라깡의 철학과 관련시켜 해석해도
될까요.

이승훈 : 타자라는 것은 결국 '그것', 내가 알 수 없는 '그것' 입니
다. '그것' 을 내가 알고 '그것' 이 내가 되면 '그것' 은 타
자가 아닌 '그것', 'Es' 가 되죠. 결국 '그것' 은 사실 무의
식입니다. 결국 무의식이 타자인 거지요. 무의식은 나의
무의식이지만 내가 알 수 없는 무의식이기 때문입니다.
무엇인지 알 수는 없지만 분명히 있는, 그러니까 '그것' 이
라고 부르는 거죠. '그것' 을 나는 아까도 얘기했지만 언어
와 관련있다고 보는 것이고. 라깡도 무의식은 언어로 직
조되어 있다고 했었고.

메타시, 차연, 무아無我

박찬일 : 선생님이 메타시들을 등장시킨 것은 1995년의 『밝은 방』
에서부터였습니다. 고 김준오 교수도 해설에서 메타시를
언급했습니다. 《현대시사상》에서 메타문학론에 대한 특집
을 다룬 때는 1996년 여름이었습니다. 1997년 시집 『나는
사랑한다』에서 후기모더니즘의 주요 양식인 메타시가 분
명하게 나타납니다. 메타성이 분명하게 천명됩니다. 예를
들어 「이 시대의 시쓰기」에 "도둑질이다 자연파 시인들은
자연을 훔치고 나같은 자칭 언어파 시인들은 언어를 훔친
다 오오 표절 속에 표절 속에 2월이 간다"라는 구절이 있
습니다. 후기모더니즘의 방법론들인 패러디, 패스티쉬를
강조한 것입니다. 메타시입니다. 그런데 모든 시는 메타
시라고 할 수 있지 않을까요. 왜냐하면 어느 시에서든 시
인의 시에 대한 입장이 드러나기 마련이니까요. 명백하게
시에 대한 입장을 개진한 것만 메타시입니까.

이승훈 : 그렇습니다. 시에 대한 자기 의식이 명백하게 천명되었을
때 우리는 그것을 메타시라고 불러야 할 것 같아요. 즉 시
쓰는 사람에게 메타성에 대한 인식이 있느냐 없느냐 그것
이 중요하다는 것입니다. 시에 대한 자기 태도가 분명히
드러나야 합니다. 사실 메타시는 옛날부터 지금까지 계속
존재해왔어요. 내가 했던 것은 그것을 의식화하고, 그리
고 미적으로 실천하는 노력이었습니다. 시란 무엇인가,

시쓰기란 무엇인가, 과연 내가 쓰는 시는 독창적인 것인가, 이런 끊임없는 질문들이 메타시 행위로 나왔던 것이지요. 사실 시쓰기는 극단적으로 말하면 모두 도둑질입니다. 다른 사람들의 텍스트가 없고, 남들의 시를 읽지 않았다면 시를 못씁니다. 자연파들은 자연을 도둑질하는 것이죠. 내가 보기에는 말이에요. 언어파들은 언어를 도둑질하는 것이고. 그리고 난 이것을 상호텍스트성으로 봅니다. 텍스트 자체가 상호텍스트입니다. 바르트가 이미 말한 것처럼. 메타시는 허무주의자들의 '터' 라는 것입니다. 후기산업사회에 접어들면서 나타난 문화적인 양식입니다. 후기산업사회에서 현실은 없고 기호만 있습니다. 그래서 결국 상호텍스트성이고. 그런 점에서 현재의 메타시는 대단한 발전인 것 같아요. 미학적인 점에서 특히.

박찬일 : 『밝은 방』(1995) 이후 메타시, 혹은 시론시가 눈에 띄게 늘어납니다. 후기모더니즘의 시들이라고 할 수 있습니다. 예를 들어 시집 『나는 사랑한다』의 이만식 시인에게 보내는 「답장」이라는 시에는 다음과 같은 구절이 나옵니다. "쓴다는 것은 나를 버리는 행위입니다. 종이 위에 나를 버리고 나는 하나의 차이로 존재합니다. 그러나 쓴다는 것은 나를 계속 연기시키는 일입니다. 종이 위에서 나는 계속 연기됩니다. 나는 이미 내가 아닙니다. 나타나고 사라지는 무수한 텍스트 방 속에 드러나는 이 흔적!" 차이, 연기, 흔적 등 데리다, 혹은 후기모더니즘의 주요 개념이 아

주 명징하게 설명되고 있습니다. 메타시입니다. 데리다가
끼친 영향에 대해 알고 싶습니다.

이승훈 : 지금 인용한 그 시가 당시의 내 생각을 가장 집약적으로
보여주는 시입니다. 데리다의 차연 개념이 그동안 제가
수행해왔던 자아찾기 과정의 결론인 '자아 없음'과 맞아
떨어졌습니다. 롤랑 바르트의 '저자의 죽음'이라는 개념
도 그렇고. 예를 들어 '어제 명동을 걸었어. 맥주를 마셨
어. 서초동으로 왔어'라는 텍스트 속에는 몇 개의 나가 있
는 것입니까. 나는 (공간적) 차이로 존재하고, (시간적으로
도) 계속 연기되고 있지 않습니까. 나는 흔적으로만 존재
하는 것 아닙니까. 나는 없다, 즉 '무아'라는 개념이 시쓰
기 행위를 통해서 확인이 된 것입니다. 나는 60년대에는
실존주의, 70년대에는 구조주의, 그 이후에는 후기 구조
주의의 세례를 받았습니다. 그런데 실존주의에 대한 생각
은 그 와중에서도 계속 떠나지 않았습니다. 실존주의 역
시 본질을 부정한다는 점에서 자아의 부정과 관계있습니
다. 이후에 불교의 머뭄이 없다는 뜻의, 즉 무주無住사상
과 데리다의 차연사상을 만나게 되면서 보다 확고한 인식
이 성립하게 된 거죠. 한 가지 덧붙이고 싶은 것은 데리다
이해는 나의 데리다 이해라는 것입니다. 텍스트는 읽는
자의 것입니다. 읽는 자마다 다르게 받아들일 수 있습니
다. 데리다와 라깡을 비교하면 제 생각으로는 데리다의
철학적 사유가 한 수 위라는 생각도 듭니다. 데리다는 불

교적 사유에 근접해 있습니다. 포우의 『도둑 맞은 편지』의 편지에 대해 라깡은 그 편지가 결국 여왕에게 돌아갔다는 것을 강조했는데 데리다는 편지의 주인이 계속 바뀌었다는 것을 강조했거든요.

박찬일 : 그렇지만 라깡과 데리다는 주체를 부정한다는 점에서 만나는 점이 있다고 보는데요.

이승훈 : 그렇지요.

박찬일 : 조병화 시인은 어떻게 대상이 없는 시, 의미가 없는 시가 있을 수 있는가, 라는 요지의 말을 한 적이 있습니다. 근자에 김춘수 시인은 한 인터뷰에서 "앞으로 의미가 가미된, 말하자면 주제가 뚜렷한 시를 쓸 것입니다. 인간 존재의 허무함, 무상함, 있는 것의 덧없음을 노래할 것입니다", 라고 밝혔습니다. 선생님의 가장 최근의 시집 『인생』(2002)은 불교적 세계관의 세례를 받은 흔적이 보입니다. 예를 들어 「日月」 같은 시는 인생의 덧없음과 삶에 대한 애착을 노래하고 있습니다. 변화로 보아도 좋겠습니까.

이승훈 : 삶에 대한 애착이 아니라 삶에서부터 벗어나려고 한 것 인데요. 모든 것을 다 버리자고 한 것인데요.

박찬일 : 닦아야 한다는 구절이 계속 반복되고 있습니다. 예를 들면 "그러므로 日月이여/좀더 닦아야 하리/이 책상도 닦고/벽도 닦고 거울도 닦고/가으내 아픈/이 팔도 닦고/책 속의 글자들/오오 글자들도 닦아야 하리"라고 하고 있습니다. 글자들을 닦아야 한다는 것은 책들을 더 보아야겠다는 것 아닙니까. 아픈 팔을 닦는다는 것은 삶에 대한 참여를 얘기하시는 것 아닙니까.

이승훈 : 닦기라는 것은 다른 의미의 닦기입니다. 거울을 닦듯이 나를 비워내려는 노력으로서의 닦기, 나를 덜어내려는 작업으로서의 닦기입니다. 먼지나 무거운 것을 털어버리려는 불교적인 노력으로서의 닦기같은 거죠. 일월이라는 천체우주를 놓고 볼 때 나는 아무 것도 아니라는 거죠.

박찬일 : 『반야심경』에 색즉시공, 공즉시색이라는 말이 있습니다. 현상은 본질의 그림자이나 본질 또한 현상의 그림자라는 것입니다. 원효는 저잣거리 사상가로서 현상에 더 의미를 부여한 것으로 보입니다. 선생님은 어떠십니까. 본질에 가까운 空, 無, 虛 등에 더 의미를 부여하십니까. 현상의 의미인 색, 곧 삶에 더 의미를 부여하십니까. 아니면 저의 질문이 틀렸습니까.

이승훈 : 저는 『반야심경』보다는 『금강경』을 더 관심을 갖고 읽고 있는데요. 물론 『반야심경』도 읽었습니다. 그런데 그렇게

이해하면 안될 것 같은데요. 플라톤식의 물질과 정신, 현상과 본질로 나누면 안될 것 같습니다. 이원론적으로 접근하면 안됩니다. 거기에는 위계질서가 있습니다. 두 개이며 동시에 하나다, 즉 불이不二사상으로 이해해야 옳습니다. 색과 공의 분별심, 있음과 없음의 분별심을 깨야 합니다. 상대주의를 깨야 합니다. 원효는 대승불교의 위대한 사상가요 철학자요 스님이었습니다. 원효가 저잣거리로 내려와 결혼도 하고 술도 마신 것은 십우도十牛圖의 맨 마지막 그림인 무애행無碍行으로 이해됩니다. 거리낌없이 행동하는 것이죠. 예를 들면 산은 산이요, 물은 물이라는 말이 있습니다. 그러나 산은 산이 아니고, 물은 물이 아니기도 합니다. 불교적 사유로는 있음은 없음이고 없음은 있음이기 때문입니다. 둘이 아니기 때문입니다. 그러나 더 큰 깨달음의 단계에 오면, 성철 스님처럼 산은 산이고 물은 물이라고 말할 수 있다고 봅니다. 여기서 더 큰 깨달음의 단계라는 것은 생각이 없는 단계입니다. 어린애처럼, 꽃처럼, 생각이 없는 단계입니다. 있는 그대로 받아들이는 단계! 산은 산이요, 물은 물! 생각이 집착을 낳고 번뇌를 낳습니다. 처음에 절로 가면 스님들 밥 해주고 불 때주는 행자 단계가 있는데 나는 여기까지만 가도 행복할 것 같애요. 다음 단계인 사미까지는 못갈 것 같고.

박찬일 : 사미 다음 단계인 비구까지 가실 것 같은데요. (웃음) 개인적인 질문인데요. 생각이 집착을 낳고 번뇌를 낳으니 생

각을 없애는 것이 좋다고 하셨는데 집착하고 번뇌하는 것
이 생각 없는 것보다 더 재미있고 행복할 것 같은데요. 그
렇지 않습니까?

이승훈 : 그러니까 내가 달라진 겁니다. 옛날에는 내가 허무로의
도망, 질병으로의 도망, 불안으로의 도망을 감행했는데
이제는 생각 하나로 모든 것이 달라진다는 것을 알게 됐어
요. 불안, 허무 등이 현대 예술의 조건이기도 하지만 불경
을 읽으면서 어린애와 같이 되는 것이 제일 행복이 아닌
가, 시도 그런 쪽으로 가야 하는 것이 아닌가라고 생각하
게 된 겁니다. 예를 들어 불안이라는 말이 없으면 불안도
없습니다.

불안이라는 말이 없으면 불안도 없다

박찬일 : 그러니까 행복을 원하시는 거죠?

이승훈 : 아니, 행복이니 불행이니 하는 분별심을 없애자는 겁니
다. 아이들은 그것을 모르잖아요. 밥을 주면 밥을 먹는 식
이죠. 있는 그대로 받아들입니다. 글을 쓰면 됐지 왜 쓰느
냐 하는 질문을 하지 않는 겁니다. 모든 것을 놓아버리고
그때 그때 사는 것, 가르치라고 하면 가르치고 술을 마시
고 싶으면 술을 마시고.

박찬일 : 송준영 시인은 선생님의 『인생』에 실린 시편들을 불교의
　　　　선시에 부합하는 것으로 보고 있습니다. 선생님의 시들이
　　　　불교의 사법인四法印인 일체개고一切皆苦, 제행무상諸行無
　　　　常, 제법무아諸法無我, 열반적정涅槃寂靜에 딱 맞아떨어진
　　　　다는 것입니다. 어떻게 생각하시는지요.

이승훈 : 그런 식으로 내 시를 읽어주면 고마운 거죠. 텍스트는 시
　　　　각에 따라 얼마든지 다르게 볼 수 있잖아요. 송준영 시인
　　　　은 그쪽 방면에 조예가 깊고, 그는 나의 불교 공부에 많은
　　　　도움을 주고 있습니다.

박찬일 : 『인생』에는 후기모더니즘에서 이야기하는 주체의 소멸,
　　　　나아가 데리다의 차연 개념으로 해석할 수 있는 시가 여럿
　　　　있습니다. 대표적인 시가 「서울에 오는 눈」입니다. "서울
　　　　에 오는 눈이 춘천에도 오고 […] 오늘 오는 눈은 어제 오
　　　　던 눈"이라고 한 것은 공간적 차이 및 시간적 연기에 대한
　　　　것입니다. 즉 흔적으로의 눈을 설법한 것입니다. "눈발이
　　　　나를 덮네 간절함도 애절함도 눈발에 파묻히는 불빛일
　　　　뿐"이라고 한 것은 주체의 소멸을 이야기하려 한 것으로
　　　　보입니다. 선사상과 데리다, 선사상과 후기모더니즘의 관
　　　　계에 대한 선생님의 설명을 듣고 싶습니다. 모더니즘, 후
　　　　기모더니즘의 세계에서 하산하시는 것 같더니 다시 선의
　　　　세계로 입산하시는 것 아닙니까.

이승훈 : 하산, 입산이 아니라 계속 올라가고 있다는 표현이 적당
할 것 같습니다. 아니 올라감 내려옴도 없습니다. 모더니
즘, 후기모더니즘, 해체주의를 거쳐 불교의 선사상까지
온 것이죠. 그리고 일관된 목표가 '자아찾기' 였습니다.
40년 동안 줄곧 나는 '나는 무엇인가' 라고 물었습니다.
선사상을 만난 것은 필연적인 귀결이었다고 봅니다. 앞으
로 이 방면의 공부를 계속 할 것입니다. 데리다의 차연개
념과 불교의 空사상은 분명 서로 관계가 있습니다. 데리
다는 언어에서 출발한 사람이죠. 소쉬르의 언어관을 비판
하고 언어에는 시니피앙, 즉 기표만 있다고 주장합니다.
차이와 연기만 있다는 것이죠. 차이와 연기만 있다는 것
은 자아는 없다는 것이고, 그러므로 흔적만 있다는 것이
고. 그리고 불교의 궁극적인 원리가 무엇입니까. 자아없
음, 무아無我 아닙니까. 그리고 나라는 게 뭡니까. 색신色
身 아닙니까. 물질 아닙니까. 물질이 어떻게 나입니까. 영
원한 것이 아니지 않습니까. 그런데 데리다와 불교의 차
이는 데리다의 무아개념은 언어 연구에서 온 것이고 불교
의 무아개념은 도 닦음, 즉 수행에서 오는 것이라는 거죠.
「서울에 오는 눈」은 물론 계산해서 쓴 것은 아닙니다만 ―
시는 나오는대로 쓰는 것이잖아요 ― 데리다의 차연개념
으로 설명이 가능합니다. 서울과 춘천은 그만큼 차이가
있는 것이고, 어제는 오늘로 연기된 것이고, 결국은 자아
는 없다는 것이죠. 그점에서 불교와 만나는 것이고. 간절
함과 애절함은 번뇌와 집착을 얘기한 것이고, "애절함도

간절함도 눈발에 파묻히는 불빛"이라고 한 것은 애절함과 간절함 이후의 구원을 말하는 것 같고.

박찬일 : 소멸 아닙니까. 혹은 소멸이면서 구원 아닙니까. "눈발에 파묻히는 불빛"이라고 하셨으니까요.

이승훈 : 아니, 소멸이니 생성이니 하는 그런 것이 없는 세계입니다. 시간과 공간, 번뇌와 집착을 벗어난 세계죠. 내 시에 보면 눈이 많이 나와요. 눈은 무거움을 없애버리고 무로 돌아가는 것이거든요. 달마대사 다음의 혜가 스님은 눈내리는 밤에 팔을 잘랐다고 해요. 불교의 배경은 히말라야 설산이고. 뭐 그런 것을 의식하고 시를 쓰는 것은 아니지만. 하여튼 『인생』이라는 시집은 후기모더니즘, 후기구조주의의 다음 단계로 나아간 것입니다. 하나 덧붙이고 싶은 것은 자아없음이라는 깨달음이 궁극적으로는 실천적인 단계까지 가야한다는 것입니다. 아직까지는 나는 미적 실천에 머무르고 있고.

박찬일 : 여태까지 먼길을 오신 것 같은데 앞으로도 그 이상의 먼길을 가실 것 같은 예감이 듭니다. 선생님의 지적 여정이 어디까지 가게 될지 독자의 한 사람으로서 매우 궁금합니다. 긴 시간 내주셔서 정말 감사합니다.

이승훈 : 고생 많았습니다. 재미있는 글이 나올 것 같습니다.

4. 대담/ 비대상에서 禪까지

대담자 : 이승훈 · 이재훈[*]

선생님의 유년 시절은 불안과 우울의 시간들이라 말할 수 있겠습니다. 당시 장관과 국회의원을 지내셨던 외조부와 한의학을 하셨던 조부, 그리고 의학을 하셨던 부친 밑에서 성장합니다. 외형적으로는 괜찮은 집안의 총명하고 명석한 아이였겠지만, 내면적으로는 외로움과 우울, 불안감 등에 시달린 것으로 알고 있습니다. 집안의 잦은 이주, 부친의 병, 모친의 자살 시도 등은 직접적인 영향으로 볼 수 있겠습니다. 이러한 일련의 경험과 내면적 정황들이 자신의 내면 세계를 고집스럽게 파고든 계기가 되지 않았을까 싶은데요. 선생님의 천성적 성

---

[*] 본 대담은 서면으로 이루어진 것임을 밝힙니다.

정性情보다는 외부 환경이 더 많은 영향이 있었으리라 생각합니다. 어떻게 생각하십니까?

이승훈 : 외면과 내면의 아이러니죠. 겉으론 멀쩡하고 이 시인 말처럼 그럴 듯한 집안에서 자랐습니다. 그러나 철이 들면서 계속된 건 불안, 공포, 우울이었습니다. 내가 너무 내성적이고 여린 성격이라 그런지는 모르겠지만 아무튼 불안은 내 브랜드죠. 난 초등학교 입학에 대한 기억이 없습니다. 어머니 손을 잡고 설레며 학교에 입학하던 추억이 없어요. 어느날 갑자기 낯선 아이들 속에, 그것도 시끄러운 아이들 속에 내가 앉아 있던 기억만 납니다. 무슨 카프카 소설 같고 악몽 같은 기억입니다. 도대체 이 낯선 곳에 내가 왜 왔는가? 그후 알게 된 것이지만 아버지는 나이도 차기 전에 그러니까 내가 일곱 살 되던 해 가을에 나를 학교에 집어 넣은 것입니다. 낯선 것에 대한 공포는 그 후에도 계속됩니다. 초등학교 2학년 때 6·25가 나고 난 계속 낯선 곳으로 옮겨 다니고 그 후에도 잦은 이사, 무엇보다 아버지 병으로 가정은 어둡고 언제 집안이 박살날지 모른다는 불안에 시달리며 유년 생활을 보냈죠. 난 어린 시절 한번도 웃어본 적이 없어요. 사실 의사이신 아버지가 병으로 고생하신 것도 아이러니입니다.

위의 질문을 생각하게 된 연유는 직접 선생님을 뵙고 든 느낌 때문입니다. 선생님께서는 감정도 풍부하시고 유머감각도 있으시고 웃음도 많으시고 해서 든 생각입니다.

선생님께는 두 분의 큰 스승이 있는 것으로 압니다. 춘천고등학교 시절 국어 교사였던 이희철 시인과의 만남, 한양대에서 박목월 선생님과의 만남이 그것인데요. 두 분과의 만남이 선생님께 끼쳤던 영향이 어떤 부분이었는지 알고 싶습니다.

이승훈 : 내가 최근에 웃는 건 불안과 우울에 지쳤기 때문이죠. 그리고 이젠 나이가 들었잖아요? 최근엔 '왜 사냐건 웃지요'라고 노래한 김상용 시인의 시가 좋아요. 고교 시절 이희철 선생님을 만난 건 행운이었고 대학 시절 박목월 선생님을 만난 건 운명이라는 생각입니다. 이희철 선생님은 당시 《문학예술》지에 신인으로 등단한 분으로 참 시가 좋았습니다. 고교 시절 난 선생님의 시를 다 외울 정도고 당시 동급생이던 소설가 전상국 형이 말하듯 선생님은 사실 나를 편애할 정도였습니다. 시의 기초가 잡힌 건 선생님의 영향과 지도 때문이고 박목월 선생님은 이미 기초가 다 된 나를 문단에 바로, 그것도 대학 2학년 봄에 내보내신 겁니다. 그러나 박목월 선생님이 안 계셨다면 지금의 내가 없을 정도로 선생님과의 만남은 그 후 운명이 됩니다. 난 목월 선생님을 만나려고 이 땅에 태어난 것 같습니다.

이희철, 박목월 선생은 전통 서정계열의 작품 세계가 당신의 문학관이었고 그것을 작품으로 훌륭하게 구현해 낸 시인입니다. 선생님의 작품 세계는 전통 서정시의 반대편에 자리잡고 있다고 볼 수 있습니다. 즉 선생님께서는 스승의 문학 세례에 큰 영향을 받는 우리 문학 전통으로 비추어 본다면 독특한 면이 있습니다. 스승의 문학 경향과 반대의 지점에 가 있기 때문이지요. 이 점에 대해 어떻게 생각하시는지요?

　　이승훈 : 두 선생님 모두 내가 하는 문학에 대해서는 그렇게 긍정적이지는 않으셨죠. 이희철 선생님은 '네가 李箱을 좋아하더니 시가 그렇게 되나 보다' 라고 하신 적이 있고 목월 선생님은 '글쎄 아무래도 이상의 시는 장난 같제?' 라고 하신 적이 있어요. 모더니즘 계열 시인들에 대해서는 비판적이었습니다. 그런데 제자라는 게 모처럼 등단을 시켜놓으니까 이상, 김춘수, 김수영, 전봉건 같은 시인들에만 관심을 두고 있으니 속으로 얼마나 한심하게 생각하셨을까? 그런 생각도 들어요. 그러나 목월 선생님은 '너는 네 길을 가라' 고 하셨습니다. 그만큼 대가풍이셨죠.

　　선생님께서는 고립감, 외로움, 허무, 불안 등의 삶이 현대인의 조건이며, 현대적인 것이라 말합니다. 이것은 세계를 불화의 관계 속에서 파악하는 것이고, 이 불화 속에 내던져진 현대인의 의식 세계가 모더니즘의 에너지겠지요. 자연인으로서 선생님의 삶 또한 이러한 불화를 스스로 수긍하고 고독한 산책자로 살아가는 듯한 인상을 많이 받습니다. 선생님의 문학적 태도 이전에 자신의 삶을 바라보는 태도 또한 궁금합니다.

이승훈 : 고독이 낭만주의의 개념이라면 불안은 현대주의, 모더니
즘의 개념입니다. 홀로 있기 때문에 고독하고 누군가를
만나면 고독이 해소되죠. 그러나 불안은 다릅니다. 혼자
있어도 불안하고 누구와 함께 있어도 불안합니다. 아니
함께 있는 사람이 갑자기 무서울 때도 있습니다. 물론 정
신분석에 의하면 불안은 분리 불안이고 이 불안이 자아
분열로 발전합니다. 사회학적으로는 이 시인의 말처럼 자
아와 세계의 불화, 단절, 소외가 동기가 될 수 있고 따라서
이런 단절 속에 던져진 현대인의 내면, 곧 불안과 공포가
모더니즘의 에너지입니다. 내가 대학 시절 좋아했던 카프
카의 세계가 그렇고 이상의 시가 그렇습니다. 내 시가 그
렇다면 내 인생도 그렇고 거꾸로 내 인생이 그렇다면 내
시도 그렇습니다. 시는 속일 수가 없어요. 사실 난 잿빛 인
생입니다. 요즘도 불안해서 시를 쓰고 해질 무렵이면 혼
자 맥주를 마시고 두통으로 고생이고 매일 두통약을 먹고
감기로 고생이고 매일 감기약을 먹고 우습죠. 고독한 산
책자이기보다는 난 사실 산책 같은 건 취미가 없고 여행
도 싫고 그저 잿빛으로 삽니다. 무슨 목표도 없고 프로젝
트도 없이 그저 하루 하루를 산 게 여기까지 온 겁니다. 그
런 점에서 난 허무주의자이고 정신적 방랑자입니다. 정신
적 유목민이라고 할까? 언젠가 이재복 평론가와 대담을
할 때도 그런 말을 했지만 난 그동안 낸 책이 몇 권인지 몰
라요. 그래서 조사해보니 50권이더군요. 그런데 강동우

평론가는 자기가 알기로는 53권이래요. 누구 말이 맞는지
모르겠어요. 아무튼 겉보기와 달리 속은 엉망이죠.

선생님의 작품 세계는 자아탐구로 시작해서 그 시적 대상이 '나' →
'너' → '그'로 변화됨을 볼 수 있습니다. 그 이후에 시집 『밝은 방』부
터는 자아 소멸, 주체 소멸로 바뀌게 됩니다. 자아와 주체가 소멸되면
남는 게 언어이고, 이 언어에 대한 자의식이 시작詩作에 그대로 투영
되게 됩니다. 그러므로 언어에 대한 자율성을 누리게 하고, 스스로 생
장, 형질 변화하도록 언어를 방목하는 형식이 하나의 시적 방법론으
로 파악됩니다. 하지만 이런 언어를 사유하고 시적 대상으로서의 언
어를 질서화시키는 건 결국 '주체'가 아닌가 생각하는데요. '언어'와
'주체'와의 친화와 길항 관계들에 대해 독자들을 위해 한 말씀 부탁
드립니다.

이승훈 : 처음부터 의도한 건 아니지만 내 시세계는 자아 - 언어 -
　　　　대상의 관계에서 처음부터 대상, 곧 자연이나 현실을 노
　　　　래하지 않았어요. 아니 난 그런 대상의 세계엔 관심이 없
　　　　고 자아에만 관심이 컸고, 따라서 자아탐구의 시를 썼습
　　　　니다. 이른바 비대상 시입니다. 대상을 상실한 자아는 무
　　　　의식, 어두운 충동의 세계이고 이 세계는 그 후 나/ 너/ 그
　　　　라는 인칭 체계로 탐구되죠. 그러나 느닷없이 이런 자아
　　　　탐구가 자아소멸로 전환됩니다. 자아탐구에서 자아가 없
　　　　다는 인식에 도달하기까지 30년이 걸린 셈입니다. 아니
　　　　내가 등단한 게 1963년이고 첫 시집을 낸 게 1969년이니

까 시집을 기준으로 하면 25년이 걸린 셈이고, 이 시인의 말처럼 1995년에 낸 시집 『밝은 방』이 전환점이 됩니다. 아무튼 자아를 찾는다는 게 이상하게도 자아가 없다는 결론에 도달한 겁니다.

이제 자아—언어—대상에서 남은 건 언어이고 자아가 없다면 언어가 시를 쓴다는 결론이 나오죠. 이 무렵 자아가 없다는 생각은 불교적 사유가 아니라 언어학 특히 후기구조주의 언어학을 공부하면서 깨달은 거죠. 방브니스트, 데리다, 라깡, 바르뜨가 그렇습니다. 주체가 말을 하는 게 아니라 말을 할 때 주체가 탄생하고 말, 언어가 없다면 주체가 없습니다. 그리고 말할 때 말하는 주체와 말 속의 주체가 태어나고 그런 점에서 주체는 두 주체 사이에 있고 주체는 계속 흘러가지요. '난 어제 술을 마셨어' 하면 지금 말을 하는 나와 말 속의 나가 태어나고 나는 이 두 개의 나 사이에 있고 말이 계속되는 한 두 주체의 관계도 계속 흘러갑니다. 그러니까 실체가 아니라 과정으로서의 주체가 있고 이런 주체는 데리다 식으로 말하면 텍스트적 주체, 해체적 주체, 차연적 주체입니다. 고정된 절대적 실체로서의 주체, 데칼트적 주체는 없고 주체는 차연이 생산하고 차이와 연기가 주체입니다. 말하자면 두 주체는 차이/ 연기의 관계이고 말하는 주체도 그렇고 말 속의 주체도 그렇습니다. 라캉 식으로 말하면 기표와 기표 사이에 존재/ 부재는 주체입니다. 따라서 나는 이 시인과 다른 생각입니다. 주체가 언어를 구성하는 게 아니라 거꾸로 언어가 주체를 구성/탈구성합니다. 요컨대 주체는 해체되는 거죠. 그러나 이렇게 자아소멸, 주체소멸을 깨닫고도 내 시가 계속 불안, 우울, 광기에 시달린 건 정효구 교수의 지적처럼 이 깨달음이 언어학을 매개로 했기 때문입니다.

「비대상」, 「시적인 것은 없고 시도 없다」, 「비빔밥 시론」 등에서부터 최근 저서 『탈근대주체이론-과정으로서의 나』 등의 시론은 우리 시사詩史에 남을 대표적 시론으로 평가됩니다. 이러한 시론은 선생님의 시세계와 함께 공존하고 있어서 어느 하나를 따로 떼어놓고 볼 수 없게 됩니다. 선생님의 시를 좋아하는 많은 독자들은 시가 먼저냐 시론이 먼저냐를 놓고 고민에 빠지기도 합니다. 시론에 의해 시가 탄생됐는지 아니면 시에 의해 시론이 탄생되었는지를 묻는 독자들이 의외로 많습니다. 이 점에 대해 어떻게 생각하시는지요?

이승훈 : 「비대상」은 말 그대로 대상이 없는 시를 쓰던 초기의 세계를 나대로 성찰한 것으로 그동안 오해도 많았고 말도 많았던 시론입니다. 대상이 사라지고 남은 자아는 무의식적 실체이고, 나는 이런 자아를 노래했습니다. 이상의 「절벽」 같은 시가 그렇죠. 김춘수의 무의미 시론이 의미론을 강조한다면 내 시론은 심리학, 무의식, 억압된 심리적 에너지의 투사를 강조합니다. 나는 이런 세계를 실존의 투사, 외부세계의 무화無化, 언어의 도취로 요약한 바 있습니다. 김춘수의 무의미 시는 묘사적 이미지, 자유연상, 통사해체의 단계로 발전하고 나는 비대상, 자아소멸, 해체로 발

전합니다. 「시적인 것은 없고 시도 없다」, 「비빔밥 시론」은 자아소멸 이후에 남은 언어에 대한 사유, 시에 대한 사유를 담고 있습니다. 전자는 시에는 본질이 없고 언어와 제도만 있다는 것, 후자는 이 언어와 제도의 해체를 다룬 것입니다. 「비대상」이 제 1기를 대표한다면 이 시론들은 제2기를 대표합니다. 시와 시론은 같은 것도 아니고 다른 것도 아닙니다. 함께 가는 겁니다. 특히 현대시는 시론을 요구하고 시론은 시를 보는 시각, 입장, 태도입니다. 현대회화도 현대회화에 대한 시각, 이론, 입장이 없으면 제대로 이해할 수 없습니다. 쓰레기가 회화가 되는 것도 이론, 입장이 있기 때문입니다. 최근 우리시가 전통 서정시로 퇴행하는 것은 시대에 역행하는 것이고 현대시에 대한 시각, 입장, 이론이 분명치 않다는 것이고 이런 것들이 미적 후진성과 통합니다. 도대체 지금이 어떤 시대인데 아직도 나무, 달, 이슬, 꽃, 강입니까?

서구 문예 이론의 한국적 수용에도 큰 업적을 남기셨습니다. 《현대 시사상》이라는 잡지를 주관하시면서 여러 가지 문예 사상과 시적 담론들을 번역하고 그것을 우리 문학에 수용하는 논문들을 생산해 내는 데 큰 역할을 하셨습니다. 저도 습작 시절에 이 잡지를 복사, 제본하면서 공부했던 게 지금도 큰 재산으로 남습니다. 또한 지금 이러한 잡지가 그리워지기도 합니다. 서구에서 이제 우리가 수용하고 천착해야 될 사상과 이론들은 어떤 게 있을까요? 그리고 선생님께서 서구 이론을 연구하시면서 가장 큰 인상을 받았던 이론 혹은 이론가는 누구였는지 궁금합니다.

이승훈 : 서구는 끝났다는 생각입니다. 그들의 끝에 동양이 있습니다. 서구 사상은 이론적이지만 동양 사상은 직관적이고 따라서 동양 사상, 특히 노장사상, 불교 사상, 禪 사상에 대한 현대적 읽기가 요구됩니다. 그런 점에서 계간《시와 세계》가 표방하는 후기현대와 선의 만남은 바람직한 태도입니다. 사실 많은 문예지, 시지들이 나오지만 뚜렷한 문학적 태도를 표방한 잡지들은 별로 없고 그 많은 시지들이 왜 나와야 하는지 모르겠습니다. 종이 낭비지요. 그건 그렇고 예컨대 데리다의 글쓰기가 놀이, 무용성을 강조한다면 장자는 이 놀이, 무용성의 유용성을 강조하고 그런 점에서 데리다가 예술을 강조한다면 장자는 예술과 삶이 하나가 되는 경지를 지향합니다. 데리다의 해체 개념도 유마 거사가 말하는 不二사상과 비슷하고 다릅니다. 이 차이, 틈, 균열을 파고들 필요가 있죠. 요컨대 서양과 동양의 만남, 회통, 그러니까 서양도 아니고 동양도 아닌, 잡탕, 비빔밥, 혼교, 난교, 혼혈이 요구됩니다. 개인적으로 영향을 받은 이론가는 소쉬르, 프로이트, 데리다, 라캉입니다. 소쉬르가 말하는 언어의 기호학적 특성, 프로이트의 무의식, 데리다의 해체, 라캉의 자아 개념 등은 지금도 내 사유에 많은 영향을 주고 있습니다. 물론 나대로 수용한 것이죠.

60년대는 선생님께서 등단하신 연대이지요. 당시 선생님께서 몸 담고 계셨던 《현대시》 동인은 새로운 문학적 감수성으로 이념과 경향 을 떠난 순수시로서의 역할을 했습니다. 30년대 모더니즘 극복과 전 후 모더니즘의 극복이라는 명제를 안고 있었던 당시에 《현대시》 동인 은 가장 주목할 만한 문학 그룹이었습니다. 하지만 당시와는 다르게 현재의 《현대시》 동인들의 면면을 보면 모더니즘적 성격을 고수하며 시를 쓰고 있는 시인은 선생님과 김영태, 박의상 선생 정도에 불과합 니다. 당시 《현대시》 동인의 영향과 그 의미는 무엇이라고 생각하시 는지요?

이승훈 : 1960년대 신세대로 구성된 《현대시》 동인은 이 시인의 말
　　　　처럼 1930년대 식민지 모더니즘, 1950년대 전후 모더니
　　　　즘을 발전적으로 계승한 이른바 산업화 초기 모더니즘을
　　　　추구하였습니다. 그런 점에서 우리 《현대시》는 제3기 모
　　　　더니즘에 해당하죠. 30년대가 식민지 시대의 억압된 내면
　　　　(이상)을 노래한다면 50년대는 실존, 존재(김춘수)를 노래
　　　　하고 60년대는 산업화 초기의 내면, 갈등을 노래합니다.
　　　　60년대를 순수/ 참여로 양분한다면 순수파에 속하지만 나
　　　　는 그렇게 생각하지 않고 순수도 참여도 아닌 제3의 그룹,
　　　　중간파로 봅니다. 중간파는 순수(전통서정시), 참여(현실
　　　　비판시) 양쪽에서 욕을 먹습니다. 과거에도 그랬죠. 그러
　　　　나 서구 모더니즘, 아방가르드는 모두 회색이고 중간파입
　　　　니다. 비유해 말하면 선거를 할 때 투표 행위를 포기하는
　　　　사람들이 회색입니다. 왜 모두 투표를 해야 하는지 모르

겠어요. 그리고 투표 거부, 기권, 포기는 선거와 제도에 대한 부정이고 아방가르드 정신이 그렇습니다. 새로운 예술은 전통을 부정하고 현실도 부정합니다. 《현대시》 동인은 60년대의 외적 현실을 노래한 것이 아니라 그 시대의 내면을 노래하고 이런 내면의식이 현대성과 통합니다. 어느 세대나 그 세대의 몫이 있죠.

선생님께서는 김춘수 선생의 「무의미」 시론을 계승해서 새로운 시론으로 개척한 시인으로 평가받습니다. 그것이 「비대상」 시론입니다. 작고하신 김준오 선생은 모더니즘시론을 조향·김춘수·이승훈 계열과 김기림·김수영·오규원의 계열로 이원화할 수 있다고 언급했습니다. 저는 개인적으로 시적 방법론을 떠나 선생님의 시에 드러나는 내면 정감의 노출과 구체화는 김춘수보다 김수영과 더 가깝다는 생각이 들기도 했습니다. 다만 김수영은 '광기'의 형태로 드러났다면 선생님께서는 '허무'의 형태로 드러났다고 볼 수 있겠는데요. 물론 이것은 국소적인 부분이지요. 선생님께서는 김춘수 선생의 영향과 동시대 시인으로 대표적인 모더니스트인 오규원 선생님과의 차이와 선생님 시와 시론의 변별성은 어디에 있다고 보시는지요?

이승훈 : 앞에서도 말했듯이 비대상 시론은 김춘수의 무의미 시론에 영향을 받았습니다. 시를 쓰든 그림을 그리든 누구의 영향을 받지 않고는 창작을 할 수 없습니다. 우리 시인들은 이상하게도 나는 누구의 영향을 받았소 하는 말을 하지 않습니다. 그렇다면 어떻게 시를 쓰는지 모르겠어요.

도대체 내 사유가 어디 있습니까? 내 생각이라는 게 모두 그동안 읽은 책, 들은 소리들의 쓰레기 아닙니까? 그런 점에서 내 사유, 독창성이라는 건 없고 내 사유는 쓰레기들의 재활용입니다. 또 선배가 있어야 후배가 있죠. 영향관계에 입을 다무는 시인들은 제대로 공부를 안 했거나 선배에 너무 인색한 사람들입니다. 결국 텍스트가 있는 게 아니라 인터텍스트가 있습니다. 모든 텍스트는 상호텍스트입니다. 문학엔 인과성이 아니라 상호성이 중요합니다. 김수영은 30년대 이상의 정신, 아방가르드를 계승하고 나는 이상과 김춘수 사이에 있고 그런 점에서 김수영의 광기, 실험을 옹호하는 입장입니다.

김춘수, 이승훈, 오규원이라? 크게 보면 같은 유파에 속하고 그것은 시에서 의미, 대상, 관념을 부정한다는 특성으로 요약됩니다. 김춘수의 「무의미 시론」은 관념의 제거를 노리는 이른바 묘사적 이미지에서 자유연상, 통사해체로 발전합니다. 오규원의 「날 이미지 시론」은 말 그대로 관념의 흔적이 없는 날 이미지를 추구하고 그런 점에서 김춘수의 묘사적 이미지를 발전적으로 계승합니다. 내가 주장한 「비대상 시론」은 김춘수의 자유연상을 발전적으로 계승하지만 나는 자유연상보다 액션 페인팅의 논리, 곧 억압된 무의식의 투사를 강조했습니다. 김춘수가 대상의 재구성, 대상과 이미지의 거리를 강조하고, 이때 대상의 의미, 곧 지시적 의미의 소멸을 강조한다면 오규원 역시 이런 재구성, 곧 대상의 날 이미지를 계속 추구하고 나는 이

런 대상의 문제에는 관심이 없습니다. 요컨대 김춘수, 오
규원은 대상을 전제로 무의미, 날 이미지를 추구하지만
난 출발부터 그런 대상이 없고 따라서 나의 내면, 무의식
이 문제였습니다. 시의 경우엔 김춘수는 이상과 정지용
사이에 있고, 오규원은 이상과 김수영 혹은 김수영과 김
춘수 사이에 있고 나는 이상과 김춘수 사이에 있습니다.

모더니즘 시사를 조감해 보면 이상으로부터 시작해 조향, 김춘수에
서 김영태, 이승훈, 오규원으로 이어지는 큰 흐름이 있습니다. 그 이
후 선생님 세대를 영향받은 후학들의 시세계는 조금 다른 성격이 있
는 것 같습니다. 영향관계로 따져야하는가 의심이 들 정도이지요. 많
이 거론되는 80년대 이성복, 황지우, 박남철 등은 자아의 탐색이라기
보다 사회성을 가진 의식적 모더니즘이 아니었나 생각합니다. 이들은
선생님의 작품세계와 일정한 차이가 있는 것 같습니다. 오히려 90년
대 들어서 함기석, 박상순, 송찬호, 박찬일, 김언희 등이 더욱 친밀하
게 영향받은 세대가 아닌가 싶은데요. 소위 모던한 시를 쓰는 후학들
의 작품세계가 선생님의 영향과 연관짓는다면 어떤 계보와 분류로 특
징지어야 할까요?

이승훈 : 80년대 이성복, 황지우, 박남철 외에도 최승호, 기형도 등
은 60년대 식의 내면이 아닙니다. 정치적 사회적으로 내
면을 들여다 볼 겨를이 없었고 그런 점에서 과격한 모더
니스트들입니다. 정치적 모더니즘, 시장 바닥의 모더니즘
이죠. 그러나 최승호, 기형도가 온건한 모더니즘이라면

이성복, 황지우, 박남철은 아방가르드입니다. 이 시인 말처럼 난 이들보다는 90년대 모더니스트들이 친척 같아요. 이재훈, 정재학도 이 계열입니다. 이유는 80년대가 외적 현실을 대상으로 한다면 90년대 신세대는 내적 현실, 말하자면 현대인의 악몽을 노래하고 이런 악몽, 그로테스크의 세계는 초기 내 상상력과 통하고 내가 생각하는 우리 시의 현대성을 이들이 노래하기 때문입니다. 그런 점에서 이들은 우리 모더니즘의 제5기에 해당합니다. 비슷비슷한 시들이 판을 치는 우리 시단에 이만한 개성, 이만한 재주, 이만한 전위를 만날 수 있다는 건 기쁨입니다. 이들은 대체로 30년대 정지용, 김기림의 온건한 모더니즘이 아니라 이상의 과격한 모더니즘, 곧 이상적 아방가르드를 계승하고 그런 점에서 이상의 후예입니다.

저는 우리 시사의 모더니즘적 특성 중 초현실적인 시적 방법은 실패했다는 생각이 듭니다. 선생님께서 예전에 이상 시의 계보를 작성하시면서 분류하신 게 초현실주의의 기법, 다다이즘의 기법, 미래주의의 기법, 입체주의의 기법인데요. 우리의 형식 실험은 다분히 말 그대로 실험의 차원에서 끝난 예가 많습니다. 깊게 들여다보면 형식 이외의 것들은 모두 형식의 무게에 눌려 무위의 경험으로 끝나는 경우가 많았지요.

선생님의 시에는 의식이 형식에 구속되는 듯한 느낌을 받을 때도 있습니다. 고의적으로 시를 작은 사각형 안에 문자를 가두는 형식을 보면, 형식에 대한 깊은 관심을 알 수 있습니다. 시형식에 대한 선생

님의 관심은 선생님 시를 이해할 때 중요한 부분의 하나로 생각되는
데요. 선생님의 의견을 듣고 싶습니다.

이승훈 : 실패도 있고 성공도 있겠지만 중요한 건 서구의 시적 방
법을 그대로 수용할 수 없고 어디까지나 굴절된다는 점입
니다. 그러니까 서구 방법을 모델로 지금 이 땅의 시를 평
가할 수 있습니까? 수용은 수입이 아닙니다. 일종의 대화
이고 굴절이고 변주입니다. 그건 그렇고 난 형식이 내용
을 결정하고 아니 형식이 내용이라는 입장입니다. 결국
시는 형식, 형태, 스타일이고 그런 점에서 난 형식주의자
이고 스타일리스트이고 스타일리스트는 허무주의자입니
다. 기댈 곳이 없어요. 현실도 대상도 의미도 본질도 없습
니다. 언어가 있어서 시를 쓰지만 언어는 현실이 아닙니
다. 허깨비, 환상, 떠도는 기표입니다.
그러므로 시가 있는 게 아니라 시라는 형식, 형태가 있습
니다. 시는 결국 낱말들을 이상하게 배열한 것에 지나지
않습니다. 시조가 그렇고 자유시가 그렇죠. 그동안 시를
써 오면서 제일 괴로운 건 형태였습니다. 이 시인의 말처
럼 별 놈의 형태를 다 시도해 보았죠. 그동안의 시쓰기는
형태 변화였고 그것은 연 구분이 있는 시, 산문시, 연 구
분이 없는 단련시, 낱말 하나가 시행이 되는 길고 가느다
란 시, 산문시 변형, 사각형 형태, 직사각형 형태, 그리고
최근에는 다시 자유로운 산문시로 변합니다. 형태에 지치
고 새로운 형태를 생각하고 다시 지치고 그런 식입니다.

물론 형식과 형태는 다르지만 크게 보면 같고 그러니까 그동안의 시쓰기는 형식, 형태, 언어를 파괴하고 다시 구성하고 다시 파괴하고 다시 구성하는 일, 그러니까 언어놀이죠. 사는 게 재미 없잖아요?

김춘수 선생의 시적 흐름이 의미에서 무의미로 다시 변증법적 통합을 거친 의미로 되돌아왔다는 것으로 거칠게 요약할 수 있을 겁니다. 선생님께는 '자아탐구', '자아소멸'로 철저하게 자아와 싸워온 고투의 흔적으로 보여집니다. 대신 변화하는 내면의 운동성을 이성으로 파악해 보려는 의지가 시적 대상의 전이를 통해 보여줍니다. 그러다가 시집 『인생』을 기점으로 선생님의 시세계가 선적인 세계로 옮겨갔다고 볼 수 있는데요. 그것은 선생님의 사유 활동이 현재 선세계에 머물고 있기 때문이라는 단순한 논리를 넘어서서, 선생님의 작품 세계의 새로운 돌파구로 이해되기도 합니다. 선적인 세계가 선생님의 시세계의 새로운 지향점으로 이해하는 것에 대해 어떻게 생각하시는지요?

이승훈 : 이 시인의 말처럼 김춘수는 의미에서 무의미로 다시 변증법적 통일로서의 의미로 돌아왔습니다. 아니 돌아온 게 아니라 지양되고 발전되었습니다. 나는 자아탐구에서 자아소멸의 단계를 거쳐 이 시인 말처럼 시집 『인생』(2002)을 기점으로 禪의 세계, 선적인 세계로 전환합니다. 아니 전환보다는 발전이나 초월로 생각합니다. 왜냐하면 자아소멸, 주체소멸을 주장하면서도 내가 자아로부터 완전한

자유나 해방을 성취하지 못한 것은 언어학, 특히 후기구조주의를 매개로 했기 때문이고 그건 이론이고 따라서 이론과 실천 사이에 괴리가 있었기 때문입니다. 그러던 차에 우연히 불교, 그것도 선과 인연을 맺게 됩니다. 나로서는 너무 늦은 법연이지요. 90년대 후반 어느 봄날 진주 장모님 49제가 하동 칠성암에서 있었고 그때 『금강경』을 만났고 그때 처음 내가 펼친 부분이 '대승정종분'이고 거기서 보살은 我相, 人相, 衆生相, 壽者相을 버려야 한다는 부처님의 말씀이 나와요. 특히 아상을 버리라는 말씀이 충격을 주었습니다. 왜냐하면 자아탐구니 자아소멸이니 하는 게 결국은 아상에 대한 집착이니까요. 자아는 相이고 想이라는 것. 부처님의 이 말씀과 만나고 나서 한결 가벼워지고 그 후 無我, 無住, 不二, 空 같은 개념들이 내 사유를 지배하게 됩니다. 시집 『인생』은 이런 사유를 담고 있습니다. 결국 선이 강조하는 것은 있음/ 없음을 초월하는 공이고 자유이고 해방입니다. 올해 낸 시집 『비누』에서는 이런 인식을 좀더 자유롭게 노래했습니다.

그런 점에서 나는 자아탐구에서 자아소멸을 거쳐 마침내 자아불이不二로 발전했고 자아 있음(자아탐구)/ 자아 없음(자아소멸)의 대립이 변증법적으로 종합되고 아니 선은 종합이 아니므로 있음/ 없음의 경계를 초월하는 공, 불이의 세계로 나간 셈이지요. 불이나 공은 이런 유/ 무를 초월하는 세계이므로 나는 있는 것도 아니고 없는 것도 아니고 나는 너와 같은 것도 아니고 다른 것도 아니라는 不

二 사상, 요컨대 무슨 분별, 대립이 지겹습니다. 최근에 쓰는 시들은 시와 삶의 경계를 깨는 작업이고 시와 삶 역시 불이의 관계에 있고 이젠 시를 쓰려는 생각도 버리고 시를 쓰고 아니 밥 먹는 게 시이고 아이들 가르치는 게 시이고 낮잠 자는 게 시라는 생각입니다. 삶과 시의 경계뿐만 아니라 시와 비시의 경계도 깨야 합니다. 따라서 이젠 삶에서도 시에서도 한결 자유롭습니다. 요컨대 시는 없고 시라는 것이 있고 이 시라는 것, 정의, 명명도 허상입니다.

결국 산은 산이고 물은 물입니다. 바르트는 선에 대해 말하면서 필름을 넣지 않고 셔터를 누르는 카메라에 비유한 적이 있습니다. 말하자면 내용, 의미, 기의 없이 사물을 보는 행위지요. 삶에 무슨 본질이 있고 목적이 있습니까? 결국 그저 있는 것, 그저 사는 것, 그저 쓰는 것이지요. 이 '그저'가 중요합니다. 그저 배고프면 밥 먹고 술 생각나면 술 마시고 잠이 오면 자는 겁니다. 아무 생각 없이 살고 아무 생각 없이 글을 쓰고 결국 삶이 시이고 시가 삶입니다. 나는 선을 만나고 시의 새로운 돌파구가 아니라 삶의 새로운 돌파구를 찾은 셈입니다. 그러나 나는 불자도 아니고 그저 책이나 읽고 글이나 쓰는 글쟁이입니다.

본 대담은 그간 있었던 선생님의 시적 작업을 큰 줄거리를 통해 대략적으로나마 이해해 보려는 시도였습니다. 많은 독자들에게 큰 도움이 되었으리라 생각됩니다. 답변에 큰 감사드립니다.

제2부

이승훈 시선

1. 자아탐구와 비대상의 시

이승훈은 1963년 《현대문학》을 통해 문단에 데뷔한 이래 줄기차게 모더니스트의 면모를 보여 온 시인이다. 그는 1969년 8월에 간행한 첫 번째 시집 『사물 A』를 필두로 하여 현금까지 18권의 시집과 21권의 시론집 등 수많은 저작을 하여 우리에게 보여주고 있다.

그의 시는 내면의 깊은 통찰에서 오는, 자의식의 과정을 거친, 매우 지적인 작용을 거친 인공적 메이커(maker)로서 찾을 수 있다. 이런 측면에서 이승훈은 진정한 아티스트이고 그의 시는 진정한 아트(art)라고 말할 수 있다. 필자는 계간 《시향》에서 기획한 이승훈의 시 읽기를 4회에 걸쳐 연재해 줄 것을 청탁을 받았다. 이것은 필자가 평소에 느껴온 그의 40여 년 시력의 4단계 변모과정과 같아서 매우 흔쾌한 기분이다.

그의 시 변모 과정은 1) 자아탐구, 2) 자아소멸 3) 자아부정 4) 자아 불이라는 4단계로 나누어 볼 수 있다. 주로 첫 단계인 자아탐구는 초

기의 시집 『사물A』(1969), 『환상의 다리』(1976), 『당신의 초상』(1981)
까지 3권은 주로 '나'에 관한 탐구의 시이고, 다음의 시집 『사물들』
(1983), 『당신의 방』(1986), 『너라는 환상』(1989) 3권은 '너'를 찾는 시
세계를 보인다. 그리고 다음 시집 『길은 없어도 행복하다』(1991), 『밤
이면 삐노가 그립다』(1993) 2권은 '그'에 대한 탐구로 일관되어진다.

그래서 이번에 읽게 되는 시들은 자아탐구에 침잠했던 초기 8권의
시집에서 나름대로 뽑아서 소개한다.   송준영

사물 A

사나이의 팔이 달아나고 한 마리의 흰 닭이 구 구 구 잃어버린 목을
좋아 달린다. 오 나를 부르는 길은 명령의 겨울 지하실에선 더욱 진지
하기 위하여 등불을 켜놓고 우린 생각의 따스한 닭들을 키운다. 닭들을
키운다. 새벽마다 쓰라리게 정신의 땅을 판다. 완강한 시간의 사슬이
끊어진 새벽 문지방에서 소리들은 피를 흘린다. 그리고 그것은 하아얀
액체로 변하더니 이윽고 목이 없는 한 마리 흰 닭이 되어 저렇게 많은
아침 햇빛 속을 뒤우뚱거리며 뛰기 시작한다.

- 『사물A』

암호

환상이라는 이름의 역은 동해안에 있습니다. 눈 내리는 겨울 바다
- 거기 하나의 암호처럼 서 있습니다. 아무도 가본 사람은 없습니다.

당신이 거기 닿을 때, 그 역은 총에 맞아 경련합니다. 경련 오오 존재.
커다란 하나의 돌이 파묻힐 때, 물들은 몸부림칩니다. 물들의 연소 속
에서 당신도 당신의 몸부림을 봅니다. 존재는 끝끝내 몸부림 속에 있
습니다. 아무도 가본 사람은 없습니다. 푸른 파편처럼, 바람 부는 밤
에 환상이라는 이름의 역이 보입니다.

―『환상의 다리』

가을

하이얀 해안이 나타난다. 어떤 투명도 보다 투명하지 않다. 떠도는
투명에 이윽고 불이 당겨진다. 그 一帶에 가을이 와 머문다. 늘어진 창
자로 나는 눕는다. 헤매는 투명, 바람, 보이지 않는 꽃이 하나 시든
다.(꺼질 줄 모르며 타오르는 가을.)

―『환상의 다리』

다시 흙으로

입술은 바람이 되고
눈망울은 천둥이 되고
심장은 돌이 된다

괴롭던 일 기쁘던 일도
화만 나던 사랑도 후회도

이제는 님이 빚어야 할
한줌의 흙
바다 혹은 하늘

— 『당신의 초상』

서정시

선생님, 그때부터 저는
서울역 부근을
밤새도록 헤매었습니다

이따금 들꽃이 핀
산길을 걷기도 했으면
산 위의 친구 집을
찾아가기도 했습니다

그때부터 산 위의 집은
조금씩 허물어지더니
이윽고 제가 그 집에 닿은 새벽
친구의 모친께서 나오시더니
친구는 벌써 떠났다고
당신도 곧 이사할 예정이라고
말씀하셨습니다

— 『당신의 초상』

여행

　내가 떠나지 않고 병이 떠난다 아니다 내가 떠난다 병들고 지친 감각
이 떠난다 병든 도시에서 병든 감각이 아무리 떠나도 병이 든다 그러니
까 병이 든다는 것은 사랑한다는 것인가? 병이 들 때 내가 맞이하는 저
들판, 해질 무렵 유리창의 햇살, 깊은 밤 언덕을 덮던 하아얀 눈, 문득
누가 기다리고 있을 것만 같아 마후라를 두르고 골목을 돌아가던 그해
겨울 오전 열시의 햇볕, 골목에 가득 쌓인 눈과 한없이 푸르던 해……
따위는 모두 내가 병들어 누워 있을 때 찾아가는 작은 역들이란 말인
가?

－『사물들』

닭

　물고기가 되기도 하고 통곡이 되기도 한다 아니다 닭은 몰려오는 비
행기 저렇게 굶주리는 비행기 하아얀 닭은 하아얀 물고기 하아얀 통곡
온통 고독하다 비행기가 몰려온다 굶주림이 몰려온다 나는 방으로 들
어가 이불을 뒤집어쓴다 그러면 방 안에 가득 차는 하아얀 닭들이 밤새
도록 푸드득거리고 나도 덩달아 푸드득거린다

－『사물들』

또 가을이다

피는
불이 되고

불은
연기가 된다

이제
나는 연기다

나는 풀풀 날린다

시간이
딸꾹질하는 뇌에는

연기만 가득하다
또 가을이다

– 『사물들』

너를 본 순간

너를 본 순간
물고기가 뛰고

장미가 피고
너를 본 순간
아무 것도
보이지 않았다
너를 본 순간
그동안 살아온 인생이
갑자기 걸레였고
갑자기 시커먼 밤이었고
너는 하아얀 대낮이었다
너를 본 순간
나는 술을 마셨고
나는 깊은 밤에 토했다
뼈저린 외롬 같은 것
너를 본 순간
나를 찾아온 건
하아얀 피
쏟아지는 태양
어려운 아름다움
아무도 밟지 않는
고요한 공기
피로의 물거품을 뚫고
솟아오르던
빛으로 가득한 빵

너를 본 순간

나는 거대한

녹색의 방에 뒹굴고

태양의 가시에 찔리고

침묵의 혀에 싸였다

너를 본 순간

허나 너는 이미

거기 없었다

— 『당신의 방』

당신의 방

당신의 방엔

천개의 의자와

천개의 들판과

천개의 벼락과 기쁨과

천개의 태양이 있습니다

당신의 방엘 가려면

바람을 타고

가야 합니다

나는 죽을 때까지

아마 당신의 방엔

갈 수 없을 것 같습니다

나는 바람을 타고
날아가는 새는
될 수 없기 때문입니다

- 「당신의 방」

나

손 하나 까딱 않고
구름도 까딱 않고
시간만 꾸역꾸역 삼키는
저놈이 누구지?

구름도 까딱 않고
하이힐 소리만 딸가닥거리는
여름날 돈도 못 버는 주제에
방에 앉아 시간만 삼키는
저놈이 누구지?

갑자기 눈을 뜨는 저놈이
갑자기 눈을 감는 저놈이
글쎄 저놈이 누구지?

놀라 껴안아도
바람은 불지 않고

바람은 불지 않고
바람은 불지 않고
고양이는 잠든지 오래
아들놈은 열심히 제 방을
정리하고 바람은 불지 않고

여름날 갑자기 오한이 들며
내가 바라보는
저놈이 누구지? 여보게
글쎄 저놈이 누구란 말인가?
후회도 적막도 아니
소음 하나 없는 저놈이
그래 그렇군! 저놈이 도무지
나야? 나로군! 여름날 저놈이
까딱 않는 정신 하나가
갑자기 해골이 되는
저놈이 글쎄 나란 말인가?

— 『당신의 방』

우리들의 가을밤

불빛은 없었다
벌레도 없었다

언제나 사람들을
사랑한다는 건
힘이 들었다
우리들의 가을밤
비에 젖던
약방만 있었다
약방 앞에
우린 서 있었다
비에 젖던
약방 앞에
연못은 없었다
못도 없었다
나는 없는 못을
쾅쾅 벽에 박았다
우리들의 가을밤
미친놈들과
알콜 중독자와
3류 국가와
피로가 있었다
대패로 밀어내도
끝없이 쌓이던
피로만 있었다
우리들의 가을밤

방에는 천개의

의자가 없었다

벌판도 없었다

벼락도 없었다

XX도 없었다

그러니 불빛도 없었겠지

무슨 꿈도 없었겠지

무슨 사랑도 없었겠지

〈당신의 방〉이

연못인 줄 알고

첨벙 뛰어들던

개구리도 없었겠지

구리도 없었겠지

뭐라고 말을

할 수도 없었겠지

당연하지

우리들의 가을밤

우리들의 알리바이도

당연하지 없었지

분명히 없었지

그럼 있었던 건

모두 뭐야?

─ 『너라는 환상』

서울의 밤 풍경

어제 한 여자가
옷을 벗었다
어제 두 여자가
옷을 벗었다
어제 세 여자가
옷을 벗었다

어제 한 남자의
성기가 서지 않았다
어제 두 남자의
성기가 서지 않았다
어제 세 남자의
성기가 서지 않았다

그럴 수도 있다
그럴 수도 있다
그럴 수도 있다면
그럴 수도 있다
서울의 밤은 기일다
서울의 밤은 옷을 벗고
그러나 서울의 밤은

성기가 서지 않는
남자가 아니고

서울의 밤

어제 한 여자가
옷을 벗었다

- 『길은 없어도 행복하다』

끄노의 스타일을 모방하여

오늘밤 내가
너와 도망간다면?

그야말로 그건
근사한 생각이다

나는 자신이 없지만
돌진한다
부서진다

그리하여
웃는다

너를 향해

웃는다 웃는다 웃는다

웃음엔 죄가 없다
너의 커단 눈에도
죄가 없다

그리고 또
죄가 없다

약방 앞에
차를 세우고

나를 기다리고 있던
너에게

아아 그러나

— 『길은 없어도 행복하다』

밤이면 삐노가 그립다

밤이면 삐노가 그립다
삐노엔 S가 있었지

삐노의 오후는 너무 맑았지

그는 역에서 내려

가방을 들고

삐노를 찾아갔지

눈부신 해와

고운 바람만 불던 창가에

S는 앉아 있었지

밤이면 삐노가 그립다

서울에서 부산하던 삶

삐노는 말없이 녹여 주었지

삐노엔 S가 있으니까

고운 바람이 불고

바람에 불 때마다 정원에선

이름 모를 꽃이 피던

아아 오늘밤 삐노가 그립다

삐노엔 S가 있으니까

지금도 S는 말없이

창밖을 바라보고 있겠지

삐노는 머언 나라

밤이면 삐노가 그립다

그는 삐노에 가고 싶다

— 「밤이면 삐노가 그립다」

2. 자아소멸과 언어가 쓰는 시

　이승훈의 자아에 대한 탐구로 낳아진 초기 시편들을 넘어 시집 『밝은 방』(1995, 고려원), 『나는 사랑한다』(1997, 세계사), 『너라는 햇빛』(2000, 세계사)에 와서는 현존의 자아가 있는 것이 아니라 텍스트적 자아가 있게 된다.

　「자아소멸의 시와 언어가 쓰는 시」로 묶어지는 시편들의 자아는 해체적 자아이고 차연적 자아다. 데리다가 말하는 영원불변의 진리가 없다는 해체이론을 근간으로 한 이승훈의 해체적 시론은 자아, 언어, 무의식의 상태에서 벗어나 자아가 언어에 지나지 않는다는 사유를 함으로써 자아소멸의 해체시로 접근하게 된다.

　곧 언어에 의해 자아가 소멸되고 언어가 시를 쓴다는 사유로 발전하게 되는데, 이런 자아들은 자아소멸에 의해 새롭게 확장되는 메타시적 형태와 시론시를 낳는다. 이런 시는 「시」, 「크리티포에추리?」, 「답장」, 「이 글쓰기」, 「이 시대의 시쓰기」, 「언어」, 「봄날은 간다」, 「텍

이승훈 씨를 찾아간 이승훈 씨

이승훈 씨는 바바리를 걸치고 흐린 봄날

서초동 진흥아파트에 사는 시인 이승훈 씨를

찾아간다 가방을 들고 현관에서 벨을 누른다

이승훈 씨가 문을 열어준다 그는 작업복을

입고 있다 아니 어쩐 일이오? 이승훈 씨가

놀라 묻는다 지나가던 길에 들렀지요 그래요?

전화라도 하시지 않고 아무튼 들어오시오

이승훈 씨는 거실을 지나 그의 방으로 이승훈 씨를

안내한다 이승훈 씨는 그의 방에서 시를 쓰던

중이었다 이승훈 씨가 말한다 당신이 쓰던 시나

봅시다 이승훈 씨는 원고지 뒷장에 샤프 펜슬로

흐리게 갈겨 쓴 시를 보여준다 갈매기, 모래,

벽돌이라고 씌어 있다 아니 이게 무슨 말이오?

이승훈 씨가 황당하다는 듯이 이승훈 씨에게

묻는다 갈매기는 강박관념이고 모래는 환상이고

벽돌은 꿈이지요 뭐요? 난 그렇다고 생각합니다

아닙니다 틀렸어요 갈매깁니다 틀림없습니다 그게

아닙니다 바다는 갈매기가 아닙니다 그건 모래가

벽돌이 아닌 것과 같습니다 벽돌은 바다가

아니니까요 바바리를 걸친 이승훈 씨와 작업복을
입은 이승훈 씨가 계속 싸운다 마침내 화가 난
이승훈 씨가 의자에서 벌떡 일어나 소리친다
좋아요 좋아! 그는 문을 쾅 닫고 사라진다

— 『밝은 방』

어머니 무덤

그는 무덤으로 간다 무덤이 있기 때문이다 겨울 오후 산비탈엔 무덤
이 있다 아버지의 무덤이 있고 어머니의 무덤이 있다 어머니의 무덤은
아버지 무덤 옆에 있다 그는 춥다 바람이 불기 때문이다 그는 토파를
걸친다 세상엔 토파라는 게 있다 그는 무덤을 본다 무덤 아래 호수를
본다 호수가 있기 때문이다 겨울 햇살에 반짝이는 호수가 눈물겹다 그
는 담배를 피운다 어머니와 싸우던 날들이 흘러간다 목을 움츠리고 그
는 다시 무덤을 본다 세상엔 무덤이 있다 그는 다시 무덤을 본다 그는
살아 있기 때문이다 어머니는 돌아가시고 그는 살아 있다 어머니는 무
덤 속에 누워 있고 그는 어머니 곁에 서 있다 아직도 그는 어머니 곁에
서 있다 어머니는 마당에 앉아 빨래를 하고 그는 학교에서 돌아와 어머
니 곁에 서 있다 어머니 곁에서 어머니 얼굴을 바라보며 어머니 오늘
학교에서 — 그는 나직이 말한다 어머니는 그를 바라본다 배고프지? 여
름 오후 마당에는 채송화가 피어 있고 어머니는 계속 빨래를 하신다
그는 어머니 곁에 서 있다 왜냐하면 그는 어머니 곁에서 있기 때문이다

— 『밝은 방』

그녀의 방

그녀의 방에는 그녀가 있다 비인 술병이
있고 피우다 버린 담배가 있고 의자도
있다 그녀의 방에는 의자 두 개가 있다
그녀는 바지를 입고 의자에 앉아 있다
겨울 오후 다시 바람이 분다 아니 겨울
오전 같다 그녀의 방에는 그녀의 코가
있고 그녀의 커단 눈이 있고 그녀의
낮은 목소리가 있고 구름 한 장이 있다
그녀는 화장을 한다 그녀 뒤에는
한 남자가 있다 의자에 앉아 담배를 피운다
그녀는 별로 말이 없다 그녀의 머리칼도
말이 없다 그녀의 입술도 말이 없다
그녀의 커단 눈이 말한다 밖에 비가 와요?
그녀의 커단 눈은 그대로 활활 타는 불이다
그녀의 눈을 보면서 그는 사라진다 그는
그녀의 눈 속으로 사라진다 그녀의 눈
속으로 사라지는 그에 대해 생각하시오
이제 그는 없다 그러니까 내가 뭐랬어요?
사라진 그를 보고 그녀가 말한다 사라진 그가
의자에 앉아 있다 아아 이건 꿈이로구나
그는 꿈속을 헤매는구나 그녀의 방에는

커튼도 있고 탁자도 있고 의자도 있고
여긴 서울이다 사라진 그가 의자에 있고
그녀의 방에 있고 다시 비가 오려나 보다
그녀는 내일 떠난다 가지마! 사라진 그가
소리친다 그녀의 방이 와르르 무너진다

— 「밝은 방」

그녀의 이름은 환상이다

　그녀의 이름은 환상이다 그는 그녀의 기둥서방 그는 그녀를 찾아간다 그녀는 눈이 크고 단발이다 바람부는 저녁이면 술집으로 가듯 그녀을 찾아간다 노을이 시린 골목을 돌아간다 그녀는 그에게 술도 주고 약도 주고 돈도 준다 그녀은 부자다 그녀는 담배를 피우고 그림도 그린다 그녀의 기둥서방은 대학 교수이며 저서도 있다 시도 쓰고 시집도 있다 모두가 그녀 덕택이다 그는 그녀의 기둥서방 이젠 나이 든 늙은 기둥서방 언젠가 그녀는 그를 버리리라 그러나 바람부는 저녁이면 아편을 사듯 그는 그녀를 찾아간다 시뻘건 노을 너머 그녀의 집이 보인다 그녀는 비를 팔고 우산도 팔고 바람도 판다 비누도 팔고 배추도 팔고 햇볕도 판다 시간도 판다 그녀는 돈이 많다 그녀의 기둥서방인 그는 학생 때 고독했고 결혼한 다음 우울증에 시달렸고 30대에 방황죄를 지었으며 지금도 방황죄를 짓는다 모두가 그녀를 사랑하기 때문이다 그녀의 이름은 환상이다 그는 오늘도 비틀대며 그녀를 찾아간다

— 「밝은 방」

돌아오지 않는 법?

너를 기다리며 여름이 가고 가을이 온다 너를 기다리며 머리를 빗고 거울을 닦고 커피를 끓이고 책상을 닦고 벽에 다른 그림을 건다 너를 기다리며 한낮에도 스탠드를 켜고 커튼을 내리고 슬리퍼를 끌고 복도를 방황한다 도대체 어쩌자는 건가? 너는 돌아오지 않겠지만 네가 돌아올 때까지 가방이나 뒤지고 연필이나 깎고 가슴 속에 귀뚜라미나 기르고 하루 종일 몸에서 열이 나고 빌어먹을 너는 돌아오지 않을 거다 모든 사람들이 그랬다 물론 외출을 했다가 돌아오지 않는 법도 있는 법?

— 「밝은 방」

시

나는 시를 쓴 다음 가까스로, 거의 힘들게, 어렴풋이 발생한다. 나는 시를 쓰는 게 아니라 시 속에 태어난다. 시 속에 태어난다. 시 속에 내가 발생한다. 그렇다면 시란 무엇인가? 시는 시라는 장르에 속하는 게 아니라 시라는 장르에 참여한다. 참여한다는 건 속하지 않으며 동시에 속함을 의미하고, 시는 시라는 장르에 속할 때, 말하자면 시라는 장르로 일반화될 때 이미 시가 아니다. 우리 시단엔 이런 의미로서의 귀속, 너무나 시 같은 시, 장르라는 일반의 옷을 입고 행세하는 시들이 너무 많다.

일반화된 시는 시가 아니다. 내가 시를 쓴다는 것은 시에 의해 시 속에서 시를 향해 시와 싸우며 시라는 길 위에서 헤매는 일이다. 헤맬 때 내가 태어난다. 시가 무엇인가를 알면, 도대체 시가 있다면, 우린 시를 쓸 필요가 없을 것이다. 일반화는 모든 삶의 숨결을 죽인다.

내가 생각하는, 내가 쓰는, 내가 쓰면서 생각하는 시는 이런 의미로서의 시가 없는 시다. 시가 없을 때 시가 태어난다. 아아 시가 없을 때 시가 없을 때 시가 있다면 시를 쓸 필요가 없다. 말하자면 나는 이 시대의 문학이라는 유령과 싸운다.

무엇이나 말할 수 있는 이 문학이라는 이름이 이상하게도 이 땅에선 무엇이나 말해선 안 된다는 점잖은 인습으로 고착된 지 오래다. 우리 문학이 답답한 건 이런 인습 때문이다. 인습을 파괴해야 한다. 그리고 무엇이나 말할 수 있는 문학이라는 이름에 대한 새로운 자각이 필요하다.

모든 제로의 가능성은 제로의 불가능성이고 이 불가능성이 또 가능성이다. 무엇이나 말할 수 있는 가능성은 무엇이나 말할 수 없다는 불가능성이고 이 불가능성이 또 가능성이다. 나는 시를 쓴다. 아니 산문인가?

— 『나는 사랑한다』

이 시대의 시쓰기

물론 이승훈 씨는 시를 쓰신다 언어가 있기
때문이다 언어라? 언어라? 언어라? 도대체
언어란 무엇인가? 그는 언어 때문에 시를 쓰지만
언어 때문에 실패의 연속이다 언어 유리디체여
그녀를 돌아보면 안 된다 차라리 불을 지르라

물론 어려울 것이다 그렇다면 이제 남은 건
훔쳐오기 그렇다 이제 그는 유리디체를 훔친다
그가 읽은 책, 그가 읽는 책, 그가 읽을 책,
그리고 최근의 경험, 말라빠진 현실, 엉터리 꿈,
한낮에 졸고 있던 약방, 카페에서 그의 담배에
불을 붙여 주던 사람(얼마나 고맙던가?) 그는
작은 일에 약하다 말하자면 예민하다 그의
예민성은 신경증이 되고, 우울증이 도지면
나처럼 의기소침해지고 그러나 우울증엔 여러
유형이 있다 창녀가 되고 싶은 유형, 자살을
꿈꾸는 유형, 험담을 하는 유형(최근에 나를
괴롭힌, 따라서 나를 즐겁게 한 여자가 이 유형임),
험담은 병이 아니라 이 시대의 상식이다 험담을
하고 모함을 하고 인간들은 우울증을 극복한다
나도 극복한다 우울증 환자 가운덴 알콜 중독자도
있고 투전꾼도 있고 약물 중독자도 있고 요컨대
이승훈 씨가 쓰는 시는 우울증의 산물이다 오오
우울증이 무슨 죄란 말입니까? 그는 불안이라고
하지만 아마 우울증일 것이다 그건 누구보다 내가
잘 안다 우울증은 자랑할 일이 아니다 불안하면
도둑질도 한다 무슨 짓을 못하랴? 그는 오늘도
그가 읽는 책에서 언어를 훔치고 창문도 훔치고
종이도 줍고 물론 불을 지를 순 없으리라 언어

속에서 언어를 훔치는 이승훈 씨여 언어라는
아파트에서 그는 가구나 물건들(예컨대 재떨이,
신발, 양말, 의자, 낡은 셔츠 등)을 훔친다
도둑질을 한다 그는 염치도 없이 염치도 없이
훔친다 벼락처럼 훔친다 이젠 자신도 훔친다
그도 언어 속에 있기 때문이다 그가 쓴 책 속에
그가 있다 이 시대의 시쓰기는 도둑질이다
자연파 시인들은 자연을 훔치고 나 같은 자칭
언어파 시인들은 언어를 훔친다 오오 표절 속에
표절 속에 2월이 간다 김춘수 선생의 「들림,
도스토예프스키」라는 시에는 〈가도 가도 2월은
2월이다〉는 시행이 나온다 정말 가도 가도
끝이 없다 낡은 시도 많고 새로운 시도 많고
나처럼 조금 미친 이승훈 씨도 있고 겨울 저녁
불을 켜고 앉아 언어를 훔치는 시인도 있다 그럼
이승훈 씨여 부디 분발하시기 바란다

― 「나는 사랑한다」

오토바이

난 해질 무렵 몽상가 소부르주아 시인
세상엔 관심이 없다 내가 관심을 두는 건
의자, 작은 방, 개미, 염소

피와 이슬로 된 술 난 현실 따윈 모른다
알려고 하지도 않지만 난 현실을 모르는
국문과 교수 허리띠를 헐렁하게 매고
거울을 연구하는 교수

그러나 그러나 그러나 감기엔 맥을 못 춥니다
30년 전부터 어디론가
떠나고 싶었지만

— 『나는 사랑한다』

언어

　내가 사는 곳은 언어, 언어 속에 내가 있다 아니 언어가 나다 나는 말하고 나는 침묵하고 나는 기침하고 나는 담배를 피우고 난 정치는 모른다 난 국문과 교수도 아니다 이 글 속에서 이 언어 속에서 아니 이 언어의 들판에서 난 염소 옆에서 담배를 피우고 염소도 담배를 피우고 비가 오면 이 언어 속에서 우산을 쓴다 당신과 만난 곳도 여기 이 하얀 원고지 위에서! 어머니와 싸운 곳도 여기! 이 하얀 얼음 위에서! 해질 무렵 개미를 연구한 곳도 이 백지 위에서! 그 동안 난 헤맨 게 아니다 언어가 헤매고 지금 저무는 하루도 언어 속에 저문다 물론 언어는 피로하다 당신들이 언어를 죽이기 때문이다 지금 말하는 건 내가 아니라 언어, 그것, 알 수 없는 힘이다.

- 「너라는 햇빛」

봄날은 간다

낮선 도시 노래방에서 봄날은 간다
당신과 함께 봄날은 간다 달이 뜬
새벽 네시 당신이 부르는 노래를 들
으며 봄날은 간다 맥주를 마시며 봄
날은 간다 서울은 머얼다 손님 없는
노래방에서 봄날은 간다 달이 뜬 거
리도 간다 술에 취한 봄날은 간다
안개도 가고 왕십리도 가고 노래방
도 간다 서울은 머얼다 당신은 가깝
다 내 목에 두른 마후라도 간다 기
차는 가지 않는다 나도 가지 않는다
봄날은 가고 당신도 가지 않는다 연
분홍 치마가 봄바람에 휘날리더라
해가 뜨면 같이 웃고 해가 지면 같
이 울던 봄날은 간다 바람만 부는
봄날은 간다 글쟁이, 대학교수, 만성
떠돌이, 봄날은 간다 머리를 염색한
우울한 이론가, 봄날은 간다 당신은

남고 봄날은 간다 연분홍 치마가 봄
바람에 휘날리더라 새파란 풀잎이
물에 떠서 흘러가더라

– 「너라는 햇빛」

텍스트로서의 삶

나는 없고 언어만 있으니 나라는 언어가 나를
만든다 이 글이 텍스트 이 짜깁기 언어라는
실과 실의 얽힘 속에 양말 속에 편물 속에
스웨터 속에 당신의 스타킹 속에 내가 있다
나는 거기 있는가? 내가 거기 있다고? 글쎄
난 그것도 모르고 거울만 보며 쉰이 넘었다
망측스럽도다 거울만 바라보며 세월을 보낸
내가 갑자기 망측해서 주먹으로 한 대 갈기고
이 글을 쓴다 이 글 속에서 이 언어 속에 아무
것도 없는 언어 속에 부재 속에 무 속에 내가
있도다

– 「너라는 햇빛」

3. 자아부정과 장르 해체

　「자아부정과 장르해체」의 시편들은 시집 『나는 사랑한다』(1997),
『너라는 햇빛』(2000)을 중심으로 언어에 의해 자아가 소멸되고 언어
가 시를 쓴다는 인식을 넘어서는, 곧 자아소멸의 해체시가 한층 심화
되어 주체와 언어의 해체에 이르게 된다. 이승훈은 지금 있는 그대로
의 자아가 아니라 흔적과 자취로서 자아를 놀이하고자 한다. 유희하
고자 한다. 이런 유형으로는 시의 장르 해체, 곧 시의 제도성 해체와
시의 자율성, 통일성의 해체로 나타난다.

　첫째, 이승훈은 시라는 장르, 시의 제도성을 해체하는 사진시나 그
림시를 발표한다. 이것은 사진이나 그림을 인용하지만 시를 구성하는
차원에서 끼워넣기(embedings) 형태로 나타난다. 사진시는 「시」,
「쏘파 이야기」, 「어느 스파의의 첫사랑」을 들 수 있다. 그러나 사진시
「준이와 나」나 마르셀 뒤샹이 오브제로 삼은 변기-오브제를 사용한
「뒤샹의 〈샘〉?」과 앤디 워홀의 그림을 이용한 「이승훈이라는 이름을

가진 3천 명의 인간」은 앞의 끼워넣기 스타일의 시와 비교할 때 좀 더 과감하고 심각한 실험적 아방가르드의 첨단의 기법으로서 전통적인 시의 장르를 해체한다.

둘째, 이 기간 동안 이승훈은 시의 자율성과 통일성을 해체하는 유형들을 낳는다. 그 중 복수형 스타일의 시로는 「기차를 향한 배고픔」, 「끄노에 대한 단상」, 「거짓말을 하든지 죽든지」를 들 수 있다. 그리고 「노예에 대해」, 「이 글쓰기」 등은 한 편의 시 속에 한 편의 시가 반드시 있어야 한다는 부르주아적인 정상성을 거부하며 해체하는 시들이다.

셋째, 이승훈은 다른 한편으로는 삶의 무게가 언어 공간으로 다소 침투하는 시들을 낳는다. 포스트모더니스트인 그의 해체적 자아성찰은 비록 그의 삶이 해체됐을지라도 너의 대한 인식과 함께 '너'가 있으므로 시가 있다는 인식을 같이한다. 이때의 햇빛은 일상의 햇빛이 아니라 '너라는 햇빛'이므로 분화되고 해체된 햇빛이다. 잡아도 잡아도 잡을 수 없는 햇빛은 바로 나와 분화된 '너라는 햇빛'이다. 이럴 때 햇빛은 자기파괴적인 '나'이고 비극적인 '너'다. 이러한 자기파괴적인 언어유희에서 만들어지는 시편, 이런 비일상적이면서 그에게는 일상적인 삶으로 간주되는데, 이런 언어가 자연스럽게 표출되는 시로는 「시인」, 「네!」, 「언어」, 「너」, 「극에 달하다」, 「난 당신 아저씨」, 등이 있다. 이러한 이승훈의 시편들은 철저히 포스트모더니즘의 시론에 의해 집필된다.
송준영

1. 끼워넣기 형태의 시편

시

*마리 로르 베르나다크, 폴 뒤 부세 지음, 윤형연 옮김,
책세상, 1996, 피카소의 사랑과 예술

　　　　　　　　　　　　　　　　　− 『나는 사랑한다』

어느 스파이의 첫사랑

솔직히 말해서 난 밤에는 일찍 잔다 겨울밤엔
열시 반이면 잔다 TV 뉴스는 9시부터 10시까지다
뉴스를 볼 때 난 TV 앞에 앉아 혼자 맥주를 마신다
뉴스를 본다 담배를 피운다 재떨이에 재를 턴다
술에 취한다 뉴스를 본다 아나운서는 도대체 무슨
말을 하고 있는 거야? 뉴스를 보며 술에 취하고
뉴스에 취하고 한 시간 동안 취한다 술을 마시며
뉴스를 보면 뉴스 내용이 하나도 들어오지 않는다
그러나 뉴스를 보고 왜냐하면 뉴스를 알아야 살 수
있으므로 그것도 한 시간 동안 보고 뉴스가 끝나면
겨울밤이면 할 일이 없는 나는 채널을 계속 돌린다
스파이 영화가 나오나 하고 스파이 영화, 첩보물이
보고 싶은 밤이다 탐정 영화는 싫다 스파이 영화,
그것도 2중 스파이가 주인공으로 나오는 영화다

배경은 동독이나 스위스 강원도 황량한 시골길 내가
자전거를 타고 달린다 나의 정체를 아는 사람은
없다 탐정은 정체가 드러나지만 스파이는 정체가
드러나지 않는다 나 스파이는 영화 속에서 끊임없이
위장하고 변장하고 속이고 걷는다 내 친구들은 탐정
이다 그러나 난 스파이다 내 친구들은 머리를 쓴다
난 그저 걷는다 왜 걷는지 모른다 누군가 걸으라고
하면 걷는다 낙엽이 지는 강원도 산길 아아 난 지금
누굴 찾아가는가? 탐정은 그가 찾는 사람을 알지만
스파이는 모른다 탐정은 법을 지키고 스파이는 법을
파괴한다 중절모를 쓰고 캡을 쓰고 바바리를 걸치고
신사복을 입고 낡은 잠바를 입고 자전거를 타고
택시를 타고 깊은 밤 안개 속에서 또 변장을 해야
한다 제자들도 나를 모른다 언제나 사는 건 위기의
연속이다 난 이 영화의 주인공이다 그러나 2중
스파이의 운명이여 인간의 운명이여 이 추운 저녁
낡은 오바를 걸치고 이승훈 씨가 걸어가신다 그렇다
이 엉터리같은 삶을 즐기도록 하시오 솔직히 말해서
난 내 친구들(탐정이며 시인들)보다 영화 속의
스파이(누구를 찾아가는지 자신도 모르는 마른
허무주의자)를 사랑합니다 그러나 그의 제자도
그의 아내도 그의 정체를 모른다 어떻게 알겠는가?
스파이에겐 자아가 없다 스파이의 황홀이여 스파이의

삶이여 오늘 저녁도 황량한 산길을 돌아가는 그의
마른 어깨에 입술을 대고 싶구나

― 『나는 사랑한다』

쏘파 이야기

물론 쓰레기같은 것들 때문에 잠이 안 오던
밤도 많았다 지금도 잠이 안 온다 아직도
수양이 모자란다 그러나 이것으로 만족이다
연구실에서 쓰던 낡은 쏘파를 아파트로 옮기고
쏘파에 앉아 책을 읽겠다던 것이 1년이 넘고
어제는 다시 쏘파 위치를 바꿨다 서향 창
아래 있던 쏘파를 서향 창 아래 있는 책상
앞으로 옮기고 비로소 마음이 놓인다 난
병적인 데가 있다 고교 시절 누나도 그랬고
지금 함께 사는 아내도 그런다 아아 그렇다
난 예민한게 아니라 병적이다! 병적이다!
병적이다! 고교 시절 친구들도 그랬다 지금은
친구들도 없지만 쏘파가 신경에 거슬려 책을
못 읽고 1년이 갔다 이런 말을 하는 건 자랑이
아니다 쏘파를 다시 연구실로 옮길 수도 없고
(무엇보다 아내가 얼마나 속으로 나를
비웃겠는가?) 어제는 위치만 바꿨다 쏘파

위차만 바꾸고 현재 쏘파는

처럼 놓여 있다 어색하게 놓여 있다 어색한
위치에 놓였습니다 쏘파는 낡은 잿빛 쏘파는
아내는 버리라고 하지만 책상을 향해 놓아
야지요 책상을 보고 있어야지요 책상은 서향
창을 보고 쏘파는 책상 옆에 있는 책꽂이를
보고 있으니! 그러나 난 편하다 쏘파도 편할
것이다 쏘파 위치를 바꾸며 세월이 갔다
마침내 현재 위치로 쏘파를 옮긴 건 어제다
아니 한 달 전인가? 이젠 책들도 읽고 (읽을
책들이 너무 많다) 교수는 책을 읽어야 한다
쏘파에 앉아 자켓은 없지만 없는 자켓을 걸치고
해질 무렵 명상도 하시고 난 지금 이 쏘파에
앉아 이 글을 쓰신다 헛소리가 아름다운
저녁이다 아아 헛소리가 헛소리가 헛소리가

— 『나는 사랑한다』

준이와 나

— 『나는 사랑한다』

뒤샹의 〈샘〉?

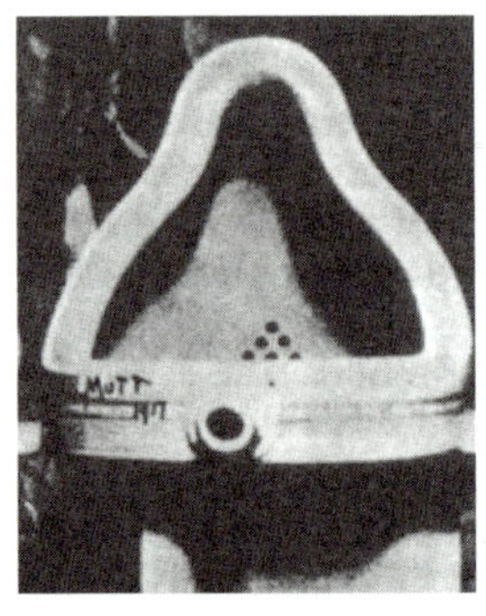

　나는 이 시의 제목을 〈뒤샹의 '샘'〉이라고 붙일까, 〈뒤샹의 '샘' 혹은 '변기'?〉라고 붙일까 망설이다가 결국 〈뒤샹의 '샘'?〉이라고 붙인다. 당신은 어제 바람불던 가을 아스팔트에서 〈뒤샹의 '변기'?〉가 좋겠다고 말했지만.

— 『나는 사랑한다』

이승훈이라는 이름을 가지 3천 명의 인간

*앤디 워홀의 그림

— 「나는 사랑한다」

2. 자율성과 통일성을 해체하는 시편

끄노에 대한 단상

끄노는 프랑스 시인이다 끄노가 좋은데 끄노의 시는
번역되지 않았다 난 프랑스어를 모른다 따라서 끄노의
시를 읽을 수 없다 그러나 끄노가 좋다 무엇보다
이름이 마음에 든다 처음 끄노의 시를 읽은 건
『세계전후문학시집』(신구문화사, 1962) 125페이지에 번역된
「늙는다」였다 이 책에는 125페이지부터
127페이지까지 끄노의 시 세 편이 나온다 끄노가
아니라 끄노오가 정확한 발음인지 모른다 그의 이름은
Raimond Queneau이다 125페이지에는 「늙는다」,
126페이지에는 「불행한 사람들」, 127페이지에는
「시법을 위하여」가 나온다 「늙는다」에서 그는 〈나의
청춘은 끝났다 / 나의 청춘은 사라졌다 / 나는 40세의
나이로서 / 엉덩이가 무거워져버렸다 / 나에겐 중년의 /
처녀막이 생겨버렸다〉처럼 노래한다 나의 청춘은
끝났다 그러니까 나, 끄노, 이승훈 씨, 그리고 비슷한
처지에 있는 사람들의 청춘은 끝났다 나의 청춘은
사라졌다 나는, 그러니까 우리들은 40세의 나이에
끝났다 처음 이 시를 읽을 때 난 20세였다 따라서 난
20세의 나이에 사라졌다 그때 난 대학 1학년

학생이었다 그때 난 한양공과대학 섬유공학과에서
유기화학, 해석학, 물리화학(물리화학이 제일
어려웠다)을 공부했다 그때 난 이 시가 재미없었다
30세에도 재미없었다 30세 때 난 「늙는다」보다
「불행한 사람들」이 좋았다 이 시에서 그는 〈나에겐
커다란 슬픔이 있다 / 그러나 나는 사까린은
질색이다〉고 노래한다 그리고 「시법을 위하여」도
마음에 들었다 이 시는 〈아아 그러나〉로 끝난다 아아
그러나 이런 기법은 내가 쓴 시에도 나온다 그럼 내가
고안한 기법을 내가 쓰기도 전에 끄노가 훔쳐간
것인가? 아니다 훔친 건 나다 빌렸다고 해야 하리라
난 끄노에 대해서 잘 모른다 그러나 끄노의 시가 좋다
나도 40세에 중년의 처녀막이 생겨버렸다 난
시 전문 계간지 《현대시사상》창간호(1969 겨울,
이승훈 편집)에서 그의 시를 〈해외시〉란에 특집으로
소개했다 번역과 해설은 이대 불문과 강사인 함유선
씨에게 부탁했다 화보에도 끄노의 사진을 전면으로 두
페이지에 걸쳐 실었다 그러나 끄노는 모를 것이다
끄노는 1976년 타계했으므로 끄노는 그의 아내
쟈닌느가 1972년에 죽자 〈엄청난 혼란〉에 빠졌으며 그
의 아내 뒤를 따라갔다 그는 「난 긴 의자위에 누워
있었다」(함유선 옮김)에서 〈난 긴 의자 위에 누워
있었다 / 그리고 내 인생을 이야기하기 시작한다 / 내

인생이라고 생각한 것을 / 내 인생, 내 인생에 대해
난 무엇을 알고 있는가?〉라고 노래한다 내 인생,
그렇다 과연 난 내 인생에 대해 무엇을 알고 있는가?

Raimond Queneau ; 끄노란 그의 성은 옛 노르망디어로
떡갈나무(Quenne)와 개(Quenot)라는 의미를
가진 철자의 합성어라고 한다 끄노 자신도 1937년에
발표한 그의 첫 시집 『떡갈나무와 개』에서
〈떡갈나무와 개 이것이 내 이름 두 글자 / 세련된
어휘〉라고 쓰고 있다(함유선 해설) 난 세련된 시가
좋다 촌스런 시들은 질색이다 그러나 오늘 저녁 왜
갑자기 끄노의 시가 떠오르는 것일까? 아아 그러나?

— 『나는 사랑한다』

이 글쓰기

난 글쓰기를 두려워했다 글쓰기를 사랑했기 때문이다 뭐라고 할까? 난
글쓰는 환자 불안 때문에 병이 든 이승훈 씨는 우울 때문에 병이 든 이
승훈 씨다 그러나 어제부터, 꿈속에서 박목월 선생님이 나타나시고 난
글을 써야 한다고 생각했다 글쓰는 환자
들은 행복하다 글쓰기는 병을 치료하는
난 글을 쓰면서 커피를 조 한 가지 방법이다 어제는 「문학의 역사는
금 마시고 담배를 피우고 폐허의 역사」라고 글을 썼다 30매를 쓴
바카스를 조금 마시고 아무

것도 마신 건 없다 아무 것도 달라진 건 없다 아무것도 생긴 건 없다 사라진 것도 없다 이 종이를 보시오!

다는 게 35매를 썼다 원고료를 조금 더 받으려고 그런 건 아니다 물론 난 어디로 갔던가? 글을 쓰면서 난 컴퓨터를 두드리면서 동시에 창 밖을 볼 순 없다 인간은 동시에 두 가지 일을 못한다 그러나

담배는? 오 담배를 피우며 컴퓨터를 두드릴 순 있다 담배는 그만큼 인간적이다 담배를 모욕해선 안된다 난 흐린 날을 두려워했다 흐린 날이 오면 흐린 날이 오리라는 걸 확신하는 건 흐린 날이 두렵기 때문이다 흐린 날 흐린 날 흐린 날 갑자기 햇빛이 쨍 쨍 난다 그래서 난 흐린 날을 기다렸다 너를 만난 것도 흐린 날이었다 흐린 날은 두렵다 그래서

그런 날이 오는 게 두렵다 가슴이 뛴다 그러나 그런 날이 이제 내 인생에 과연 얼마나 찾아올까? 그래도 그런 날을 생각한다 오리라 믿는다 아무튼 아무튼 그런 날이!

난 흐린 날을 기다리고 흐린 날이 오리라고 믿는다 두려움은 믿음이다 외갓집에 간 준이는 왜 아직도 안 오는 걸까? 지금은 밤 아홉 시 그러나 난 후회하지 않는다 후회할 수도 없는 인생이 여기 있도다 이젠 슬프지도 않다 그동안 슬픔이 나를 모두 삼켜 버렸기 때문이다 아마 거짓말이리라 난 또 거짓말을 한다

거짓말을 하면서 이 글을 쓰면서 그는 누구인가? 지금 여기부터 난 그가 없이는 생각할 수 없는 생각을 한다 말하자면 거짓말을 한다 언제나 이미 미래다 그리고 과거다 우리는 그로부터 배울 것이다 그의 이름은 글쓰기다 지금 여기 그가 머문다 불탄다 결국 언제나!

— 「나는 사랑한다」

노예에 대해

노예를 바라는 사람은 없다 그러나 난 노예가 되기를
바란다 노예에겐 자아가 없다 그는 주인이 시키는 대
로 산다 그가 시키는 대로 확신하고 사고하고 삶에 대
한 변명은 필요 없다 사물을 보고 판단할 필요도 없다
돈 때문에 더러운 놈들과 만날 필요도 없다 명예도 필
요 없다 난 노예 근성이 있나 보다 인생에 대해 생각
하고 남들과 싸울 필요도 없습니다. 한용운 시인도 난
자유보다 노예를 꿈꾼다고 노래했다 물론 난 그가 아
니다 이 사고의 광란! 생의 대부분을 헤매고 시 한 줄
쓰며 사는 난 노예도 괴롭다고 생각합니다 주인을 잘
못 만나면 영화에서 본 것처럼 노예는 채찍으로 맞고
주인이 시장에 내다

팔기도 합니다 그러
니까 노예가 되기를
바랄 사람은 없습니
다 그러나 난 노예가
되기를 바라지 않는
다 성급한 결론은 폭
력이다 이 문제는 다
시, 건강할 때, 내 몸
에 열이 안 날 때, 감

오늘도 해질 무렵 난 이 글을
쓴다 머리가 아프지만 감기로
열이 나고 콧물도 나오지만 대
학 교수가 콧물을 흘리며 노예
에 대해 시를 쓰신다 그의 시
는 그의 잡념이다 그의 시는
그의 삶에 대한 변명이고 부재
에 대한 진리다 소크라테스도
변명을 했다 변명을 하라 변명

기가 나은 다음, 담 을 하라 난 변명은 안한다 노배도 피우면서 맑은 예에 대한 생각이 어디서 왔는 정신으로 천천히 다 가에 대해! 그리고 어디로 갔시 생각해야 한다 사 는가에 대해! 오오 이 구멍에 이는 동굴이다 생각 대해! 삶과 죽음, 태어남과 사과 생각 사이에 있는 라짐, 태어남의 사라짐, 결핍 동굴! 오오 이 동굴 에 대해! 노예에 대해! 노를 버 속으로 들어갑시다 린 사람에 대해! 사자들에 대 해! 노예에 대해! 이 시에 대해! 이 시를 쓰는 시간에 대해!

— 『나는 사랑한다』

3. 자기파괴적인 언어유희의 시편들

너라는 햇빛

나는 네 속에 사라지고 싶었다 바람 부는 세상 너라는 꽃잎 속에 활활 불타고 싶었다 비 오는 세상 너라는 햇빛 속에 너라는 제비 속에 너라는 물결 속에 파묻히고 싶었다 눈 내리는 세상 너라는 봄날 속에 너라는 안개 속에 너라는 거울 속에 잠들고 싶었다 네가 피안이었으므로

그러나 이제 너는 터미널 겨울 저녁 여섯시 서초동에 켜지는 가로등 내가 너를 괴롭혔다 인연은 바람이다 이제 나 같은 인간은 안된다 나 같은 주정뱅이, 취생몽사, 술 나그네, 황혼 나그네 책을 읽지만 억지로

억지로 책장을 넘기지만 난 삶은 사랑한 적이 없다 오늘도 떠돌다 가리
라 그래도 생은 아름다웠으므로

— 「너라는 햇빛」

너

캄캄한 밤엔 아무것도 보이지 않는다 그러나 너를 만났을 때도 캄캄
했다 캄캄한 밤에 너를 만났고 캄캄한 밤에 허공에 글을 쓰며 살았다
오늘도 캄캄한 대낮 마당에 글을 쓰며 산다 아마 돌들이 읽으리라

— 「너라는 햇빛」

네!

내가 부르면 책상이 네! 하고 고개를 숙이네 이젠 나도 책상 앞에 고개
를 숙이고 살아야지 책상이 부르면 네! 하고 대답해야지

당신이 불러도 네! 하고 고개를 숙여야지 빗발 속에 저무는 하루가 나를
불러도 네! 하고 대답해야지 어디서 왔느냐고 물어도 네! 하고 살아야지

흥, 말은 잘한다 미친 놈 나갈 수도 들어올 수도 없는 방에서 만성 떠돌
이, 알콜 중독자, 엉터리 기호학자, 돌팔이 시인, 엄살꾼, 책이나 팔아
먹는 교수가 나갈 궁리만 하면서!

— 「너라는 햇빛」

난 당신 아저씨

오늘부터 난 당신 아저씨야

가벼운 가벼운 여름이야

아저씨는 지나가는 아저씨

웃는 아저씨

난 겨울 한강에 서 있던 아저씨가 아니야

난 고개를 숙이고 웃는 아저씨

작은 목로집에 앉아

담배를 피우는 아저씨

아름다운 당신 앞에 앉아 맥주를 마시는

난 당신 아저씨야

당신 애인이 아니라 당신 아저씨

이름없는 아저씨

모자를 쓰고 마포 삼겹살집에 앉아

이룬 것도 잃은 것도 없는 황혼 아저씨

비 아저씨

빗물 고인 아스팔트나 바라보는 아저씨

난 당신 아저씨야

어디서 오는 길이냐고 묻지 마

어디로 가는 길이냐고 묻지 마

난 아저씨가 좋아

끄노 아저씨도 있지

프랑스에서 시를 쓰던

기인 벤치에 누워 하늘을 바라보던 아저씨

인생을 반납한 아저씨

난 당신 아저씨야

그동안의 먹구름도 천둥도 모조리 한강에

버리고 온 아저씨!

— 『너라는 햇빛』

아름다운 새여

아름다운 새여, 새장을 나와, 사랑하는 그녀에게 날아가라, 그녀의 가슴에 스며들어서, 내가 얼마나 따분한가를 전해다오*

*베게트의 『승부의 종말』(김정옥 옮김)에서 인용한 것임

— 『너라는 햇빛』

시인

결국 나는 이 시의 연출자인 동시에 주인공이다 중요한 건 유희다 문체의 유희는 세계와 노는 방식이고 세계 속에 우울하게 앉아 있는 이승훈 씨와 노는 방식이다 말하자면 우울과 노는 방식이다 이 시 속에 그가 움직인다 그는 그를 움직이고 그는 그를 창조한다 그는 그를 선생님! 하고 부른다 혹은 세계여! 라고 부른다 모든 시인은 그의 주인공들

에게 욕을 먹거나 존경 받을 의무가 있다 그는 그 자신에게 선생이며
제자다 제자들은 선생을 욕한다 제자들은 선생이기 때문이다 선생은
비겁하고 제자들은 어리석도다 오오 야비한 제자들 특히 조금 모자라
는 제자들은 선생을 욕하는 시를 쓰고 (또 피해망상인가?) 선생은 그
시를 읽고 세상엔 야비한 제자들이 있고 물론 나처럼 소심한 겁쟁이 선
생도 계신다 세상엔 별 것들이 많다 독자들은 이 말이 실제로 어떤 사
실에 토대를 두었다고 생각해도 관계없습니다

— 『너라는 햇빛』

4. 자아불이와 현대 선시

　　이승훈은 제12시집 『인생』(2002, 민음사)에 와서는 그가 추구하던 일체의 사유에서 튕겨져 나간다. 아니 벗어난다. 그 동안 그를 붙잡고 가던 물심이원론적인 이분법으로부터 막다른 길에 이르고 여기서 다시 한 생각 무너지며 솟아난다. 젊은 날 자아탐구로 내면의 길로 접어선 이승훈은 자아소멸과 자아부정을 거치면서 대상이 없는 대상과 집요한 싸움을 하여왔다. 이런 내면의 싸움이 비로소 자기 자신의 그림자와의 싸움이란 것을 느낀다. 어쩌면 순수 자아에 도달하기 위한 마음의 그림자인 탐욕, 어리석음, 시기심과의 싸움임을 확신한다고나 할까. 우연한 기회에 일생일대의 큰 사건이 난다. 속세의 인연, 이승훈은 우연이면서 필연인 만남과 같이한다. 『금강경』과 만난다. "我相 人相 衆生相 壽者相을 버려라"라는 언구가 청천벽력이 되어 눈에 들어온다.

　　'모든 것이 막혔다, 우리 선공부 좀 하자' 고 토로하던 백담산장의 밤을 나는 잊지 못한다. 그 후 선에 관한 많은 이야기를 주고받았고,

많은 선서를 복사하고 아꼈고 이해에 도달하기 위해 오랜 세월을 보냈다. 이후에 간행한 『인생』의 시편들을 현대선시(월간 《현대시》 2002년 11월 「현대선시의 새로운 기미」)라 명명한 적이 있다. 그것은 이 시집 전편 65수를 四法印에 배대하여 보면 드러난다. 一切皆苦가 「다시 왕십리」, 「인생」, 「시는 나쁜 장르이다」 외 12수고, 諸行無常은 「연꽃 옆에」, 「물고기 주둥이」 외 14수며, 諸法無我가 「서울에 오는 눈」, 「잠자리 한 마리」, 「새떼」 외 12수다. 또 涅槃寂靜은 「天眞」, 「이른 봄날」 외 16수로 분류되기 때문이다. 이 분류는 시인이 처음 시적인 충동 감지를 어디서 받았느냐는, 모티브를 기점으로 한 것이다. 사법인은 과거 중국에서 불교적인 글인가를 판별하는데 기본으로 삼았던 잣대이다.

이 오랜 세월을 그는 시집 『인생』(2002, 민음사) 서문에서 '모더니즘, 포스트모더니즘, 해체주의를 거쳐 불교를 만나게 된 것은 고마운 인연이다.' 라고 한 줄의 글로 고백한다. 이런 사유를 거치면서 제13시집 『비누』(2004, 고요아침)에 와서는 선적 사유가 훨씬 자유롭고 활달하게 나타난다. 『비누』의 시편들은 일체의 세상을 모두 苦임을 확실히 안 일체개고의 단계에서 제2단계인 모든 행업이 일상하지 않음을 직시하고 제3단계인 일체 있는 頭頭物物이 自性이 없음을 확신하는 제법무아를 거쳐 사유의 참 자유, 열반적정에 들어선다. 여태까지 보아 온 것이 사유의 그림자이구나 하는 이치를 깨닫고 일체를 放下着해야 함을 안다.

드디어 그가 理通해버린 것이 아닐까? 그가 가졌던 비대상의 관념적 그림자로부터 어떻게 탈출했을까? 바로 석가붓다가 설한 '我相을 가지지 마라' 하는 낌새를 눈치 챈 공덕이 아닌가. 이분법의 兩邊의 견해와 관통됨으로써 오는 세계. (즉 'A는 A가 아니므로 A다' 하는 A=Ā의 등식으로 환원될 수 있는 이것은 선의 反常合道의 표현어법이다. 정상을 A, 비정상을 Ā로 놓았을 때 다른 殊勝된 차원인 A=Ā의 세계다) 밑이 쑥 빠짐으로 오는 쾌적함. 이것은 자기 자신으로부터 해체된 자의 자유다. 이런 자유로움이 『인생』에서 보다 훨씬 강하게 『비누』(2004, 고요아침)에 나타난다. 이 시집에서 나타나는 수사법은 고전선서에서 채집된 표현방법인 선시의 反常合道, 선시의 無限象徵, 선시의 超越隱喻의 수사법(『선시의 표현방법에 연구』, 송준영, 2000, 청송)으로 시편 도처에 나타난다.

특히 이 시집의 대표시인 「비누」는 自性이 無自性임을 철저히 인식할 때에만 가능한 A=Ā의 세계이다. 곧 비누=가랑비이고 가랑비=눈발이니 곧 비누=눈발이 아니고 비누=가랑비=눈발인 A=Ā의 세계이다. 자성이 무자성일 때 비누는 마루, 거실, 화장실 거울 앞에 있으며 비누=거실=화장실 거울 앞에 있을 때 萬無로 萬有해 있게 된다. 그럼 과연 비누는 어디 있는가. 자, 비누는 원인(씨앗)도 아니고 결과(열매)도 아니다. 어디에도 만유 있으며 만무해 있을 것이다. 이 역시 앞 시집 『인생』에서 분석해 본 일체개고를 원인으로 한 제행무상, 제법무아, 열반적정에 이르는 同時에 同空間에 놓여 있을 때에만 가능한 절대현재의 이 찰라야 가능하다. 이승훈 스스로는 二空 즉, 시집 『인생』은 我空에 시집 『비누』를 法空으로 배대하여 말했지만, 실은 아공이 법공이며 법공 역시 아공을 떠나지 않고 있다. 나가르쥬나 식으로 말하면 空亦復空이고 유마거사 식으로 말하면 自他不二인 것이다.

아는 자로부터 우러나오는 여유로움, 그 뒤에 깔리는 인간적인 불안이 떨어지지 않고 시에서 읽혀지는 것은 무엇 때문일까? 그것은 본

래자리에 領會하지 못한 채, 이치만 깨우친 이통에서 오는 미세한 불안일 뿐이다. 언어의 절세 세공가, 아티스트인 이승훈은 언젠가는 언어의 그림자를 훌훌 털어버린 언어로 心通에 의한 實在를 그릴 날이 있을 것이다. 이것은 진짜 현대 선시의 진수이리라. 아니, 어느 한 찰라에 거기 있을 것이다. 그럴 때 그의 시는 진짜 대상이 없는 비대상의 대상, 대상 자체가 오직 실재인 세계에서 종횡무진으로 써 갈길 것이다. 아니 그 자리에 있으며 시를 놓을 것이다. 아멘. 이런 면에서 이승훈의 선시는 새로운 선시의 기미를 보여준다고 본다.

　이승훈은 첫째 서구 포스트모더니즘의 비평이론을 오랜 수련 끝에 시로 체득하였고, 둘째 근래 선문에 깊숙이 다가선 수행자로 혹은 이론가로 그가 여러 성상 탐구하여 왔던 나와 너, 우리가 선문에 들어서므로 모두 일시에 함몰되는 느낌을 받으며, 셋째 이러한 결과 선적인 수련과 그의 탁월한 능력인 시적 이론과 표현 능력이 선사상에 접맥됨으로 새로운 선시로 표출됨을 발견하게 된다. 그래서 시집 『人生』과 『비누』의 시편들은 시적 표현 면에서 선적 특질을 점차 강하게 표출하고 있고 21C, 혹은 미래세계를 선험하고 지향하는 새로운 언어의 실험과 형태의 실험은 우리의 현대 선시를 가일층 드러내고 있다. 또 이 시집들은 선의 정신을 담을 수 있는 시대에 걸맞은 수사와 형태의 확대 발전의 한 실마리를 제시하고 있다.　　　　　　　송준영

연꽃 옆에

연꽃 옆에 물고기 있고 물고기
옆에 게도 있고 거북이도 있고
거북이가 한 세상이네 거북이
옆에 개구리도 있네 바람자면
바람이 그대로 거북이 바람이
그대로 물고기 저 물고기 하늘
을 나는 물고기 연꽃과 연꽃
사이에 한 세상이 있네

— 「인생」

서울에 오는 눈

서울에 오는 눈이 춘천에도 오고
춘천에 오는 눈 속엔 누가 있나
춘천에 오는 눈 속엔 춘천이 있
고 서울에 오는 눈 속엔 서울이
있네 서울에 오는 눈이 진주에도
오고 부산에도 오고 수원에도 오
네 오늘 하루종일 내리는 눈발
속에 하루가 내리고 오늘 오는
눈은 어제 오던 눈 이 눈 속에

눈 속에 내가 있네 눈은 내리고
눈발 속에 내가 사라지네 눈발이
나를 덮네 간절함도 애절함도 눈
발에 파묻히는 불빛일 뿐

─ 『인생』

해는 짧다

바람 불고
해는 짧다
나 주방에서 그릇 씻는다
먼저 간 나는 이르지
못하고
뒤에 간 내가 벌써
지나가네
바람불고
나 주방에서 계속
그릇 씻는다

─ 『인생』

다시 왕십리

가도 가도 왕십리 십리
를 가면 십 리가 남는
왕십리 꿈속에도 비가
오고 꿈 밖에도 비가
오네 몸 속에 꿈이 있
고 몸 밖에 꿈이 있네
나 같은 시인은 업이
많아 시를 쓰네 문자의
업 언어의 업 만드는
업 그러나 언어가 나를
먹고 산다네

시

보이는 것은 보이지 않는다
왜냐하면 보이지 않는 것이
이미 보이기 때문이다

내가 쓰는 시가 쓸 만하면

절을 하고 그렇지 않으면
나를 잡아먹어라 시여

무슨 할 말이 있는 게 아니
야 해가 지면 이 귀신이 너
와 함께 놀 뿐이야 무슨 이
유도 애달픔도 없는 거야

─『인생』

새떼

저쪽으로 날아가는 새는 이쪽으로 날아오고 저 산이 들판이네 바람
불면 새떼들이 날지만 처음부터 새떼들은 없고 하얀 갈대뿐이네 신발
한 짝 두고 돌아올 뿐이네

─『인생』

이른 봄날

이른 봄날 추위도 나더러
차나 한 잔 마시고 가라네
산자락에 남은 잔설도 차
나 한 잔 마시고 가라네

양지에 앉아 이를 잡는 당
신도 나더러 차나 한 잔
마시고 가라네 제발 묻지
말고 이 시린 물에 발이나
씻고 가라네

거기 있거나 여기 있거나
모두 한가지 빈손에 가득
차는 봄 햇살

— 「인생」

眞如

벼락불 밤이슬 천둥 번개 모두
여기 있어라 그대 떨어지는 나
뭇잎에 입맞추고 저녁 햇살 한
움큼 손에 쥘 때 그대 손이 빈
햇살이어라

그리고 시름의 미소여 목마르
던 애욕도 갈증도 없음이여 가
을 저녁거리에 서면 해는 지지
않고 그대 가슴에 글자를 새기

네 眞如여 속절없이 찾아 헤맨
날들이여

오늘도 오고 감이여

— 『인생』

물고기 주둥이

아직도 정을 견딜 수 없고 어두운
어두운 마음 골짜기를 헤매는 내가
불쌍해서 술 한 잔 마시오 왕십리
서초동 서소문에서 인생의 후반을
탕진하고

저 꽃피는 소리 들으며 무슨 업이
많아 이런 시를 쓰오 미친 놈 소리
나 들으며 산 속에 들어가 도토리나
주워 먹으면 좋겠지만 보이지 않는
내가 이렇게 헤매오

— 『인생』

잠자리 한 마리

잠자리 한 마리 경포 바다가 그대로
잠자리 한 마리요 짧은 가을 해입니
다 난 언제나 반쯤 가다 돌아옵니다

잠자리는 그대로 하늘에 떠 있고 내
가 너를 따라간 건 너를 잡으러 간
게 아니야 나를 잡으러 간 거야 그
러나 경포 바다 어디에도 너는 없고
아마 내가 잠시 꿈을 꾼 모양입니다

— 『인생』

시는 나쁜 장르이다

언어를 버리자 언어에서 도망가자 遺棄가 진리이다 경련하는 언어여
나는 이 시를 쓰지 않으려고 한다 나는 이 종이를 찢고 싶다 언어는 억
압이다 마침내 나는 웃는다 이 글씨들, 이 작은 무덤들, 무덤들의 웃음
속에 이 글이 계속되고 나도 계속된다 시는 나쁜 장르이다 미치기 위해
글을 쓰고 글쓰기가 미쳐가기 때문이다 그러므로 중요한 건 웃음 그동
안 난 웃음을 잃고 지냈다 웃음이 또 무덤이다

— 『인생』

인생

언제나 날씨는 춥고
따뜻하고 다시 춥고
바람이 불고 해가 난다
거리엔
사람들이 지나가고
나도 지나가고
오늘은 봄이지만
언제나 날씨는 춥고
따뜻하고 다시 춥고
난 목도리를 하고 나간다
오버를 걸치고 나간다
추억을 걸치고 나간다
1년이 간다
언제나 날씨는 춥고
따뜻하고 다시 춥고
이런 게 중요하다
인생에선 이런 게 중요하다
인생엔 아무 뜻도 없으므로
다만 날씨를 아는
정도에 따라
인생이 흘러간다

이상은 노트에 있는
내용 그러나 내가
쓴 것인지 베케트의
『몰로이』를 인용한 것인지
패러디한 것이지
도무지 알 수가 없다

— 「인생」

비누

비누는 가늘게 내리는 가랑비 가랑비 내리던 아침 그대와 길을 떠났지 비누를 가방에 넣고 떠났던가? 오늘도 가랑비 온다 가늘게 내리는 가랑비 밤이면 하얀 눈발 어둠 속에 비누가 반짝인다 비누는 마루에 있고 거실에 있고 화장실 거울 앞에 있지만 비누는 과연 어디 있는가? 비누는 씨앗도 아니고 열매도 아니다 아마 추운 밤 깊은 산 속에 앉아 있으리라

— 「비누」

부산에 오는 비

부산에 비 온다 봄날 저녁 비 맞으며 부산 간다 하염없이 부산 가고 진주 가지 못하고 김해에 내리는 비 부산에 내린다 낙동강 지날 때 문

득 구두 끈 끊어지고 허리 굽혀 구두 끈 맬 때 비 온다 저녁에 오는 비
밤에도 오고 서울에 오는 비 부산에 오고 진주에도 오겠지 밤비 속에
밤비 속에 잠시 쉴 뿐이다

— 「비누」

李賀

　당나라 시인 이하는 체구가 가냘프고 연약했고 시를 빨리 지었고 매
일 아침 해가 뜨면 허약한 말을 타고 어린 종을 데리고 나서며 종은 등
에 낡은 비단 주머니를 메고 그는 시가 떠오르면 시를 써서 비단 주머
니에 던져 넣고 그는 제목을 정하고 시를 짓지 않았으므로 시를 제목에
억지로 맞추지 않았고 날이 저물면 집으로 돌아와 지은 걸 다시 보는
일이 없었고 그의 어머니는 그가 지은 시들을 보고 말했다 너는 심장을
토해내야만 그만 두겠구나 그의 시는 일반 규범에서 벗어나 흉내 낼 수
없고 그는 길에서 쓴 많은 시들을 바로 버리고 스물일곱 살에 죽었다.

— 「비누」

우산

　만리에 풀 한 포기 없지만 만리가 풀 한 포기 만리에 비가 오고 만리
밖에 그대 있네 문을 나가도 만리 나가지 않아도 만리 잠시 우산을 들
었다 놓을 뿐이다

— 「비누」

놀다 가자

놀다 가자 이 추운 여름 그대 떠난 거리에서 놀다 가자 그대 떠나면 다른 사람 만나 놀고 정이 들고 외로운 저녁 외로운 사람 만나 술 한 잔 마시며 놀다 가자 가는 사람 가고 오는 사람 온다 이 추운 여름 풀밭에서 놀다 가자 아픈 팔 저리는 팔 풀밭에 던지면 아픈 팔이 나를 보고 웃네

ㅡ『비누』

시도 없다

시도 없다 시도 없다 다만 시라는 이름이 있을 뿐 이 이름 붙잡고 40년 허망한 언어 붙잡고 40년 이 허망한 바람 모아 오늘 책 한 권 내 무엇 하나? 마당에 내리는 햇살 보고 절이나 하자 저 마당이 시를 써야 하리라

ㅡ『비누』

눈 내린 저녁

아무튼 여기까지 왔다 나는 한 번도 나를 본 적이 없고 하얀 눈이 문득 나를 본다 가을 하늘 없고 눈 내린 저녁 여기가 어딘가 늦은 저녁 아무데나 보고 절 한 번 한다

ㅡ『비누』

추운 바람 속에

이 불은 작년에 켜던 불 작년에 이 방에 앉아 불을 켜고 작년에 켠 불
이 지금 켜는 불 이 봄도 작년에 온 봄이다 오오 이 봄의 허벅지에 쓰는
시도 작년에 쓴 시 오늘이 작년이다 추운 바람 속에 시를 쓰고 비 오고
빗속에 그대 어깨 떨리고 국밥집 불빛만 따뜻하다 사랑은 무엇이고 비
는 무엇인가 내가 작년에 비를 맞는다

―『비누』

사르비아

그대 다녀간 길이
내가 다녀간 길
하염없이 사르비아 핀다
사르비아 사이에
해가 뜨고 내가 서 있다
여기가 전생이다
사르비아 진다

―『비누』

비누

비누를 보면 보는 것이고 만지면 만지는 것 손을 씻으면 손을 씻는
것 발을 씻으면 발을 씻는 것이다 무슨 말이 필요하랴? 그러나 겨울 저

녁 난 시를 쓰네 비누가 하는 말에 귀를 기울이며 앉아 있네 문득 비누
가 다가와 나를 만지네 나는 비누 속에 사라지네 나도 물거품 비누도
물거품 벗어날 길은 없네 비누의 길이 삶의 길 비누와 함께 비누를 따
라 비누 속에 살자! 비누는 매일 사라진다

― 「비누」

제3부
이승훈의 시세계

1. 모더니스트의 여정

정효구

1. 글을 시작하며

이승훈은 우리 시단에서 누구보다도 뚜렷하게, 지속적으로 모더니스트로서의 면모를 드러내온 사람이다. 그는 시단에 등단한 초기부터 지금까지 자신의 시는 물론, 시론으로써, 그리고 시사연구로써 자신이 얼마나 모더니스트의 세계에 깊은 관심을 갖고 있는지를 유감없이 보여주었다. 구체적으로 그는 첫 시집 『사물 A』에서 가장 최근에 출간한 시집 『인생』에 이르는 동안, 그리고 『모더니즘 시론』과 『한국모더니즘시사』 등을 통하여, 자신이 모더니스트라는 사실을 일관되게 보여주는 한편, 모더니스트의 특성이 무엇이며 그 의미는 어떠한 것인지를 밝혀내는 데에도 공을 쏟았던 것이다.

이 글에서 나는 이승훈의 시에 나타난 모더니스트로서의 면모를 밝혀 보고자 한다. 사실 모더니스트가 무엇이며 또 모더니즘은 무엇이냐고, 그 개념규정을 하려면 매우 복잡하고 난해한 것이 사실이다. 그러나 여기서 나는 이런 과정을 거치지 않고, 매우 상식적인 수준에서 그가 그의 시를 통해 보여주고 있는 모더니스트로서의 면모나 모더니즘적 속성을 '현대성'이라는 의미로 받아들이고 논의를 전개해 나아갈까 한다.

2. 지성이 시를 쓴다

이승훈의 시에 나타난 모더니즘적 속성을 이야기할 때, 우리는 맨 먼저 그의 시가 얼마나 강력한 지성의 작용을 동반하고 있는지에 대해 주목해야 한다. 그의 시는 자연발생적인 시가 아니라 철저하게 지적 작용이 가해진 인공 혹은 만들어진 작품으로서의 성격을 지니고 있다. 달리 말하자면 그의 시는 엄청난 자의식의 과정을 거친 산물인 것이다.

그렇다면 그의 시가 지성의 작용에 의하여 탄생되었다는 것은 무슨 뜻인가. 간단히 말하자면 그의 시는 모든 대상과 일정한 거리를 유지하고 그에 대해 시인 자신이 질문을 제기한 결과 탄생되었다는 뜻이다. 이런 점에서 그의 시는 만들어진 시요, 조작된 시이며, 가공된 시이다. 우리는 이것을 가리켜 이승훈의 시는 진정한 의미에서 '아트(art)'에 속한다고 말할 수 있을 것이다.

시를 지성의 작용에 의하여 쓰는 사람은 시와 자아, 대상과 자아, 사물과 자아 사이에 존재하는 엄청난 단절감을 느낀다. 그 단절감은 한 시인이 시쓰기에 지성의 작용을 가동시키겠다고 각오한 대가라 할 수 있다. 사실 지적 작용이 부재한 가운데 동일성의 기쁨 혹은 합일성의 황홀감을 느끼며 살아간다는 것은, 한편 얼마나 신바람나는 일이 겠는가. 그러나 그럴 수 없는 시인 혹은 사람이 있으니 그들이 바로 지성의 유혹에 사로잡힌 자들이다. 아니 지성의 위력에 무릎 꿇은 자들이다.

이승훈이 지성의 작용을 저버리지 않고 무엇보다 그것을 중심에 놓은 채 시를 써왔다는 사실은 그의 시를 단단한 예술품으로 만들게 하는 요인이었으면서도 다른 한편 그를 세상뿐만 아니라 그의 예술품과도 진정 화해하지 못하고 낯설은 관계로 살아가게끔 만든 요인이기도 하였다. 지성의 작용은 이토록 대단하면서도 냉혹한 것이거니와, 일단 지성의 힘에 붙들리고 나면 그 자장으로부터 벗어나기가 결코 쉽지 않다는 점을 속일 수가 없다.

지성의 시인 이승훈의 경우, 그의 몸도, 마음도, 시도 잎을 떨군 겨울나무처럼 앙상하다. 그 앙상함의 내면은 무한한 사색의 깊이를 가지고 있으나 앙상함을 견디는 일은 시인에게도 독자에게도 쉬운 일이 아니다. 하지만 방금 말했듯이 그 앙상함은 무한한 사색의 깊이를 지니고 있기 때문에 그 앙상함의 묘미를 즐길 줄 아는 사람에게는 상당히 매력적인 존재로 다가오는 것이 사실이다.

3. 주체가 시를 쓴다

이승훈이 쓴 이른바 자기시론집으로는 『반인간』과 『非對象』이 있다. 이승훈이 이 두 시론집도 그가 얼마나 대단한 지성의 시인이자 시론가인가를 보여주고 있다. 그는 이 두 시론집을 통하여 "대상은 없고 주체만이 있다"는 '비대상의 시론'을 창출해 내었다. 대상, 곧 사실적인 세계를 괄호 속에 넣고 그 대신 주체인 자아를 전면에 내세운 이승훈의 용기는 리얼리즘의 세력이 만만치 않았던 당대의 시단에서 상당히 주목할 만한 것이 아닐 수 없었다고 여겨진다.

그러면 그가 발견한 주체를 어떻게 이해할 수 있을까? 나는 모더니즘의 중요한 항목 가운데 하나인 개인의 발견이 그가 말한 주체의 발견과 맥을 같이하는 것이라 생각한다. 주지하다시피 인류는 개인을 발견하기까지 얼마나 길고 긴 세월을 기다려왔는가. 뿐만 아니라 우리의 철학사를 들춰보면 대상과 주체 혹은 세계와 개인 사이의 갈등이 얼마나 길고 긴 세월 동안 반복돼 왔는가.

그런데 나는 여기서 이승훈이 발견한 주체를 개인과 대등한 것으로 간주하며 이승훈이야말로 우리 시단에서 개인의 발견을 통하여 그 개인의 소중함을 끝까지 밀고 나간 시인이라고 말하려 한다. 그는 개인, 곧 주체를 전면에 내세운 까닭에 대상을 무화시키거나 종속시켰다. 그리고 그는 아예 세상에는 없는 대상을 그 나름으로 창출하였다. 그가 종횡무진의 상상력 속에서 창출한 이 대상들은 이미지의 형태를 띠고 나타났는 바, 그것은 그의 첫 시집 『사물 A』의 제목에서 잘 나타나듯이, '사물 A'의 이미지로부터 '사물 Z'의 모습에 이르기까지 그야말로 예측할 수 없는 자유분방함을 보여주었다. 사물, 곧 그가 창출한 대상은 여기서 그 스스로 말하기 시작하였다. 어떤 기존의 대상에도 의지하지 않은 채, 전혀 존재하지 않았던 대상으로 탄생하여 아무런 억압없이 유희에 가까운 활약을 하기 시작하였다. 이러한 이승훈의 시 속에서 사물들의 유희에 함께 사물이 되어 참여하는 일은 매우 즐거운 일이 아닐 수 없다.

그런데 지성의 작용을 한 시도 저버리지 않는 이승훈은 이와 같은 주체를 노려보고 있다. 그러므로 그는 대상을 무화시키고 발견한 주체 혹은 개인에 동화되지 못하고 그런 주체 혹은 개인과의 사이에서도 역시 거리를 느낀다. 그의 이런 거리감은, 아니 그의 이런 지적 작용은 언제나 그로 하여금 "나는 누구인가" "나는 어떤 존재인가" "나는 과연 존재하는가"와 같은 질문으로 집약되는 자아탐구의 여정을 걷게 한다.

이승훈의 자아탐구는 지나칠 정도로 지적이어서 그것은 자아묘사, 자아기술, 자아고백, 자아노출 등의 단계를 거쳐 마침내 자아풍자의 단계로 접어들고 만다. 한 인간이 가장 실천하기 힘든 것 가운데 하나가 자아풍자인데 그는 지성의 힘에 의하여 이 자아풍자를 아주 오랫동안, 그리고 아주 철저하게 감행하였던 것이다. 이승훈이 자아를 풍자할 때 그는 그에게서 타인과 같은 존재처럼 관찰된다. 그러는 동안 그의 내면 속에 존재했던 모든 치부가 숨김없이 다 드러나고, 그런 풍자의 현장을 보는 우리들은 지성이 빚어낸 용기와 냉정함이 어떤 것인지를 실감하게 된다.

4. 언어가 시를 쓴다

대상을 지우고, 주체조차 풍자하던 이승훈은, 어느 날 "나도 없고, 대상도 없고, 있는 것은 언어뿐이다"라는 말을 내놓는다. 여기서 우리는 "언어가 시를 쓴다"는 명제를 설정해볼 수 있을 것 같다. 언어가 시를 쓰다니? '언어로' 시를 쓰지 않고 '언어가' 시를 쓴다면 결국 언어가 시쓰기의 주체가 된다는 말인가? 이승훈의 논리에 따르면 '그렇다'고 대답할 수밖에 없다.

　이승훈은 얼마 전 내게 보낸 서신 속에서 자신은 아직도 그놈의 언어 때문에 절망한다고, 그 놈의 언어 때문에 불안한 것이라고 말한 바 있다. 이승훈의 지성은 마침내 "언어가 시를 쓴다"는 결론에 도달하고 만 것이다. 그렇지만 그는 언어와 온전히 화해하지 못한 것이다.

　그렇다면 언어가 시를 쓴다는 것은 어떤 의미인가? 나는 이 물음 앞에서 내 나름의 해석을 가해 본다. 그 해석이란, 언어가 도구의 단계를 넘어서서 그 자체로 하나의 살아 있는 유기체가 되어 시작의 주체로 작용하고 있다는 것이다. 이승훈은 이제 그가 시인이라 말하지 않고 언어가 시인이라고 말해 놓은 상태에서 그 언어가 어떻게 움직이고 있는지를 관찰하고 있는 것이다. 언어로 하여금 시를 쓰게 하고, 시인은 뒤로 물러 앉은 사람, 그가 바로 이승훈인 것이다. 이런 결단은 그의 기나긴 자아탐구의 여정에서 자연스럽게 생긴 것이다. 내가 있는 줄 알고 자아탐구의 시를 긴 시간 써왔지만, 결국 시 속에 나는 없고 언어만 존재한다는 생각이 그로 하여금 이런 결단을 내리게 한 것이다. 이런 단계에서 언어는 그 자체의 문법을 만들고 그 나름의 세포증식을 해가며 시인에 앞서 시를 만들어낸다. 시인이 말하기 전에 언어가 말을 하며 시를 창조해낸다.

　그러나 앞서 밝혔듯이, 이승훈은 아직도 그 놈의 언어 때문에 절망하고, 그 놈의 언어 때문에 불안하다고 말하였다. 그것은 왜일까? 이승훈은 의식적이든 무의식적이든 주체인 나를 지우고 언어를 주인으로 내세워 진정한 자아의 해방을 가져오려고 하였던 것 같다. 그러나 그것은 참으로 어려운 일이 아니겠는가? 언어란 본래 도구인데 그 언어가 지닌 도구성을 완전히 극복한 채 언어의 자율성을 일백 퍼센트 획득한다는 것이 어디 쉬운 일이겠는가!

관념으로는 언어가 시를 쓰는 단계로 올라가고 싶어도, 실제에 있어서는 언어로 시를 쓰는 자신을 발견할 때, 이승훈 시인은 절망하고, 불안해 하는 것일 터이다. 언어를 도구로 사용하지 않고 언어를 그 자체의 살아 있는 존재로 격상시키는 일은 현대의 도구화된 일상에 저항하는 일이기도 하다. 그런 점에서 이승훈은 모더니즘의 사회에 미적 모더니즘을 통하여 저항하는 모습을 훌륭하게 보여주는 것이기도 하다.

언어가 시를 쓰는 단계로 가려면 너와 내가, 대상과 주체가 완전히 소멸해야 한다. 그리고 도구화의 유혹에서 벗어나야 한다. 그런데 무엇이든 눈에 보이는 것마다 도구화하려고 안간힘을 쓰는 이 기능적인 현대사회에서 그런 일이 어디 쉽게 실현될 수 있겠는가. 하지만 내가 말하지 않고 언어로 하여금 말하게 하려는 이승훈의 노력은 진정 주체와 도구를 함께 해방시키고자 하는 그의 진지한 고민을 반영한 것이라 할 수 있다.

5. 형식이 시를 쓴다

"형식이 시를 쓴다"는 이 말은 "언어가 시를 쓴다"는 앞장의 말과 긴밀한 관계를 맺고 있다. 그럼에도 불구하고 이 장을 따로 마련한 것은 언어와는 조금 다른 의미로서의 형식에 이승훈이 얼마나 깊은 관심을 보여왔는가, 하는 점을 지적하기 위해서이다.

이승훈은 형식주의자이다. 이 점은 그를 모더니스트로 규정하게 하는 중요한 요인이다. 그가 형식주의자라는 사실은 그가 시를 '인공물'로 생각하고 있다는 점과 같은 의미를 갖는다. 인공물이란 무엇인

가. 그것은 가공의 형식미를 지니고 있는 것이라 할 수 있다. 현대사회는 이미 '자연'이라고 부를 수 있는 것이 없는 사회이다. 극단적으로 말하자면 자연까지도 인공물의 범주에 들어가 버리고 말았다. 오해가 있을까봐 다시 설명하자면 현대사회 속에서는 자연조차도 자연 그대로의 영역을 상실한 채 인공화된 자연으로 변질되고 만 것이다. 이런 사실을 알고 있는 이승훈은 이 시대에 진정한 자연이 어디에 있느냐고 반문한다.

현대사회의 속성을 예민하게 알아차린 모더니스트답게 이승훈은 형식미의 발견과 창조에 골몰한다. 그의 시를 읽어본 사람들은 다 알겠지만 그가 대단한 스타일리스트라는 점을 부정할 수가 없다. 그의 시는 한 편 한 편이 의도적인 스타일을 갖고 있다. 이 말을 바꾸어보자면 그의 시는 의도적인 형식미를 간직하고 있다는 것이 될 것이다.

그의 시에서 이런 형식미를 만나는 일은 즐거운 일이다. 그 형식이 세련미를 더해갈 때 이런 즐거움은 배가된다. 그렇다면 그는 왜 이토록 형식미 혹은 형식성에 관심을 표명한 것일까. 그것 역시 그의 지성이 빚어낸 결과라고 본다. 그는 앞서 말했듯이 시에 대한 물음을 통하여 시를 인공물(art)로 인식했던 것이고, 시가 인공물인 한에서는 형식미 혹은 형식성을 구비할 수밖에 없으며, 시가 시라는 변별성은 시적인 형식미 혹은 형식성에 의해서 드러낼 수밖에 없다는 생각을 한 것이다.

그러나 한 시인이 형식에 종속될 때 그는 형식을 즐기는 사람이 아니라 형식에 예속당하는 사람이 된다. 따라서 "형식이 시를 쓴다"고 말할 수 있을 만큼 형식의 자율성과 형식의 창조성을 살려내야 할 필요가 있으며, 이렇게 형식의 자율성과 창조성을 살려낼 수 있을 때,

비로소 현대사회의 도구화된 형식성을 치유하는 길이 열린다고 볼 수 있다. 미적 형식으로 사회적 형식성의 위험성과 억압성을 넘어서는 신비가 여기서 생겨나는 터이다.

형식이 존재를 규정하고, 형식이 존재를 인식하게 한다고 생각할 만큼 형식의 중요성을 강조하는 이승훈은 러시아 형식주의, 신비평, 구조주의 등과 같은 비평이론에도 관심을 기울여왔다. 형식으로 말하지 않을 수 없는 것, 그것이 인간의 운명이라면, 더욱이 현대사회의 미학적 특성이라면, 시쓰기 역시 형식으로 말하려는 인간의 운명과 현대사회의 미학적 특성을 반영한 한 양식인 것이다. 그런 점에서 그가 러시아 형식주의나 신비평 등에 관심을 보인 것은 그의 시쓰기와 부합되는 한 모습이었다고 볼 수 있다.

이승훈이 형식을 주체의 자리로까지 올려놓은 것은 시의 자율성 내지는 예술의 자율성을 옹호하려고 한 점과도 관련을 맺고 있다. 그는 시가 도구화되는 것, 시가 목적성의 시녀가 되는 것을 단호히 거부한다. 시는 시로서의 시적 고유성과 독자성을 갖고 있는 것이거니와, 그런 고유성과 독자성을 지켜줄 수 있는 중심적 요인이 바로 형식미 내지는 형식성을 끝까지 지키는 것이라고 그는 생각하는 것이다. 시를 쉽사리 사회적 도구로 내주지 않는 그의 자세는 매우 귀족적이고 보수적이며 소극적이기까지 하지만, 이러한 자세는 시를 형식이 말하게 하는 예술로 지켜내고자 애쓰는 모더니스트의 본모습이기도 하다.

6. 글을 마치며

이승훈은 모더니스트의 세계를 지나 해체주의자의 면모를 보이다
가 최근 들어 불교세계에 조금씩 관심을 기울이고 있다. 나는 여기서
"주체가 시를 쓴다"는 것도, "지성이 시를 쓴다"는 것도, "언어가 시
를 쓴다"는 것도, "형식이 시를 쓴다"는 것도 다 넘어서서 "우주가 시
를 쓴다"는 말을 꺼내본다. 이 단계에 오면 시인은 주체도, 지성도, 언
어도, 형식도 다 버리고 우주의 말을 들으며 우주의 일원으로 호흡할
뿐이다.

이것은 불립문자의 세계요, 인공으로서의 예술을 넘어선 세계이다.
이런 세계 속에서 우리는 모더니즘을 창출해내는 인간으로서의 변별
성을 갖기보다, 그저 하나의 바람이요, 풀이요, 꽃이요, 벌레인 우주
적 존재가 된다.

시인이 끝까지 언어를 지켜야 한다면, 이런 세계까지도 언어를 통
하여 말해질 수밖에 없는 것일 테지만, 언어 너머의 저 편에 우주의
무상한 흐름이 존재한다는 것을 생각하면 지금이라도 언어를 놓고 싶
은 충동에 사로잡히게 되는 시인의 모습이 이승훈의 최근 작품을 읽
다보면 생생하게 감지되어 오는 것이다.

지성으로, 주체로, 언어로, 형식으로, 인공으로, 자아를 지키고 세
계를 지키려고 노력해온 이 땅의 한 시인에게, 나는 존경과 연민이 섞
인 애정을 보낸다. 당신의 안간힘과 아픔 속에서 우리의 시와 우리의
삶이 격을 지킬 수 있었노라고 말하면서…….

2. 자아탐구와 시쓰기의 기나긴 여정

－이승훈의 시

조 동 구

1. 언어와 실험

이승훈은 1962년 《현대문학》에 시 「낮」, 「바다」 등이 추천되어 등단한 이후, 실험적이며 파격적인 시세계와 과학적이며 분석적인 시이론으로 현대시단의 각별한 관심과 주목을 받아 왔다. 때때로 그의 과격하고 과도한 실험성은 비판의 표적이 되기도 했지만, 새로운 시 형식과 언어에 대한 실험정신과 체계적이며 독자적인 이론화 작업은 현대시의 영역과 지평을 넓혀왔다는 점에서 중요하게 평가되고 있다.

그런 점에서 90년대 후반 그의 시와 산문을 중심으로 일어났던 일련의 논쟁은 시사하는 바가 적지 않다. 이른바 해체주의와 정신주의의 대결로 불렸던 이 논쟁은 시의 위기를 운운하던 당시 현대시단에 반성과 새로운 지평을 열어주었다. 80년대 중반 이후 탈중심과 해체의 과격한 모더니즘의 중심에 서 있었던 그와 서정성의 회복을 통해 현대시의 파행과 위기를 극복하고자 하는 전통주의자들 사이에 벌어진 이 논쟁은, 한국시가 처한 당시의 세기말적 상황을 증언하고 새로운 세기로 이어질 한국시의 미래를 예기하는 중요한 의미를 지닌 것이었다. 시 장르의 본질과 현대적 의미, 시창작의 태도나 방법, 시 언어 문제 등에 걸친 전통적 서정주의자와 모더니스트간에 벌어진 이 논쟁은 여러 시인과 비평가들이 가세하면서 오랜만에 시의 현대성을 둘러싼 논의의 활성화를 가져왔던 것이다.

모더니스트로서의 그의 이러한 면모는 일찍이 《현대시》 동인으로 활동하던 1960년대 시들에서부터 확인된다. 주지적 서정을 바탕으로 한 내면의식의 비유적 형상화와 새로운 언어구조 질서를 찾기 위한 실험적 모색을 보여주었다는 점[1]에서 당시 신진시인들 사이에서 남다른 주목을 받는다. 그러나 그의 진면목은 치열하고도 꾸준한 시의 방법론적 모색과 이를 실제 시창작에 적용시켜 실험하고자 하는 과정에서 드러난다. 80년대 초 그는 「비대상시」라는 이름으로 시적 인식과 시작 방법론에 대한 그 나름대로 독특한 관점과 방향을 제시하면서 주로 전통적 서정이나 사회현실과 삶의 구체성을 중시해왔던 당시의 한국시단에 신선한 충격과 자극을 주게 된다. 물론 비대상시라는 것이 소위 김춘수적인 무의미시를 계승한 난해시 혹은 가짜시라는 혐의를 받기도 했지만, 시적 방법론으로서의 인식론적 회의라는 다소 한국시 체질과 거리가 먼 형이상학적 태도와 인식과 표현의 통로로서 언어의 기능과 그 한계에 대한 그의 관심은, 당시 시단으로부터 주목을 받기에 충분한 것이었다.

---

1) 김재홍, 「60년대의 시와 시인」, 『한국현대시연구』, 민음사, 1989.

시의 방법론과 이론적 정립을 위한 그의 노력은 이후 그의 시에서 집요할 정도로 끈질기게 나타나고 있다. 그러나 그의 시언어와 형식에 대한 꾸준한 관심과 이를 이론적으로 체계화하는 노력은 실험을 위한 피상적·충동적 차원에서 비롯된 것은 아니었다. 물론 그것은 모더니즘이나 서구의 형식주의·구조주의적 문학론의 영향을 받은 것은 사실이지만, 시인으로서 자신의 시창작에 따른 구체적이고 실천적인 필연성을 지닌 것이었다.

2. 자아탐구와 '시쓰기'

서정시는 근본적으로 '나'의 표현이지만, 이승훈의 시는 유독 '나'를 찾아가는 기나긴 여행과 같다는 느낌을 준다. 이러한 점은 시집 『나는 사랑한』(1997) 서문에서도 확인할 수 있다.

> 60년대부터 시작된 나의 시쓰기는 자아 / 언어 / 대상의 관계
> 에서 대상을 괄호친 상태에서의 자아찾기였다. 30년 동안 나의
> 자아찾기는 나 / 너 / 그라는 인칭 변화를 통해 계속된 셈이지만
> 시집 『밝은 방』을 내면서 깨달은 것은 자아찾기가 자아소멸로
> 전환된 점이고 마침내 〈나는 없다〉는 생각이 들고, 이젠 좀
> 자유롭다. 남은 것은 언어뿐이다. 30년 동안 〈나〉를 뜯어먹고
> 살았지만, 그 〈나〉가 없다면 이제 나는 언어나 뜯어먹고 살
> 아야 하리라[2]

---

2) 이승훈, 『나는 사랑한다』, 세계사, 1997.

우리는 이 글을 통해서 이승훈 시의 몇 가지 중요한 특질을 짐작해 볼 수 있다. 첫째로, 그의 시는 '자아찾기'였다는 점이다. 그러나 그 보다 중요한 점은 그토록 찾아 헤매던 '나'를 찾지 못했음에도, 아니 '자아찾기'가 하나의 허상에 지나지 않았음을 안 뒤에도 그는 절망하 지 않는다는 사실이다. 오히려 흡사 선사禪師의 오묘하고 달관한 법문 이나 게송과 같이 "자유롭다"고 말하고 있는데, 단순한 비유적 표현 이라고 보기에는 그 여운이 짙다. 무엇 때문인가? 그것은 아마도 그가 추구해온 자아인 '나'는 찾아질 수 없다는 것을 알았으며, 그래서 더 이상 헤매지 않아도 된다는 안도감 때문일 것이다. 그러나 일생을 바 쳐온 '자아찾기'의 의미가 사라지면서 겪는 허무 대신, 그가 '자유'나 편암함을 느낄 수 있었던 이유는 무엇인가? 그것은 그가 애타도록 찾 던 '자아'는 다름 아닌 바로 그의 가장 가까이 손쉽고 친근하게 사용 하여 왔던 '언어'였다는 것을 확인할 수 있었기 때문이다. 다시 말해 서 그가 말하는 '언어'란 바로 시이며, 시쓰기는 바로 그의 실존 그 자 체였었기 때문이다.

물론 그렇게 되면 그에게 '시쓰기'란 무엇인가? 하는 질문이 남는 다. 자칫 순환논리에 빠질지도 모르겠지만, 시쓰기란 그에게 언어를 만나는 일이었으며, 그것은 근래 발표된 시들을 통해서도 확인할 수 있다.

둘째로, 그의 '자아찾기'가 '대상'을 괄호친 상태에서 이루어져 왔 다는 사실이다. 모든 시는 대상을 가진다. 그것이 시인의 추상적 내면 심리나 관념이든, 또 구체적 사물이나 현실적 삶이든 간에. 하지만 그 는 자기 시에서 대상을 의도적으로 기피하고 있다. "괄호쳤다"는 말 은 그렇게 해석될 수 있다. 실제로 그는 이러한 시를 '비대상시'라고 불렀으며, 오랫동안 자신의 시세계를 나타내는 말로 써왔다. 그런데 나 / 언어 / 대상에서 대상을 빼버린다면 남는 것은 무엇일까? '나'와 '언어' 뿐이다. 그렇게 될 때 언어는 '나'와 '대상'을 이어주는 통로가 되기보다는 '나'의 모든 것이 되고 만다. 곧 언어는 수단이 아닌 목적이 되는 것이고, 그래서 그가 고백하였듯이, '나'가 없어진 자리에서 '언어'를 발견하였다는 것은 당연한 귀결이다.

셋째로, 그가 자아찾기의 방법론으로 택한 '나 / 너/ 그'라는 인칭변화의 문제이다. 80년대 이후 그는 실제 시창작을 통해서 이러한 인칭변화를 다양하고 또 집요하게 많이 시도하고 있는데, 그 이유는 무엇인가? 서정시는 '나'를 표현하는 가장 주관적인 장르라고 할 때, '너'와 '그'는 무엇이고, 또 이에 관심을 가지게 되는 것은 무엇 때문인가? 특히 그의 다섯 번째 시집 이후 '자아찾기'는 타인에 대한 관심으로 전환되고 주로 '그'라는 3인칭으로 쓰여지면서 '나→너→그'라는 방향으로 진행되어 왔다. 이러한 변화는 과연 무엇을 뜻하는가? 이러한 인칭변화는 그의 시적 방법론 찾기의 중요한 한 과정이라는 점에서 또한 주의 깊게 살펴보아야 할 것이다.

2-1. 자아탐구의 시

앞에서도 지적하였듯이 이승훈의 시는 '나'를 찾아가는 기나긴 여행처럼 보인다. '나'를 찾아가는 자아탐구의 기나긴 여행은 《현대시》 동인으로 활동하던 60년대부터 이미 예감된 것이었다. 첫 시집 『사물 A』(1969) 등에 실린 이 무렵의 초기시들은 대부분 자신의 내면의식에 관심을 집중하면서 현실이나 외부의 실제적 세계가 거의 배제된 채 초현실적이고 추상적인 특성을 보인다.

> 사나이의 팔이 달아나고 한 마리 흰 닭이 구 구 구 잃어버린 목을 좇아 달린다. 오 나를 부르는 命名의 겨울 지하실에선 더욱 진지하기 위하여 등불을 켜놓고 우린 생각의 따스한 닭들을 키운다. 닭들을 키운다. 새벽마다 쓰라리게 정신의 땅을 판다. 완강한 시간의 사슬이 끊어진 새벽 문지방에서 소리들은 피를 흘린다. 그리고 그것은 하아얀 액체로 변하더니 이윽고 목이 없는 한마리 흰 닭이 되어 저렇게 많은 아침 햇빛 속을 뒤우뚱거리며 뛰기 시작한다.
>
> ─「事物 A」 전문

'흰 닭', '따스한 닭', '피', '하아얀 액체', '아침 햇빛' 등 주로 색채 이미지를 중심으로 시인의 어수선하고 불안정한 내면풍경이 감각적으로 묘사되고 있다. 사물들 또한 정상적이기보다는 부서지고 찢긴 채 흩어지는 파편과 같은 형상으로 마치 초현실주의 회화작품을 보는 듯한 느낌을 준다. 이러한 시인의 불안하고 산만한 내면풍경을 묘사한 작품들로서는 이밖에도 「加擔」이나 「語彙」같은 작품과 연작시 「위독」의 시편 등을 찾아볼 수 있다.

> 램프가 꺼진다. 소멸의 그 깊은 난간으로 나를 데려가다오. 葬途의 바다에는 흔들리는 달빛, 흔들리는 달빛의 망토가 펄럭이고 나의 얼굴은 무수한 어둠의 칼에 찔리우며 사라지는 불빛 따라 달린다. 오 집념의 머리칼을 뜯고 보라 저 침착했던 意義가 가늘게 전율하면서 신뢰의 차건 손을 잡는다. 그리고 시방 당신이 펴는 食卓 위의 흰 보자기엔 아마 파헤쳐진 새가 한 마리 날아와 쓰러질 것이다.
>
> ─「위독 제1호」 전문

　내면의 절대공간 속에서 모든 것은 어둠과 소멸, 전율과 쓰러짐과 같은 부정적 이미지로 그려지고 있으며, 그 속에서 '나'는 어쩔 수 없이 그 흐름에 묻혀갈 수밖에 없는 것으로 나타난다. 이와 같이 절대 초현실적 공간, 대상과 사물들이 다만 기호로서만 존재하는 공간에 유배된 자아에 대한 탐닉은 따라서 처음부터 만족할만한 결과를 제시해줄 수 없었다. 그것은 그가 추구하는 자아의 모습은 현실 속에서 찾아지거나 실현될 수 있는 것이라기보다는 인간 내면의 가장 깊숙한 심연에 자리잡고 있는 초월적 존재, 또는 절대존재와 같은 것이기 때문이다.

　이러한 존재탐구로서 자아에 탐닉하는 시들은 그의 두 번째 시집 『환상의 다리』(1976)에서 더욱 두드러진다. 특히 이 무렵에 와서 그려지는 내면풍경은 더욱 살벌하고 비극적인 양상으로 나타난다. 「감옥」이나 「사막」과 같은 격리되거나 황량한 모습으로 표현되거나 '톱'이나 '뼈', '시체'나 '얼음'과 같이 메마르고 차가운 느낌을 주는 이미지들로 가득 채워지고 있다. 자의식의 비극적인 풍경을 잘 보여주는 대표적인 작품으로서 「감옥 Ⅰ」을 들 수 있다.

> 겨울바다 싸늘한 破戒의
> 노을이여 무참한 정욕이여
> 갈매기가 얼어붙은 저 하늘
> 냉혹한 빛깔의 이마
>
> 하루종일 개울음 소리는
> 바다에서 들린다.
> 캄캄하고 깊은 벌판에서 들린다

나는 허물어진 집으로
또 자욱한 개울음 소리를
가득히 들고 돌아온다
밤에는 바람이 분다

갈매기가 얼어붙은 뼈들이
허어연 해안을 휩쓸고
개울음 소리는 내 안에서 들린다
내 안에서 한 아이가 죽는다

아니 客死하는 내 꿈의 빛
무수한 시간이 부서지며
아아 한 청년이 기침을 한다.

-「감옥 I」전문

모든 것이 정지되고 거부된 채 시인의 자아는 '개울음'이라는 단어로 표현되듯이 고통과 절망으로 가득 찬 것으로 그려지고 있다. 황량한 자아의 내면풍경 속에서 시인은 도저히 어찔할 수 없는 무력함과 절망감만 보여준다. 그것은 이미 앞에서 말했듯이 시인이 추구하는 자아의 궁극적 모습은 이 세상 어디에서나, 또 어떤 구상적 실체로도 얻어질 수 없는 절대존재로서의 초월성을 띠고 있기 때문일 것이다. 그런 점에서 그의 좌절과 허무는 필연적인 것이며, 어떤 점에서 이승훈은 처음부터 그것을 알고 실존의 비극성을 시라는 언어적 표현을 통해 확인하고 싶었는지도 모른다.[3]

---

3) 이승훈, "위대한 밤의 인식", 『반인간』, 조광출판사, 1975, P.46.
　그는 여기서 "인간은 현존재(Dasein)라는 하나의 장소를 벗어나 존재(Sein)라는 훤히 열려 있는 광역, 자유의 땅, 순간이자 영원인 그러한 세계로 초월을 꿈꾸는 자"라고 말하고 있다.

그러나 초기에는 자신이 추구하는 자아가 바로 시에 '언어'라는 형
태로 현현되어 있다는 사실을 알지 못한 듯하다. 이 무렵 그의 시에서
언어들은 분위기나 감정을 나타내는 묘사의 수단으로만 쓰이고 있을
뿐, 존재로서의 언어가 지닌 절대성을 보이지 못한다. 곧 언어는 시의
일부분으로서 내면의 고독하고 불안한 자아를 확인하는 도구일 뿐이
지, 언어 자체가 목적인 시, 그러한 시 전체와 등가되는 언어로서의
기능을 하지 못하고 있었다는 것이다.

2-2. '비대상시'와 '놀이'로서의 언어

이와 같은 초기시의 내면지향적인 성격은 따라서 그를 둘러싼 현실
이나 구체적 외부세계를 부정하지 않을 수 없게 만든다. 다시 말해서
그의 시는 구체적인 대상을 갖지 않고 있다는 점이다. 물론 그가 추구
한 '자아'나 내면이라는 것도 시적 대상일 수 있지만, 그것은 근본적
으로 풍경에 지나지 않는 것이었으며, 추상과 그림자로 나타나는 형
이상학적 세계였던 것이다. 그는 이러한 대상을 갖지 않는 자신의 시
를 〈비대상시〉라고 부르면서, 자신의 시에 전기를 가져온 중요한 시
방법론적 자각이었다고 설명하고 있다.[4]
그러면 그가 말하는 비대상시란 어떤 것인가? 먼저 그는 비대상이
란 한 편의 시 속에 노래되는 구체적인 대상이 없다는 것이라고 말한
다. 구체적인 대상이란 자연세계나 일상세계 나아가 사회적 현실세계
를 뜻하는 것인데, 자신의 시는 이러한 구체적인 대상을 가지고 있지
않다고 잘라 말한다. 그대신 자의식 혹은 자아의 심리적 실체만을 노

---

4) 이승훈, 「이승훈의 시론」, 『한국현대시론사』, 고려원, 1993, pp.304-310.

래했다고 한다.

그러나 무엇보다도 비대상시를 쓰지 않을 수 없는 이유로서 그는 자신의 인식론적 회의를 들고 있다. 곧 대상의 세계가 객관적으로 존재하는지, 아니면 주관적 경험의 산물인지 하는 의문이 든다는 것이다. 그리고 모든 대상의 세계 혹은 현실이라고 믿고 있는 것은 하나의 환상이거나 착각에 지나지 않는다는 것이다. 그것은 인식의 수단으로서 '시각'과 같은 감각적 경험까지도 '나'라는 주체가 하나의 객체로서 동일성을 상실하기 때문에 환상이나 상상의 세계에 지나지 않는다는 지적이다. 그러니까 결국 그의 비대상시란 현실이나 대상이 없다는 것에서 그치지 않고 자아도 없다는 인식론적 회의의 세계를 노래하는 것이라는 주장이다.

이처럼 모든 대상의 뿌리가 사라지고 외부세계가 무화된 상태에서 시가 기댈 곳은 어디인가? 그는 그 해답을 이상이나 김춘수의 시에서 찾고 있다. 특히 김춘수의 후기시에서 많은 영향을 받았음을 밝히면서 다음과 같이 말하고 있다.

> …… 그러나 김춘수의 후기시, 특히 그가 사생의 극한에서 대상을 재구성하려다 마침내 세계와 만나고, 이윽고 대상이 소멸되는 세계를 노래하기 시작한 〈처용단장〉 제2부는 나의 방법론 모색에 시사하는 바가 컸다. 그가 이 연작시에서 노린 것은 끊임없이 반복되는 리듬뿐이었다고 생각되었다. 그리고 한 편의 시에서 리듬만을 읽는다는 것은 시인의 적나라한 실존만을 읽는다는 말이 아니겠는가. 그것은 실존의 현기를 읽는다는 말이기도 하다.[5]

---

5) 위의 글, 위의 책, p.308.

'실존의 현기'라는 말로 표현하고 있지만, 그가 김춘수의 시에서 본 것은 '언어'였었다. 그런데 그 '언어'라는 것은 지금까지 그가 보아왔던, 대상을 수식하고 대상을 존재하게 하는 의미signifié로서의 언어가 아니라 스스로 주체가 되어 시라는 형식 속에서 존재성을 보이는 사물성으로서의 언어, 곧 기표signifiant였던 것이다. 그러나 이 무렵 그의 비대상시의 언어는 기의signifié의 구속으로부터 완전히 자유로워진 물질로서의 언어signifiant는 아니었다. 언어가 목적이 되었다고 했지만, 그 언어 또한 자아의 그림자를 투사한 것에 지나지 않았으며, 언어가 지니는 근원적 존재성에까지 가 닿지는 못한 것이었다.

> 입 속에 회오리치는 건 마흔 해 동안 떠도는 한 마디 말, 허나 한 번도 형태를 지니지 못했던 한 마디 말, 겨울 바다에 서 처음 떠오르다가 그대로 박혀버린 말의 씨앗인 말 혹은 병원, 속초 바다에서 거지가 되어 헤매던 시절의 내가 거듭 만난 한 마디의 말, 마흔 해는 사실 얼마나 짧은 하루였던가, 아직도 말 할 줄 모르는 나의 입 속에 회오리치는 말은 영원히 닫힌 말이고 영원히 열린 말, 한 번도 발음할 수 없었던, 그러니까 내살인 말, 깊은 밤이면 참담하게 흘러가는 病院船이고 새벽이면 마구 쏟아지는 폭격기이고 한낮이면 하늘에 박혀 있는 새이고 저녁이면 또 어지러운 벼개인 한 마디 말!
>
> — 「입」 전문

이 작품에서도 말은 그냥 부유한다. 한 번도 제대로 된 형상을 지니지 못하면서 무의식 깊은 곳에서 떠도는 말에 지나지 않는다. 적어도 이 무렵 그에게 있어서 언어란 알 수 없는 존재 심연의 깊은 곳에 있으면서 실존을 깨우쳐주는 것에 지나지 않았다. 그런 점에서 아직 언

어는 비교적 친숙하다고 느껴지는 것이었으며, 언어 자체가 시의 목
적이 되지는 않았다.

그러나 1980년대 중반 제5시집 『당신의 방』(1986)을 펴내는 무렵
부터 그는 언어에 대한 새로운 이해를 보인다. 곧 언어의 근본적 속성
으로 믿어왔던 '말하기'에 대한 회의를 보이기 시작한다. 이미 〈비대
상시〉에서 어느 정도 싹을 보였지만, 말하기란 구체적 현실이나 대상
을 전제로 한다는 점, 그런데 우리가 보는 구체적 현실은 혼돈과 불확
실성, 애매성으로 덮여 있으며 따라서 말하기로는 혼돈의 세계를 그
릴 수 없다는 자각이다. 따라서 말하기를 포기해야 하며, 그대신 '보
여주'어야 한다는 것이다.

여기서 그가 말하는 '보여주기'란 의미를 배제한, 논리적 명제와
같은 표현이다. 다음과 같은 시를 들 수 있다.

내가 삽을 들면
너는 달려온다
너는 없지만
너는 어디에나 있다
너는 방에 누워 있고
너는 울고 있고
너는 거울을 보고 있고

— 「너는 누구인가」 부분

여기서 제공되는 것은 〈너〉에 대한 정보뿐이다. 그 정보 또한 서로
유기적 연관성을 가진다기보다는 파편으로 널려 있다. 그리고 또 중
요한 것은 이러한 정보들이 모여서 만들어내는 것은 실제로 아무것도

없다는 것이다. 〈너〉라는 대상에 대한 여러 국면의 '보여주기'만 있지 그 정보들이 〈너〉의 존재나 의미를 형성하지 못하는 것이다. 여기서 마침내 언어는 시 전체의 문맥과 의미를 형성하는 기의적 기능을 벗어나 기표적 기능으로서의 언어 곧, 그 자체로 존재인 언어로 탈바꿈하게 되는 것이다. 이런 점에서 그의 '보여주기'란 김춘수 시의 의미를 배제하는 〈무의미시〉와 같은 것으로 볼 수 있다.

그러나 한편으로 그는 '보여주기'는 언어가 지니는 순수한 형식 때문에 또 다시 언어의 한계를 드러낼지도 모른다는 우려를 보인다. 그것은 순수형식으로서의 언어 속에는 구체적 대상의 흔적이 소멸하고 나머지는 언어를 사용하는 자아의 추상성, 곧 선험적 자아만 남게 될지도 모른다[6]는 우려 때문이다. 그리하여 그가 나아간 곳이 바로 '놀이'라는 개념이었다.

그가 말하는 '놀이'라는 개념은 비트겐슈타인의 "언어란 어떤 본질적 자질도 공유하지 않는 일련의 잡동사니 같은 행위들, 곧 게임"이라는 견해를 바탕으로 한 것이었다.[7] 곧 언어에는 어떤 본질도 존재하지 않을 뿐만 아니라 의미도 고정되어 있지 않아서 그때그때 용례에 따라 의미를 획득한다는 것이다. 언어의 고정성보다는 가변성에 대한 이해는 다시 언어는 상징symbol이 아니라 기호sign라는 소쉬르의 논리와 연결이 되면서 언어가 대상과 언어 사이에 자의성을 지닌다는 것이다. 그리하여 마침내 대상의 세계를 부정하고 나아가 자아마저 부정할 수밖에 없는 자신의 시가 도달할 곳은 바로 자의적 언어 곧 물질로서의 언어라는 점을 말하게 되는 것이다.

---

6) 이승훈, 「자아와 대상의 부정-나의 시론(1)」, 『포스트모더니즘시론』, 세계사, 1992.
7) 위의 글, 위의 책, pp.264-265.

그런데 그는 이때 문제가 되는 것으로 두 가지를 지적한다. 곧 누가 그 놀이의 주체인가 하는 점, 그리고 그 놀이의 규칙은 무엇인가 하는 점이다. 그는 먼저 놀이의 주체(자아)와 관련해서, 자아는 소외되거나 소멸된다는 점이다. 놀이를 창조하면서 자아(주체)는 놀이로부터 소외되어야 하며 그는 이를 '창조적 소멸'이라고 부른다. 또한 놀이의 규칙은 언어를 사용하기 때문에 언어의 규칙에 따라야 한다는 것이다. 그런데 언어는 대상과 아무런 필연적 관계가 없이 자의적으로 존재하는 변별적 기호체계이며 그 자체로 자율성을 지닌 자족체라는 사실이다. 따라서 시란 이러한 자족적인 성격을 지닌 언어를 수단으로 하는 게임(놀이)에 지나지 않는다는 점이다. 결국 그의 놀이시론은 "시인으로서의 자아의식보다는 언어 자체의 자율성"에 기댄 것이었으며, "이 세계에는 어떤 중심도, 어떤 이성도, 어떤 본질도 없다는 새로운 인식론"[8], 즉 언어의 물질성에 대한 신뢰에 바탕을 둔 것이었다.

> 그러니 불빛도 없었겠지
> 무슨 꿈도 없었겠지
> 무슨 사랑도 없었겠지
> 〈당신의 방〉이
> 연못인 줄 알고
> 텀벙 뛰어들던
> 개구리도 없었겠지
> 개도 없었겠지
> 구리도 없었겠지
> 뭐라고 말을

---

8) 위의 글, 위의 책, p.266.

할 수도 없었겠지

– 「우리들의 가을밤」 부분

'개구리'를 '개', '구리'라는 낱말로 분리하는 데에는 시인의 의식이나 의미를 지향하는 실제적 의도가 전혀 없다. 그밖에도 '약방'과 '방', '연못'과 '못'이라는 낱말들의 무관한 나열(어떤 필연적 연상의 과정이나 논리가 사라진)과 "없었다/ 있었다/ 없었겠지/ 없었지/ 있었던 것은 모두 뭐야?"같은 일종의 언어유희적 양상도 나타난다. 다시 말해서 그가 말하듯 '언어놀이'라는 차원에서 언어가 흘러가는 자의적 규칙성에 충실할 뿐이다.

그런데 그의 '놀이시론'은 결국 "시란 무엇인가"하는 보다 근원적인 문제와 관련하여 이후의 시적 방법론을 정하는 중요한 출발점이 된다. 80년대 후반 이러한 자신의 시론의 성격을 말한 글[9]에서 그는 자신의 시적 방향을 밝힌 바 있다. 이 글에서 그는 우선 시의 도덕적 인식을 중시하는 태도와 시의 자율성을 중시하는 태도가 있음을 말하면서 이 두 가지는 극복되어야 하며, 그것은 언어가 지니는 자의성에 따르는 것임을 천명한다. 곧 시란 현실을 반영하거나 묘사하지도 않으며, 또 현실로부터 초월하여 존재하지도 않는, 매개적 형식으로 형상화하는 것이라는 입장이다.

우리가 말하는 것은 모두가 허구이다. 언어만 있을 뿐이다. 언어의 심층에 혹은 언어 저쪽에 무슨 의미가 있다고 말하는 것은 객관성이 없다. 모든 언어는 무근거성을 근거로 한다. 시의 자율성은 이제 무근

---

9) 이승훈, 「의미의 해체」, 위의 책.

거성이라는 말로 치환될 수 있다. 시는 어떤 근거도 없이, 어떤 구체적인 현실을 지시하지 않으면서 단순히 존재하는 세계이다. 그것은 의미가 아니라 무의미가 진리로 인식되는 세계이다.[10]

2-3. 나 / 너 / 그

시에서 인칭의 문제는 과거에는 그렇게 큰 의미를 가지지 못했다. 서정시는 '나'를 표현하는 가장 주관적인 장르였기 때문이다. 그러나 오늘날 시에서 인칭은 상당히 중요한 의미를 지니게 되었다. 그것은 그만큼 시라는 장르가 감당해야 할 영역이 넓어졌다는 것을 의미하고 다른 장르와의 관련성을 많이 맺고 있기 때문이기도 하다. 그런데 90년을 전후하여 나타나는 중요한 현상 가운데 하나는 삼인칭 사용이 많아졌다는 사실이다. 특히 근래의 시들에서는 3인칭의 사용이 매우 두드러지는데, 과연 그 원인은 무엇인가? 뿐만 아니라 그는 자신을 '이승훈 씨', 또는 '시인 이승훈'이라는 이름으로 부르기까지 하는데, 그것으로 그가 노리는 것은 무엇인가? 그것은 그에게 있어서 인칭의 변화는 기법의 문제라기보다는 시정신과 관련된 보다 근본적이고 중요한 문제이기 때문이다.

그러면 그의 시에서 인칭의 변화는 어떠한 모습을 보이는지, 그리고 그 이유와 의미는 무엇인지 살펴보도록 하겠다.

먼저 그의 60년대에서 80년대 초반에 이르기까지의 초기시들의 인칭은 거의 대부분 '나'이다. '나'의 내면에 관심을 갖는 '자아추구'의 시였다. 그러나 80년대 중반 이후 언어를 중시하면서 그는 타

---

10) 위의 글, p.272.

자에 관한 관심을 갖게 되고, 담화양식으로서의 시에 대한 관심을 새롭게 한다.

다섯 번째 시집 『당신의 방』(1986)은 바로 그러한 변모를 잘 보여준다. '나'를 향한 관심이 인식주체로서의 자아를 벗어나고자 하는 지향을 보이면서 대화의 상대로서 '너'와의 '만남'을 향해 나아간다.[11]

> 결국 나는 너이다
> 네가 있기 때문이다
> 네가 죽어가기 때문이다
> 나는 네가 죽어가기 때문이다
> 나는 있다 네가 죽어가기 때문이다
> ……(중략)……
> 결국 나는 너이다

"나는 너이다"라는 것은 나 외에도 '너'가 있음을 알게 되고, 그 순간 이루어지는 타자와의 화해나 친밀감의 표현으로 생각된다. 이와 같은 타자에 대한 관심과 유화적 제스처는 '나'라는 것은 결국 '너'를 통해서 존재한다는 인식의 전환에서 가능하였던 것이며, 따라서 '너'라는 타자는 더 이상 대결이나 갈등의 대상이 아니다.

그러나 실제로 이승훈 시에 있어서 '너'는 타자라기보다는 '나'를 다른 방식으로 부른 데 지나지 않는 것이었다. 자아찾기의 과정 속에서 언어로 바뀐 '나'의 존재가 어떤 언어로도 불릴 수 있으며, 그래서

---

11) '너'에 대한 관계 설정과 '남남'을 위한 시적 자아의 바람은 여섯 번째 시집 『너라는 환상』(1989)에도 이어진다. 이러한 노력을 그는 시집 "이 시집에서 나는 주로 사람과 사람의 영역에 관심을 두었다. 만난다는 것은 산다는 것이다. 그러나 아직도 만남에 대한 그리움만 클뿐, 좀처럼 그런 만남의 세계를 실현하기가 어렵다. 두고 두고 노력해야 하리라."라고 표현하고 있다.

스스로를 상대화할 수 있는 자리에 있는 '너'에게 '나'를 대입시킨 데 지나지 않는 것이었다. 따라서 그의 시에서 '너'는 거의 대부분 긍정적 의미를 띤다. 나는 "너를 안으면, 어둠도 사라지고, ……너를 안으면 불안도 사라지"(시 「너를 안으면」)게 되고, "너 때문에, 이슬이 생기고 태양이 생기고, ……너 때문에 ……난 다시 태어나"(시 「너 때문에」)게 되는 것이다.

하지만 이승훈은 '나'를 '너'로 확인하면서 화해 속에 안주하지 않는다. 끊임없이 '나'의 분신인 '너'를 온갖 경우나 세계 속에 대입시켜서 그 움직임을 관찰하고 이해하고자 한다. 그런 점에서 이러한 자아의 객관화, 곧 거리를 두고 자아를 확인하고 이해하고자 하는 노력은 자아분열현상이라기보다는 끊임없이 자아탐구의 과정이며, 시적 상관물[12]이라고 할 수 있다. 그렇기 때문에 시에 등장하는 '너'의 모습은 구체적으로 형상화되지 않고 언제나 추상과 은유로 그려지게 되는 것이다.

이와 같은 자아탐구로서의 인칭의 변화는 마침내 '나'를 3인칭화하는 이른바 시인론시, 시론시에까지 나아가게 한다. 시인론시, 시론시는 메타시에서 가장 두드러진 양상으로, 그 중요한 특질로서는 현저한 자기반영성을 지적할 수 있다.[13]

먼저 시인론시의 한 예를 들어보자.

> 그는 하루종일 담배를 입에 물고 일할 때도 입에
> 물고 제자를 만날 때도 입에 물고 대머리 여가수를

---

12) 김준오, 「인칭의 의미론」, 『현대시의 환유성과 메타성』, 살림, 1997, p.178.
13) 김준오, 『시론』, 삼지원, 1997, 제2장 제6절 '패러디' 참조.

만날 때도 입에 물고 학장을 만날 때도 입에 물고
그가 사랑하는 사람은 제발 담배를 좀 줄여요 라고
했지만 그는 의지가 약하다 그는 꿈속에서도 담배를
입에 물고 걷는다 그가 잠들면 비 오는 저녁 그의
담배가 꿈을 꾸고 그는 담배의 꿈 속에서도 담배를
입에 물고 방에 처박혀 있다 그를 불쌍하다고 하지는
맙시다 담배 때문에 어느 날 그는 집에서 쫓겨
나겠지만 그는 담배를 피우려고 이 세상에 온
모양이다 그는 하루종일 담배를 입에 물고 거울
앞에서 얼음을 생각하고 장미를 생각하고 무덤을 생각
한다 그의 얼굴은 온통 담배다 담배가 시를 쓰고 논문을
쓴다 손톱을 깎고 구름을 본다 아니면 하루종일 혼자
술을 마신다 하루종일 혼자 화투를 치고 트럼프를
치고 포커를 하고 마작을 하고 하루에도 마흔 번이나
술을 마시고 그는 남자이기 때문에 여자가 아니고
하루종일 작은 방에 처박혀 고독을 즐기신다
말하자면 이승훈 씨는 하루 종일 담배를 피운다
물론 이건 시다 제발 현실로 착각하지 마시길

— 「담배를 피우는 이승훈 씨」 전문

이 시는 자신의 삶이 시적 언술의 전부다. 시인은 자신을 시제 제재
로 사용하면서 아주 담담하고 상세하게 그려낸다. 이렇게 자신을 타
자화할 때 생겨나는 것은 아이러니의 효과다. 스스로를 타자화하여
자아로부터 탈출시킴으로써 거리를 유지하고, 그 객관적 거리는 자신
의 삶의 모습을 좀더 극화시킬 수 있기 때문이다. 곧 시 밖의 시인인
이승훈의 추상적 존재가 시작품의 문맥 속에서 움직이는 '이승훈'의
구체적 현존재의 모습과 대비됨으로써 자신을 더욱 입체적으로 확연

하게 들여다보고 반성할 수 있는 기회를 제공해 주게 되는 것이다. 그리고 맨 끝에 "물론 이건 시다"고 하여 현실 속의 '나'와 시에 그려진 '나 이승훈'의 다름을 환기시킨다.

이것은 결국 그의 시쓰기에 대한 생각을 뚜렷하게 드러낸 것이라고 할 수 있다. 시라는 것은 실제와 차이가 난다는 점, 시를 통해서 현실을 고치거나 현실을 파악해서는 안 된다는 인식이다. 거슬러 올라가자면 그것은 언어가 가지는 자율적 규칙과 자의성이 존중되어야 한다는 입장이고, 시라는 담화형식은 현실을 반영하거나 묘사하지도 않으며, 또 현실로부터 초월하여 존재하지도 않는, 매개적 형식으로 형상화하는 것이라는 입장의 표명이다.

또한 시론을 겸한 그의 시인론시의 메타적 성격은 마침내 시쓰기라는 행위의 초점을 맞추고 시쓰기란 무엇인가, 또는 시라는 장르란 무엇인가 하는 문제로 이끌게 된다. 메타시의 중요한 한 유형으로 등장한 시론시는 바로 그러한 시인의 관심을 작품화한 것이다.

물론 이승훈씨는 시를 쓰신다 언어가 있기
때문이다 언어라? 언어라? 언어라? 도대체
언어란 무엇인가? 그는 언어 때문에 시를 쓰지만
언어 때문에 실패의 연속이다 언어 유리디체여
그녀를 돌아보면 안된다 차라리 불을 지르라
물론 어려울 것이다 그렇다면 이제 남은 건
훔쳐오기 그렇다 이제 그는 유리디체를 훔친다
······ (중략) ······
도둑질을 한다 그는 염치도 없이 염치도 없이
훔친다 벼락처럼 훔친다 이젠 자신도 훔친다

그도 언어 속에 있기 때문이다 그가 쓴 책 속에
그가 있다 이 시대의 시쓰기는 도둑질이다

— 「이 시대의 시쓰기」 부분

    시작법과 시에 대한 입장이 시의 내용과 구조를 이루고 있다. 시론이라는 비평적 글로서 개진되어야 할 내용이 시라는 정서표현의 구조 속에서 드러나고 있다. 그리고 그의 관심은 이승훈이라는 시인의 시를 쓴다는 '시쓰기' 행위 자체에 집중되고 있고, 역시 그 중심에는 언어가 자리잡고 있다. 이 시는 전체적으로 자신의 시쓰기란 무엇인가를 밝히고 있는데, 자신을 이름으로, 또 3인칭 '그'로 타자화함으로써 그 의미를 〈행위〉 자체의 의미로 한정시킨다. 결국 이 시를 통해서 남는 것은 '시쓰기'라는 일반적 〈행위〉이고, 그것은 다름 아닌 "언어로 도둑질하기"라는 입장이다. 이러한 시론시는 더욱이 시인이나 비평가와 주고 받는 편지형식의 시[14]로도 발전한다. 여기에 대해서 그는 "구별, 장르의 대립, 2항 대립성, 논리적 체계를 깨고, 해체하고, 뭐가 뭔지 모르는 그런 경계를 노린 것이었다"[15]고 말하고 있지만, 스스로 시에 대한 인식을 새롭게 하기 위해서, 또는 그 결과로서의 새로운 '시쓰기'를 지향하는 행위의 산물로 볼 수 있을 것이다.

    그런 점에서 결국 그에게 있어서 인칭의 변화는 시작 방법론의 변화라기보다는 자아탐구를 위한 또 하나의 중요한 과정이었으며, 결코 충족되지 않는 자아탐구를 위한 해체주의적 태도의 표현으로 볼 수

---

14) 이 작품 (《문학사상》, 1996년 11월) 외에도 「윤호병 교수와의 대담」과 「크리티포에추리?」(《작가세계》, 1996년 여름), 「시」(《문예중앙》, 1996년 가을). 「이 글쓰기」(《현대시사상》, 1996년 겨울호) 등이 여기에 해당된다.
15) 이승훈, 「비빔밥시론」, 《현대시사상》, 고려원, 1997년 봄호.

있을 것이다.[16]

3. 해체주의적 시쓰기

마침내 이승훈이 도달한 곳은 '시쓰기'이다. 오랫동안 찾아 헤매던 '나'의 소멸과 '언어'의 발견은 바로 시쓰기라는 행위에 대한 인식을 바로 했음을 뜻하고, 그 자리에서 보다 자유로워지고 시를 새롭게 맞아들이게 된다. 앞에서 들었던 고백[17]은 바로 그러한 자신의 솔직한 심정과 각오를 보이는 것이었다. 그런 점에서 지난 90년대 후반 그의 시를 두고 일어났던 논쟁은 이승훈이 도달했던 '시쓰기'의 의미를 확인할 수 있는 중요한 의미를 지니고 있다.

먼저 이 논쟁은 1996년 최동호 교수가 이승훈의 시와 산문에 나타난 시적 입장을 문제 삼은 데에서부터 비롯된 것이었다. 그리고 이어서 이승훈의 반론과 함께 서로 다른 시적 입장을 지닌 시인과 비평가들이 가세하여 논쟁으로 발전하게 된다.[18] 물론 이 논쟁은 현대시 위

---

16) 이러한 점에 대해서 김준오는 「인칭의 의미론」(『현대시의 환유성과 메타성』, 살림, 1997)이라는 글에서 다음과 같이 말한 바 있다. "현대시사에서 불가피하게 그를 모더니즘 시인이 되게 한 인식론적 회의(그의 시의 출발점)는 자아탐구를 지탱하는 그의 시적 사유다. 그가 "결국 '나'는 어디에도 없다"고 했을 때 이것은 절망이 아니라 그의 인식론적 회의의 해체로 보아야 한다. 해체주의에서 자아 탐구는 결코 완결되는 법이 없기 때문이다. 그래서 그에게 "삶의 형식"이자 "숙명"이기까지 한 출발(「출발」)만 있고 도착은 없다. 이런 미해결의 해체주의는 「자아의 환유」에서처럼(라캉적 용어를 빌린다면)끊임없이 "나→너→그"로 미끄러지면서 결코 충족되지 않는 자아탐구의 욕망으로 변주되기도 한다."(p.174)

17) 이승훈, 시집 『나는 사랑한다』(세계사, 1997) 서문.

18) 논쟁의 발단이 되었던 문제의 글과 시, 그리고 이후 지면을 통해서 발표된 글들을 차례대로 정리해 보면 다음과 같다.

  1) 발단이 되었던 이승훈의 글과 시

    「모든 끝이 시작이다」, 《문학사상》, 1996년 9월호.

    「문학의 역사는 폐허의 역사다」, 《소설과 사상》, 1996년 가을호.

    「시」, 「노예」, 《문예중앙》, 1996년 가을호.

기에 대한 각자의 대응방식의 차이를 보이는 것이었지만, 내용과 형식, 또는 전통주의와 모더니즘의 대립이라는 문학의 본질적 문제와 관련된 것이며, 보다 근원적으로 시쓰기 또는 시라는 장르에 대한 인식의 차이를 보이는 것이었다.

여기서 문제가 된 것은 이승훈의 '시쓰기'였다. 이에 대해서 최동호 교수는 두 가지를 문제 삼는다. 첫째로 이승훈의 시쓰기는 시를 부정하고 포기하는 것이라는 지적이며, 둘째로는 이승훈이 주장한 시적 동기인 우울증과 치유로서의 시쓰기가 과연 바람직한가 하는 의문이다. 이러한 비판에 대해 이승훈은 다시 부정의 정신은 새로움을 낳는다는 점, 다시 말해서 시에 대한 새로운 자각으로서 전통적·인습적 시쓰기로부터의 해방을 말하게 된다.

그리고 이러한 시쓰기에 대한 주장이 나오게 된 배경으로서 해체주의적 성격을 강조하고 있다. 곧 '나'는 시를 쓰는 게 아니라 시에 의해 구성된다는 점, 그리고 '나'라는 주체가 사라져 버리고 언어만 남아 언어가 시를 쓴다는 것이다. 한편 최동호 교수가 비판한 우울증과 관련해서도 그는 현대문명과 사회의 해체와 탈중심을 지적하고 전체성·총체성이라고 믿어왔던 부르주아 이데올로기가 해체되는 순간 경험하게 되는 상실감과 파편성으로 설명한다. 따라서 우울증은 그럴듯하게 믿어온 이런 허구를 부정적으로 비판하는 것이며, 광기와 병

「이 시대의 시쓰기」, 《문학사상》, 1996년 9월호

2) 최동호, 「시의 부정·해체 그리고 시적 생성」, 《문학사상》, 1996년 10월호.

3) 이승훈, 「시적인 것은 없고 시도 없다」, 《문학사상》, 1996년 10월호.

4) 이성선, 「정신주의의 서정성과 우주적 생명관 확보」, 《문학사상》, 1996년 12월호.

5) 박상배, 「'시대의 문학'이란 유령과의 투쟁 선언」, 《문학사상》, 1996년 12월호.

6) 김준오, 「새로운 시의 지평을 열기 위한 논쟁」, 《문학사상》, 1997년 1월호.

7) 이승훈, 「비빔밥시론」, 《현대시사상》, 1997년 봄호.

든 사회를 솔직하게 반영하는 시쓰기의 현대적 윤리로 설명한다. 특히 그는 최동호 교수가 요구하는 진정성과 건강성을 뜻하는 '시적'이라는 것이 아니라 다만 언어가 있고 언어와의 싸움만 있을 뿐이라는 주장을 되풀이 하게 된다.

이 뒤 다시 두 진영을 대표하는 시인들이 가세하여 논쟁이 본격화되는 듯했지만, 중간에서 김준오 교수가 이 논쟁의 의미를 '현대시의 반성과 시단의 풍요를 위한 고무적 논쟁'으로 평가하면서 마무리된다. 그러나 이승훈은 그 이후에도 지면을 빌어 자신의 시적 입장을 밝히고 이를 〈비빔밥시론〉이라고 칭하게 된다.[19]

이상에서 60년대부터 최근에 이르기까지 이승훈 시인의 시적 궤적을 살펴보았다. 대체로 그의 시적 지향은 전통적 시로부터는 벗어나 있으며, 과격하고 실험성이 많다는 점에서 모더니스트로서의 면모가 강한 성격을 보인다. 그러나 실제로 그의 시적 관심은 보다 고전적이고 근원적이며, 늘 자기회귀적으로 '시', 또는 '시쓰기'라는 문제로 귀결된다. 그런 점에서 본다면 그는 시론을 병행하는 시인답게 늘 시의 본질과 그 본질을 충족시킬 수 있는 방법론을 찾아가는 시인이고, 그래서 언제나 많은 가능성과 다양성으로 가득 차 있는지 모른다. 특히 그가 많은 관심을 가지고 접해왔던 모더니즘을 비롯한 포스트모더니즘의 시론들은 우리시 논의의 관점과 영역을 넓혀주었다. 그리고 꾸준한 방법론에 대한 천착과 이를 시작에 적용시켜 실험해보고자 하

---

19) 이 시론은 《현대시사상》(1997년 봄호)에 발표되었다가 다시 그의 열 번째 시집 『나는 사랑한다』(1997)에 재수록되는데, 그 내용을 간단히 정리하면 다음과 같다.

첫째, 최근시들에서 시도된 '편지시' 등 패러디를 통해서 추구하고자 하는 장르해체 작업의 의미, 둘째, 새로운 시쓰기로서 시론시, 시인론시의 메타성은 주체의 소멸과 데리다식 차연을 염두에 두었다는 것, 셋째, 그동안 과격하고 실험적인 시들을 쓰게 된 이유로서 '시란 무엇인가' 하는 데 대한 근원적 의문 때문이었음을 밝히고 있다.

는 노력은 한국시 발전의 건강한 원동력으로 작용할 수 있을 것이다.

　그러나 한편으로 그의 시가 기대고 있는 지나친 실험적 방법론은 거꾸로 그의 시를 매너리즘으로 빠지게 할 수도 있다는 점은 경계되어야 할 것이다. 새로움이라는 양지 속에 자리 잡은 그늘로서의 낯설음─부정은 항상 새로움을 낳게 될 수도 있지만, 타성화되면서 건강한 시적 욕망을 왜곡하거나 훼손할 수도 있다는 점은 깊게 생각해 볼 문제다.

3. 해체의 세계와 포스트모던의 세계 :
이승훈의 시 세계

– 『나는 사랑한다』와 『너라는 햇빛』을 중심으로

윤 호 병

○ "'나는 없다' 는 생각이 들고…남은 것은 언어뿐이다."
  – 이승훈, 『나는 사랑한다』의 「자서」 중에서
○ "나도 없고 나 아닌 것도 없다."
  – 이승훈, 『너라는 햇빛』의 「자서」 중에서
○ 이승훈, 아방–모더니스트 : "글쓰기는 균열, 입벌림, 찢어짐이라고
  할까요?"

이승훈을 일컬어 '이 시대를 이끌고 있는 모더니스트' 라는 데에는
이의의 여지가 없다. 등단 시기의 시에서부터 『나는 사랑한다』와 『너
라는 햇빛』 및 최근의 시집 『인생』(민음사, 2002)에 이르기까지 그의
시 세계의 중심 축에는 언제나 모더니즘이 자리잡고 있기 때문이다.
이 때의 모더니즘은 완료된 개념으로서의 모더니즘이 아니라 진행의
개념으로서의 모더니즘이며, 그것은 마샬 버먼이 「모더니즘은 왜 아
직도 문제인가」에서 강조했던 '현대의 희망과 공포', '포스트모던의

막다른 골목' 및 '1980년대의 모더니즘' 등에 관계된다고 볼 수 있다. 구-소련체제가 붕괴되었던 1989년을 위대한 모더니스트 해로 정의한 바 있는 버먼은 '역사를 재창조할 수 있는 인간의 능력'과 '타자의 세계와 자신의 세계의 정체성 확인'을 강조하였다.

이 글에서는 이러한 점을 근간으로 하여 이승훈의 시 세계인 '해체의 세계'와 '포스트모던의 세계'를 살펴보고자 한다. 전자는 자크 데리다의 '해체주의 이론과 비평'에 관계되고 후자는 그 이후의 '포스트모더니즘 이론과 비평'에 관계되지만, 해체주의가 서구철학에서의 인식론의 전환을 강조하고 있다면 포스트모더니즘은 계층간의 위계질서 파괴와 상호간의 인정(인정하기와 인정받기)을 강조하고 있다고 볼 수 있다. 이 두 가지 사상에서 연유되어 지난 10여 년 동안 한국 시단을 풍미했던 '해체시'와 '포스트모던 시'는 긍정적인 측면과 부정적인 측면을 야기하였으며 이러한 양면적인 축의 중심에는 언제나 이승훈의 시가 자리잡고 있다.

이러한 점을 바탕으로 하여 필자는 시인 이승훈을 '모더니스트'라고 명명하기보다는 '아방-모더니스트'(avant-modernist)-이 말은 '아방-가르드'와 '모더니스트'를 결합하여 필자가 만들은 신조어이다-라고 명명하고자 한다. 단순히 모더니스트라고 하면, 「시대에 대한 명상」에서 "자칭 모더니스트인 이승훈 씨의 시대에 낙후된 시도/좋고 뒤떨어진 건 그의 시만이 아니고"에서처럼 어딘지 모르게 '시대에 뒤떨어진 것'처럼 느껴지기 때문에, 끊임없이 문학이론과 비평이론을 모색하면서 새로운 시 세계를 추구하고 있는 그에게 적합한 명칭이 바로 '아방-모더니스트'라고 필자는 생각한다. 이러한 점을 고려하여 그의 시에 나타나는 해체의 세계와 포스트모던의 세계를 정

리하면 (1)언어와의 싸움, (2)언어의 해체, (3)시의 아포리아 등으로 나
누어 볼 수 있다.

1. 언어와의 싸움 : "언어여 우린 실컨 싸웠다"

"언어에 의해서 어떤 의미를 파악하고 나면 사람들은 언어를 망각
한 채 의미만을 간직하게 된다. 그러나 언어를 망각한 그런 사람을 찾
아낸다면 그가 망각한 언어를 나는 간직하고 싶다"는 장자의 언급처
럼, 언어는 의미를 제시한 이후에 사라지는 것이 아니라 사람들에 의
해서 망각될 뿐이다. 이처럼 '망각된 언어'를 그대로 유지하는 방법
중의 하나가 바로 '존재'(Being)를 설명하기 위해서 '존재'(being)를
사용할 수밖에 없었던 하이데거의 방법, 즉 자신이 사용한 '존재'
(being)라는 말을 교차 선으로 지우고, 지워진 '존재'(being)를 그대
로 유지하면서 또 다시 '존재'(being)에 의해서 '존재'(Being)를 설
명해나가는 방법에 해당하며, 자크 데리다는 하이데거의 이러한 방법
을 '추적의 원리'로 파악하였다. 데리다의 이러한 원리는 궁극적으로
'原型記述'를 모색하는 데 있다고 볼 수 있다.
　이승훈의 두 시집, 『나는 사랑한다』와 『너라는 햇빛』을 이끌고 있는
첫 번째 명제는 '언어와의 싸움'에 있으며, 그것을 우리는 그의 시
「난 글쓰는 사람」에서 확인할 수 있다.

　　　　난 글쓰는 사람
　　　　불행이여 우린 실컨 싸웠다
　　　　(중략)
　　　　난 글쓰는 사람

난 글을 사랑하는 사람
난 언어를 사랑하는 사람
언어여 우린 실컨 싸웠다
(중략)
난 글쓰는 사람
난 언어가 있기 때문에
난 언어와 노는 사람
난 당신과 노는 사람
(중략)
언어여 당신에게 전화를 했지

— 이승훈, 「난 글쓰는 사람」 부분

위의 인용 부분에 나타나 있는 바와 같이, 시인은 언어로 인해서 불행하기도 하고 참패당하기도 하고 좌절하기도 하고 때로는 용기 백배하여 다시 언어에 도전하기도 한다. 그러나 언어는 침묵할 뿐이고 시인은 불안 속에서 절망하게 된다. 그것을 우리는 이 시의 마지막 부분에 해당하는 다음 부분에서 그렇게 파악할 수 있다.

그냥 글쓰는 사람
내가 쓴 글 속에
헤엄치는 물고기
이 글쓰기가 나를 낳고
나를 키우고 나를 병들게
하고 나를 나이 먹게 한다
오 맙소사!

— 이승훈, 「난 글쓰는 사람」 마지막 부분

언어-그것이 없으면 시인은 시를 쓸 수 없다. 이제는 진부해진 그래서 조금도 신선하지 않은 정의가 되어버린 '음악은 소리를, 그림은 색채를, 시는 언어를 매개로 한다' 는 명제를 굳이 떠올리지 않더라도, 언어가 없으면 시인은 시를 쓸 수 없음에도 불구하고, 시인은 언어를 자유자재로 구사하는 것이 아니라 언어에 의해서 구속당하고 있다는 점을 이승훈은 자신의 시 「난 글쓰는 사람」에서 강조하고 있다. 이와 같은 난공불락의 언어의 성채를 치열하고 처절하게 공격하면서, 언어와의 결과 없는 싸움에 끼어 들어 열심히 싸워왔지만, 남은 것은 결국 "나를 나이 먹게 한다"는 사실이고 "오 맙소사!"라는 절규만이 있을 뿐이다. 따라서 「이 시대의 시쓰기」 첫 부분에는 언어에 대한 두려움과 공포, 원망과 절망을 절실하게 나타내게 된다.

물론 이승훈 씨는 시를 쓰신다 언어가 있기
때문이다 언어라? 언어라? 언어라? 도대체
언어란 무엇인가? 그는 언어 때문에 시를 쓰지만
언어 때문에 실패의 연속이다 언어 유리디체여

— 이승훈, 「이 시대의 시쓰기」 첫 부분

언어를 포착했다고 생각하는 순간, 포착된 언어는 시인 자신도 모르는 사이에 그의 손을 벗어나 '저만치' 달아나 버리고 만다는 사실이 위의 인용부분에 암시되어 있다. 언어로부터 벗어나고 싶고 해방되고 싶고 풀려나고 싶고 도망치고 싶지만, 언어가 자기 자신을 철저하게 구속하고 감시하고 미행하고 있다는 사실을 스스로 잘 알고 있는 까닭에 이승훈은 「언어」에서 "내가 사는 곳은 언어, 언어 속에 내가 있다 아니 언어가 나다"라고 '나' 와 '언어' 의 정체성을 강조하는 한편, 다른 한편으로는 언어를 해방시킬 것—시인과 언어는 일치하기 때문에 언어의 해방은 곧 시인 자신의 해방에 해당한다—을 다음과 같이 강조하고 있다. "언어는 피로하다 당신들이 언어를 죽이기 때문이다 지금 말하는 건 내가 아니라 언어, 그것, 알 수 없는 힘이다." '나'와 '언어'의 정체성을 확인하기도 하고 언어의 해방이 곧 나의 해방이라는 점을 파악하고 있는 이승훈의 이러한 태도는 '나'를 '그'로 3인칭 화하기도 하고 거리감이 있는 '당신'으로 2인칭 화하기도 하고 다시 거리감이 없는 '너'로 2인칭 화하기도 하고 다시 '나'로 1인칭 화하기도 하고 마침내 '나는 없다'라는 다분히 '해체의 세계'에 관계되는 선언을 하게 되며 그 결과는 자신의 시집『인생』에 수록된「사물의 편에서」에서 사물을 언어로 지칭할 것이 아니라 차라리 '사물—그—자체'가 될 것을 강조하게 된다.

> 이 방과 이 방이라는 말이 하나가 될 때까지 표류가 필요합니다 작품이 아니라 글쓰기 마침내 내가 글이 될 때까지 글을 쓰는 내가 쓰여지는 내가 될 때까지 사물이 될 때까지 사물의 편에서 나를 보아야 합니다 의미는 정박을 모르고 이 방도 정박을 모릅니다 있는 그대로 있는 연구실을 생각하십시오 연구실은 있는 그대로
>
> 있습니다 연구실은 그가 연구실인 걸 모릅니다 그는 언어를 모릅니다 이 연구실은 언어 저 쪽에 있는 무엇입니다 언어에 저항하는 이 무엇이 계속됩니다 이 무엇이 글을 씁니다 이 무엇이 명령합니다 어서 글을 쓰시오! 치욕은 잊어버리고! 어서 사물이 되시오! 오늘도 서러운 말을 먹고 사는 이 문학이라는 애처로운 놈 앞에서! 우린 실어증에 걸려야 합니다 그러니까 사물의 편에 서십시오
>
> — 이승훈, 「사물의 편에서」 마지막 부분

"이 방과 이 방이라는 말이 하나가 될 때까지," "실어증"에 걸릴 때까지, "이 방"을 정확하게 지칭하기 위해서 표류하지만, "방"(정확하게는 '연구실')이라는 말로 "방"이라는 대상을 정확하게 지칭할 수는 없기 때문에, 이 시의 첫 부분에 등장하는 "이형"으로 대표되는 시인을 포함하여 우리 모두는 실어증에 걸릴 필요가 있다는 점을 강조하게 되고 마침내 "사물의 편에 서십시오"라고 이승훈은 자신 있게 불특정 다수에게 명령할 수 있게 된다. 그리고 이러한 점을 극단적으로 파악한 시가 바로 '그림 시' 혹은 '사진 시'의 영역이다.

2. 언어의 해체 : "부재 속에 무 속에 내가 있다"

이승훈은 자신의 시집 『나는 사랑한다』에서 몇 가지 새로운 방법을 시도하였으며, 그러한 방법 중의 하나가 '그림 시'와 '사진 시'이다. 그림 시의 경우를 우리는 「어느 스파이의 사랑」과 「소파 이야기」에서 찾아볼 수 있고, 사진 시의 경우는 이 시집의 첫 번째에 해당하며 이승훈 자신의 사진을 텍스트로 활용한 「시」, 「준이와 나」, 「뒤샹의 샘?」 및 「이승훈이라는 이름을 가진 3천 명의 인간」에서 찾아볼 수 있다. 여기서 살펴보고자 하는 것은 그림 시가 아니라 사진 시의 경우이다. 왜냐하면 그림 시의 경우는 그림 자체에 대한 설명이나 제시가 아니라 시의 본문에 '스파이'나 '소파'의 모습이 간결하게 그려져 있기 때문이다. 사진 시의 경우는 크게 두 가지로 나뉘어 진다. 하나는 사진을 제시하고 제시된 사진을 설명하는 형식으로 시의 본문이 활용된 경우이고 다른 하나는 사진의 제시와 함께 시 제목만이 제시된 경우이다. 전자의 경우를 대표하는 시는 「뒤샹의 '샘'?」이고, 후자의 경우를 대표하는 시는 「이승훈이라는 이름을 가진 3천 명의 인간」이다.

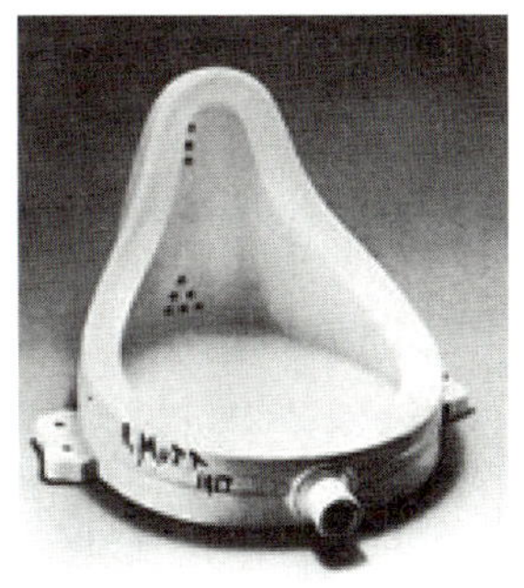

나는 이 시의 제목을 〈뒤샹의 '샘'〉이라고 붙일까,
〈뒤샹의 '샘' 혹은 '변기'?〉라고 붙일까 망설이다가 결국
〈뒤샹의 '샘'?〉이라고 붙인다. 당신은 어제 바람불던 가
을 아스팔트에서 〈뒤샹의 '변기'?〉가 좋겠다고 말했지만.
– 이승훈, 「뒤샹의 '샘'?」 전문

마르셀 뒤샹의 「샘」은 아방-가르드 미술, 초현실주의 미술, 더 나아가 모더니즘 미술을 언급하는 데 있어서 가장 중요한 작품이지만, R. 머트(R. Mutt)―머트는 코미디 스트립 쇼의 인물이었던 머트와 제프(Jeff)에서 차용한 것이고 R은 프랑스의 비속어로 '돈주머니'를 의미하는 리샤로(Richard)를 의미하며, 실제로 이 작품의 왼편에 'R. Mutt, 1917'이라고 쓰여져 있지만, 뒤샹의 작품세계를 잘 알고 있던 캐서린 드라이어조차도 뒤샹의 이러한 제스처를 간파하지 못했다―라는 익명을 사용하여 뒤샹이 6달러를 내고 이 작품을 1917년 뉴욕의 앙데팡데 전(Society for Independent Artists)에 출품하였을 때에

위원회는 이 작품의 전시를 일언지하에 거절하였을 뿐만 아니라 전시회 목록에 수록하지도 않았으며 전시회 기간 내내 칸막이 벽 사이에 숨겨버렸다. 이 작품은 뒤샹, 베아트리체 우드 및 H.-P. 로셰가 공동으로 출간했던 『盲人』(The Blind Man) 제2집(1917. 5)에 다음과 같은 평과 함께 수록되었다. "이제 머트 씨의 '샘'은 비-도덕적인 것이 아니다. 이러한 견해는 잘못된 것이며 욕조 역시 더 이상 비-도덕적이 아닌 것과 같다. 그것은 욕실용품 전시장에서 우리들이 날마다 접하게 되는 설치물에 불과한 것이다. 머트 씨가 자신의 손으로 이 '샘'을 직접 제작했느냐 제작하지 아니하였느냐는 중요한 문제가 아니다. 그는 일상적인 품목을 스스로 선택했고 그것을 설치했을 뿐이다. 따라서 새로운 제목과 견해에 의해서 이 오브제에 나타나는 변기가 가지는 유용한 의미는 이미 소멸되었다. 이 오브제는 새로운 사상을 창조하였다."

이러한 에피소드를 지닌 뒤샹의 「샘」은 그것이 오브제로 삼았던 원래의 변기-오브제가 반복적으로 복제되면서, 변기라는 오브제는 사라져버리고 '창조적인 사상'만이 지속적으로 오늘날까지 이어지게 되었다. 다시 말하면 뒤샹의 「샘」은 창조사상의 발원지에 해당한다고 볼 수 있다. 따라서 위의 시에서 이승훈이 제목을 "뒤샹의 '샘'?"이라고 붙인 것은 일견 타당해 보이기도 하고 부당해 보이기도 한다. '타당하다'는 점은 뒤샹의 변기-오브제의 제목을 차용하여 '샘?'이라고 의혹을 제기함으로써, 어떤 주의력과 의혹을 환기하고 있기 때문이고, '부당하다'는 점은 이 시의 제목이 물론 창조적이기는 하지만 진일보한 제목이라고는 볼 수 없기 때문이다.

「이승훈이라는 이름을 가진 3천 명의 인간」은 코카콜라 병이 무수하게 진열되어 있는 앤디 워홀의 그림을 패러디한 시이다. 이 시에 보이는 콜라 병은 모두 112개이지만 그 중에서도 완벽한 병의 형태로 보이는 것은 70개일 뿐이다. 나머지는 병의 뚜껑부분이 안 보이기도 하고 병의 밑부분이 안 보이기도 하고 혹은 병의 오른쪽 부분이나 왼쪽 부분이 안 보이기도 한다. 앤디 워홀의 그림을 패러디했다는 점에서 다분히 포스트모던 계열의 시로 분류될 수 있는 이 시에서 중요한 부분은 물론 불완전하게 처리된 부분이다. 왜냐하면 이처럼 불완전하게 처리된 부분으로 인해서 3천 개의 콜라 병의 유추가 가능해지고 나아가 콜라 병을 '이승훈'의 이름과 병치시킴으로써, 다시 3천 명의 또 다른 '이승훈'을 가능하게 하기 때문이다.

— 「이승훈이라는 이름을 가진 3천 명의 인간」 전문

　　그렇다면 콜라 병은 무엇을 의미하는가? 코카콜라는 맨 처음 복통을 치료하기 위해서 약사가 개발한 제품이지만 그것이 점차 세계인의 기호품으로 발전되어 이제는 전 세계 어느 곳에서든지 누구나 즐겨 마시는 음료수가 되었다. 그리고 미국의 현대 팝-아티스트인 앤디 워홀은 이처럼 전 세계적으로 대중화된 상품인 코카콜라를 자기 작품의 오브제로 선택하여 현대인이 습관적으로 마시고는 하는 탄산음료수의 중독성을 여지없이 비판하는 한편, 다른 한편으로는 현대인의 무비판적 탐닉과 상품화를 질타하고 있다.

　　이렇게 볼 때에 콜라 병으로 전환된 ‘시인 이승훈,’ 즉 “이승훈이라는 이름을 가진 3천 명의 인간”은 우선적으로 앞에서 패러디한 뒤샹의 ‘창조적 사상’을 반영하는 수많은 모방자– ‘이승훈’ 자신을 포함하여–를 암시하기도 하고, 앤디 워홀의 팝-아트처럼 모방·도용·전용·변용 등 상이한 방법으로 ‘原典’을 활용하고는 하는 최근의 포스트모던 시의 경향을 나타내기도 한다. 따라서 이승훈이 쓰는 시는 여러 가지 모습–동일한 형태이기는 하지만 서로 다른 모습으로 진열되어 있는 3천 개의 코카콜라 병–으로 나타날 수밖에 없다. 그리고 이러한 변화의 과정은 끝이 없다. ‘끝이 없다’고 말할 수 있는 까닭은 앤디 워홀의 이 그림의 가장자리, 즉 상하좌우의 가장자리의 콜라 병의 모습이 완벽한 모습이 아니라 미완의 모습으로 자리잡고 있기 때문이다. 따라서 적어도 해체의 세계와 포스트모던의 세계에 있어서 이승훈 시 역시 완성의 형식을 추구하는 것이 아니라 미완의 형식을 추구하고 있다고 볼 수 있다. 그의 이러한 태도는 다분히 시의 아포리아(aporia)에 관계되고 시의 ‘아포리아 찾기’는 시의 아포리즘(aphorism)에 관계된다고 볼 수 있다.

3. 시의 아포리아 : "시는 나의 의지를 넘어선다"

이승훈이 절대절명의 과제로 선택했을 뿐만 아니라 그러한 과제를 규명하고자 끊임없이 노력한 것은 다름 아닌 '시-그-자체'를 명쾌하게 규명하는 데 있지만, 시는 시일뿐이지 말로 설명할 수 없다는 사실만이 남게 된다. 이러한 점을 우리는 '피카소의 사랑과 예술'을 패러디한 「시」, 「개미시」, 「방황이 시를 쓴다」, 「크리티포에추리?」, 「제목 없는 시」, 「이 시대의 시쓰기」, "내가 제일 싫어하는 사람"으로 시작하는 「시」, "나는 시를 쓴 다음 가까스로"로 시작하는 「시」, 「시쓰기의 매혹」, 「모든 사람이 쓰고 싶어하는 시에 대해」, 「거짓말의 시」 등에서 확인할 수 있고, 다음은 「노예에 대해」와 「이 글쓰기」에 나타나는 '한 편의 시 속의 두 편의 시'에서 확인할 수 있다. 전자의 경우는 데리다가 자신의 '해체주의'에서 강조하는 글쓰기의 원형에 관계되고, 후자는 포스트모더니즘에서 강조하는 기존형식의 파괴에 관계된다.

시를 쓰면서 그것의 원형을 '기필코' 찾아내려는 부단한 의지로 인해서 시를 패러디 해보기고 하고 '개미'에 비유해보기도 하고 '비평시'라고 명명해보기도 하고, 제목을 붙이지 않기도 하고 '시는 거짓말하기'로 정의해보기도 하지만 결국은 '언어로 표현되지 않은 것이 시이다'라는 결론에 도달하게 된다.

> 그러므로 이승훈의 시를 다룰 때는 그의 시를
> 구성하는 것은 반드시 거기 있는 것(즉 말해진 것,
> 보이는 것, 읽을 수 있는 것, 존재하는 것, 나타내진
> 것, 재현되는 또는 재현되어지려는 것)이 반드시
> 아니고 거기 없는 것(즉 말해지지 않은 것, 보이지

않는, 읽을 수 없는, 나타내지 않은, 재현되지 또는
재현되어지려고 하지 않은 것)임을 인정해야 한다
다시 말하면 이승훈의 시에서 중요한 것은 부재하는
것이다

— 이승훈, 「크리티포에추리?」 부분

서구의 형이상학체계 전반을 부정하고 거기에 새로운 질서를 부여
하고자 했던 데리다의 해체주의에서 강조하는 것은 물론 '사유중심주
의'에 있다. 이 때의 '사유'는 규명 불가능한 것으로 그것을 그는 '아
포리아'라고 명명하였다. "길은 길이지만 지나갈 수 없는 길"을 의미
하는 그리스어에서 비롯된 아포리아가 시 쓰기와 시 읽기에 적용될
때에, 그것은 얀 카트가 말하는 '석류'와 J 힐리스 밀러가 말하는 '코
코넛 열매' 및 악의 상징으로 상징주의 시인들이 즐겨 사용했던 '히
드라'—두 개의 뿔을 가진 악의 상징으로 악을 제거하기 위해서 그 두
개의 뿔을 베어내면 베어낸 자리에서 각각 두 개의 뿔이 다시 돋고,
네 개의 뿔을 베어내면 다시 여덟 개의 뿔이 돋아난다는 괴물—에 비
유되기도 한다. 말하자면 '사유'로서의 아포리아는 규명 불가능한 것
이기에 이를 설명하는 모든 행위는 석류나 코코넛 열매나 히드라의
뿔처럼 기하급수적으로 증가하게 된다.

다시 말하면 겉으로 드러난 것과 드러나지 않은 것 중에서 전자보
다는 후자를 더 강조한다고 볼 수 있다. 바로 이점이 구조주의와 후기
구조주의를 구별짓는 중요한 경계가 된다. 구조주의에서는 '모든 대
상에는 구조가 있으며 그러한 구조는 규명 가능하다'는 명제에 충실
한 반면 후기구조주의에서는 '모든 대상에는 구조가 있지만 그러한

구조는 규명 불가능하고 다만 구조를 찾아내기까지의 과정만이 있을 뿐이다' 라는 명제에 충실하다. 따라서 구조주의에서는 소쉬르의 기표와 기의의 명확한 관계와 "시는 언어를 선택의 축에서 결합의 축으로 전이시키는 것이다"라는 로만 야콥슨의 명제를 강조하지만, 후기구조주의에서는 그러한 관계가 불명확하다는 점을 강조하는 한편, 다른 한편으로는 야콥슨의 명제에 대해서 회의적이다. 바로 이러한 '회의적인 태도' 가 해체주의에서 제시하는 '흔적의 추적' 이다.

위에 일부분을 인용한 이승훈 시에서 중요한 대립은 '반드시 있는 것' 과 그로 인해서, 선택받지 못함으로 인해서 '반드시 거기 없는 것' 의 대립에 있다. 전자는 유사이래 지금까지 우리들에게 익숙했던 사실들, 즉 "말해진 것, 보이는 것, 읽을 수 있는 것, 존재하는 것, 나타내진 것, 재현되는 또는 재현되어지려는 것"에 관계되고, 후자는 "말해지지 않은 것, 보이지 않는, 읽을 수 없는, 나타내지 않은, 재현되지 또는 재현되어지려고 하지 않은 것"에 관계된다. "부재하는 것"—그것이 바로 "이승훈 시에서 중요한 것"이기 때문에, 그의 시를 이해하기 위해서는 표현이전의 것, 선택이전의 것, 언급이전의 것, 글쓰기 이전의 것, 즉 사유의 본질을 규명해야만 가능해지지만 그러한 작업은 불가능한 것이다. 왜냐하면 '아포리아' 를 명쾌하게 설명하는 것은 결국 아포리즘, 의미의 散種, 본질로부터 자꾸만 벗어나는 행위일 뿐이기 때문이다. 그 결과 시인은 "시는 나의 의지를 넘어선다"고 선언하게 된다. 시의 본질을 규명하기 위해서 시인은 우선적으로 개미가 되기도 하고 텍스트 자체가 되기도 하고 언어자체가 되기도 하고 더 나아가 '한 편의 시속의 두 편의 시' 를 모색하기도 한다.

난 글쓰기를 두려워했다 글쓰기를 사랑했기 때문이다 뭐라고 할까? 난
글쓰는 환자 불안 때문에 병이 든 이승훈 씨는 우울 때문에 병이 든 이
승훈 씨다 그러나 어제부터, 꿈속에서 박목
월 선생님이 나타나시고 난 글을 써야 한다
난 글을 쓰면서 커피를 　고 생각했다 글쓰는 환자들은 행복하다 글쓰
조금 마시고 담배를 피 　기는 병을 치료하는 한 가지 방법이다 어제
우고 바카스를 조금 마 　는 「문학의 역사는 폐허의 역사」라고 글을 썼
시고 아무 것도 마신건 　다 30매를 쓴다는 게 35매를 썼다 원고료를
없다 아무 것도 달라진 　조금 더 받으려고 그런건 아니다 물론 난 어
건 없다 아무것도생긴 　디로 갔던가? 글을 쓰면서 난 컴퓨터를 두드
건 없다 사라진것도 없 　리면서 동시에창 밖을 볼 순 없다 인간은 동
다 이 종이를 보시오! 　시에 두 가지 일을 못한다 그러나 담배는? 오
담배를 피우며 컴퓨터를 두드릴순 있다 담배는 그만큼 인간적이다 담
배를 모욕해선안된다 난 흐린 날을 두려워했다

— 이승훈, 「이 글쓰기」 전반부

컴퓨터를 하면서 창 밖을 볼 수는 없지만 담배를 피우면서 컴퓨터
를 두드릴 수는 있듯이, 한 편의 시에서 두 편의 시를 쓰든지 두 편의
시를 읽을 수는 있다는 가능성이 위의 인용 시에 제시되어 있다. 그것
은 해롤드 블룸이 강조하고는 했던 '한 편의 시 속의 다수의 시'로 발
전되기도 한다. 이승훈의 이러한 시적 방법은 기존의 시 형식으로부
터 과감한 탈피이자 새로운 시도에 해당한다. 그러한 시도가 그 자신
만의 시도로 종결된다 하더라도 그것이 분명히 새로운 시 형식이라는
점은 분명하다.

이상에서 살펴본 '언어와의 싸움,' '언어의 해체' 및 '시의 아포리
아'를 통해서 이승훈이 궁극적으로 지향하고자 하는 것은 '시인으로

서의 삶'과 '생활인으로서의 나'를 일치시켜 하나의 '텍스트'로 수렴
하는 데 있다.

4. 아방-모더니스트, 이승훈 : "이게 누구시더라"

해체비평이나 포스트모던 비평에서의 '텍스트'는 텍스트일 뿐이
다. 텍스트라는 말은 이제 더 이상 敎材나 원본이나 원전에 관계되는
것이 아니라 하나의 존재를 가능하게 하는 모든 요인을 포괄적으로
수렴하고 있는 것에 관계된다. 이러한 포괄적인 수렴으로서의 텍스트
개념을 우리는 이승훈 시 「텍스트로서의 삶」에서 확인할 수 있다.

> 나는 없고 언어만 있으니 나라는 언어가 나를
> 만든다 이 글 이 텍스트 이 짜집기 언어라는
> 실과 실의 얽힘 속에 양말 속에 편물 속에
> 스웨터 속에 당신의 스타킹 속에 내가 있다
> 나는 거기 있는가? 내가 거기 있다고? 글쎄
> 난 그것도 모르고 거울만 보며 쉰이 넘었다
> 망칙스럽도다 거울만 바라보며 세월을 보낸
> 내가 갑자기 망측해서 주먹으로 한 대 갈기고
> 이 글을 쓴다 이 글 속에 이 언어 속에 아무
> 것도 없는 언어 속에 부재 속에 무 속에 내가
> 있도다
>
> — 이승훈, 「텍스트로서의 삶」 전문

'나'라는 대상을 '나'라는 언어로 쓰고 나면, '나'라는 기의는 사라
지고 '나'라는 기표만 남아서 '나'라는 대상을 지칭하지만, 기표로 쓰

여진 '나'가 대상으로서의 '나'를 충분하게 반영하는 것은 아니다. 그 모든 상황을 충분하게 반영하기 위해서는 대상으로서의 '나'가 처해 있는 전후관계를 파악해야 하며 그러한 파악의 종합이 바로 '상호-텍스트성'이다. 이 용어는 물론 줄리아 크리스테바가 1960년대 말 미하일 바흐친의 '대화중심주의'에서 원용하여 정착시킨 이래 해체비평에서 가장 많이 활용되고 있는 용어이다. 위에 인용된 이승훈 시에서는 바로 이러한 점, 다시 말하면 전후관계나 상호-텍스트성의 중요성을 강조하고 있다. 아무 것도 정확하게 지칭할 수 없는 언어—그 언어 속에 '나'를 끼워 넣고 '나는 나다'라고 말한다는 것은 어떻게 보면 '나'의 부재이고 거짓 증언에 해당한다. 거짓 증언을 '참'으로 전환하기 위해서는 스타킹이나 스웨터가 가지는 의미까지도 확인해야 한다.

특히 이승훈의 시에서 '스웨터'는 의미 있는 역할을 하고 있는 실체이자 대상이다. "난 지금/시를 쓴다 낡은 스웨터를 걸치고 낡은 청색/스웨터, 팔꿈치가 닳아 해어지고, 실밥이/터진, 헐렁한, 펄럭대는, 아마 거지들도 안/입을, 그러나 난 이 스웨터를 입고 해방감을/느낀다 이승훈 씨는 헐렁한 옷, 낡은 옷, 떨어진 옷을 사랑한다(파출부까지 이 옷은 버려야 한다고 아내한테 말했다지만)"이라는 「낡은 스웨터」에 나오는 바로 그 '스웨터'는 I. A. 리차드가 말하는 '습관화된 반응'을 야기하는, 말하자면 이승훈이 이 '낡은 스웨터'를 입고만 있으며 습관적으로 시를 쓰게 되는 그런 스웨터이다. 따라서 이승훈으로 하여금 시를 쓰도록 자극하고 유도하는 것은 '스웨터'이지 '언어'가 아니다.

"난 그것도 모르고 거울만 보며 쉰이 넘었다"는 사실에 스스로 분노하면서 '거울 속의 나를 주먹으로 한 대 갈기고' —실제로 주먹을 날렸다하더라도 거울 속의 '나'가 다친 것도 아니고 거울 앞의 '나'가

다친 것도 아니다—이승훈이 쓴 시 「텍스트로서의 삶」을, '그가 육십이 되었다'는 사실에 필자 역시 조금은 당혹스러워하면서(그러나 주먹으로 필자 스스로를 갈기지는 않았다) 다시 읽었을 때에, 이 시는 아마도 다시 쓰여질 것이라는 점을 확신하게 되었다. 왜냐하면 이승훈은 자신이 '칠십이 넘었다'는 사실, '팔십이 넘었다'는 사실을 느낄 때마다 '주먹으로 한 대 갈기고' 또 다른 '텍스트로서의 삶'을 다시 또 쓰게 되어 있기 때문이다. 따라서 그의 최근 시집 『인생』에 나타나 있는 바와 같이, 이승훈은 자신의 시적 방법을 언제나 새롭게 모색해 왔고 모색하고 있을 뿐만 아니라 모색하게 될 것이다. 바로 이러한 모색의 과정, 진행으로서의 과정 속에 '아방-모더니스트'로서의 이승훈이 존재한다고 필자는 생각하면서 글을 마친다.

4. 현대 선시의 새로운 기미

- 이승훈 시집 『인생』을 중심으로

송준영

1.

이승훈은 일찍부터 내면의 세계, 대상이 없는 비대상의 세계를 그려왔다. 바로 이것은 그가 어떤 대상의 총체적인 것을 그리고자 함이 아니라, 무차별 自發光하는 마음 밭을, 마음 밭에 종횡으로 용솟음치는 무형의 마음을 형상화시켜 왔음을 알 수 있다. 이러한 그의 끊임없는 탐구 자체가 마음의 수련을 대종으로 하는 불교, 특히 선종과는 어쩔 수없이 서로 만날 수밖에 없었다. 사실 포스트모더니즘의 철학자나 시론가 혹은 문학가들은 모더니즘의 표현법이나 사유가 거의 정상화, 혹은 합리화됨으로 인간의 성품을 규격화시키고 획일화시킴에 반발하고, 혹은 극복하고자 하였다.

이승훈은 포스트모더니즘을 연구하여 충분히 이해하고 또 우리나라에 이들의 이론을 소개하고 나름대로 소화한 앞선 이론가이며 이들의 이론을 우리 시단에 소개하여 왔다. 그리고 우리 모국어로 시작을 하고 새로운 시의 모형을 우리에게 제시한 우리나라의 전위적인 실험 시를 구사하는 모더니스트다. 그가 서구의 모더니즘, 포스트모더니즘, 해체주의에 침잠했고 이를 시로 노래한 시인이라는 것은 주지의 사실이다. 이런 서구의 이즘을 돌고 돌아 선과 만나게 되는데 이것은 어쩔 수 없는 코스라고 생각된다. 그가 늘 말하듯 이건 순전히 업일 뿐이다. 어느 날 "선은 아편이야" 한 이승훈의 말이 떠오른다. 그는 인생 후반에 선을 만난 늦깎이 수행자며 포스트모더니스트이다.

이승훈은 1962년 현대문학을 통하여 시를 발표한 이래 지금까지 모두 한 권의 그림시집과 12권의 시집을 상재한 문단의 중진 시인이다.

1960년대 전후는 한국시단이 그 이전 시대를 비교하여 보면 질과 양적으로 가장 많은 시인을 배출시킨 시기다. 60년대 전후에 등단한 시인, 특히 의미나 표현적인 면에서 선적인 경향을 나타낸 시인은 고은, 황동규, 김지하, 정현종, 오세영, 조정권 등이다. 이들의 시에서 전통적인 짙은 선가풍의 시나, 표현 방법 면에서 선시적인 수사법을 구사한 시들을 많이 만날 수 있다.

앞에 열거한 60년대 전후 등단한 시인들이 선취가 강한 시를 발표할 때, 같은 시기에 등단한 시인이면서도 꾸준히 서구의 쉬르레알리즘 계열의 시에 침잠해 있던 이승훈은 회갑을 맞이하면서 갑자기 그 이전 시집과 궤도를 달리하는 열두 번째 시집 『인생』을 상재한다. 문제는 이 시집이 문제다. 이 시집을 기점으로 그가 홀연히 선적 취향이 짙은 선가풍의 시집을 엮고 있기 때문이다. 이 글에서는 이 시인의 시집 『인생』을 중심으로 그가 이루어낸 이전 고전적 전통 선시와는 다른 새로운 선시의 기미를 읽어내는 데에 초점을 맞추고자 한다. 필자가 월간 《현대시》로부터 청탁 받은 내용이 「이승훈의 불교적 경향」이기 때문이다.

2.

우선 선시라 하면 선사상을 시적으로 표현한 언어 양식을 말한다. 곧 선사들의 선적 체험, 이른바 선수행의 결과 체득된 오도의 경지를 선시적 수사법으로 표현한 시다.

여기서 선시적이라 함은 내용적으로 선사의 오도송을 비롯하여 불경이나 어록, 공안집을 바탕으로 하거나 혹은 형태적으로 고전 선시에 자주 나타나는 절연, 압축, 기상과 모순적 어법의 조화를 말한다. 결국 절연, 압축, 기상이 모순적 어법에서 충분히 읽을 수 있으므로 모순적 어법을 철저히 규명하면 선시의 바탕을 대략 읽게된다. 따라서 모순적 어법을 세 가지로 요약하면, 선시의 反常合道[1] 선시의 超越隱喩[2] 선시

---

1) 선시의 표현에서 반상합도란 우리가 정상이라 규정하는 일상을 돌이키고 뒤틀어서 정상과 비정상이 융통하고 회감하여 수승된 다른 세계로 나아가는 것을 말한다. 즉 서로 다른 것이 상호 합일되어서 고차원의 다른 세계로 합도 되는 경지를 말한다. 수사학적으로 말하면 A라는 시적 요소가 B라는 시적 요소와 서로 상치하는 듯하나, 보다 커다란 차원의 수사어법에서 보면 하나의 통일된 수사적 효과를 거두는 것을 말한다. 즉 A와 A 아닌 요소(?)가 서로 상치하고 대립하는 듯하나, 보다 큰 차원에서는 서로 어우르는 것, 즉 A=Ā의 상태가 되는 것을 의미한다.
   * 빈 손에 호미들고……부대사
   * 다리는 흘러가고 물은 흐르지 않네……부대사
   * 돌여자가 아이를 낳으니/나무사람 조용히 머리 끄덕인다……백운 경한
   * 물위에 진흙소가 달빛을 밭간다/구름 속 나무말이 풍광을 고른다……소요 태능
   * 나무까치는 비상하여 하늘 밖 사무치니/바로 천봉만악을 뚫고 가도다……서옹 상순
   위의 예문들은 바로 'A는 A가 아니므로 A다' 하는 등식이 성립할 때 가능해진다.
2) 초월은유란 이질적인 두 사물에서 유사성을 발견하는 비유, 곧 "비동일성에서 동일성을 발견 identification하려는 비유다.(김준오, 『詩論』, 문장, 1986, p.120) 이승훈은 그의 『詩論』에서 '현대시의 경우 모두 본질적으로 은유를 지향하는데, 근본적 형식 A is B(A=B)로 나타내고, 오늘 날 많은 이론가들이 관심을 표명하는 다른 형식, 곧 병치은유의 도식 A-b를 첨가하여, 크게는 동일성 identity 형식과 병치juxtaposition형식으로 양분된다' 적고 있다. 또 휠라이트는 위에서 말한 동일성

의 無限象徵[3]을 일컫는다. 이 세 수사법은 선시를 표현하는 데 불가분의 관계를 서로 내포하고 있다. 물론 선시, 특히 선적 사유는 언어를 만나 표현되어짐을 염두에 두었을 때 그 기표야말로 바로 사상의

원리에 입각한 은유를 치환은유, 비동일성에 입각한 은유를 병치은유로 설명하고 있다.(이승훈, 『詩論』, 고려원, 1979, p.134) 선시에서는 치환은유보다 병치은유가 많이 발견된다. 그러나 보다 뛰어난 선시에서는 초월은유가 발견된다. 그 이유는 A=A, A=B라는 상식적이고 정상적인 논리로는 나타낼 수 없는 선의 도리에 의한 선사상에서 기인한다. 이런 점에서 초월은유는 병치은유와 치환은유, 곧 양변의 견해를 모두 벗어나는 비유라 할 수 있다. 여기서 도식화하면 'A는 A가 아니므로 A다' 라는 A=Ā로 표시된다. 이것은 모순어법을 바탕으로 선사상에서 말하는 양변의 견해를 융합하면서 동시에 초월하는 비유상태를 의미한다. 용례로는

* 진흙은 푸른 돌 속의 뼈……청허 유정
* 일이삼사로 가고/사삼이일로 와라……무경 고송
* 금사자/어둠굴 여기 쪼그리고 앉아 있다/
  그러나 그 몸에 한조각 水鏡이/
  毛孔으로부터 빛 쏟아 일천강에 달빛이라……만경영안
  이 선시들은 선문답적인 초월은유이므로 치환은유나 병치은유적 수사학으로는 잣대가 맞지 않다. 현실적으로 존재되어 왔고 앞으로도 계승 발전될 이런 수사법은 우리 글에서는 일단 반동일성 초월은유라 명칭 한다.(송준영, 『표현방법으로 본 선시연구』, 청송출판사, 2001, pp37-40.참조)
3) 선시의 무한상징이란, 곧 서구의 상징주의자들은 일체 현상세계는 허구세계이며, 궁극적으로 상징세계로 간주한다. 선의 입장에서는 이 서구의 상징이란 단어에서 '色'이나 '假相'과 비슷한 느낌을 받게된다. 이 색이나 가상이라는 말은 현상적으로 나타나는 일체의 물질을 뜻한다. 이것은 空, 實相, 本體, 本性과 상대적 의미를 제시하는 용어다. 서구의 상징은 무한한 해석의 가능성을 간직하고 있는 암호의 숲으로 생각하는 경향이 있다. 이 상징이란 말은 불교에서 보는 色卽是空 空卽是色인 사유법, 또는 '空.假.中이 서로 벗어남이 없다.'(나가아르쥬나, 『中論』, 황산덕역, 서문당, 1978, p.101.)는 선적인 사유와는 근본적으로 다르다. 선의 도리는 본질과 물질적 현상을 따로 구분하지 않는다. 선시에선 상징에 남아 있는 논리적 고리를 단절시킴으로 중생의 분별 간택심을 초월하려는 불립문자의 표징일 뿐이다. 곧 선시에선 단어, 시구 혹은 선시 자체가 낱낱이 암시적 상징으로 형성된다. 따라서 선시어의 암시성, 상징성이 일반시보다 연결성, 밀도 면에서 훨씬 복잡다단하다. 인드라망처럼 복잡한 상징의 굴레가 복잡하고 그 행간의 의미가 무한 점핑하므로 무한상징이라 칭한다. 이런 무한정의 상징성이 모순어법과 궤를 같이하며, A=Ā의 등식을 보여준다.
* 바다 밑 진흙소가 달을 물고 달아난다/바위 앞의 돌호랑이가 아기 안고 존다/
  쇠로 만든 독사가 금강눈을 뚫고 든다/곤륜족 깜둥이가 코끼리 타고
  해오라기 이끈다. ……고봉 원묘
* 바다 밑 제비집에는 사슴이 알을 품고/불 속 거미집에는 고기가 차 달인다/
  우리 집 이 소식을 뉘라서 알랴/구름은 서쪽에서 날고 달은 동쪽으로 간다……효봉 원명
  선적인 도리로 비추어 보면, 앞의 예시와 같이 선의 쓰임은 무한계, 무차별, 무작정으로 그린 무한상징으로 밖에 표현할 수 없다. 이것은 선이 그렇고 우리의 본성이 그렇고 일체 만물의 자성이 그렇다는 것이다. 그런 까닭에 無自性을 선에선 말한다. 문제는 앞의 시가 서구의 쉬르와 같이 자동기술에 의해 무작위로 쓰여진 것이 아닌, 무자성을 철저히 깨친 선사들의 명료함에서 흘러나온 노래이어서 무한상징을 한량없이 휘두르고 있는 것이다. 이런 무자성을 도식화하였을 때, 역시 A=Ā로 쓸 수밖에 없다.

한 표현일 수밖에 없다. 물론 이승훈의 초기시는 모든 것이 나로부터 시작되고 이 나의 귀결됨이 그가 나타내고자 하는 전부인바, 이 때 그의 지향점은 일체가 스스로의 내면세계로 향한다. 이런 내면지향성, 혹은 밀실지향성은 바로 독백시가 나타내는 전형적인 유형이다. 화자가 청자이고 청자가 화자인 독백시는 읽는 우리들로 하여금 많은 고적함을 느끼게 한다.

그리고 1983년에 상재한 시집 『事物들』의 시적 특징으로는 초기시에서 보여온 '나'가 사라지고 '너'에게 까지 확대될 뿐 아니라, 이 나와 너가 우리의 현재 이 순간의 삶까지 폭 넓게 확산된다는 점이다. 그러나 이때까지 이승훈의 시작법은 서구적 의식의 흐름을 통한 쉬르적 자동기술법에 의지한다. 이 당시 그의 시나 시어는 비틀 대로 비틀고 가벼워질 대로 가벼워져 있는 듯하나 그의 사유는 현실의 삶에 포인트를 주고 있음을 읽는다. 그럼에도 불구하고 마음을 풀고 표현하는 이승훈의 시적 구조상 선시의 모순적어법을 체득적으로 구사하는 시편들을 읽을 수 있음은 어떻게 된 일인가. 이승훈의 이 때의 시 가운데 다음에 예증한 시는 선시의 모순적 어법인 선시의 반상합도와 초월은유, 무한상징을 알맞게 구사한다.

피는/불이되고

불은 연기가 된다/이제 나는 연기다

나는/풀 풀 풀 날린다

시간이/딱국질하는 뇌에는

연기만 가득하다/또 가을이다

― 이승훈 「또 가을이다」[4]

이승훈 시의 특성을 사계에선 '비대상의 시'라 부른다. 바로 육안으로 볼 수 없는 심리적 내면세계를 형상화하기 때문이다. 위의 시는 직관으로만 감득되는 무정형의 내면을 언어로 표현한 시다. 이 시에도 나타나듯이 '피=불', '불=연기', '나=연기'는 결국 피=불=연기=나라는 등식이 성립된다. 납득이 가지 않는 일상을 초월하는 표현이다. 이것이 바로 선시에서 주로 사용되는 수사법인 'A는 A가 아니므로 A다' 하는 선시의 표현 방법론과 일치되는 $A=\bar{A}$다. 또 시간이 "딱국질하는 뇌에는"이라는 시행, 역시 앞 각주에서 예시한 '물 위 진흙 소가 달빛을 밭 간다'나 '불 속 거미집 고기가 차 달이고'와 같은 표현 방법이다. 그리고 "연기만 가득하다/또 가을이다"란 결구도 기상천외한 병치로 이루어진 초월은유다. 또 위의 시는 전혀 선적인 맛이 나지는 않는, 오히려 서구의 쉬르적인 맛이 한껏 돋보이는 시이지만, 뜻밖에 선시적 표현방법을 구사한다. 이것은 어떤 총체적인 것을 시의 주제로 삼지 않고 내면의 마음을 바로 그리는 한 불가피한 방법이라 생각되지만, 또 하나는 서구의 포스트모더니스트 대부분이 동양사상에 영향을 크게 받았다는 데 있다.

---

4) 이승훈, 『事物들』, 고려원, 1983.

입술은 바람이 되고/눈망울은 흙이 되고/심장은 돌이 된다

괴롭던 일 기쁘던 일도/화가 나던 사랑도 후회도/이제는 님이 빚어
야 할/한 줌의 흙/바다 혹은 하늘

– 이승훈 「다시 흙으로」[5]

위의 시 역시 '입술=바람', '눈망울=천둥', '심장=돌' 의 등식도 위
와 같은 모순어법의 표현의 논리가 아니고는 도저히 성립되지 않는
다. 또 괴로움, 기쁨, 화냄, 후회 이 모든 것은 님이 빚어야 할 흙, 바
다, 하늘이라는 고도의 무한상징과 여기에 따르는 절연과 기상은 선
시를 방불케 한다. 또 다른 하나는 불교의 유식학에서 말하는 四大,
地水火風으로 이루어진 일체의 만물이 인연 따라 眞空하기도 하고 妙
有하기도 한다는 원리를 쓰고 있다는 점이다.

그러나 이 시집을 상재한 1983년 당시 이승훈은 그의 고백에 의하
면 불교와는 전혀 인연이 없으며 관심조차 기울이지 않았음을 말한
적이 있다는 사실이다. 이러한 것이 동서양의 문화는 물이 높은 곳에
서 낮은 곳으로 흐르듯, 늘 不增不減한다는 『반야심경』의 원리를 일
깨우는 일이 아닌가.

시를 쓰려면 갑자기 임제 스님이 나타나 말하는 거야
야 이 새끼야 지금은 그게 아니야 무슨 시를 쓰겠다고
헤맨 나를 보고 글쎄 야 이 새끼야 지금은 그게 아니
야 내 귀싸대기를 한 대 갈기고 나가는 거야

– 이승훈 「임제 스님」

---

5) 이승훈, 『환상이라는 이름의 역』, 미래사, 1991.

위의 시 「임제 스님」은 2000년 여름에 간행한 시집 『너라는 햇빛』[6]에 있는 처음 불교적 소재로 글을 쓴 시다. 이 글이 무엇이 그리 대단해서가 아니라 포스트모더니스트인 이승훈, 프레베르와 끄노, 베케트, 카프카, 앙리 미쇼를 노래하고 프로이트, 라깡, 데리다를 설하던 시인에게 기상천외의 이름이 아닐 수 없다. 그렇다. 거칠기 짝이 없는 임제 노한은 틀림없이 좀팽이 시인에게 멱살이나 혹은 귓구멍이 펑크가 나도록 고함을 한 두어 번 지르던지, 한 귀싸대기 얻어맞았을 것이라는 이승훈의 판단은 정말 대단히 탁 트인 견해이다. 그럼 임제 노한이 무엇을 할 수 있었단 말인가. 한 번 일러보라 일러보라 일러보라. 무얼 머뭇거리는가. '그래 휘파람으로 야 이 새끼야, 내 귀싸대기를 한 대 갈기고 나가는 거야' 이구나. 아니 바람으로 말이야.

3.

만해시인학교를 열고 있는 설악산 백담사 2000년 여름, 백담산장. 이승훈 시인과 마주하고 밤 내내 캔 맥주를 마시며, 설악의 소슬한 바람에 흠뻑 취할 수 있는 행운이 필자에게 있었다. 그때 백담 계곡의 물소리보다 더 고적한 말로 "나 이제 선 공부 좀 해야겠다."는 말을 들을 수 있었다. 이때 나는 더 할 수 없는 명징하고 총총한 별빛 같은 느낌을 받았다. 정말 큰 행운이다. 이승훈은 누구인가. 우리 시단에서 근 40년 동안 줄기차게 포스트모던한 시와 시론을 발표해온 큰 시인이 아니던가.

---

6) 이승훈, 『너라는 햇빛』, 세계사, 2000.

연꽃 옆에 물고기 있고 물고기
옆에 게도 있고 거북이도 있고
거북이가 한 세상이네 거북이
옆에 개구리도 있네 바람자면
바람이 그대로 거북이 바람이
그대로 물고기 저 물고기 하늘
을 나는 물고기 연꽃과 연꽃
사이에 한 세상이 있네

— 이승훈, 「연꽃 옆에」

서울에 오는 눈이 춘천에도 오고
춘천에 오는 눈 속엔 누가 있나
춘천에 오는 눈 속엔 춘천이 있
고 서울에 오는 눈 속엔 서울이
있네 서울에 오는 눈이 진주에도
오고 부산에도 오고 수원에도 오
네 오늘 하루종일 내리는 눈발
속에 하루가 내리고 오늘 오는
눈은 어제 오던 눈 이 눈 속에
눈 속에 내가 있네 눈은 내리고
눈발 속에 내가 사라지네 눈발이
나를 덮네 간절함도 애절함도 눈
발에 파묻히는 불빛일 뿐

— 이승훈, 「서울에 오는 눈」

위의 시는 이승훈이 자서에서 고백하듯이, 모더니즘, 포스트모더니
즘, 해체주의를 돌고 돌아 인생 후미에 만난 불교와의 인연, 특히 일

상사에 대한 깨침을 노래한 시다. 그의 시집 『인생』[7]의 전편 65수 모두 선미가 넘치는 선의 정신이 농축된 선시집이다.

앞의 시 「연꽃 옆에」와 「서울에 오는 눈」은 시공이 일탈된 거듭거듭 다함이 없는 화엄세계를 그리고 있다. 곧 시 자체가 부분과 통일성 속에 존재함이 아니라 순간과 순간의 움직임, 부분과 부분 사이, 흐름 속에 흔적으로 존재함을 보여 준다. 불교의 양대 기둥인 實相說이나 緣起說은 본래 둘이 아니다. 둘이 아님을 不二法門이라 한다. 이 불이 법문에 따른다면, 시는 대상의 세계만을 서술하는 것이 아님을 인식하게 된다. 따라서 시는 하나의 필드(field)[8], 공, 통일장[9], 화엄법계로 인식된다. 그렇다면 시 자체는 대상만을 서술하는 것이 아니라, 바로 다양한 세계로 나타난다. 그럼 시인은 대상을 그리는 총체적인 태도를 버려야 할 것인가? 문제는 진리란, 실상에 둘 것이 아니라 상호

---

7) 이승훈, 『인생』, 민음사, 2002.
8) 블랙 마운틴파로 불리우는 1950년에 발표된 미국의 포스트모더니즘의 이론적 체계를 형성한 올슨 C. Olson의 시론 『투사시』나 던컨R. Duncun의 시론에 의하면 '시란 대상의 세계를 서술하는 것이 아니라, 시는 하나의 역장field으로 인식된다. 필드로서 시는 시를 구성하는 무수한 물리들의 하모니, 단편들의 앙상블의 형식, 거대한 또 다른 세계로 나타난다. 곧 상이한 사태와 정서가 서로 대조되면서 변주된다. 이러한 것은 아인슈타인이 말하는 통일장 원리나, 불교에서 말하는 화엄의 인드라망적인 중중무진법계로 이해되어진다.
9) 統一場의 이해. 주커프, 춤추는 物理, 김영덕역, 범양사, 1979, p.294.
* 질량 - 에너지의 이원론은 양자론이나 상대성이론의 형식체계에는 존재하지 않는다. $E=mc^2$이 아인슈타인의 상대성 공식에 의하면 질량이나 에너지가 에너지 혹은 질량으로 변하는 것이 아니라, 에너지 자체가 질량이다. 에너지 E가 있으면, 질량 $E=mc^2$만큼의 질량 m이 있다. 전체 에너지 E와 질량 m도 보존된다. 질량은 곧 중력장의 원천으로 정의된다.
F.카프라, 『the Tao of Physics』 14, 공과 형상에서 발췌.
이성범 김유정 공역, 『현대물리학과 동양사상』, p.249.
* '아이슈타인의 중력장이론과 양자장이론은 둘 다 소립자들이 그것들을 둘러싸고 있는 공간으로부터 분리될 수 없다는 것을 밝혀주었다. 한편 그것들은 그 공간의 구조를 결정하는 반면에 독립된 실체로서 여겨질 수 없고, 전 공간에 미만해 있는 연속적인 場의 응결로서 이해해야 한다. 양자장이론에서 이러한 장은 모든 소립자들과 그것들 서로의 상호 작용의 바탕으로서 이해되고 있다. 장은 어디서나 존재한다. 그것은 결코 제거될 수 없다. 그것은 모든 물질적 현상의 수레이다. 그것은 그것으로부터 양성자가 파이중간자들을 생기게 하는 「虛空」이다. 소립자들의 나타남과 사라짐은 단지 장의 운동형태에 불과하다.

관계되는 상의성에 시선을 모으며 동시에 그 창연한 흐름 속에 실상을 通見하는 것, 이것이 바로 선적인 입장이다. 이것은 포스트모더니즘의 개방적 형식(open form)의 내용도 같은 맥락에서 이해되어 진다. 대상의 본질을 '존재'가 아니라 '과정'에 둔다는, 곧 대상의 과정을 추구하며 대상의 총체성을 인식하고자 한다. 이 총체성이 필드, 통일장, 화엄법계이고, 이 총체성에서 자발하는 것이 바로 인간의(시인의) 자연성이며, 자율성이고, 개성이며, 직접성이다. 매 순간 절대현재의 이 찰라에 충실한 삶, 바로 삶 자체가 찰라이고, 찰라는 가득 찬 삶의 현실이다. 찰라의 연속은 행위의 연속이다. 사실 사는 것 이외에 무엇이 또 있겠는가?

이승훈의 위의 시는 데리다의 差延(differance)에서 말하듯 절대적인 토대는 존재하지 않는다는, 아니 常住할 때는 파악할 수조차 없는 흔적을 노래한다. 일체만물의 眞空妙有. 頭頭物物과 그 사이의 세계를 형상화한다. "理法界(이치가 춤추는 평등의 세계)·事法界(사물의 세계, 개별의 세계·하나와 많음이 서로 부딪치지 않는 원융무애한 세계)·理事無碍法界(이치와 사물이 서로 원융무애한 세계)·事事無碍法界(가유로 존재하는 사물과 사물의 세계, 물물의 사이인 흔적의 세계)" 곧 화엄의 4법계[10]를 형상화하여 보여주고 있다. 이승훈이 그

---

10) 화엄4법계 : 理法界, 事法界, 理事無碍法界, 事事無碍法界를 말한다.
　　이법계란, 평등관으로 모든 것을 그 전체 속의 하나로 본다. 사법계는 차별의 세계, 천차만별의 세계, 우리의 분별의식의 세계이다. 곧 돌은 돌이고 나무는 나무, 또 소나무는 소나무 잣나무는 잣나무의 세계다. 이사무애법계는 하나와 많음이 서로 부딪치지 않고 원융무애한, 곧 一이 多이고 다가 일로 본다.
　　사사무애법계란 각각의 사물이 서로 원융무애한 역할을 한다는 의미다. 곧 모든 것이 그대로 하나하나이며, 하나하나가 그대로 또 다른 하나하나이다란 말이 된다. A는 곧 A가 아니면서 A이다. 이것은 바위는 바위가 아니면서 A이다가 되며, 다시 이것은 '흑은 흑도 아니고 다른 것도 아니면서 흑도 되고 다른 것도 된다. 그래서 흑은 흑이다.'로 풀 수 있다. 여기서도 A=Ā란 도식을 산출할 수 있다.

리고자 하는 것은 화엄법계로 정리되는 사이에 존재하는 '나'와 '너'
라는 假有된 세계다. 없는 듯이 짐짓 있고 있는 듯하나 실은 없는 진
공묘유의 '나·너' 혹은 일체 만물, 그가 40여 년 끊임없이 탐구하여
오던 나와 너, 우리가 무너져 내려앉는 즉 바람 같은 구름 같은 사이
와 사이에 가유하는 흔적들, 이 사이미학을 형상화한다.

　화엄의 사사무애법계, 사물과 사물이 원융하게 웃으며 말을 하며
낄낄거리며 반듯이 서로서로 놓여 있고, 그 물물의 사이에 흔적으로
있는 우리, 나, 너, 사물과 사물. 이승훈은 진짜로 본래 없는데 묘하게
가짜로 있는 이런 세계를 이제 노래하고자 한다.

　이런 세계를 시 「연꽃 옆에서」에서 "바람이 자면/바람이 그대로 거
북이 바람이/그대로 물고기 저 물고기 하늘/을 나는 물고기 연꽃과 연
꽃/사이에 한 세상 있네"라고 보여주고 있다.

　다음 시 「서울에 오는 눈」을 의미로 보아 3등분하였을 때 "서울에
오는 눈엔 춘천이 있고 내가 있고 서울이 있고 진주에도 오고 부산에
도 오고 수원에도 오며,"까지는 공간적인 차이를 형상화하고 있고,
"하루종일 내리는 눈발"에 하루가, "오늘 오는 눈은 어제 오던 눈"까
지는 시간이 연기되면서 인식할 수 있는 부분을 그리고 있으며, "이
눈 속에 내가 있고 내가 사라진다. 모두모두 찰라의 불빛."은 결국 시
간의 연기와 공간적으로 차이에 의해 인식되어지는 나/너, 그리고 우
리/물물은 흔적으로만 가유하는 존재란 깨침을 이승훈은 "눈발에 파
묻히는 불빛"이라고 형상화한다. 홀연한 忘我. 妙有를 버린 眞空. 어
제/오늘의 이항대립적인 사이에 오롯이 걸터앉은 '참나'. 이 나는 있
음/없음에 포함되어 흔들리는 나가 아니라 나/너의 개념이 무너지는
절대현재의 순간. 眞空卽妙有 妙有卽眞空. 이 파묻힘을 노래한다. 놀

이한다. 유희할 뿐이다. 이러한 시는 불교에서 말하듯 세상은 상호 의존하고 있음을 설한 연기설에 의해 얻어진 시라고 보지만, 실은 實相과 緣起가 둘이 아닌 不二世界로까지 확대된다. 이런 사유는 선적인 시공이 일탈된 세계, 화엄의 사사무애세계다. 혹은 공간적 차이와 시간이 미루어짐으로 나타나는 흔적들, 포스트모던한 사유의 세계를 보여주며, 동시에 선가풍이 넘친다. 이 시에서 보여주는 기법 역시 인접성에 의하여 연상되어지는 환유적인 포스트모더니즘의 주 기법에 의해 쓰여지고 있다. 그렇다. 당신과 나는 짐짓 한 100년 거짓으로 살다 가지만, 진짜로는 없는 것이 아닌가. 흔적 흔적 흔적 그래, 진공이 묘유이고 묘유가 진공이야. 이승훈은 이걸 말하고자 한다.

시인도 없고 시도 없고 언어도 없고
듣는 이도 없고 말할 것도 없고
그러므로

시인도 있고 시도 있고 언어도 있고
듣는 이도 있고 말할 것도 있습니다
그러므로

해가 있고 바람, 나무, 길, 조그만
돌멩이도 있습니다 모두가 있습니다

마침내
모두가 없기 때문에 모두가 있습니
다 모두가 없음 속에 있고 이 없음
속에 없음 속에

(이하 생략)

– 이승훈, 「시」 부분

보이는 것은 보이지 않는다
왜냐하면 보이지 않는 것이
이미 보이기 때문이다

내가 쓰는 시가 쓸 만하면
절을 하고 그렇지 않으면
나를 잡아먹어라 시여

무슨 할 말이 있는 게 아니
야 해가 지면 이 귀신이 너
와 함께 놀 뿐이야 무슨 이
유도 애달픔도 없는 거야

– 이승훈, 「시」

위의 시는 수사적 기법으로 보면 앞장에서 살펴 본 선시에서 만난 모순어법에 의하여 쓰여지고 있다. 사물 A가 無自性일 때, $\bar{A}$로 나타난다. 이러한 원리가 도식 A=$\bar{A}$로 나타남을 이전 시대의 선시를 통하여 살펴보았다. 이승훈의 위의 시는 모순어법적 수사 곧 선시의 반상합도, 선시의 초월은유, 선시의 무한상징이 묘하게 하모니를 이루고 있음을 직감하게 된다.

앞의 시, 「시」는 모두 7연으로 이루어진 선시의 모순적 어법을 비교적 잘 보여주는 시다. 1연과 2연의 '있다/없다'의 대련과 3연과 4연에 이어지는 合道, 그리고 5연과 6연, 7연은 무자성을 그 자성으로 하는

A=Ā의 표현, 시시각각으로 표출되는 우리의 삶이 형상화되어 시로 쓰여지고 있다. 이러한 것은 『금강경』에서 설하듯이 이른바 '정해진 것이 자성이 없기 때문에 그렇게 부를 수 있다.'는 卽非의 원리[11]가 시 전반에 녹아 있다.

다음의 시, 「시」의 "보이는 것은 보이지 않는다/왜냐하면 보이지 않는 것이/이미 보이기 때문이다"는 모순어법적인 수사법으로 바로 선시의 反常合道 기법이다. 이 첫 연은 "A는 Ā가 아니다/왜냐하면 Ā는/이미 A이기 때문이다"로 대입되는 A=Ā의 도식이 된다. 2연과 3연은 이러한 우리 삶의 존재 양태가 흔적으로 가유로 시인의 눈앞에 드러난 이상 그 무엇이 특별히 기특할 것이 있겠는가. "내가 쓴 시가 될 만 하면 한번씩 웃고, 그렇지 못하면 춤이나 두둥실 출 것이지" 쯤이 아닌가. 우리에겐 무슨 목적, 무슨 얽매임, 진리라고 부를 만한 토대가 사라진 이상, 아니 그것이 가유 곧 흔적으로 지나가는 새털구름 정도로 확연하게 보이는 이상, 우리에겐 놀이만 있을 뿐이다. 유희말고 무엇이 더 있을 것이 있단 말인가. 이승훈은 노래한다. 놀이한다. "무슨 할 말이 있는 게 아니/야 해가 지면 이 귀신이 너/와 함께 놀 뿐이

11) 卽非의 원리란? 『금강경』 도처에 보이는 『금강경』의 중심 사상인 동시에 선을 사상 면에서 검토하는 것이 된다.
 * 불법이란 곧 불법이 아니다. (所謂佛法者 卽非佛法) ― 금강경 의법출생분 제8
 * 부처가 설한 반야바라밀은 즉~ 반야바라밀이 아니다. (佛說般若波羅密 卽非般若波羅密 是名般若波羅密) ― 여법수지분 제13
 이런 논리는 반야계사상의 근간을 이루는 말들이며 선의 논리이며, 이것은 어떤 이름을 넣어도 무방하다. 이를 도식화하면 'A가 A이다 함은/바로 A가 아니다/그러므로 이것을 A라 한다.' 곧 우리가 도식화 한 A=Ā이다. 이것을 다시 'A가 차지하고 있는 공간이나 시간이 A가 아닐 때, A라 부를 수 있다.'로 풀 수 있다. 또 이런 원리는 『금강경』 제7분의 "여래가 설하신 법은 모두 취할 수도 없고 법도 아니고 법 아닌 것도 아니다. 왜냐하면 일체의 현성은 모두 함이 없는 가운데 차별을 두기 때문이다.(如來所說法 皆不可取 不可說 非法 非非法 所以者何 一切賢聖 皆以無爲法 而有差別)"에 사상적 근거를 둔다 하겠다.

야 무슨 이/유도 애달픔도 없는 거야" 배고프면 밥 먹고 그 사이 애인
도 살짝 생각하고 그렇게 말이야.

이른 봄날 추위도 나더러
차나 한 잔 마시고 가라네
산자락에 남은 잔설도 차
나 한 잔 마시고 가라네

양지에 앉아 이를 잡는 당
신도 나더러 차나 한 잔
마시고 가라네 제발 묻지
말고 이 시린 물에 발이나
씻고 가라네

거기 있거나 여기 있거나
모두 한가지 빈손에 가득
차는 봄 햇살

— 이승훈, 「이른 봄날」

벼락불 밤이슬 천둥 번개 모두
여기 있어라 그대 떨어지는 나
뭇잎에 입맞추고 저녁 햇살 한
움큼 손에 쥘 때 그대 손이 빈
햇살이어라

그리고 시름의 미소여 목마르
던 애욕도 갈증도 없음이여 가

을 저녁거리에 서면 해는 지지

않고 그대 가슴에 글자를 새기

네 眞如여 속절없이 찾아 헤맨

날들이여

오늘도 오고 감이여

- 이승훈, 「眞如」

「이른 봄날」은 마치 조주선사의 '喫茶去', 즉 '차나 한 잔 하라'[12] 는 화두가 언뜻 떠오르는 시다. 동태의 흐름과 침묵의 고요가 교차되는 절대현재의 이 찰라를 그리고 있다. "빈손에 가득 차는 봄 햇살" 萬古長空에 一朝風月. 영원/순간. 그렇다. 우리에겐 하루 하루가 신새벽이고 창조의 아침이다. 곧 한 찰라 한 찰라가 오직 유일하며, 첫 번이자 바로 마지막으로 오는 것이 당연하지 않은가. 임제선사가 말하듯 "눈앞에 역력한 이 놈. 말을 할 줄 알고 말을 들을 줄 아는 이 놈."[13] 그렇다. 차나 한 잔 하자. "오늘도 오고 감이여" 차나 한 잔 하자. 위의 시는 내용은 선의 물굽이가 능쳐 흐르는 개방시적인 특성과 형태면에서는 포스트모던한 해체시의 형태로 나타난다. 정통적이고 정형적인 선시에서, 새로운 21C의 발전된 선시를 선보이고 있는데 이것은 그가 개척한 지분이라 할 것이다.

그리고 내용면에서 『인생』 전편 65수를 불교라 인정할 수 있는 객

---

12) 이 끽다거 공안은 『선문염송』 제11권 411칙이나, 『조주록』등 많은 선서집에 수록된 잘 알려진 것이다, (김공연, 『조주록』, 경서원, 1986, pp.454~456.)
13) 서옹 상순, 『서옹연의 임제록』, 임제선원간, 1993. p.51.
(爾目前歷歷底 勿一皆形段孤明 是箇解說法聽法 卽今目前孤明歷歷地 聽者此人 處處不滯 通貫十方三界自在)

관적 4가지 징표인 四法印[14]에 배대하여 보면 一切皆苦가 「밤이슬」외 14수, 諸行無常이 「창문」 외 15수, 諸法無我가 「서울에 오는 눈」 외 14수, 涅槃寂靜이 「天眞」 외 18수로 분류되며 이 분류는 시인이 처음 시적인 충동 감지를 어디서 받았냐는 모티브를 기점으로 분류한 것이다. 사법인은 과거 중국에서 불교적인 글인가를 판별하는 기본으로 삼았던 잣대이다.

이상과 같이 시집 『인생』을 그 내용에 따라 혹은 시작 모티브에 따라 분석하여 분류한 결과 전편 65수 모두가 불교적인, 특히 선시의 모음이다. 이것은 시편 모두가 철저히 불교적임이 증명된다는 증거다. 지면 관계상 낱낱이 밝히는 것은 다음 기회로 미루고자 한다.

그러나 위에서 살핀 시편들은 선적 취향과 선미가 강하게 느껴지나 명징하고 명석한 선풍이 과거 선승들의 선시들 보다 진하게 다가오진 않는다. 이것은 선가의 수승한 정신적 경지를 행위를 통해 實參實修하지 못하였기에 오는 체감일 것이다. 선시는 행과 내용을 겸한 수행을 통한 사상적 전달을 중시한다. 이 사상을 담는 그릇인 언어와 기법이 바로 사상으로 하나될 때 선시의 최고의 표현성을 나타낸다. 이런 면에서 이승훈의 선시는 새로운 선시의 기미를 보여준다고 본다. 이승훈은 첫째 서구 포스트모더니즘의 비평이론을 오랜 수련 끝에 시로 채득하였고, 둘째 근래 선문에 깊숙이 다가선 수행자로 혹은 이론가로 그가 여러 성상 탐구하여 왔던 나와 너, 우리가 선문에 들어서므로 모두 일시에 함몰되는 느낌을 받으며, 셋째 이러한 결과 선적인 수련

---

14) 法印 : '불법이라는 징표', '불교라는 증거' 이다. 바로 제행무상, 제법무아, 열반적정을 삼법인이라 하고 여기다가 일체개고를 더하여 사법인이라 한다. 곧 이런 삼법인이나 사법인이 갖추어져야 그 말씀을 올바른 불교로 인정되어 졌다. 중국 불교에 경전의 진위를 판정하는 표준으로 이 법인이 채용된 것도 그런 이유에서다.

과 그의 탁월한 능력인 시적 이론과 표현 능력이 선사상에 접맥됨으
로 새로운 선시로 표출됨을 발견하게 된다. 그래서 시집 『인생』의 시
편들은 시적 표현 면에서 시적 특질을 강하게 표출하고 있고 21C, 혹
은 미래세계를 선험하고 지향하는 새로운 언어의 실험과 형태의 실험
은 우리의 현대 선시를 가일층 드러내고 있다. 또 이 시집은 선의 정
신을 담을 수 있는 시대에 걸맞은 수사와 형태의 확대 발전의 한 실마
리를 제시하고 있다.

5. 바깥으로의 사유

― 이승훈의 시론에 나타난 근대적 주체, 시 개념의 해체에 대하여

서 준 섭

1. 시에 대한 사유로서의 시론

이승훈은 시와 시론 양쪽에서 여러 문제적인 작품들을 꾸준히 발표해 온 시인-비평가이다. 그의 시론은 여러 모로 주목할만한데, 그 이유는 그 실험적이고 전위적인 특성 때문이다. 시라는 제도 자체를 부정하고 시는 언어의 놀이에 불과하다고 주장한 「시적인 것도 없고 시도 없다」, 「비빔밥 시론」과 같은 시론은 그 단적인 예이다. 이런 주장은 현대시에 대한 종래의 통념을 부정하는 것이라는 점에서 파격적인 것이지만, 그 이면에는 새로운 시쓰기에 대한 그의 남다른 고심과 모색이 놓여 있다.

그의 시창작의 모티브는 자아의 고독과 불안이었다. 초기 시집 『사물 A』, 『환상의 다리』에서 이 자아의 고독과 불안은 의식과 무의식이 갈등하는 어둡고 격렬한 초현실주의 시풍의 언어로 표현되고 있음을

볼 수 있지만, 그가 40년 가까이 시를 써오면서 그동안 출판한 여러 권의 시집 수록 작품들을 읽어보면, 거기에 관류하고 있는 중요한 주제의 하나가, 다름아닌 이 고독한 자아로부터의 탈주의 문제, 즉 '나'의 정체성과 그 '바깥'에 대한 지속적인 관심과 문학적 사유였음을 발견할 수 있다. '주체와 그 바깥에 대한 사유'라고 명명할 수 있는 이 시적 사유야말로 그의 글쓰기의 지속적인 화두이다. 그의 시론에서 이 문제는 근대적 주체 개념, 서구적 형이상학의 해체와 탈근대적 문학 담론의 가능성 모색으로 나타나고 있다.

한 시인이 자의식으로 가득 찬 고통스러운 자아와 '자아의 감옥'에 갇혀 있는 자신을 발견하게 된다면, 그는 그 감옥에서 스스로 해방되어 바깥으로 나갈 수 있는 길을 찾지 않으면 안된다. "병 속에 갇힌 새는 어떻게 그 병에서 해방되어 바깥으로 나갈 수 있는가"라는, 불가의 유명한 화두를 연상시키는 이 난제야말로 첫 시집 이후 이승훈의 모든 글쓰기의 심층을 관통하는 지속적인 과제였다고 해도 지나친 말이 아니다. 이 화두는 한 시인의 개인적인 문제에 그치는 것이 아니라, 자아라는 두터운 벽 안에 갇혀 고통스러워하는 모든 현대인, 나아가 주체 중심주의라고 부를 수 있는 서구 근대 철학의 지속적인 숙제의 하나라 할 수 있다. 이승훈에게 있어서 이 자아(주체)와 그 바깥으로의 사유의 과정은, 근대적 주체의 외부로 향하면서 동시에 자아와 시 쓰기 모두를 부정, 해체, 재구성하는 끊임없는 모색과 문학적 실험의 징후를 띠고 있다. 1990년대에 이르러 그는 데리다로 대표되는 서구의 해체론과 만나면서 그의 오랜 숙제를 풀 수 있는 그 나름의 어떤 실마리를 마련하게 되는데, 주체는 언어에 의해 구성된 허구라는 인식과, '주체=언어'라는 도식이 이에 해당된다.

그의 바깥으로의 사유도 이와 긴밀히 관련되어 있다. 그리고 점차 불교와 노자, 장자의 철학적 담론에 대한 적극적인 관심을 드러내기 시작한다. 비서구적 탈근대론의 모색이라 할 수 있는 이런 사유의 흔적은 최근의 그의 시쓰기에서 엿볼 수 있다. 최근에 간행된 시집 『인생』(2002)은 그 구체적인 예라 할 수 있다. 이 시집은 서구적 해체론에서 벗어나 동양적 사유와의 새로운 만남을 시도하고 있는 시집으로서, 언어와 발상 양면에서 완전히 새로운 차원에 속하는 것이라 할 수 있다. 그의 근대적 주체 '바깥으로의 사유'는 모더니티 자체에 대한 반성으로 귀결되어 있다. 그의 오랜 실험적, 전위적 글쓰기의 모험이 그 나름의 '탈근대적' 사유의 모색으로 귀결되고 있다는 사실은 시사하는 바가 크다. 여러 수준의 근대성에 대한 불만과 탈근대론의 모색이 활발하게 이루어지고 있는 오늘의 인문학계의 지적 풍토를 생각할 때 더욱 그렇다.

이승훈이 여러 권의 시집뿐만 아니라 한국현대시에 대한 다양한 연구 저서를 출판한 시학 교수라는 사실은 널리 알려져 있는 사실이다. '시에 대한 일체의 지적 논의'를 시론으로 간주하는 넓은 의미의 시론 개념에서 보면, 그의 모든 학문적 저술이 이에 포함될 것이지만, 이들을 전부 논의하기 위해서는 많은 지면을 요구하게 될 것이다. 그래서 여기서는 이 시론 개념을 그 자신의 시창작 체험에 바탕을 둔 그의 시쓰기에 대한 사유와 관련된 문학적 담론이라는 좁은 의미의 그것에 한정하고자 한다(그는 한국현대 시론사를 정리하면서 시론은 "시를 쓴 시인들이 밝힌 시에 대한 생각들", "창작에 수반되는 관념들"을 뜻하는 것이라고 정의한 적이 있다. 『한국현대시론사』, 고려원, 1993, '서문').

　이승훈의 시론은 시로 표현하기 어려운 시창작과 관련된 사유의 표현으로서, 방법론적인 자의식이 강하게 드러나 있다. 한 시인의 시가 다른 무엇으로 대체할 수 없는 시인 자신의 고유성의 표현이라 한다면, 그가 쓰는 시론도 마찬가지라 할 수 있다. 질 들뢰즈가 적절히 지적하고 있듯, "예술은 개념 없는 특이성으로 반복된다"(『차이와 반복』). 이승훈의 시를 이해하는 데 이 특이성의 반복로서의 시개념은 그 반복을 통해 차이를 생산하려 하는 그의 시쓰기를 이해하는 데 유력한 출발점이 되지만, 시 아닌 시론에는 개념과 학술 용어가 끼어들 수 있다. 이승훈의 시론이 특히 그렇다. 그 점에서 그는 자신의 시에 대한 방법론적 모색을 지속한 사변적인 시인–시이론가이다.

2. '비대상 시론' : 주체의 불안–표현–언어의 회로 위에서의 자기동일성의 탐구

　이승훈의 시론은 대체로 세 단계를 걸쳐 전개되어 왔다고 볼 수 있다. 1) 시론의 형성과 정식화 단계–비대상 시론(세 번 째 시집 『당신의 초상』(1981)에 발표되고 시론집 『비대상』(민족문화사, 1983)에 재수록됨)이 이에 해당되며, 서구 모더니즘의 영향이 강하게 나타나 있다. 2) 90년대의 해체시론 단계–이 시기의 시론 중에서 특히 중요한 것은, 그의 『해체시론』(새미, 1998)에 수록된, 「시적인 것도 없고 시도 없다」, 「비빔밥 시론」이다. 3) 최근의 서구적 모더니티의 담론에 대한 비판과 관련된 탈근대 시론의 모색–동양적 사유에 의해 모더니즘을 재해석하고 있는 김수영론, 김춘수론(『모더니즘에 대한 비판적 수용』, 작가, 2002 수록)으로 대표되는 몇 편의 글과 시집 『인생』(민음사, 2002)에 들어 있는 시창작이 이에 해당된다. 그의 시론을 제대로 이해하기 위해서라면 1)은 그의 첫 시론집 『반인간』(조광출판사, 1975), 2)는 그 직전의 『포스트모더니즘 시론』과 각각 관련되어 있다는 사실과, 3)은 시론 형식으로 뚜렷하게 정식화되지 않은 단편적인 수준에 머물고 있다는 사실도 두루 고려해야 하겠으나, 이 세 가지가 그의 시론의 핵심을 이루고 있다는 것이 필자의 생각이다. 이것은 시 쓰기에서 시집 『사물 A』에서 『당신의 초상』에 이르는 초기시, 『밝은 방』, 『나는 사랑한다』 등의 90년대의 시, 그리고 최근에 나온 시집 『인생』 등에 각각 대응되며, 이 과정은 한 마디로 말해 모더니즘과 그 극복에 대한 관심으로 수렴될 수 있는 것이다.

모더니즘의 영향하에 쓰여진 '비대상' 시론은 1981년까지의 시창작 체험에서 얻은 사유를 집대성한 것으로서 그 자신의 최초의 시론이다. 여기서 '비대상'이란 용어는 이상의 시('보이지 않는 꽃'을 대상으로 한 작품 「절벽」), 김춘수의 「처용단장」(제2부, 무의미한 서술적 이미지가 반복되는 연작)에서 아이디어를 얻은 것이다. 이들의 시는 모두 비대상의 세계를 노래한 시라는 것이 이승훈의 해석이다. 그에 의하면 현대미술 쪽에서 비대상을 표현한 작품으로는 잭슨 폴록의 추상표현주의 회화를 들 수 있다. 비대상 시에 대한 관심은 70년대 시집 『환상의 다리』를 쓸 때 구체화된 것이다. "그것(이 시집-인용자)은 실존의 투사였고, 외부 세계의 무화였고, 언어 자체의 도취였으며, 폴록의 경우처럼 이지러짐의 세계, 무형의 형태를 지향했다. 결국 나는 김춘수의 방법론적 성찰이 도달했으나, 포기한 비대상이라는 논리의 연장선에 나 자신이 서 있음을 깨달았다"(「비대상」).

이 시집은 자아(자의식, 무의식)의 감옥에 갇힌 화자의 절망적인 어두운 내면과 무의식적으로 타나토스적인 충동을 표현한 것으로서, '언어의 무의식적 자동기술과 의식적 조직에' 딜레마'를 경험하면서, '개인적 상징의 세계에서 보편적 상징의 세계'로 나아가려 했던 작품들로 구성되어 있다는 것이 그의 설명이다. "한 마디로 비대상의 세계는 무의 세계이며, 무의 세계는 실존적 각성이 환기하는 의식의 운동이라 할 수 있다. 시대적 상황과도 관련되는 것이지만, 이러한 세계의 발견, 비대상의 세계의 발견은 또한 존재론적 자각과도 관련된다. 불안이라는 분명치 않은 기분 속에서 그것은 자신의 진정한 삶을 증명하려는 노력에 의하여 지탱된다." 자아의 불안-무의식과 의식의 갈등-효율적 표현 방법의 모색 등의 회로 위에서 구축된 것이 비대상 시론으로서, 그 지향점이 자기 동일성의 탐구라는 사실이 잘 드러나 있다.

'비대상' 시론이 무의식 세계와 관련된 존재론적 자각과 관련되어 있다는 지적은 인상적이다. 그는 당시 하이데거의 철학에 관심을 가지고 있었으며, 그의 철학으로 통해 '현존재'의 무거움을 넘어서 '존재'라는 형이상학적이고 어떤 절대적인 초월자에 대한 열망에 사로잡혀 있었지만(『반인간』 참조), 이 꿈은 성취되었다고 말하기 어렵다. 그 이유는 그의 관심이 곧 기독교적, 종교적 상징의 세계로 이행되었기 때문이었던 것으로 보인다. 당시의 「피에타」 연작이 이를 말해준다. 그가 뒤에 데리다의 서구적 형이상학의 해체론에 관심을 기울이고, 잭슨 폴록의 추성표현주의를 불교의 선과 관련하여 재해석하고자 하는 이유도 그런 맥락에서 이해될 수 있다.

그는 뒤에 당시에 부딪혔던 '의식과 무의식의 딜레마' 문제를 재론하면서 이 문제는, '기표와 기의의 결합은 자의적'이며, 기표와 기의

에는 아무 대상이 없다고 보는, 소쉬르의 언어학과 만나면서 이론적
으로 극복할 수 있었다고 말하고 있다(「이승훈의 시론」, 『한국현대시
론사』). 소쉬르의 언어학은 이후의 그의 시론에서 중요한 위치를 차지
하게 되지만, '비대상' 시론은, 개성적인 시인의 개성적인 시론의 전
통이 빈약한 한국 현대시단의 적막함을 깨뜨린, 전위적이고 실험적인
모더니즘 시론이라는 점에서 그 의의가 크다.

3. 자아, 대상, 언어에 대한 회의에서 해체로 : '비빔밥 시론'

"서구의 모더니즘은 리얼리즘을 부정하는 새로운 예술 양식으로 세
계 자본주의 혹은 산업화의 산물"이며, "자본주의 생산 양식의 합리
성이 야기하는 인간의 소외에 대한 미적 저항"을 보여준다는 것이 모
더니즘에 대한 그의 견해이다. 그런 점에서 "사회적 모더니티와 미적
모더니티는 대립적인 관계에 있다." "미적 모더니즘은 자본주의 생산
양식이 지배하는 모더니티에 대한 미적 비판이면서 동시에 그런 합리
성이 지향하는 분화 개념을 반영한다는 아이러니"를 드러낸다.(『한국
모더니즘 시사』, 문예출판사, 2000, '서문')

그의 모더니즘 개념은 아도르노, 뷔르거, 칼리네스쿠 등의 견해를
나름대로 수용한 것이지만, 모더니즘이 자체의 사회성, 정치성(비판
미학)을 어느 정도 배제한 모더니즘이다. 그의 모더니즘은 김수영, 황
지우, 김광규 등의 그것과 다르며, 제도문학과 재현에 충실하고자하
는 리얼리즘에 대한 미적 비판의 수준에서 머물고 있는 것이다. 이런
문학적 태도는 예술의 자율성을 중시하는 그의 문학관이나 리얼리즘

과 거리를 두고자 하는 그의 독자적 문학관에서 비롯되는 것이기도 하고, 카프카, 베케트, 이브 탕기, 잭슨 폴록, 이상, 김춘수 등에서 진정한 모더니티를 발견해 온 청년기 이후의 그의 지적 예술적 편력에 따른 것이기도 하다. 그의 모더니즘은 그 나름의 체험과 독서 경험에 의해 구성된 것으로 이해된다. 여기에 고독하고 내성적이며 사변적인 그의 성격과 기질도 적지 않게 작용했으리라 짐작된다. 그의 지적대로 자아란 언어에 의해 구성되는 것이다. 그의 여러 시에 되풀이 되어 나타나는 '방'이라는 언어는 그의 시적 자아를 구성하는 중요한 상징적 이미지이다. 방은 그의 자의식 세계와 내면 세계를 표상하는 상징으로 해석된다. 그는 처음에 시를 언어의 상징적 형식으로 보았지만, 이런 생각은 뒤에 수정된다. 언어는 상징이 아니라 '대상이 없는 기호'이며, 기표와 기의의 결합은 '자의적'이라고 한 소쉬르의 언어학을 알게 되면서, 그는 시는 상징이라고 본 그의 초기 시론은 물론이고 자신의 모더니즘 개념도 점차 해체하게 된다. 결코 안주하지 않으려는 실험적인 그의 시정신은 그의 모든 글쓰기와 시론에서 첨예하게 나타난다.

그의 『포스트모더니즘 시론』(1991)은 그의 시론의 중요한 전환기가 되는 해체시론으로 넘어가기 전 단계의 그의 시적 사유를 담고 있다. 그는 서구의 포스트모더니즘이라는 새로운 지적, 문화적 조류에 남다른 관심을 보여주지만, 이것이 그 자신의 시쓰기에 결정적인 영향을 준 것 같지는 않다. 그러나 이후 해체시론에서 본격화되는 '주체, 의미, 언어 등에 대한 해체'라는 시적 화두가 여기서 마련된다. 데리다의 '차연'이라는 용어가 그의 중요한 관심사로 자리잡는다.

시쓰기와 직접적으로 관련된 것으로는, 일인칭의 '나'를 떠난 '너'

(이인칭)와 '그'(삼인칭)에 대한 관심이 나타난다. 이는 '자아'라는 그의 시쓰기의 지속적인 관심사에서 벗어나기 위한 것이다. 자아를 타자와의 관계에서 객관화시켜 그 실체를 들여다보기 위한 것이다(「너에 대한 관심」, 「그에 대하여」). 이 단계에서 그는 비트겐슈타인이 언어 게임 이론에 기대어, "배구나 축구가 공을 수단으로 하는 놀이라면 시는 언어를 수단으로 하는 놀이이다"라고 말하는데, 이는 시인이 곧 언어놀이를 하는 사람이라는 뜻이다. 그는 또 소쉬르의 기호론에 의거하여 기호(언어)와 주체를 분리시키고자 한다. 시는 상징이 아니라 기호이며, 기호는 기표와 기의의 결합이 자의적이라는 점에서 객관적 근거가 없다("한라산이 웃는다"는 시적 기호는 "구체적 현실을 지시하지 않는다"). 따라서 "언어가 구체적 사실을 지시할 때 의미를 생산하는 이론은 오류"라고 본다. 시는 자아와 관련된 '말하기'(표현하기)가 아니라, 자아라는 대상에서 떠난 '보여주기'이다(「자아와 대상의 부정」, 「의미의 해체」).

이러한 이론적 논의에 대해서는 여러 가지 견해가 있을 수 있겠으나, 중요한 것은 이것들이 '주체의 바깥에 대한 사유'라고 이름붙일 수 있는 그의 사유의 중요한 단서이자, 그 논리와 내용을 이루는 것이라는 점이다. 그는 이제 지시 대상이 없는 기호에 의해 '바깥'을 사유하며 적극적으로 움직이고 있다. 근대는 개인(개성)의 해방을 가져다주었고, 근대시는 저마다의 개성의 표현에서 시의 길을 모색해왔다. 그러나, 개인으로서의 자아가 오히려 괴로운 짐이고, 그 자아가 자신을 가두는 감옥같이 억압적인 것으로 여겨진다면, 그런 개인은 이 자아에서 벗어나야 한다. 그러자면 스스로 자아를 깊이 들여다보는 동시에 그 바깥으로 열린 어떤 길을 사유하지 않을 수 없다. 바깥으로의 사유는 주체와 그 외부, 특히 외부에 대한 사유이다. 이승훈의 경우 그의 외부로의 사유의 내용은 '기호와 주체의 관계 없음'으로 나타나며, 기호학(언어학)에 대한 사유가, 그의 사유의 유력한 방편이 되고 있음을 볼 수 있다. 그는 「왜 쓰는가」에서 글쓰기는, "눈에 보이지 않고 실체를 의식할 수 없는 자아 안의 타자를 찾는 행위"라고 하면서, 그 '타자'는 "자아가 분별되기 이전의 자아, 주체와 객체가 동일시되던 시절의 유토피아"라고 말하고 있다. 이 대목은 그의 시쓰기의 근본적 동기와 지향점을 말한 것으로 기억할만하다. 바깥으로의 사유는 이 타자의 회복을 위한 것이며, 그 이면에는 모더니티(근대적 자아)에 대한 그의 불만과 회의가 작용하고 있다.

그의 바깥으로의 사유는 심리적, 정신적, 생물학적 인간 주체를, 기호와 같은 객관적 대상—하나의 사물과 같은 것으로 철저히 타자화하는 과정이며, 반휴머니즘—반인간적인 특성을 보여준다. 사물화된 개체로서의 '그', '그것'이라는 삼인칭 대명사의 사용은 이와 관련되어 있다고 할 수 있다.

『해체시론』(1998)은 그의 바깥으로의 사유의 그 다음 단계이자 지금까지의 사유의 중간 결산이다. 여기서 바깥으로의 사유는 해체를 의미한다. '언어는 무의식처럼 구조화되어 있다', '주체는 어린 아이가 거울 단계를 거치고 상징계에 진입하는 과정에서 배우는 언어에 구성되는 허구이다'라고 본 라캉의 정신분석학적 언어이론, '언어는 차연('차이'와 '연기'의 두 가지 뜻을 지닌 용어)이다'라는 관점에서, '현존'과 이데아, 기원, 고정불변의 진리(그런 것을 전제하는 이른바 로고스 중심주의)를 상정하는 서구의 오랜 고정관념(서구의 형이상학의 전통)을 해체하고, 이에 대한 회의를 제기한 데리다의 해체론은 그의 해체론의 중요한 이론적 근거로 사용된다. 특히 데리다의 철학이 그렇다. 이에 의해 이승훈은 주체, 현대시, 언어 등에 대한 근대적 고정관념을 해체하는데, 시론 「시적인 것도 없고, 시도 없다」, 「비빔밥 시론」은 이 해체를 위한 시론이다. 요점은 이렇다.

1) 주체의 해체―절대적 초월적 주체는 없다. 상대적인 주체가 있을 뿐이다(예: '나'가 있는 것이 아니라, '대학교수로서, 시인으로서, 아버지로서, 손님으로서' 존재한다). '나'는 언어에 의해 구성되는 탈중심적이고 분산적, 복수적이다. 주체가 언어에 의해 구성된다는 점에서 보면 주체=언어이다. 그리고 언어적 진술에서의 주어가 곧 투명한 주체인 것은 아니다(예: '로미오는 줄리엣을 사랑한다'는 진술에서 누가 사랑하는지 단정하기 어렵다. 왜냐하면 주어인 로미오는 주체이면서 객체(줄리엣)에 귀속되며 줄리엣도 마찬가지이다. 따라서 주어를 앞세운 진술은 그 진술에도 불구하고 그 속에 '사랑에 대한 주체성'이 드러나는 것은 아니다). 또 '나는 생각한다 고로 존재한다'는 말에서 '나'는 곧 데카르트인 것은 아니다. 화자에 따라 달라진다. 그런 의미에서 '나'는 '그'(또는 '그것')이다. 이승훈은 이를 '나는 타자이다'라고 설명한다. 이렇게 해서 초월적 절대적 주체 개념은 해체되며, 주체 중심주의도 해체된다.

2) 시 장르, 시라는 제도의 해체―시적인 것도 시도 없다. 이런 것이 현대시라는 견해는 고정관념일 뿐이다. 그것은 모두 언어에 의해 구성된 것으로서, 자체의 기원이나, 동일성, 본질 등이 없다. 언어는 차연이기 때문이다. 시의 본질이란 없다. 같은 맥락에서 '시적 진리'란 개념도 해체된다. 이런 논의는 데리다적이다. 시는 없다. 이 말은 어떤 것도 시가 될 수 있다는 말이기도 하다. 시가 복수성을 띠고 있

다는 말이다. 이와 함께 언어에 대한 고정관념도 해체된다. 기표와 기의 사이의 관계가 차연이고, 언어 자체가 차연이기에, 언어에서 기표들은 그 기표들이 지시하고자 하는 의미를 정확히 제시하지 못한 채, 그 의미 대상 위에서 계속 미끌어지지 않을 수 없다. 기표들 간의 차이를 만들면서 그 의미 지시를 계속 연기하지 않을 수 없다(기호론의 입장에서 보아도 기호는 대상을 지시하지 않는다. 의미는 기호작용에 의해 생긴다). "사물이 언어화 될 때 사물은 희생된다. 언어는 존재의 집이 아니라 짐이다". 가족, 사회도 언어에 의해 구성되는 것이다(그 결과 외디푸스적인 고정관념, 이데올로기 문제가 제기된다). 그가 보기에, 시쓰기는 언어라는 짐을 지고 실체가 없는 시라는 이름의 유령과 싸우는 것이다.

3) '비비밥 시론' – "시라는 실체가 있는 것이 아니라 차이가 있고 반복이 있다." 시쓰기뿐만 아니라 그 읽기(의미의 수용)에서도 마찬가지이다. 반복은 차이이며 동시에 복수적이다. '비빔밥' 시론에서 비빔밥은, 밥과 반찬의 경계가 모호한 음식으로서, 섞고 비비고 만들고 먹는 과정이 중요하며, 그 점에서 완성체라기보다는 개방적인 음식이라는 뜻이다. 그것은 그 재료에서도 개방적이다. 시도 이와 같다. 이처럼 시는 만드는 과정, 생성이 중요하고 그 생성은 단일성의 세계가 아니라 복수성이고 개방성을 띠고 있다. 여기서 모든 이항 대립적인 고정관념과 위계질서가 해체된다. 즐거운 언어놀이로서의 시쓰기의 의미가 다시 한번 강조된다. 시집 『나는 사랑한다』는 그 구체적 실천이다. 결국 남는 것은 자유이고 해탈이고 기호놀이, 기호 뿌리기('산종'의 기법)이다. 자아와 시쓰기 양면에서의 해방은 이렇게해서 일단 성취된다.

해체시론과 그의 시론의 새로운 단계로서, 이 책에 수록된 「나의 문학실험」은 그의 전문학과정과 실험을 이해할 수 있는 중요한 자료이다. 이 속에는 그냥 보아 넘기기 쉬운 중요한 한 대목이 들어 있다. "이성이 침입하기 전의 삶은 주체도 목적도 없는 하나의 과정이고, 이 과정이 방황이고, 흘러감이고, 최근에 생각하는 시쓰기이다. '비대상'에서 강조한 것이 내면성, 실존의 현기, 그런 점에서 자아였다면, '비빔밥 시론'에서 강조한 것은 이런 자아, 주체가 언어에 지나지 않는다는 사유, 내면이 있는 것이 아니라 밖, 외부가 있다는 사유이고, 이런 사유는 시적 언어에 대한 비판과 함께 오늘도 방황 속에서 방황하면서 계속된다"(『해체시론』, 89면)

4. '바깥으로의 사유'와 탈근대에 대한 관심 : 최근 시론과 근작 시편에 대하여

주체가 언어에 지나지 않으며, 내면이 있는 것이 아니라 외부가 있다는 말은 지금까지의 그의 시론에서 가장 중요한 대목의 하나이다. 이 말은 그의 시론의 핵심을 요약한 것이다. 자세한 설명이 없으나, 이 대목은 언어는 주체(내면)의 표현이 아니고 그 외부라고 보는 것으로 읽히며, 주체 중심주의적 문학 담론에서 벗어날 수 있는 중요한 열쇠가 된다. 근대적 주체(자아)를 감옥으로 생각하면서 그는 서구적 해체론을 통해 그 '외부'를 사유하게 된 것이다. 말하자면 '이열치열'이다. 그 동안 서구적 모더니즘의 언어에 의해 자아를 구성해왔던 그가 이제 그 자아(언어) 자체를 서구적 논리에 의해 해체하고 있는 것이다. 외부의 사유에 의한 내부의 해체 작업은 다분히 전략적인 성격을 띠며, 그 전략적 사유의 요점은 다음과 같이 정리된다.

1) 주체 중심주의의 문제는 그 외부의 사유에 의해 극복될 수 있다.

2) 언어(기호)가 그 외부로 나가는 출구이자 외부이다. 주체란 언어에 의해 구성되는 허구라는 점에서 언어이다. 내면, 무의식, 모더니즘 이론은 언어에 의해 구성된 허구이다.

3) 문학은 그것을 생산한 주체와 분리해서 생각되어야 하는데, 그 본질은 지시대상이 없는 기호이다.

4) 언어(기호)는 차연이다. 따라서 초월적 진리와 의미 대상을 정확히 재현할 수 없다. 언어에 의한 재현(지시성)을 강조하는 리얼리즘 이론은 오류이다.

5) 이런 것이 시라는 현대시에 대한 고정관념은 부정되어야 한다. 시는 반복과 차이이다.

6) 외부를 사유해야 근대적 주체 개념에서 벗어날 수 있다.

시인으로서 그가 사로잡혀 있던 모든 고정관념이 이 외부의 사유에 의해 해체되었다면, 그 빈 자리에 무엇을 세울 것인가, 이것이 최근의 그의 관심사인 듯하다. 그의 글 속에 비서구적인, 공자, 불교적인 선, 노자, 장자의 철학, '一氣可成', '眞空묘유' 등의 언어가 등장하고 동양의 미학에 대한 관심이 나타나고 있다는 사실이 주목된다. 김춘수 시, 김수영 시를 새로운 동양적 언어와 사유에 의해 다시 읽으며 탈근대론에 대한 관심을 보여주기도 하다. 잭슨 폴록의 추상 표현주의를 불교적 '선'과 관련지어 재해석하고자 하는 태도도 눈에 띈다(『모더니즘에 대한 비판적 수용』참조). 재구성 없는 해체란 무의미하다고 할 때, 그의 시론은 아직 정식화되지 않았지만, 어떤 새로운 단계에 접어들고 있음이 분명하다. 다음과 같은 시는 지금까지의 해체의 자리 위에 세워진 새로운 시이자 그의 시론으로 읽을 수 있다.

"스님은 하루 종일 땅을 두드리고 어리석은 난 시를 쓰네 오늘도 난 음식만 축내고 사네 저 햇빛 속엔 하루 종일 아이들 지껄이는 소리 머언 마을 닭우는 소리 기차 지나가는 소리"(『인생』). 「시」라는 시의 전문이다. 우선 언어와 형식의 간명함, 스님이라는 단어가 들어온다. 이 시는, 스님이 땅 두드리는 소리, 아이들 지껄이는 소리, 닭우는 소리, 기차 소리로 채워진 시이다. '음식만 축내면서 시를 쓰는 어리석은 나'의 모습도 슬쩍 끼워져 있지만, 이 나는 자의식으로 가득 차 있거나 사변적인 '나'가 아니다. 지금까지의 그의 시에서 볼 수 있는 我相(자의식)에서 완전히 벗어난 시이다. 시쓰기라든가 이런 저런 시를 쓰고 있다는 고정관념에서 해방된 새로운 차원의 시이다. '나'도 '듣는 나'가 아니라 들리는 소리를 그대로 제시, 열거하는 데 멈추고 있다. 이 시를 그의 동양적 사유에 관심과 결부시켜보면 그의 탈근대에 대한 관심의 방향을 짐작할 수 있다. 이 탈근대적 사유의 언어와 형식은, 서구적 근대 안에서의 탈근대론(해체론)을 모색했던 데리다의 그것과 차이가 있다. 모더니즘적 미적 자의식과 논리의 세계가 아니다. 如如한 풍경을 그대로 옮겨놓은 것이다. 사변적인 데가 적지 않은 '비빔밥 시'에 비하면 눈부신 전환이다. 불안에서 벗어난 해방된 자유로운 시정신을 엿볼 수 있다.

시(예술)는 '개념없는 특이성의 반복'이다. 개념이 없다는 것은 시가 감각, 이미지의 창출이라는 뜻이고, 특이성이란 것은 특이성의 탐구가 보편성과 통한다는 말이다. 이론과 사변의 시적 되풀이는 시로서 미흡하다. 시적 사건의 순간 시는 존재(대문자로서의 '존재'는 차이이며 개인에게 내재적이다)의 내부에서 솟아오르며 의미도 그렇다. 시인에게 있어 시는 잠재되어 있던 한 세계가 계기에 따라 감각과 이미지 형태로 현실화된 것이다. 그것은 발견되지 않은 사유 발견하고 그 사유를 매개해주는 어떤 것, 인간이라는 생명의 약동의 한 현상으로서, 인간 스스로의 창조적 진화를 보여주는 창조의 가장 첨예한 지대이다. 그것은 특이하며 특이함으로써 보편적인 것이 된다.

이승훈의 외부로의 사유는 그의 글쓰기 자체의 맥락에서 이해될 수 있다. '병속에 든 새'의 해방과 행복을 위한 것이다. 그의 최근 시집의 시들의 의미의 하나는 자아의 해방과 시인의 행복감이다. 언어가 그 바깥의 아무 것도 지시하고 있지 않고 있는 것은 아니다. 언어는 차연이지만 그 중첩에 의해 그 바깥의 무엇인가를 지시한다. 그의 해체론에서 보면 이는 모순일 것이다.

그의 '바깥으로의 사유'에 대해서는 여러 가지 이론적인 논의가 가능할 것이다. 언어가 주체라면 인간은 언어인가. 언어만으로 인간이 다 설명될 수 있을까. 주체의 외부와 내부와의 관계를 어떻게 보아야 할까. 문학은 사회 현실과 무관한 언어 게임인가. 데리다의 철학에 기댄 '외부'에 대한 사유보다도, 자아란 '다섯 가지 쌓임'이고, '비어 있음'이고, 상호의존태라고 보는 불교철학이 더 의미있는 '외부에로의 사유'가 아닐까. 중요한 것은 그가 시쓰기의 모험을 통해 주체의 바깥으로의 사유라는 중요한 화두를 던지고 있다는 그 점이다. 그의 시론의 중요성이 여기에 있다. 우리는 다차원적이고 다전망적인 외부에 대한 사유를 적극적으로 모색해야 하는 처지에 놓여있다고 생각하며, 이승훈의 시 한 수를 인용해둔다.

"이른 봄 마당에 병아리 한 마리 놀고 병아리 곁에 나도 놀고 흐르
는 강물은 갈이길이 푸르르니 非有非無여 그러므로 내가 있네"(「언어
놀이」)

6. 나는 사랑한다

이 만 식

1. 우울의 서정

이승훈 교수의 10번째 시집 『나는 사랑한다』의 앞부분에 있는 「작은방에 대한 회상」의 첫 연은 독자에게 선택을 강요한다.

> 겨울 저녁이면 난 버스를 타고 당신의 방에 간다고 시를 쓴다 언제
> 던가 그해 겨울 저녁에도 난 버스를 타고 당신의 방에 갔다고 시를 썼
> 다 당신은 없고 빈 방에 모자를 걸어두고 왔다는 내용이다 그때만 해도
> 시적이었군! 당신 없는 방에 혼자 앉아 담배를 피우고 밖에는 눈이 내
> 리고 당신 혼자 사는 작은 방 벽에 모자를 걸어놓고 돌아왔다고

이승훈 시인 특유의 체취, 체질 또는 정서를 흔쾌하게 받아들이든지 아니면 강력하게 거부하든지 결정할 수 있도록 명확하게 표현되어 있다. 이것이 소위 최동호 vs 이승훈, '정신주의와 해체주의' 논쟁의

근인이 된 '우울의 서정'이다. 비록 바라보는 태도는 극단적으로 갈라지지만, 이 정서의 명칭에는 이견이 없다. 시인 자신도 "이승훈 씨의 독특한(?) 쓰라린, 황량한, 부드러운 소생도 뭔가 모르는 꿈"(「기차를 향한 배고픔」)에 기인한다고 정의하면서, 시인의 육체에 겨울이면 자주 찾아오는 감기 또는 시인의 정신과 작품 속에 깃들어 있는 '도둑질'(「이 시대의 시쓰기」)의 원인이라고 진단한다.

> 이승훈 씨가 쓰는 시는 우울증의 산물이다 오오 우울증이 무슨 죄란 말입니까? 그는 불안이라고 하지만 아마 우울증일 것이다 그건 누구보다 내가 잘 안다 우울증은 자랑할 일이 아니다 불안하면 도둑질도 한다 무슨 짓을 못하랴?

다시 어김없이 겨울이 다가오고 있고 시인의 육체는 감기에 시달리겠지만, 그건 "병원/ 우성아파트에 있는 내과"(「운동화」)의 의사와 간호사가 신경을 써야 할 단골손님의 문제이며, 우리는 그저 내내 건강하시기를 빌 따름이다. 그러나 '도둑질'에 이르는 시인의 우울증 또는 불안은 이승훈의 시를 참으며 또는 즐겁게 읽고 있는 독자의 면밀한 관찰을 요하는 문제인 것이다.

2. '비빔밥 시론'과 나

『나는 사랑한다』의 기본 정서가 '우울의 서정'이라면, 첨부되어 있는 「비빔밥 시론」은 이 시집의 '시론'인데, 필자와의 시적 대화를 통과하면서 새로운 시론이 파생되어 나왔다는 것으로 요약할 수 있다.

이만식 시인은 내 시집의 서문을 '그러나/ 쓴다는 것/ 계속 쓴다는 것은/ 과연 무엇인가?'라고 패러디했다. 나는 다시 내 글을 패러디한 그의 시를 패러디한 시를 썼다.

이렇게 "일종의 시로 쓴 시론"들인 「이 시대의 글쓰기」, 「시」, 「노예에 대해」 등에 대한 최동호 교수의 비판적인 월평에 이승훈 교수가 본격적인 반론을 제기함으로써 소위 '정신주의와 해체주의' 논쟁이 시작되었다. 따라서 이번 시집에 수록된 시들이 문학잡지에 발표되는 동안의 경과를, 아니 그간의 경과 속에서 이승훈 시인에 관해서 했던 필자의 발언을, 아니 이승훈 시인과 필자의 문학적 대화를 현재완료의 시제로, 그리고 현재진행시제, 그런 다음 미래시제로 요약하는 것이 필자가 택할 수 있는 가장 적합한 시집 해설이며 서평이 될 수 있을 것이다.

3. 「답장」의 탄생

필자는 《현대시사상》(1996년 봄호)의 「3·8선 시론」에서 '우울의 서정'을 다음과 같이 해석한 바 있다.

자아나 인간 주체를 벗어나기가 얼마나 어려운 일인지는 위에서 언급되었던 이승훈의 「내 친구 개미」에 가슴 저미게 표현되어 있다.

그러나 넌 감상이 무언지 알 거다 벽거울이 있는/ 카페에 앉아 늦은 밤 맥주를 마시는 이승훈 씨는 지친/ 모양이다 넌 지쳤다는 말이 무언지 알 거다 지친 다음에/ 지친 다음에 찾아 오던 오한도 웃음도 알 거

다 난 지금/ 보도블럭 위에서 만난 너를 생각하며 이 시를 쓴다 넌/ 내 친구니까

    '내 친구'는 '이승훈 씨'다. '내 친구 개미'는 이제, 이 근대 이후의 세계관 속에서 해체되어버린 자아 또는 인간 주체인 '이승훈 씨'인 것이다. 이제는 없다는 것이 확인된, 실재하지 않는다는 것이 증명된 자아 또는 인간 주체 외에는 내가 불러 볼 사람이, 친구가 없다.

    그런데 1995년 늦은 겨울에 나온 이승훈 시인의 9번째 시집인 『밝은 방』을 받고 (그 시집을 축하하던 모임의 분위기도 밝고 따뜻했었다는 기억이 있다. 그리고 시인은 그날 감기에 시달리지 않았다), 그리고 그의 변화를 직감하고, 그것을 인식하였다고, 그것을 축하한다고 필자가 "쓴다는 것, 계속 쓴다는 것은 과연 무엇인가"라는 시를 써서 보냈던 바 있었는데, 시인이 「윤호병 교수와의 대담」에서 자세히 상황을 묘사하고 있는 《시와 사상》(1996년 봄호)의 신작 시집에서 「답장」을 만나게 된다. 그 「답장」에 대한 해석을 《현대시사상》(1996년 여름호)의 「소음 시론」에서 다음과 같이 제시하였다.

    같은 잡지에서 만난 이승훈의 「답장」은 필자의 편지에 대한 '답장'이다. 지금 이승훈 시인과 필자는 '예술'을 만들기 위해서 '소음'을 만들고 있다. 아니 어쩌면 '소음'이란 현실을 만들어내기 위해 '예술'을 만들고 있는지도 모른다. 이승훈의 「답장」에 대한 필자의 '답장'은 《시와 사상》(1996년 여름호)을 위해 필자가 쓴 이승훈의 『밝은 방』에 대한 서평인 「나는 누구인가/ 나는 있는가」에 이어져야 한다. 그러므로 조금 기다려야 한다. 이 시끄러운 '소음' 속에서. 이 '소음'이 다시 "한 1초나 2초가량 안 들리는 순간"을 기다리고, 그런 다음 쓰고, 그리고 "다

시 또 들릴 때"까지 기다릴 것이다. 그리고 쓸 것이다. 쓰고, 또 쓸 것이다. 어떤 때에는 산문을, 그리고 어떤 때에는 시를.

짐작이 쉽게 되는 것처럼 김수영의 시론에 기대어 「소음 시론」을 썼던 것인데, 시인이 필자의 편지를 받을 때 쓰고 있었다는 「비서」의 마지막 구절에 있는 "글쓰기는 많은 부분을 감추고 왜곡하기이므로!" 라는 감탄과 베케트/천상병/김수영을 번갈아 읽는 불안의 묘사인 「황혼의 책읽기」의 마지막 부분인

조금씩

조금씩 미쳐가나 보다 아니면 계속 무언
가(?)에 쫓긴다고 할까?

에서처럼, 이승훈 시세계의 변화가 전면적이라는 사실을 짐작하고, 위에서 언급된 『밝은 방』의 서평에서 그의 시세계를 개관하였는데 "이승훈의 시세계는 전환점에 서 있다"고 결론을 내렸던 것이다.

4. 전환점 : 서평의 요약

시에 대한 이론적 연구를 병행하고 있는 철학적 탐구의 시인 이승훈은 '나는 누구인가'라는 인식론적 질문이 자신의 아홉 번째 시집인 『밝은 방』에서 '나는 있는가'라는 존재론적 질문으로 바뀌었다고 설명하고 있다. 등단 이후 30년 이상 지속된 시적 세계관이 격변하는 돌쩌귀(hinge)에 이 시집이 자리 잡고 있다는 말[이다]······

'너'라는 '환상'이나 '유토피아' 세계의 부재를 어쩔 수 없이 확인

하고 있다는 고백이 『밝은 방』을 그 이전 여덟 권의 시집과 뚜렷하게 구분 짓는다. 그 시집의 제목 속에 '환상의 다리,' '당신의 초상,' '당신의 방,' '너라는 환상' 등이 들어 있을 만큼 '유토피아'인 '너'를 찾아가는 그리고 그 '너'와 '나'가 하나가 되려는 노력이 근 30년간에 걸친 시인의 행적이었다는 사실을 확인한다면 이 『밝은 방』이 제기하는 '너'에 대한 심각한 의문점은 가히 충격적이지 않을 수 없는 것이다.

이승훈의 시세계가 지금까지 얼마나 '환상' 속에 굳건하게 자리 잡고 있었는지 그리고 시적 화자가 그 '너'의 부재의 예감에 얼마나 견딜 수 없어 하는지 확인하면서, 이 앞으로 예상되는 '너'의 부재의 시대를 이승훈 시인이 어떻게 견뎌낼 수 있을 것인지 지금 이 자리에서 질문하지 않을 수 없다.

'인생'의 화자인 '너'를 속인 것이 아니라, 아직도 '너'를 버리지 못하는 '나'가 '너'/'그'에 대한 신뢰감을 상실한 '나'를 보면 속은 느낌이 드는 것이다. '너'를 그냥 놓아버리면 자신의 시세계에 무엇이 남을까 시인은 가끔 불안한 것이다.

그리하여 『밝은 방』에서 제시되는 해체적 세계관은 흐릿한 모습을 띠고 있다. 안개 속에 감추어져 있는 '밝은 방'처럼, 어느 때에는 이성중심주의에 대한 강력한 도전인 해체적 세계관 부분이 밝아지다가도 어느 때에는 '너'라는 상징을 중심으로 한 기존의 세계관에 불이 밝게 들어오기도 한다.

5. 「비빔밥 시론」의 탄생

필자 나름대로 '우울의 서정'의 원인을 규명하여 보았는데, 《현대시사상》(1997년 봄호)에서 '해체시대의 시쓰기'라는 특집을 기획하면서, 이승훈 시인은 자아의 소멸보다 저자의 소멸에 관심을 두는 소위 '메타시론'적인 「비빔밥 시론」을 발표한다. 이 부분에서 이승훈 시인과 필자의 문학적 대화가 두 부분으로 나뉘고 있다는 사실을 깨닫는데, 한 부분은 시 작품이며 또 다른 부분은 시론이었다. 따라서 이승훈 시인을 둘러싼 논쟁이 사실 한국문학사의 방향성과 시대구분의 문제와 직결된다는 사실을 깨닫고, 「우리 문학의 나아갈 방향」(《정신과 표현》 1997년 7/8격월간호)을 쓰면서, 소위 '정신주의와 해체주의' 논쟁의 핵심 부분인 이승훈 시인의 서정에 대한 해석을 문학사적 입장에서 제시하였다.

6. '우울'의 서정에 대한 해석의 문제 : 인용

최동호 vs 이승훈 시 논쟁의 발단은 이승훈 시인의 '우울'에서 기인하는데, 최동호는 '건강성'이라는 현존의 형이상학적 권위를 동원해서 삶의 태도에 대한 판단의 권리를 독점하겠다는 의도를 노골적으로 드러내면서 이승훈의 글쓰기를 "우울증환자의 글쓰기"라고 비판하고 있으며, 이에 대해 이승훈은 "부르주아 이데올로기의 희생양"이라고, 박상배는 "예술은 어차피 놀이"라고 반박하고 있는데, 김준오의 "전체에서 분리되고 탈락되어 전체와 관련 없이 뒹구는 파편화의 체험"에서 나온 정서라는 해석이 날카롭다. 지금까지의 논리 속에서

설명해보자면, 자아나 주체 또는 저자가 소멸했다고 주장해버리고 난
뒤에도 일상생활 속에서 하루하루 살아 숨 쉬는 자신인 이승훈 시인
을 보면, 이승훈 시인이 우울하지 않을 수 없을 것이다. 문제는 이 우
울이 자아나 주체의 우주로의 확대나 회복이 불가능하기 때문에 생긴
것이냐 아니면 아직 소멸되지 않은, 말하자면 오랜 '대가' 나 '비용' 을
지불하면서 현존의 형이상학 내부에서 자아나 주체를 해체해가야 한
다는 사실을 파악하지 못했기 때문에, 부연하자면 쟈크 데리다의 "텍
스트의 외부는 없다"는 주장의 의미를 몰랐기 때문에 생긴 정서인가
시인 자신이 스스로 검토해야 할 것이다. "나도 잘 모르겠다. 모른다
는 건 자랑이 아니지만 부끄러움도 아니다. 인간에겐 모를 권리가 있
다"고 말하는 「비빔밥 시론」의 이승훈 시인이라면 다소의 모순은 모
순이 아니라 도약의 발판일 수 있기 때문이다.

7. 문학적 대화의 미래시제

그 이후 「퍼소나 · 화자 · 주체」(《현대시》 1997년 8월호)에서 김준
오 교수는 이승훈 시인이 "화자의 현존성을 거부"하며, "최근 시는 30
년대 이상 시처럼 '나' 가 끊임없이 분열되는 우울의 서정을 환기한
다"고 정의하였다. 그리고 시인은 자신의 10번째 시집의 자서自序에
서 "시집 『밝은 방』을 내면서 깨달은 것은 자아찾기가 자아소멸로 전
환된 점이고 마침내 '나는 없다' 는 생각이 들고, 이젠 좀 자유롭다"라
고 발언한다.

이러한 '자아소멸' 의 선언은 시집의 제목인 '나는 사랑한다' 가 강
력히 주장하는 '나' 의 자아/주체의 존재 선언과 모순되고, 「작은 방에

대한 회상」이라는 어머니에 대한 따뜻하고 아름다운 시적 성과와 「준이」, 「준이와 나」, 「준이 얼굴을 보며」 등 귀여운 손자에게로 향할 때, 이 사랑이 아주 지극하다는 것을 발견하게 된다. 이러한 이승훈 시인의 사랑에 대한 시 작품 부분의 필자의 문학적 대답은 「사랑을 노래한다고 생각하지 않습니다」(《문학예술》 1997년 가을호)로 현재 진행 중이다.

그리고 「비빔밥 시론」에서 제시되고 있는 이승훈 시인의 시론이 해체비평이라기보다 독자반응비평에 기대고 있는 것이 아닐까하는 필자의 추측에 기인하는 시론 즉 문학이론 부분의 문학적 대답은 금년 말경 발간 예정인 필자 번역의 조너던 컬러(Jonathan Culler) 『해체비평(*On Deconstruction*)』(현대미학사)이다.

따라서 이승훈 교수/시인과 필자의 문학적 대화는 현재완료시제로 쉽게 요약될 수 없는 현재진행시제이며, 미래시제를 포함하고 있다.

8. 자기검열과 위로

제약된 지면 때문에 이 시집에 포함되어 있는 시편들에 대한 자세한 읽기가 부족하였다. 두 가지 점만을 추가하자면, 첫째, 이승훈 시인의 불안/우울이 "보수파/시인들과 평론가들이 이 글을 보면 또 뭐라고/ 하겠는가?"(「개미들」)라는 자기검열 때문이기도 하다는 것이다. 또한

난 거짓말 속에서 위로 속에서 산다 서로 위로하고 살아야 하리라
여기 근심 많은 탐구자의 기쁨이 있고 머리 나쁜 인간의 지혜가 있도다

라는 「거짓말의 시」의 마지막 부분은 이승훈 시인이 문제점을 정확하게, 밝은 눈으로 파악하고 있다는 것을 드러내고 있다. 그렇다! 우리 중 어느 누구도 "근심 많은 탐구자의 기쁨"이 되는 "머리 나쁜 인간의 지혜"를 추구하고 있다는 사실을 부인할 수 없을 것이다. 불완전한, 그러나 그럼에도 불구하고 기쁜 탐구 속에서, '거짓말'이 될 수밖에 없는 모순 속에서, 우리는 "서로 위로하고 살아야 하리라."

7. 누가 비누를 보았는가

이 수 명

1. 이승훈 삽화를 바라보는 어떤 비인칭의 시선

이승훈 시인의 열네 번째 시집이다. 시인의 구체적 삶의 항목들이 특별한 질서나 미적 치장 없이 들어 있다. 가족들, 제자와 문우들, 습관과 생활에 관한 것 등등. 이 소박한 삶의 기록은 시인의 동선을 따라 작성된 것이다. 그는 약이나 날고추, 김밥, 통닭을 사러 가고, 술이나 멸치, 잡채밥을 먹고 담배를 피며, 산책, 강의, 설거지를 하고, 제주도나 인제에 간다. 이러한 세부의 묘사들은 시란 무엇인가에 대한 질문과 아랑곳없이 시인의 모습을 보여주고 있다. 시인 이승훈은 이러이러한 사람이라는 것 말이다. 그러나 정말 그럴까.

사실 시인 이승훈은 시 속에서 잘 보이지 않는다. 보이지 않는다는 것은 단적으로 말해 시인이 어느 쪽에 속해 있지 않다는 것이다. 어떤 사람이 잘 보인다는 것은 그가 확실히 어느 쪽엔가 속해 있어 하나의 인물로 제한되어 있을 때이다. 하나의 입장을 대변하고, 한 가지의 주장과 행위를 하고, 특정한 정서를 보여줄 때이다. 그것은 이를테면 경계로 설명될 수 있다. 자신과 세계와의 경계를 선명히 긋고 있을 때 그 사람은 잘 보일 수밖에 없다. 그는 경계의 이쪽에서 저 쪽을 향하여, 저쪽과 구별되는 몸짓을 한다. 경계는 이것과 저것을 구분해 주는 것이다.

시 속에 출연하는 이승훈은 이 경계를 가지지 않는다. 시집 전체를 통하여 울려 나오는 느낌은 시인 이승훈은 이승훈에게 속해 있지 않다는 것이다. 시인 이승훈은 이승훈에게 익숙하지 않고 이승훈이 하는 행동은 낯설기만 한 것이다. 그것은 그가 「나는 내가 없는 곳에 있다」, 「난 나를 본 적이 없다」, 「나는 다른 누구일 뿐이다」라고 시의 제목을 달기 때문만은 아니다. 시 속에서 이승훈은 뚜렷한 형체를 가진 존재가 아니다. 그는 내면의 응축된 정서, 타자에 대한 집약된 감정, 세계에 대한 가시적 관계, 삶에 대한 표현적 태도를 가지고 있지 않다. 그는 아무 것도 가지지 않는다. 무엇도 그와 비천한 한 몸이 되어 있지 않으며, 심지어 자신도 예외는 아니다. 그는 한 주먹거리의 단서가 되지 않는다.

　　제자들과 함께 들린 인사동 어느 술집 그 집에도 멸치가 없었다 동우, 동옥, 경아, 지선 등등이 탁자에 둘러앉았다. 멸치가 없군! 내가 말하자 동옥아 네가 나가 사와! 동우가 시키자 동옥이가 말없이 일어나 나갔지 그러나 아무리 기다려도 오지 않고 이상하군 동옥이가 강릉으로 간 거 아니야? 아니 멸치 사러 순천으로 갔나? 내가 말했지 순천은 그의 고향이다 한참 지나 동옥이가 들어온다 동옥아 너 강릉까지 갔다 온 거야? 누군가 물었지만 그는 말없이 주머니에서 멸치를 한 주먹 꺼

내놓는다 그리고 낮은 목소리로 말을 꺼낸다 선생님 멸치 파는 가게가
없어 한참 헤매다 어느 술집엘 들렀어요 그 집엔 멸치가 있다는 거야요
그래서 맥주 한 병과 멸치를 달라고 했죠 맥주만 마시고 돌아올 때 멸
치를 주머니에 넣고 왔어요 모두들 하하하 즐겁게 웃던 밤

―「모든 게 잘 되어간다」 전문

멸치 에피소드로 구성되어 있는 이 시는 멸치를 원하는 시인보다
그것을 구해 오게 되는 과정, 동우나 동옥이의 행동이 중심이 되고 있
다. 주체로서의 이승훈은 별 의미도 없이 이 현장에 속해 있다. 무엇
보다 이 장면은 주체의 눈에 보이는 풍경이 아니다. 주체마저도 포괄
하는 더 커다란 눈, 등장 인물들 모두를 고르게 바라보는 제3의 눈이
있다. 그 눈은 인물들에게서 약간 떨어진 자리에서 "모두들 하하하 즐
겁게 웃"는 장면을 바라보는 눈이다. 주체도 이 눈에 의해 바라보여진
다. 이렇게 이승훈의 시는 이승훈 삽화를 바라보는 어떤 비인칭의 시
선을 느끼게 한다. 이 시선 속에서 이승훈도 삽화의 한 구성 요소일
따름이다. 그것은 누구의 시선일까. 어떤 타자의 시선일까.

이 시선이 중요한 것은 이것으로 인해 주체의 탈골이 일어나기 때
문이다. 주체는 자신을 바라보고 있는 시선에 포착되는 즉시 주체의
지위를 잃고 대상으로 전락된다. 시 속의 이승훈은 언제나 바라보여
진 대상으로 나타난다. 따라서 삽화에 나타난 이승훈은 주체의 퍼소
나를 가지고 있지만 대상화된 존재이다. 주체는 주체의 골격을 유지
하지 못하는 것이다.

물론 주체에 대한 이와 같은 공격은 주체를 잘 보이지 않게 한다.
바라보여진 존재는 파악된 존재이다. 바라보여진 대상으로 국한되어
제시되었을 때, 제시된 대상의 미지는 제거되기 때문에 이 대상화된

존재의 이면은 보이지 않게 된다. 한마디로 이승훈은 보여짐으로 보여지지 않게 되는 것이다. 이승훈은 어딘가 이승훈 너머에, 이승훈과 무관한 곳에, 흩어진 채로 존재한다. 등나무 아래 벤치에 밤새 놓여 있던 김밥이거나, 바닥에 떨어져 깨진 물 컵이거나, 아니면 물컵을 깨지게 한 떨리는 손이거나, 멸치를 구하러 간 동옥이거나, 문을 열어 놓고 나가는 호준이, 혹은 그 열린 문이거나, 쾌락을 모르는 멀쩡한 육체, 또는 흩어지고 조각나고 뒹구는 육체에 존재한다. 이 모든 것 속에 그림자처럼 어른거리는 것이다. "난 언제나 말하지 그래 그게 좋겠군 난 언제나 그를 따라간다"(「가을 도배」 부분)에서처럼 주체는 전일적인 존재가 아니다. 다른 것을 따라가며, 잠깐씩 비치는 것이다.

하지만 이와 같이 주체를 대상화시키는, 주체에의 공격의 목적은 다른 데에 있다. 주체를 바라보는 이 타자는 라캉식으로 이야기하면 주체 안에 있는 것이다. 이 비인칭의 대타자는 이승훈 안에 있는 이승훈의 무의식이다. 그의 시는 대타자에 의해 포획된 주체를 포획된 상태로 제시함으로써, 주체를 대상으로 감각하려는 시도이다. 그에게는 주체의 전체적 구도, 주체의 진실을 아는 것이 관건이 아니다. 그런 것은 그에게는 존재하지 않는다. 바라보여진 존재의 일면성은 전혀 문제가 되지 않는다. 대상화를 개의치 않는 것이다. 그가 원하는 것은 자신이든, 대상이든, 존재에 대한 감각이다. 존재는 꿈과 같이 존재하기 때문이다.

2. 거대한 불일치

살아간다는 것이 꿈만 같다는 이야기를 많이 듣는다. 이승훈은 이렇게 말한다. "삶은 무엇이고 꿈은 무엇인가? 결국 삶이 꿈이다. 오늘도 나는 사는 게 아니라 꿈을 꾸는 것 같다. 내가 할 일은 이 꿈을 그대로 옮기는 것, 그런 점에서 이런 행위도 뜰 앞의 잣나무다. 나는 무엇을 만드는 게 싫다. 나는 예술의 본질을 믿지 않는다. 나는 오늘도 꿈을 꾼다."

삶이 꿈과 같다는 진술의 기본적 의미는 그가 다른 부분에서 지적한 것처럼 자성이 없다는 것이다. 삶은 실체가 없고, 그러므로 붙잡을 수 없다. 존재, 행위, 감정, 관계, 사건들 하나하나가 모두 잡을 수 없는 것이다. 모든 것은 순간에 지나지 않고, 그 순간조차 손을 댈 수도 없이 부서져 버린다. 삶의 본질, 시의 본질, 예술의 본질 운운은 어리석은 짓이다. 본질이랄 게 어디 있는가, 모두 흩어져 버리는 것 앞에서.

그러므로 존재의 본질을 찾고, 위치를 찾고, 내면과 이면을 가르는 행위들은 부질없는 짓이다. 이승훈 시인에게 중요한 것은 그와 같은 가치 개입적인 전황이 아니다. 흩어져 버리는 존재와 대상에 대한 감각, 우연히, 일시적으로 현상된 현실에 대한 의식, 비현실적인 현실의 옷에의 갑작스러운 직면, 이것이 그에게 중요한 것이다.

버스는 화양강 휴게소에 잠시 서고 버스에서 내려 담배 피울 때 선생님 뭐 드실래요? 윤정이가 묻는다 응 괜찮아 새파란 하늘에 하얀 구름이 떠 있다 녹차 어때요? 그래 녹차나 할까? 잠시 후 윤정이가 돌아와 말한다 녹차는 없고 쌍화차가 있어요 그럼 쌍화차로 하지 새파란 가을 박인환 문학상 시상식은 오후 다섯시 버스가 인제에 도착한다 터미

널 부근 2층 찻집에서 제자들과 차를 마시고 계단을 내려가면 길가 노
점에서 구두를 팔고 난 구두에 떨어지는 가을 햇살을 본다 갑자기 목이
메인다

― 「새파란 가을」 전문

문학상 시상식에 가는 장면을 묘사한 이 시는 윤정이, 녹차, 쌍화
차, 박인환 문학상 시상식, 인제, 터미널 등의 구체적이거나 고유한
명사들을 동원하여 삶을 세워 보려는 노력을 보여주고 있다. 새파란
하늘, 하얀 구름, 가을 햇살도 이렇게 또렷한 자태를 과시하고 있는
것이다. 이렇게 구체적인 현실이 삶이 아닐 수는 없는 노릇일 것이다.
　하지만 그럼에도 불구하고 모든 것이 꿈만 같다. 윤정이는 윤희이
고, 녹차는 쌍화차이고, 문학상 시상식은 누군가의 퇴임식이고, 터미
널은 공원이다. 무엇이 다르단 말인가. 하늘은 파랗고 구름은 하얗지
만, 그것은 잠시의 서성거림일 뿐, 구두에 떨어지는 가을 햇살의 이
구체성까지가 모두 환상이다. 현실감은 비현실감과 묶여 있다. 분명
구두가 있는데, "구두에 떨어지는 가을 햇살"이 있는데, 이토록 선명
한 현실을 붙들 수가 없다. 삶이라 부르는 매순간이 있는데, 삶은 없
는 것이다. 그는 "갑자기 목이 메인다". 누가 '비누를 보았는가.'
　존재와 대상에 대해 감각하고 이를 전유하려는 노력은 이렇듯 그
가 주변의 고유명사들을 실명으로 불러들이게 했다. 하지만 실명이
어도 고정되는 것은 아무 것도 없다. 그가 여러 번 "옮긴다"는 말을
하는 것은 현실의 비현실성까지를 아우르는 말이다. 옮길 수 있는 현
실 자체가 없다는 것, 이것까지 옮겨야 하는 것이다. 옮기는 것은 혁
명적인 과업이다. 모든 것은 날아가 버리려 한다. 혹은 이미 날아가
버렸다.

"무엇을 만드는" 것, 손을 대는 것은 예술이 자랑하는 유치한 행위이다. 사실상 예술은 아무 것에도 손을 대지 못한다. 모든 것은 사라지는 중이며, 손 대기도 전에 사라지기 때문이다. 예술이 손을 대서 붙잡아 놓았다고 생각하는 것은 예술이 뒤집어쓰는 껍데기에 불과한 것이다.

그러므로 이승훈이 만들지 않고 옮길 때, 그것은 그 특유의 대상 지향성으로 나타난다. 옮기는 것은 만드는 것과 달리 대상을 놓치지 않으려는 것이다. 이것이 창조라는 신화에 대한 뒤샹 식의 비판으로 의도된 면이 있다 할지라도 이승훈에게는 대상의 생존이라는 방식으로 더 중요하게 작용했다. 그에게는 대상의 현현이 가장 문제였다. 왜냐하면 그에게 대상은 있는 것이 아니라 없는 것이기 때문이다. 그에게 '사물 A'는, '너'는 없는 것이다. 그는 닻이 없는 시인이었다. 대상을 선취할 수 없는 것은 그의 시의 강력한 추동력이었지만 그를 분열적으로 만들었다. 대상이 없으므로 그에게는 언제나 의사 대상들이 출몰했고, 그는 분열되었다. 그리고 그는 자신의 분열을 유희하기보다는 자각하고 돌파하려 하였기에 이승훈에서 또 다른 이승훈으로 옮겨다녔다. 이 부단한 이동이 그의 시력의 전체를 관통한다.

> 시는 형태이고 형식이고 스타일이다 40년 넘게 시를 써온 나는 그동안 시를 쓴 게 아니라 형태와 싸운 거야 등단시절엔 연 구분 있는 시를 쓰고 싫증이 나 그 후 산문형태를 시도하고 산문형태도 지겨워 이른바 단련형태를 시도했지 물론 이 형태도 지겨워 단련형태이면서 시행이 가늘고 긴 형태도 시도하고 이런 형태도 다시 지겹고 그래서 이번엔 변형된 산문형태를 시도하고 도모하고 기획하고 기도하고 무릎꿇고 아멘! 하고 비오는 저녁 의자에서 일어나 방황하고 떠돌고 그러나 또 지

치면 이젠 정사각형 형태다 정사각형은 죽음을 상징하지 다음엔 직사
각형 형태 그것도 지치면 산문 속에 정사각형을 넣어도 보고 토막글을
넣어도 보고 그러면서 40년이 간 거야 내 친구들은 언제나 같은 형태
의 시를 쓰지만 나는 왜 이렇게 형태 앞에서 형태를 보면서 형태 속에
서 형태와 싸우며 형태를 끌어안고 뒹굴고 헤매야 하는가? 결국 그동
안 난 시를 쓴 게 아니라 형태를 찾아 헤맸지

― 「나를 쳐라」 부분

　시의 여러 형태를 실험하고 형태를 찾아 헤매는 것이 그가 40년 동
안 한 일이다. 형태란 무엇인가. 언어를 보이게 하는 것이다. 추상적
인 언어들의 나열에 육체를 부여하는 것이 형태이다. 형태를 찾아 헤
매는 것은 언어의 추상성과 비가시성 속에서 잠행하지 않고, 언어에
매혹되는 형식을 찾고자 하는 것이다. 이런 의미에서 형태는 그에게
영원히 존재하지 않는 대상과도 같다. 그가 형태를 찾아 헤매는 것은
없는 것에서 있는 것, 비대상에서 대상 사이를 시계추처럼 이동하며
대상으로 나아가고자 하는 그의 시적 행로와 겹쳐진다. 그에게는 대
상이 없고 세계가 없고 따라서 자성이 없는 선의 세계가 근본적으로
근친적인 것이지만, 한편으로 평생을 형태를 찾아 헤매듯, 대상에의
강박이 자리하고 있는 것이다. 이 거대한 불일치가 그의 시를 크게 만
든다.

3. 비누는 있는 것인가 없는 것인가

　시인은 말한다. '이것은 시가 아니다.' 여기서의 시는 그가 부정하
는 시적 관습을 일컬을 것이다. 이승훈 시인은 시론이 강한 시인이라

고들 한다. 그는 수많은 시론을 썼다. 나는 그의 시론의 가치가 사실은 아무 것도 주장하지 않는 데에 있다고 생각한다. 그는 물론 기존의 이론을 세밀하게 검토하고, 작품을 치밀하게 분석, 적용하고, 시론의 방향을 정돈한다. 서정시를 비판하고, 시의 본질주의자들, 근대적 미학 이론의 숭배자들을 강하게 비판한다. 하지만 누구나 흔히 하듯이 칼로, 망치로 비판하지 않는다. 그의 무기는 거품이며 텅 빈 것이다. 무엇을 주장하는 듯이 보여도 그는 또 다른 기둥을 세우지 않는다. 대체 상품을 개발하지 않는다. 그는 문학의 다양한 변종 중의 하나가 아니다. 새로운 규칙을 만들지 않으며 규칙이 아예 존재하지 않는다.

그에게는 현실의 어른거림, 실체 없는 이 현실의 표류와 어떻게 몸을 섞느냐가 문제될 뿐이다. 그것은 감각이기도 하고 의식이기도 하고 대상과 형태 추구의 문제이기도 한 것이다. 이번 시집에 수록된 언어들은 이 어른거림을 현상하는 필름들이다. 일체가 비누와 같을 때(비누는 있는 것인가, 아니면 없는 것인가), 없음과 있음의 고단한 반복으로 사라지는 비누의 순간순간들을 포착하는 필름이 언어인 것이다.

그러나 그는 여기서 더 나아간다. 언어도 환상이라고 말하고 있는 것이다.

> 내가 시를 쓰는 것은 언어가 있기 때문이고 시는 죽음을 표상하는 언어를 매개로 이 죽음과 싸우는 방식이다. 그러나 시는 이 언어, 현실, 상징계를 극복할 수 없고 그런 점에서 언어와의 싸움이 아니라 언어를 버리는 시가 요구되고 이런 시는 언어도 환상이라는 인식을 동반한다. 앞에서 말했듯이 현실이 꿈이고 환상이라면 언어도 꿈이고 환상이다.

언어가 환상이라면, 필름도 존재하지 않는다. 잡을 수 있는 그물은 없다. 결국 시란 환상으로 환상을 좇는 것이다. 이것이 그가 현재 도착한 지점이다. 그는 출발점에서 얼마나 멀어진 것일까. 이 이중의 환상라인은 그동안 그의 시의 중심을 차지했던 형태와 대상에의 연모를 돌아보게 만든다. 그는 이제 형태와 대상에의 오랜 착지 연습을 버리고 무의 거대한 품으로 녹아 갈 것인가. 비누가 되어 사라질 것인가.

8. 유토피아를 향한 놀이의 변화 과정

김 이 듬

들어가며

이승훈은 1960년대 이후 한국 현대시의 전환을 주도한 모더니스트 시인이자 시 이론가이다. 그의 시는 한국시의 전통적 요소를 위반하고, 언어에 대한 실험정신과 해체적 세계인식을 통해 현대시의 새로운 가능성을 탐구한다.

그는 1969년 8월에 펴낸 첫 번째 시집 『사물 A』를 시작으로 지금까지 18권의 시집[1]과 21권의 시론집[2], 5권의 수필집[3]과 번역서 2권[4],

---

1) 이승훈, 『사물 A』, (삼애사, 1969). 『환상의 다리』, (일지사, 1977). 『당신의 초상』, (문학사상사, 1981). 『사물들』, (고려원, 1983). 『상처』, (영언문화사, 1984). 『당신의 방』, (문학과 지성사, 1986). 『샤갈』, (문학과 비평사, 1987, "그림시집"). 『너를 본 순간』, (문학사상사, 1987, "시선집"). 『너라는 환상』, (세계사, 1988). 『길은 없어도 행복하다』, (세계사, 1991). 『환상이라는 이름의 역』, (1991, "시선집"). 『밤이면 삐노가 그립다』, (세계사, 1993). 『밝은 방』, (고려원, 1995). 『나는 사랑한다』, (세계사, 1997). 『너라는 햇빛』, (세계사, 2000). 『인생』, (민음사, 2002). 『아름다운 A』, (황금북, 2002, "시선집"). 『비누』, (고요아침, 2004).
2) 이승훈, 『반인간』, (조광출판사, 1975). 『시론』, (고려원, 1979). 『비대상』, (민족문화사, 1983). 『민족과 시간』, (이우출판사, 1983). 『한국명시감상』, (청하, 1985). 『이상시연구』, (고려원, 1987). 『한국시의 구조

그 외[5]의 수많은 저서를 발간하고 있다. 그의 시와 시론은 상호 텍스트성을 띠며 치밀하게 결합하여 다산적 글쓰기로 나아간다. 그의 시는 그 자율적 체계에 속에서 시론이라는 혈연관계의 짝을 미학적으로 보유하려는 특성을 보인다. 이를 아우르며 관통하는 핵심 사항은 크게 세 가지로 나눌 수 있다. 첫번째는 모더니즘에 관한 고찰로써 비대상시를 중심으로 나타나는 문제이고 또 다른 하나는 포스트모더니즘의 해체성에 근거한 파편적 글쓰기의 문제이다. 마지막으로는 앞에서 말한 두 가지의 미학을 동양 사상, 특히 선불교와 관련시켜 모색해가는 문제이다. 그의 시론은 기존의 순수시론이나 민중시론과는 다른 시각에 있으며 문학적 진리나 현실의 참여, 또는 이항 대립이나 위계 질서 같은 이성중심주의 억압으로부터 자유롭다. 시의 경우에 있어서도 전통적 서정성이나 시대적 상황, 교훈적 가치와는 관련되지 않는다. 그의 시는 새로운 방향을 향해서 나아가려는 부정정신이 지배적이다. 현실의 재현을 추구하지 않기 때문에 인과성과 계기성이 깨어진 혼돈의 상태를 보여준다. 이승훈을 가리켜 자타가 공인하는 현대 한국모더니즘 시인이자 시 이론가'[6], '이 시대를 이끌고 있는 모더니

분석』, (종로서적, 1987). 『시작법』, (문학과 비평사, 1988), 『포스트모더니즘의 시론』, (세계사, 1991). 『한국현대시조사』, (고려원, 1993). 『한국대표시해설』, (탑출판사, 1993). 『모더니즘 시론』, (문예출판사, 1995). 『한국현대시 새롭게 읽기』, (세계사, 1996). 『이상 ― 식민지 시대의 모더니스트』, (건국대출판부, 1997). 『해체시론』, (새미사, 1998). 『한국현대시의 이해』, (집문당, 1999). 『한국모더니즘 시사』, (문예출판사, 2000). 『한국 현대 대표 시론』, (태학사, 2000 "편저"). 『현대비평이론』, (태학사, 2001). 『모더니즘의 비판적 수용』, (작가, 2002). 『이승훈의 알기 쉬운 현대시작법』, (현대시, 2004).
3) 이승훈, 『안개여 꿈꾸는 그대 영혼이여』, (고려원, 1983). 『너의 행복한 얼굴 위에』, (청하, 1986). 『너라는 신비』, (세계사, 1989). 『모든 섬은 따뜻하다』, (고려원, 1992). 『당신도 15분간 유명하다』, (모아드림, 1999).
4) 이승훈, 『엘리스, 문학의 이론』, (대방출판사, 1982). 『랭거, 예술이란 무엇인가』, (고려원, 1982).
5) 이승훈, 『글을 어떻게 쓸 것인가』, (문학아카데미, 1992). 『문학상징사전』, (고려원, 1995).
6) 오세영, 『시적인 것은 없고 시도 없다』의 표지글에서 그의 창작시들은 우리 시사에서 이상李箱, 조

스트’[7], 프로이트의 부활(이승훈의 부활)’[8] 등으로 지칭하는 것 또한 비슷한 맥락에서 읽을 수 있다. 그의 시는 ‘불안·실존적 현기·강박관념’ 등이 지배하는 무의식의 세계인 내면성 세계의 창조에서 출발하여,[9] 해체적인 언어 형식으로 시적 성상들을 파괴하고 낯선 이미지를 돌출한다. 이러한 모더니즘, 후기 모더니즘, 해체주의를 거쳐 삶과 예술의 경계가 사라지고 삶의 놀이가 예술의 놀이인 경지를 암시하는 최근의 시는 선적禪的 깨달음을 지향하는 양상을 보이고 있다. 본고는 그의 시가 ‘자아 찾기’의 변용된 내재성의 장에서 존재의 불안을 극복하고 활용하며 마침내 시 자체가 즐거운 ‘놀이’의 방식으로 나아가는 과정을 살펴보고자 한다.

1. 비대상시와 자아탐구

이승훈의 초기시에는 대상이 없다. 오직 ‘자아’만 존재한다. 노래하는 대상이 없고(non-object), 있다고 해도 불명확한 자아이다.

이러한 ‘비대상시’는 李箱의 시의식과 연장선상에 있고[10] 김춘수의

향趙鄕, 김춘수金春洙로 이어지는 경향에 계보를 대고 독특한 그만의 시 세계를 이룩하였으며, 그의 시론은 서구 아방가르드와 미국 포스트모더니즘에 토대해서 그것의 한국적 가능성을 심도 있게 탐구한 것이라 말한다.

7) 윤호병, 「해체의 세계와 포스트모던의 세계」, 《현대시》, 2002 .11, p.104.

8) 이재복, 「허무와 소멸의 시」, 《심상》, 1999. 6, p.71.

9) 이승훈, 「비대상과 해체」, 《현대시사상》 1991. 가을호, p. 79.「비대상」, 「비대상」, (민족문화사, 1983), p.30.

10) 이승훈은 한국시의 소박한 전통적인 태도에 대해 최초로 이의를 제기하고, 비대상의 세계를 노래한 시인으로 李箱을 꼽았다. (《현대시》, 2002. 11, 「자선대표시론」, p.179-180) 이상의 시 ‘절벽絕壁’을 예로 들며 ‘절벽’이라는 이미지 속에서 시의 화자가 보이지는 않으나 향기로운 꽃 속에 눕는다는 것은 이미 어떠한 대상의 세계에도 기댈 수 없는 매우 절망적인 상황에서 우리가 보이지 않는 무의 세계를 지향한다는 사실을 암시한다. 무의 세계로 가려는 노력은 물론 좌절된다. 그러나 우리는 그러한 세계를 끊임없이 지향한다. 한마디로 비대상의 세계는 무의 세계이며, 무의 세계는 실존적 각성이 환기하는 의식의 운동이라고 할 수 있다. 시대적 상황과도 관련되는 것이지만,

'무의미시'에서 영향을 받는다. 논리와 자유연상이 개입하고 대상은 소멸한다는 점에서 이승훈의 비대상시는 김춘수의 무의미시와 상통하지만, 관념이나 의미로부터의 무의미와는 달리, 심리적 무의미라는 점, 다시 말해 무대상이라는 점에서 차이가 나타난다.

비대상시로 분류되는 시들을 다시 세 가지 양상으로 나누면 아래 표와 같다.

『사물 A』(1969), 『환상의 다리』(1976), 『당신의 초상』(1981)	'나'의 세계
『사물들』(1983), 『당신의 방』(1986), 『너라는 환상』(1989)	'너'의 세계
『길은 없어도 행복하다』(1991), 『밤이면 삐노가 그립다』(1993)	'그'의 세계

(1) 자의식의 감옥 – '나'의 세계

사나이의 팔이 달아나고 한 마리 흰 닭이 구 구 구 잃어버린 목을 좇아 달린다. 오 나를 부르는 깊은 명령의 겨울 지하실에선 더욱 진지하기 위하여 등불을 켜놓고 우린 생각의 따스한 닭들을 키운다. 닭들을 키운다. 새벽마다 쓰라리게 정신의 땅을 판다. 완강한 시간의 사슬이 끊어진 새벽 문지방에서 소리들은 피를 흘린다. 그리고 그것은 하아얀 액체로 변하더니 이윽고 목이 없는 한 마리 흰 닭이 되어 저렇게 많은 아침 햇빛 속을 뒤우뚱거리며 뛰기 시작한다.

– 「사물 A」전문

이러한 세계의 발견, 비대상의 세계의 발견은 또한 존재론적 자각과도 관련된다. 불안이라는 분명치 않은 기분 속에서 그것은 자신의 진정한 삶을 증명하려는 노력에 의하여 지탱된다.'라고 언급한다.

이승훈의 첫 시집 『사물 A』에 실린 「사물 A」는 시인 자신이 "상당히 초현실적인 이미지를 가지고 내면의 황량함 등을 주로 노래했다"[11]고 밝힌 대표작이며 수많은 평자들에 의해 인용되어진 초기시이다. 일례로, 70년대 장석주의 시분석[12]과 최근의 분석내용[13]을 보면 공통적으로 '구체적인 현실세계가 아닌 무의식의 세계를 노래한 내면지향적인 시'라는 평가로 집약되어져 있다. 또한 정효구는 "육안으로 포착될 수 있는 세계를 형상화한 것이 아니라 직관으로 감득할 수 있는 무정형의 내면세계를 상상의 언어로 표현한 것"이라고 말하며 비구상의 추상화를 대할 때처럼 어떤 느낌을 그 자체로 감득하는 편이 시를 이해하는데 효과적이라고 제안한다.

이처럼 위 시에 대한 평자들의 분석은 그의 비대상非對象시론과 맥을 같이 하고 있다. 자아는 자의식의 공간에서 무의식적 실체들과 싸움을 시작하는데 '쓰라리게', '피를 흘릴' 정도로 격렬하게 싸우는 모습을 볼 수 있다. 목을 잃어버린 닭임에도 불구하고 그 죽은 닭이 자신의 잃어버린 목을 좇아 달리는 상황이다. 또한 '소리들은 피를 흘린다'라거나, '그것은 하아얀 액체로 변하더니 목이 없는 한 마리 흰 닭이 되어 저렇게 많은 아침 햇빛 속을 뒤뚱거리며 뛰기 시작한다'는 언술은 지시의 언어에 훈련된 독자들에게 분명 혼돈의 세계일 수밖에 없지만, 그것은 곧 비대상화를 통한 이승훈의 자기 확지적 고민의 경로를 은유한다.

이 시에 나타난 '사나이'나 '닭'은 불구적인 '몸'의 형태를 가지고 있다. 이러한 몸은 플라톤에서부터 데카르트를 거쳐 헤겔에 이르기까

---

11) 崔東鎬와의 企劃對談, 《現代文學》, 1984. 8, p.56-61.
12) 장석주, 「이승훈론」, 『언어의 마을을 찾아서』, 1979. p.81.
13) 이경수, 「떨림과 고요, 혹은 시를 쓰며 나이가 든다는 것」, 《시안》, 2003. 가을, p.47.

지의 육체와 정신을 이분법적 논리로 파악하려는 개념[14]이 아니라 이러한 영혼 중심의 개념을 해체한 푸코나 라캉이 보여준 몸으로 보인다. 따라서 '사나이에게서 분리된 팔'이나 '잃어버린 목을 좇는 흰 닭'은 '파헤쳐진 정신의 땅'과 하나의 개념으로 겨울 지하실에서 한밤에서 새벽까지 분열된 자아를 찾아 헤매는 '나'임을 알 수 있다.

이 시기의 '나'는 분열되어 있으며 고통스러운 몸부림을 치고 있다.

시 「뱀」과 「春川 6」에서 비명을 지르는 '나'의 내면은 어둡고도 황량하며 「위독 제1호」에서는 소멸에의 극단으로 치닫는 것처럼 보인다. 이승훈이 "시는 절대적 필연성이라고 할 수밖에 없는 무의 세계로 나가는 하나의 과정이었으며, 동시에 언제나 실패하고 마는 과정 이었다"고 스스로 밝힌 것처럼 무와 죽음 자체로 나아간다. 이러한 허무주의와 실패를 전제하면서 수행되는 '모순의 시론, 부조리의 시론'[15]은 기존의 것에 대한 거부의 성격을 운명적으로 짊어지고, 1960년대 한국 모더니즘 시를 특징짓고 발전시켜 나간다.

(2) 잠재태의 일인칭 – '너'의 세계

이승훈의 내면 탐구의 양상은 다섯 번째 시집 『당신의 방』에 이르러 중대한 변화를 일으킨다. '나'에 대한 탐구는 중단되고 '너'에게로 몰입하는 것처럼 보인다.[16] 시의 제목들도 「다시 그대」, 「너는 누구인

---

14) 오생근, 「데카르트, 들뢰즈, 푸코의 '육체'」, 《사회비평》 17호, 1997. p.45.
15) 김준오, 「한국모더니즘시론의 사적 전개」, 《현대시사상》 1991. 가을호.
16) 이승훈, 『포스트모더니즘 시론』, (세계사, 1991), p.273. '오랫동안 나를 사로잡은 것은 인식주체로서의 〈나〉가 있기 때문에 인식대상으로서의 〈너〉가 있다는 생각이었다. 이런 생각은 남들과의 교통보다는 고독과 단절 혹은 자의식의 심연으로 나를 몰고 갔다. 인식주체로서의 〈나〉란 무엇인가. 그것은 라이프니츠의 표현처럼 창문이 없는 하나의 단자(monad)로 드러나기 일쑤였다. 이런 자의식의 탐구가 벽에 부딪치면서 어렴풋이나마 느끼게 된 것이 〈너〉에 대한 관심이었다.'

가」, 「너의 이마」, 「너의 얼굴」, 「네가 오기 전」, 「너를 안으면」 등 '무
수한 너'로 가득하다.

> 나는 거대한
> 녹색의 방에 뒹굴고
> 태양의 가시에 찔리고
> 침묵의 혀에 싸였다
> 너를 본 순간
> 허나 너는 이미
> 거기 없었다

— 「너를 본 순간」의 부분

'너를 본 순간' 화자는 '너'가 있다는 사실에 충격을 받는다. 그와
동시에 '걸레'와 '하아얀 대낮'으로 드러난 과거의 병든 주체를 보게
된다. 너를 만날 때의 나(물고기, 장미, 피, 태양, 공기, 빵)는 싱싱한
생동감(뛰고, 피고, 쏟아지고, 뚫고, 솟아오르던, 빛으로 가득한) 속에
있다. 반면, '나'는 '너'를 본 순간에 '아무 것도 보이지 않았'고 '토했
고' '뼈저린 외롬'에 직면하게 된다. 결국 '뒹굴고' '찔리고' '싸였'
던 나는 '이미 거기 없었'던 너를 인식한 것이다. 내가 너를 보았던 순
간 그것은 현존하지 않는 너를 보는 것이다. 또 다시 화자는 내가 있
다고 생각하지 않는 곳에서 나의 존재를 생각하는 과정 속에 놓여진
다. 이 시에서 주목할만한 것은 앞서 (1)에서의 자아가 현란하게 뒤섞
여 있던 그림자였다면 (2)에 와서 그 자아는 '너'라는 실재로 변모된
것이다. 또한 창조적으로 객관화된 자아인 '너'와 '나'는 대립적인 상
황을 연출하는 것이 아니라 대화적 형식으로 관계를 맺는다. 동시에

존재하지는 않지만 독립적으로 전치되며 침투하고 확장되는 것이다.

(1)에서의 자아가 단성적이었던 반면에 (2)에서는 다성多聲적 목소리를 가지게 되는 것이다. 이러한 '너'의 출현을 두고 "비대상의 원리가 희석되어 의식적 대상을 시의 제재로 삼게 되었다"거나 "비대상의 자유분방한 유영으로부터 개아의 삶에 대한 회상과 비애로 귀환하게 된 것"[17]으로 파악하는 것은 표면적인 해석으로 볼 수 있다.

왜냐하면 '너'는 이처럼 "실재하는 '너'"[18]라기보다는 자신의 내면의 존재인 "잠재태의 일인칭"[19]으로 보는 것이 더욱 설득력이 있다. 인식주체로서의 '나'가 없어도 인식대상으로서의 '너'는 존재한다는 것이다. 또한 너는 고정된 하나가 아니라 어디에나 있고 아무 곳에도 없다. 자기의 낯선 내면을 본격적으로 탐색하고 '검토'할 수 있게끔 '너'라고 불리는 '나'를 불러낸 것으로[20], 이 시기의 시는 '너'란 매개체를 통해 '나'에 대한 추구가 더욱 냉혹해졌으며 독특한 형식미를 갖는다. 또한 '너'에 관련된 시들은 행과 행 사이 침묵하거나 삭제된 '너'의 발화 내용으로 말미암아 '너, 당신/나'가 어떤 존재인지, 모호하게 풍성하게 하는 것이다.

(3) 객관화한 주체 ― '그'의 세계

1인칭이 자기를 고백하는 핏기 없는 독백이라면 2인칭은 대화를 시도한다. 반면 '그'라는 3인칭은 '나 / 너'보다 먼 존재이다.

---

17) 河賢埴, 「비대상과 비논리」, 《심상》, 1995. 5, p.118.
18) 이진우, 「나에게서 너로 가는 길」, 《현대시학》, 1991. 6, p.199.
19) 김정란, 「당신의 '과거'에서 당신의 '현재'를 지나, '없는' 당신의 '없는' 시간과 '없는' 나라로」, 《현대시사상》, 1996 봄.
20) 김혜순, 「안 보이는 방을 찾아」, 《현대시학》, 1989. 3, p.183.

이승훈은 '나'만의 세계에서 나를 찾지 못하자 '너'와의 관계 속에서 나를 인식하려 했다. 그러나 너와의 대화는 어긋나고 만남은 지연된다. 여기에서 '나'는 새롭게 '그'를 통해 나를 찾아가는 시의 세계를 보여준다.

그렇다면 그는 누구이며 어떻게 태어나는가?

3인칭 대명사에는 반휴머니즘적 태도이며, 인격이 대상·사물로 화하는 이른바 물화(reification) 현상을 암시한다. 라캉 식으로는 언어체계에 종속되는 삶, 마르크스 식으로는 자본주의적 생산체계에 종속되는 물적 관계로의 삶이라고 볼 수 있다. 다른 하나는 '나'를 '그'라고 부르는 경우가 아니라 그야말로 물건과 같은 개인들로 드러나는 '그'의 경우를 생각할 수 있다. 이때의 '나 / 그'의 관계는 물적 관계로 드러나는데, 이러한 관계를 두 가지 측면에서 이해하고 있다. 하나는 객관적인 측면의 '그'가 시장 상품 출현과 그 상품의 운동으로 생산된다는 것이고, 다른 하나는 주관적인 측면으로 '그'는 시장경제체제의 발달이 야기한 비인간적 객관성으로부터 생산되어진다.

그는 언어조립공이다
그는 언어를 조립한다
그는 마치 언어를 조립하면
그는 한 채의 집이나
그는 한 대의 자동차나
그는 한 그루의 나무라도
그는 생긴다는 듯이
그는 언어를 가지고 논다
그는 현실에서 떨어져 나온
그는 언어라는 부속을 가지고

그는 백지에 조립한다 그럼
그의 만찬회가 시작된다

— 「언어조립공 이승훈 씨」 부분

이 시는 '그는 말한다(that he speaks)'의 객관적이고 냉담하게 진술되어지는 방식으로, 화자가 보는 '그'는 단지 '언어조립공'일 뿐이다. '강의하고' '카페에서 술을 마시'기도 하지만 주업은 '언어조립공'이다. 그는 현실에서 떨어져 나와 '언어라는 부속을 가지고', '백지에 조립한다'. '대한민국 서울의' 시장경제 체제에 잘 끼워 맞춰진 사물의 모습을 띤 '그'이다. 따라서 그는 말없고 침착하며 인사를 잘한다. 정중하며 나약하고 아무런 목적도 없다. 그러나 조립된 언어는 그를 또 다른 세계로 이끌어 간다. 내가 사랑을 느끼는 '악동'들과 결코 희생시키고 싶지 않았던 '과거'와 '염소'와 '강아지'와 '애인'이 '초대'된 '만찬회'이다.

이 만찬회의 현장은 「그에겐 행복이 생겼다」[21]의 '성욕'도, '육체'도, '정신도 없는' 그가 '행복한 시절로 돌아가는' '작은 침대'를 연상시킨다. 거긴 행복한 죽음 혹은 영원한 현재를 통해서나 구현될 수 있는 환상적인 세계이다. 현실적으로 '그'란 언어조립공이 '말없이', 볼트와 너트의 '언어를 가지고 노는 것'을 통하여 '백지 위에 조립'되는 정도로 존재한다.

위 시의 특기할 점은, '그 / 나'는 언어가 있기 때문에 시를 쓰고 있음을 시사한다. 다시 말하면 언어에 의해 자아를 발견하는 것이 아니라 오히려 자아를 상실하고 자아의 사회적 위치를 드러내고 있다.

---

21) 이승훈, 『밤이면 삐노가 그립다』, (세계사, 1993).

이 즈음에 와서 이승훈의 분신으로 작용하였던 '나' 혹은 '너' 그리고 '그'의 인식론적 문제는 한 획을 긋는다. 이승훈은 다시금 '나는 과연 존재하는가' 하는 존재론적[22] 문제로 파고 들어가기 시작하는 과정이 놓이게 된다.

2. 해체시와 자아소멸

시를 쓸 때의 자아는 일상적 규칙이나 사회적 규칙을 부정하는 또 하나의 자아이다. '너 혹은 그'라고 지칭한 '나'는 주체소멸의식을 가지며 자본주의 사회 속에서 물화되거나 부재하는 '나'이다. 나는 더 이상 자기 동일적 주체가 아닌 해체적 주체이다.

(1) 자아소멸의 시

데리다에 의하면 텍스트는 글쓰기, 에크리튀르(ecriture), 텍스트성으로 인식된다. 그러므로 주체가 있는 게 아니라 텍스트적 주체가 있고 이런 주체는 해체적 주체이고 차연적 주체이다. 이승훈은 현존하는 주체가 아닌, 자취와 흔적으로 존재하는 나를 본다.

나는 시를 쓴 다음 가까스로, 거의 힘들게, 어렴풋이 발생한다. 나는
시를 쓰는 게 아니라 시 속에서 태어난다. 시 속에 태어난다. 시 속에

---

22) Martin Heidegger, 『존재와 시간』, 소광희 옮김, (경문사, 1995), p.15. 존재적(ontisch)과 존재론적(ontologisch)의 구별은 단순하게 말하면, 사실과 이론간의 구별이다. 존재자를 묘사, 서술, 취급, 연구하는 것은 존재적이고, 존재자를 그것에 고유한 존재를 겨냥해서 해명, 해석하는 것은 존재론적이다. 존재자를 대상으로 연구하는 과학은 존재적이고, 그 과학의 가능근거를 탐구하는 철학은 존재론적이다. 실존적(existenziell)과 실존론적(existenzial)의 구분도 마찬가지이다.

시 속에 내가 발생한다. 그렇다면 시란 무엇인가?

> 내가 생각하는, 내가 쓰는, 내가 쓰면서 생각하는 시는 이런 의미로
> 서의 시가 없는 시다. 시가 없을 때 시가 태어난다. 아아 시가 없을 때
> 시가 없을 때 시가 있다면 시를 쓸 필요가 없다. 말하자면 나는 이 시대
> 의 문학이라는 유령과 싸운다.
>
> — 「시」 부분

'시가 없을 때 시가 태어난다'는 것은 문학은 없음, 부재, 폐허의 놀이라는 그의 시론을 밝히는 것으로 볼 수 있다. 시를 쓰는 행위는 사회적 책임이나 도덕적 가치를 지키기 위해서가 아니라 부재의 가치, 폐허의 가치 때문이라는 것이다. 위의 시는 잘라서 시론집에 넣는다면 시론으로 보기에 무방할 것으로, 시론시(메타시)[23]의 특징을 그대로 드러낸다. 이승훈은 현실이 아닌 언어를 대상으로 했고, 「시」라는 시는 시 자체, 시가 씌어지는 과정을 대상으로 쓰여진 것이다. 이러한 시론시는 「윤호병 교수와의 대담」, 「크리티포에추리?」, 「시」, 「이 글쓰기」 등으로 시집 『밝은 방』을 가득 채운다.

다른 시 「텍스트로서의 삶」에서의 '나'는 부재(짜집기, 언어라는 실과 실의 얽힘 속, 양말 속, 편물 속, 스웨터 속, 당신의 스타킹 속) 속에 그 존재를 가능하게 하는 상호 텍스트로서 존재하는 것을 보여준다.

'난 그것도 모르고 거울만 보며 쉰을 넘었다'는 부분 이후에는 '주체는 어린 아이가 거울 단계를 거치고 상징계에 진입하는 과정에서 배우는 언어에 구성되는 허구이다'라고 본 라캉의 정신분석학적 언어

---

23) 김준오, 「메타시와 인칭의 의미론」, 이승훈 『밝은 방』, (고려원, 1995), p.111~128.

이론, '언어는 차연이다'라는 관점에 서 있다. '현존'과 이데아, 기원, 고정불변의 진리(그런 것을 전제하는 이른바 로고스 중심주의)를 상징하는 서구의 오랜 고정관념(서구의 형이상학의 전통)을 해체하고, 이에 대한 회의를 제기한 데리다의 해체이론은 그의 해체론의 중요한 이론적 근거로 사용된다. 이승훈은 주체, 언어, 현실 등에 대한 회의에서 벗어나 주체가 언어에 지나지 않는다는 인식 속에서 해체시로 나아가게 한다.

(2) 언어가 쓰는 시

그는 언어에 의해 소멸되고 언어가 시를 쓴다는 인식의 전개를 시와 시론에서 본격화한다. 주체는 존재의 결핍이고 하나의 공허로 존재하는 것이다. 이 때 공허는 존재와 부재를 초월하는 무無를 표상하며 주체의 진리는 이런 미끄러짐의 과정 자체로 나타난다. '주체는 탄생하기 전에 이미 언어 속에 연루되는 것이고'[24], 실재가 있기 이전에 '태초에 말이 있었다.'[25]는 것을 나타낸다.

> 내가 사는 곳은 언어, 언어 속에 내가 있다 아니 언어가 나다 나는
> 말하고 나는 침묵하고 나는 기침하고 나는 담배를 피우고 난 정치는 모
> 른다 난 국문과 교수도 아니다 이 글 속에서 이 언어 속에서 아니 이 언
> 어의 들판에서 난 염소 옆에서 담배를 피우고 염소도 담배를 피우고 비
> 가 오면 이 언어 속에서 우산을 쓴다 당신과 만난 곳도 여기 이 하얀 원
> 고지 위에서! 어머니와 싸운 곳도 여기! 이 하얀 얼음 위에서! 해질 무렵

24) 이승훈, 『탈근대주체이론-과정으로서의 나』, (푸른사상사, 2003), p.101.
25) 데이비드 메이시, 『라캉 이론의 신화와 진실』, (민음사, 2001), p.313.

개미를 연구한 곳도 이 하얀 백지 위에서! 그 동안 난 헤맨 게 아니다 언
어가 헤매고 지금 저무는 하루도 언어 속에 저문다 물론 언어는 피로하
다 당신들이 언어를 죽이기 때문이다 지금 말하는 건 내가 아니라 언
어, 그것, 알 수 없는 힘이다

-「언어」 전문

시인인 '나' 는 시를 쓰는 게 아니라 언어에 의해 구성된다. '나' 는
'말하고' 있으나 지금 말하고 있는 것이 아니라 '백지 위에서' 말해지
는 나이다. '나' 는 언어 속에서 '침묵하고' '기침하고' '담배도 피우'
는, 언어가 생산한 '나' 이다. 언어 속에서 헤매는 '나' 는 '언어가 헤
매고' 있는 것을 안다.

이때 남은 것은 '언어' 뿐이다. 다시 말해 글을 쓰는 '나' 는 언어로
인해 사라지고 '하얀 원고지 위에' '이 하얀 얼음 위에' '이 백지 위'
라는 시 속에서 완전히 다른 '나' 로 다시 태어난다.

'언어가 나다' 라는 명제를 들고 세계와의 불화 속에서 언어와의 싸
움에서 지속되는 실험적인 시쓰기는 그의 초기시에서부터 지속되는
그의 부정 정신과 내재적 운동성과도 관련된다. 자동기술법적 요소는
시와 시론이 넘나들고 「시니피앙의 확장」, 「이 시대의 시쓰기」 등 새
롭게 확장되는 메타시적 형태로 바뀌어 나타난다.

(3) 주체와 언어의 해체

이승훈의 해체시는 그의 『해체시론』[26]에서 밝힌 '즐거운 언어 놀이
로서의 시쓰기' 의 구체적 실천을 보여 준다. 대략 유형화시켜 살펴보

---

26) 이승훈, 『해체시론』, (새미, 1998).

면 '장르의 해체'와 '통일성의 해체', '주체의 해체' 등으로 나눌 수 있다. '주체의 해체'의 경우는 앞에서 살펴본 '언어가 쓰는 시'로 설명된다.

이승훈은 시집 『나는 사랑한다』에서 시쓰기의 몇 가지 새로운 방법을 시도한다. 전통적인 시라는 장르에 대한 도전적인 성격을 띠는 그림시나 사진시가 나타나는 것이다. 문학 또는 시의 제도성을 해체하는 방법론의 일환으로 볼 수 있겠다. 그는 그림이나 사진이라도 제목을 붙이고 시 계간지에 발표하고, 시를 쓴 사람이 이승훈이라고 밝히면 엄연히 시이고, 쓴 사람 이름이 나오고 시지에 발표하면 시가 된다고 「비빔밥 시론」에서 언급한다. '사진시'와 '그림시'[27]를 두고 볼 때 그림시는 「어느 스파이와의 사랑」과 「소파 이야기」에서 찾아볼 수 있다. 그러나 이승훈은 그림시의 경우에는 그림을 시의 중심으로 몰아가지 않는다. 시 문맥에 대한 약간의 이해를 돕기 위해 끼워넣는(embeddings) 형태로써 언어의 문법적 질서를 일탈하지 않는다.[28]

그것과 비교할 때, '사진시'의 경우는 해체가 좀 더 과감하게 실천된다. 전위적 아방가르드처럼 이질적 시적 언술로 장르를 해체하고 있다. 「준이와 나」, 「뒤샹의 '샘'?」과 「이승훈이라는 이름을 가진 3천 명의 인간」이라는 시에는 사진이나 그림이라는 오브제를 사용한다. 이들 시는 사진(그림)을 제시하고 제시된 사진을 설명하는 형식으로 A는 시의 본문이 활용된 경우이고, B는 사진의 제시와 함께 시 제목만 제시된 경우이다.

---

27) 윤호병, 「해체의 세계와 포스터모던의 세계」, 《현대시》, 2002. 11, p.104~113.
28) 「소파 이야기」의 경우 그림의 무게감보다는 시에 나타난 '소파'의 위치에 대해 병적으로 집착하는 화자 이승훈의 메시지가 강하다. 소파(의자)에 관한 많은 시들은 상상계를 파괴하고 前 주체로 돌아가려는 의식(ego)절멸의 욕구로 파악할 수 있다. 이승훈의 소파(대타자)에 관한 연구를 필자는 여기서 논외로 한다.

A

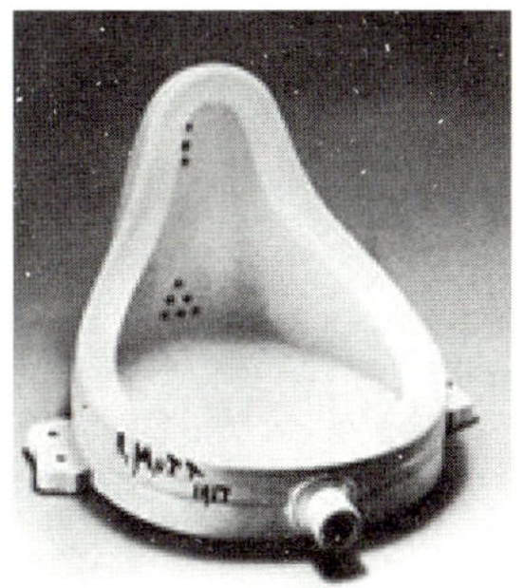

　　나는 이 시의 제목을 〈뒤샹의 '샘'〉이라고 붙일까, 〈뒤샹의 '샘' 혹은 '변기'?〉라고 붙일까 망설이다가 결국 〈뒤샹의 '샘'?〉이라고 붙인다. 당신은 어제 바람 불던 가을 아스팔트에서 〈뒤샹의 '변기'〉가 좋겠다고 말했지만.

─ 「뒤샹의 '샘'?」 전문

B(a)

─ 「이승훈이라는 이름을 가진 3천 명의 인간」 전문

B(b)

— 「준이와 나」 전문

　B(b) 시에서 보듯 이승훈은 손자인 '준이'를 안고 있는 사진에 제목만 붙이고 발표한 후 이렇게 썼다.

　이승훈은 시를 규정하고 있던 권위와 제도로부터 벗어나 '시'가 갖고 있었던 아우라에 대해 공격한다. 시 창조의 제도적 측면을 부정하며 다른 예술장르와의 접합을 시도한 것이다. 그의 작업이 시집과 화보집과의 경계를 없앨 만큼 지속적인 반복의 전략(시뮬라스크의 재생산)을 택하지는 않았으나 굳어진 제도를 해체하고 어떤 복합매체(intermedia) 설정의 망들을 제공했다고 할 수 있다.

　이승훈이 회화나 사진 등 일상적 이미지들을 시에 수용한 것은, 시와 다른 장르와의 경계선을 지우고 어떤 우회에 의해 사물의 진실을 표현하려는 의도라고 본다. 시의 형식만을 변화시키는 것이 아니라, 시의 개념 자체를 변화시키려는 의지는 일관된 통일성을 해체하는 방법으로 나타나기도 한다. 시적 통일성, 즉 한 편의 시 속엔 오직 한 편의 시만 존재할 필요는 없다는 것이다. '통일성의 해체'를 지향하는 것이다. 「이 글쓰기」라는 시는 독립성을 유지하면서 유지하지 않는 두 개의 파편으로 구성된다.

이러한 장르의 해체와 통일성의 해체는 이승훈의 「비빔밥 시론」에서 제시한 해체를 위한 시론을 반영한다.

비디오아트 창시자인 백남준의 아방가르드적 '비빔밥'[29]과 비교해 볼 때, 이승훈은 방법론에 머무는 것이 아니라 주체 개념의 해체까지를 포함하는 것을 알 수 있다. 그가 보여주는 해체의 논리는 존재하는 모든 것들이 그 자체로 섞여 있다는 것으로 개방성과 복수성을 내포한다.

3. 선적 사유의 시와 무아

이승훈의 시는 40여 년간 '나'를 찾는 과정 속에서 있으며 그 과정에서 하이데거의 계기성 해체를 선불교 사상을 통해 다시 읽으려는 시도를 보이고, 데리다의 차연개념을 불교의 무아개념으로 파악하고자 한다. 이것은 그가 초기시부터 비대상 자체, 무 자체, 죽음 자체를 더듬어온 예측된 귀결로 볼 수도 있다. 시집 『인생』과 『비누』는 외부와의 만남을 통해 새로운 상생적 관계의 생성을 추구하는 '무아의 시'의 출발점으로 파악된다.

---

29) 백남준, 「전자와 예술과 비빔밥」, 《신동아》, 1967. 12월호). '복합매체'에 관해.

(1) 선시 경향의 시

그의 시집 『인생』에 실린 65편의 시는 선의 정신이 농후하다. 불교
와의 인연과 일상사에 대한 깨우침, 즉 시공이 일탈되며 나와 우리가
모두 바람 같은 흔적으로 형상화된다. 시집 속에 수없이 반복되는 '없
다'란 어휘는 자아 없음, 무아無我를 나타내는 동시에 십우도十牛圖의
무애행無碍行으로 이해할 수 있다.

나 없이 쓰네 / 무엇에도 기대지 않고 / 이 글에도 기대지 않고 / 쓰네

― 「나 없이 쓰기」 부분

언어에 대해서 난 할말이 없다 언어는 / 나와 관계가 없다

― 「언어 1」 부분

시인도 없고 시도 없고 언어도 없고 / 듣는 이도 없고 말할 것도 없
고 / 모두가 없기 때문에 모두가 있습니다

― 「시」 부분

벽도 없고 문도 없습니다 그저 눈 / 이 내릴 뿐입니다

― 「벽도 없고 문도 없다」 부분

언어는 고향이 없습니다

― 「떠돌이 언어여」 부분

무슨 말도 그리움도 / 없어라 / … 간 것도 없고 / 온 것도 없네

― 「天眞」 부분

거듭되어 말하여지는 '없음'을 불교적 사유로 해석해보면 모든 것의 '있음'이라고 단언할 수 있다. 모두가 있고 모두가 없고非有非無, 언어의 길도 없고 마음의 작용도 끊어져 있다. 이승훈의 시가 궁극적으로는 시 공간을 넘어선 새로운 창조의 세계로 입문할 것을 시사하는 대목이다.

시「유희」에서 그는 다시 아이가 되어 처음 말을 배운 것처럼 유희와 환희에 넘쳐있다. 단순히 '심심해서 시를 쓰고, 심심해서 세상이 있고 인생이 있다 얼마나 즐거운가'라고 노래하는 시인은 그토록 고뇌하고 회의하고 고통스러워하던 종래의 모습이 아니다. 한없이 쉽고 가여워진 그는 시집 속에서 번번이 드러나는 '눈'이 녹아 '무'로 사라지는 모습처럼 집착을 넘어선다. 그의 시는 즐거운 시쓰기를 향한 천진무구한 아이의 얼굴을 하고 있다.

시「서울에 오는 눈」에서의 눈은 서울에만 내리는 것이 아니라 춘천과 진주, 춘천 등지에 동시에 연속적으로 온다. 서울이라는 한 부분이 아니라 공간의 차이 속에, 흐름 속에 흔적으로 작용한다. '오늘 오는 눈은 어제 오던 눈'의 경우, 눈을 눈이라고 포착하려면 그 근거가 사라져 버리는 부재의 형식으로 존재하는 눈이라고 할 수 있다. '눈발 속에 내가 사라지네 눈발이/나를 덮네'에서는 나의 존재가 사라지고 해체된 후에, 그 안에 흔적으로 재구성되는 '나'를 말하려는 의도로 보인다. '눈발에 파묻히는 불빛'으로 무아된 나는 '나', '너'의 분별적 개념을 무너뜨린다. 데리다의 차연 개념과도 통하지만 불교의 화엄

세계를 말하고 있는 것이다. 위의 시는 시간적·공간적 차이를 불이세계不二世界로 확대하고 있다. 『인생』의 전편 64수를 불교적 선시의 모음으로 보는 견해가 있으나,[30] 필자는 고전 선시에 나타난 절연, 압축과 반상합도反常合道[31] 기법이나 선적 사유 등을 놓고 확정적으로 선시라 칭하기에는 어려움이 있다고 본다. 그가 줄곧 매달려 온 '나는 누구인가?', '과연 나는 존재하는가' 라는 문제는 선의 정신에 도달하려는 의지를 표명하고 있다는 점은 부인할 수 없다. 그렇다하더라도 명확하게 선시라고 규정하려면 실천적 수행인 실참실수實參實修가 필요할 것이다. 따라서 그의 이러한 행보는 앞에서 '자아소멸과 해체시'로 분류하였던 포스트모더니즘 양상의 시들이 새로운 방향을 향해 항진亢進하는 과정이라 할 것이다.

(2) 무아와 포스트모더니즘의 새로운 방향

쓰는 건 모두 시다 원고지 뒷장에 갈기는 낙서 거리
에 떨어지는 햇살 아스팔트에 뒹구는 낙엽 달리는 자
동차 달리는 오토바이 해안에 부서지는 포말 새기고
사라지고 쓰고 다시 쓴다 낙서도 편지도 일기도 만화
도 신문도 마침내 신문도 신문도 시다 시는 쓰는 것 새
기는 것 흘러가는 것 그러므로 가을 오후 시청 앞 사람
들도 시다 시는 없으므로 이 시를 사랑해야 하리 간
판도 거리에 시를 쓰고 마네킹도 유리창에 시를 쓰고
이 저녁도 시를 쓰네 시를 쓰며 한 세상 산다 시는 없

---

30) 송준영, 「현대선시의 새로운 기미」, 《현대시》, (2002. 11), p.120-135.
31) 『禪과 詩』, 박완식, 손대각 공역, (민족사. 2000), p.338.
    상식적인 것을 뒤집되 그 내용이 도道에 합치되어야 한다는 점이 강조됨.

으므로

─「모두가 시다」 전문

　위의 시는 최근의 시집 『비누』에 실린 시이다. 여기서 시와 낙서 · 편지 · 일기 · 만화 · 신문의 관계나 시인과 그 외의 사물들의 관계는 변증법적인 지향이나 종합적 사고에 위배된다. 시인은 간판이나 마네킹으로 명명된 사물의 편에 서서 사물이 하는 말을 듣는 자이다. 사물의 편에 선다는 것은 '대상'에 기대는 것과는 구별된다. 시인이 쓰고 시인이 모든 것을 알고 있다는 듯이 훈계하고 통찰하는 것을 경계한다. 심각하고 엄숙한 이념이나 인간 중심의 이데올로기가 배제된 객관성이 사물을 말을 언어로 옮길 수 있다는 것이다.

　'시는 없으므로 시를 사랑해야' 하는 시인이 볼 때 시가 있음은 그 없음과 통하고 또한 모든 것이 시로 통한다. 그 있음과 없음의 구별은 모호하며 중요한 의미를 갖지 않는다는 것을 뜻한다. '저 산이 들판이네'라는 부분 또한 구별하고 규정하는 합리적 사고와는 동떨어져 있다. 존재에 대한 생각이 합리성을 해체하고 시간적 계기성까지 해체한다. '이것이냐/저것이냐'라는 이원론적 세계관의 해체는 서구 포스트모더니즘의 해체론과 연관된다. 대상의 본질을 '존재'가 아닌 '과정' 속에서 연속적으로 인식하려는 개방적 형식이기 때문이다. 앞의 장들에서 본 것처럼 이승훈은 지속적으로 모더니즘과 포스트모더니즘에 기초하여 시쓰기를 지속하였다. 그러나 이 시에서 보여지는 사유는 불교의 가르침인 색즉시공 공즉시색色卽是空 空卽是色과 통하고 있다.

올 겨울엔 이런 일이 있었다 진눈깨비 치던 오전 난 택시를 타고
공항터미널로 가고 있었다 그날 제주에서 제주대 박사논문 심사가 있
었기 때문이다 나는 기사 옆에 앉았고 그는 50대로 보이는 남자 공항터
미널로 가면서 그가 힐끗힐끗 곁눈으로 나를 보더니 조심스레 물었다
선생님은 무얼 하십니까? 난 검은 바바리를 걸치고 낡은 밤색 가방을
무릎에 놓고 있었다 글쎄 뭐하는 사람 같아요? 그랬더니 기사 왈 철학
하는 사람 같군요! 네? 철학이요? 왜 있잖아요? 풍수도 보고 예언도 하
는 철학 말입니다 진눈깨비 치던 겨울 오전이었다

─「철학」 전문

위의 시는 아무 것도 아닌 이야기이다. 일상 속에서 시적 화자는 이
동 중이고 대수롭지 않은 질문과 별 의미가 없는 말들을 옮기고 있다.
삶은 진눈깨비 치는 계절 속에서 언제나 추위에 노출되어 있고 철학
은 그의 직업일 수도 있고 전혀 아닐 수도 있다. 최근의 이승훈의 시
는 세계는 이와 같이 자기의 내면성을 찾는 과정 속에서 '시 쓴 것 또
한 허물'[32]임을 깨닫는다. 이제 그는 자신이 켠 등불을 깨지도록 쳐서
불을 끄는 것[33]이 되어야 할 시기에 있다.

이 즈음 그의 시는 그 스스로가 이제까지 밝힌 모더니즘과 포스트
모더니즘의 시와 관련이 있으며 또한 없을 것이다. 이승훈의 비대상
시와 해체시는 서구 모더니즘과 포스트모더니즘의 이론에 기초를 두
었다. 또한 수많은 서구의 이론들을 비판하고 한국적으로 수용하는
작업이 현재의 선시 경향으로 드러나고 있다고 할 수 있다. 그러나
『인생』을 지나 『비누』에 와서 그는 시는 어린아이가 처음 말놀이를 하

---

32) 앞의 책, 「풀 한 포기」 부분.
33) 청담 설법, 『금강경대강좌』, (보성문화사, 1998), p.622-639.

듯 '새로운 혼돈'의 형태로 드러나 있다. 현 단계의 그는 자신의 언어 안에서 이방인이 되어 있다. 언어를 버리려고 하지만 언어에 사로잡혀 있다. 불립문자를 꿈꾸고 시각성과 완벽성으로부터 도피한다.

나가며

시인 이승훈은 '시란 무엇인가?'라는 이 오래된 질문에 대해 선문선답 형식을 취한다. 오히려 시란 있는 거냐 없는 거냐고 반문한다. 그는 종착지를 안다면, 그러니까 시가 무엇인지를 안다면 우리는 시를 쓸 필요가 없다고 언급하고 있다.[34] 그는 지난 40여 년간 언어의 사막을 유목민처럼 헤매었고 지금도 헤매고 있는 것이다.

그는 시라는 개념이나 제도에 대한 회의와 시와 비시에 대한 비판을 제기하고 실험적이며 전위적인 시와 시론을 펼쳐간다. '과연 시란 무엇인가?'라는 근원적 명제를 '나는 누구이며, 과연 존재하는가?'라는 개인적 화두와 일치시켜 밀고나가는 과정을 보여준다. 그가 무의식의 감옥 속에서 내면성만을 추구해오던 모습에서 주체의 해체를 경험하고 자신의 내재성을 무아의 관점에서 보게 되는 것은 그의 시 속에서 암시해온 결과라 할 것이다. 그가 내재성 속에서 본다는 것으로, 어떤 것의 고정된 본질이나 내적인 본질은 없으며 다만 다른 것과의 관계에 따라 그 본질이 달라진다고 보는 것을 뜻한다. 이런 이유에서 내재성은 '외부'라는 개념과 대립하는 게 아니라 정확하게는 '외부의 사유고 외부에 의한 사유'라고 말할 수 있다.[35]

그의 시는 자아 · 언어 · 대상을 축으로 하여 세 단계의 변화 과정을

---

34) 이승훈, 『시적인 것은 없고 시도 없다』, (집문당, 2002), p.149.
35) 이진경, 『노마디즘 1』, (휴머니스트, 2002), p.120.

거친다. 이 부단한 변모와 수행은 십우도十牛圖의 목동처럼 끈질기게 '자아 찾기' 과정을 통과하면서 시세계를 확장하는 특징을 갖는다. 최근 시집에서는 존재의 궁극적인 무의미에 직면하고 '나'는 어디에도 없으므로 어디에나 있다는 선적禪的 결론에 도달한다. 혼란스럽고 무거웠던 사유에서 무한히 가벼운 놀이서의 시로 변모하고 있다. 한국적 포스트모더니즘의 새로운 양상으로 나타난다. 그렇다하더라도 앞으로의 행보를 예측하기 어렵다. 그는 언제나 기존의 한계를 극복하고 새로운 언어를 겨냥하여 본능적으로 질주하는 시쓰기의 특징을 보여왔다. 이러한 실험정신이 그의 시를 전위적이고 현대적으로 만드는 특성이기도 하다.

9. 아방가르드 시학

권 경 아

1.

　이승훈의 시세계는 강한 자의식에서 출발한 시적 인식이 자아탐구
→자아소멸→자아불이自我不二로 흘러가는 과정에 대한 기록과 흔적
이라 할 수 있다.

　'나/너/그'로 이어지는 인칭변화를 통한 자아탐구의 시도는 『밝은
방』을 지나면서 자아소멸로 전환되고 있다. '나'에서 '너'로 '너'에서
'그'로 미끄러지던 그의 자아탐구 욕망은 '나'라는 인식이 결국 '타
자'임에 도달하게 되고 그러한 '타자'가 또한 '나'라는 정체성을 구
성하지 못하고 끊임없이 '타자'들 속에서 떠돌게 되는 것임을 인식하
게 되는 것이다. '타자'와의 관계 속에서만 인식되는 연기緣起적인
'나'라는 존재, 이것이 주체의 소멸이다. 자아소멸로 인해 '나는 없
다'는 시적 인식에 도달한 시인이 주목한 것은 '언어'이다. 『밝은 방』

이후 『나는 사랑한다』, 『너라는 햇빛』에서 「시적인 것은 없고 시도 없다」(《문학사상》 1996년 11월호)는 시론과 「비빔밥 시론」(『나는 사랑한다』)을 바탕으로 보여주고 있는 패러디 기법 또한 이러한 맥락에서 나타나고 있는 것이다. 그러나 이러한 언어에 대한 관심은 불교를 만나게 되는 『인생』 이후부터 또 다른 전환점을 맞게 된다. '자아/대상/언어' 의 관계에서 자아와 대상이 소멸된 후 남은 언어마저도 버려야 한다는 인식에 도달하고 있는 것이다. 시인은 스스로 이러한 단계를 자아탐구와 자아소멸에 이은 자아불이自我不二라 말하고 있다.

자아탐구가 자아있음을 강조하고 자아소멸이 자아없음을 강조한다면 자아불이自我不二는 이런 있음/없음의 경계를 해체하고 변증법적 종합을 초월하는 공空의 세계를 지향한다는 것이다.(「비대상에서 선禪까지」,《작가세계》 2005년 봄호) 하나도 둘도 아니라는, 즉 긍정과 부정의 이분법적 대립을 넘어서며 둘을 아우르는 불일불이不一不二/異의 사유는 특히 『비누』와 『이것은 시가 아니다』에서 현실의 행위나 사건을 있는 그대로 옮기는 것으로 나타나는데 이것은 모든 이분법적 경계를 해체하는 과정의 하나로 삶/시, 시/비시, 일상/예술의 단절을 극복하고 경계를 해체한다는 의미를 지니는 것이다.

자아탐구와 자아소멸을 지나 자아불이自我不二에 이르는 이승훈의 시세계는 현실을 그대로 옮김으로써 근대 부르주아 예술이 강조한 자율성 미학을 파괴하고 일상과 예술의 단절을 극복하는 시쓰기를 시도하고 있다. 이러한 이승훈의 시쓰기가 일상을 노래하는 여타의 시쓰기와 변별이 되는 것은 그의 시세계가 불일불이不一不二/異의 사유 체계에 의한 것이기 때문이다. 자율성의 미학을 파괴하고 일상과 예술의 단절을 극복하는 이승훈의 시세계는 삶으로부터 유리된 제도 예술을 다시 삶으로 통합시키려는 운동으로서의 아방가르드와 관련이 있다. 그의 시세계를 아방가르드 시학이라 부르는 이유는 이러한 맥락에서이다.

2.

이승훈은 강한 자의식에서 출발하여 '나/너/그'로 이어지는 인칭변화를 통해 끊임없는 자아탐구의 시적 인식을 보여준다. 시작 초기부터 시작된 자아 탐구의 시도는 특히 『당신의 방』(1986)과 『너라는 환상』(1988)에서 '나'와 '너', 주체와 객체의 동일성 증명이라는 문제에 주목하며 '나'와 '너'의 관계에 대한 탐구를 심화시킨다.

> 너는 없지만 오늘도/네가 있는 땅은 있으리라/별들이 쏟아지는 땅/거기선 외롬도 바람도/모조리 희망이 되는/그동안의 굶주림 마른 가슴/그동안의 망명도 자학도/네가 있는 땅에선/네가 된다 비쩍 마른 내가/너를 껴안으면 갑자기/부푸는 땅/너의 가슴에서 시방/내가 꺼내 펼치는 땅/아무도 없는 땅에서/네가 있는 땅으로/오늘도 가는 중이다/가까스로 가는 중이다/힘들게 힘들게 가는 중이다
>
> — 「아무도 없는 땅」 부분, 『당신의 방』

> 그는 언제나 말이 없지/내가 화를 내도/그는 말없이 담배만 피우지/그는 시간과 싸우지/그는 공부도 하지/그는 머리가 나쁘지만/시도 쓰지/허나 그의 시는/마음에 들지 않아/그는 지적인 것 같지만/실은 거짓일 거야/그는 마음이 여리지/그는 불안하지/그는 치밀한 것 같지만/알고 보면 엉망이야/그가 침착해 보이는 건/불안하기 때문이지/그는 한번도/내 손에 잡히지 않아/난 그게 원통해/그를 껴안을 때 뿐이야/그가 잡히는 건/그때 뿐이야/그는 언제나/내 곁에 있지만/그는 언제나

/내 곁에 없지/그래도 난 그가 좋아/그는 언제나/내 곁에 없지만

— 「그는 언제나 말이 없지」 전문, 『길은 없어도 행복하다』

「아무도 없는 땅」에서 '나'는 "아무도 없는 땅에서 아무도 없는 땅"으로 오게 된다. "시간만 무섭게 흐르고" "여름해만 쨍쨍 내리는" 땅에 '나'는 서 있는 것이다. 이 땅에는 물론 '너'가 없다. 그러나 시인은 "네가 있는 땅은 있으리라"는 믿음을 갖고 있다. "네가 있는 땅"은 "별들이 쏟아지"고 "거기선 외롬도 바람도 모조리 희망이 되는" 그런 공간이다. 이 시에서 시인은 황폐한 땅에 서 있는 '나'와 풍요로운 땅을 상징하는 '너'를 통해 이러한 주체와 객체의 대립을 극복하고자 하는 것이다. 이는 분열과 불안 속에서 정체성을 확립하지 못하는 자아가 '너'라는 객체를 통해 보다 확실한 자아를 찾고자 하는 시도라 할 수 있다. 시인이 "네가 있는 땅으로 오늘도 가는 중이다"라고 말하고 있는 것 또한 이러한 맥락인 것이다.

'나'와 '너'의 관계에 대한 탐구는 『길은 없어도 행복하다』(1991)를 지나며 '그'에 대한 관심으로 이어진다. 여기서 시인이 그리고 있는 '그'는 물화된 자아를 표상한다. 즉 '그'는 사물로 전락한 자아인 것이다. 위의 시 「그는 언제나 말이 없지」에서 "언제나 말이 없"는 '그'는 사물화된 자아의 또 다른 모습이라 할 수 있다. 지적일 것 같지만 거짓이고, 치밀한 것 같지만 사실은 엉망인 '그'는 정체성을 확립하지 못하고 분열과 불안을 겪는 '나'인 것이다. 시인의 관심이 '나'에서 '너'로 '너'에서 '그'로 이어지는 것은 끊임없는 자아탐구의 욕망으로 인한 것이며 또한 이것이 곧 자아를 찾아가는 과정임은 물론이다.

'나/너/그'로 이어지는 인칭변화를 통한 자아탐구의 시도는 『밝은

방」(1995)을 지나면서 자아소멸로 전환되고 있다. '나'에서 '너'로 '너'에서 '그'로 미끄러지던 그의 자아탐구 욕망은 '나'라는 인식이 결국 '타자'임에 도달하게 되고 그러한 '타자'가 또한 '나'라는 정체성을 구성하지 못하고 끊임없이 '타자'들 속에서 떠돌게 되는 것임을 인식하게 되는 것이다.

이승훈 씨는 바바리를 걸치고 흐린 봄날
서초동 진흥아파트에 사는 시인 이승훈 씨를
찾아간다 가방을 들고 현관에서 벨을 누른다
이승훈 씨가 문을 열어 준다 그는 작업복을
입고 있다 아니 어쩐 일이오? 이승훈 씨가
놀라 묻는다 지나가던 길에 들렀지요 그래요?
전화라도 하시지 않고 아무튼 들어오시오
이승훈 씨는 거실을 지나 그의 방으로 이승훈 씨를
안내한다 이승훈 씨는 그의 방에서 시를 쓰던
중이었다 이승훈 씨는 말한다 당신이 쓰던 시나
봅시다 이승훈 씨는 원고지 뒷장에 샤프펜슬로
흐리게 갈겨 쓴 시를 보여 준다 갈매기, 모래,
벽돌이라고 씌어 있다 아니 이게 무슨 말이오?
이승훈 씨가 황당하다는 듯이 이승훈 씨에게
묻는다 갈매기는 강박관념이고 모래는 환상이고
벽돌은 꿈이지요 뭐요? 난 그렇다고 생각합니다
아닙니다 틀렸어요 갈매기는 모래고 모래는
벽돌이고 벽돌이 갈매깁니다 틀림없습니다 그게
아닙니다 바다는 갈매기가 아닙니다 그건 모래가
벽돌과 아닌 것과 같습니다 벽돌은 바다가
아니니까요 바바리를 걸친 이승훈 씨와 작업복을

입은 이승훈 씨가 계속 싸운다 마침내 화가 난
이승훈 씨가 의자에서 벌떡 일어나 소리친다
좋아요 좋아! 문을 쾅 닫고 사라진다
─「이승훈 씨를 찾아간 이승훈 씨」 전문, 『밝은 방』

이 시는 이승훈이라는 주체의 분열을 보여주고 있다. 이승훈이라는 시인 자신을 시쓰기의 대상으로 하고 있다는 점에서 일종의 메타시의 형태를 보여주고 있는 이 시는 이승훈이라는 주체가 여러 주체로 제시되고 있는 것이다. 즉 바바리를 걸치고 시인 이승훈 씨를 찾아간 이승훈 씨와 서초동 진흥아파트에 사는 작업복을 입은 이승훈 씨, 그리고 직접 시를 쓴 이승훈 씨는 하나의 동일한 주체로 떠오르지 못하고 있는 것이다. 여기서 더 나아간다면 이 시를 쓰고 있던 이승훈 씨와 다 쓴 시를 다시 읽는 이승훈 씨로 분열되어 어느 인물이 진정한 이승훈 씨인지 말할 수 없는 것이다.

시에 등장하는 바바리를 걸친 이승훈 씨와 작업복을 입은 이승훈 씨의 사이는 전화도 없이 찾아가서 쓰던 시를 볼 정도로 격이 없다. 또 다른 '나'의 모습이기 때문이다. 그러나 이들의 사이에는 타협할 수 없는 거리가 존재한다. 바바리와 작업복의 이미지에서도 드러나듯 화합하지 못하는 생경함이 존재하는 것이다. 시에 대한 견해 차이는 급기야 싸움으로까지 이어져 결국 어느 한 쪽이 외면해버리고 만다. 주체 내면에서 벌어지는 의식 분열의 극단적인 형태인 것이다. 이러한 주체의 분열은 결국 확정되지 않는 주체에 대한 인식으로 이어지고 주체의 소멸로 나아간다.

차를 몰고 가면 차는 사라지고 나도 사라지고 고운 햇살만 퍼붓더라
고운 햇살 속에 건물들이 녹고 시간도 녹고 네가 사는 나라 차를 몰고
가면 삼십 분 걸어가면 두 시간 달려가면 한 시간 아니 기차로 사흘 흐
린 날이면 삼 년이 걸린다 아니 삼백 년 삼천 년이 걸려도 네가 사는 나
라엔 닿을 수 없더라 삼십 대의 비행기를 타고 떠나야 하리 삼십 대의
비행기엔 삼십 명의 내가 타고 있겠지 아니 삼백 대의 비행기를 타고
떠나랴 하리 오늘도 비와 안개 속에 삼백 명의 내가 떨고 있다 네가 사
는 나라엔 사방이 길이고 사방이 벽이더라 으스스한 봄날 저녁 누더기
를 걸치고 삼백 명의 내가 너를 찾아 떠나더라
– 「네가 사는 나라」 전문, 『밝은 방』

네가 사는 나라에 닿는 길은 멀고도 먼 길이다. 여기서 '나'의 또
다른 이름으로, 네가 사는 나라에 가는 길은 곧 나의 정체성을 찾아가
는 길과 다르지 않다. 그 길은 고운 햇살만 퍼붓고 고운 햇살 속에 건
물도 녹고 시간도 녹고 모든 것이 녹아내려 '나'까지도 사라져버린
다. 그 길을 찾아가는 것은 '나/너'를 찾아가는 길인 동시에 '나/너'
를 잃어버리는 길이기도 한 것이다. 주체는 그 형체를 알려하면 할수
록 사라지고 소멸해버리고 만다. 네가 사는 나라는 "차를 몰고 가면
삼십 분 걸어가면 두 시간 달려가면 한 시간"에서처럼 그 구체성이 드
러나 보이는 듯하다. 그러나 이내 "기차로 사흘 흐린 날이면 삼 년"이
걸린다고 토로하던 공간이 다시 "삼백 년 삼천 년"이 걸려도 닿을 수
없는 공간으로 변해버린다. 네가 사는 나라는 점점 더 멀어지며 포착
할 수 없는 곳이 되는 것이다.

주체가 분열되는 현상은 삼십 대의 비행기에 삼십 명의 내가 타고
떠나다 다시 삼백 대의 비행기를 타고 떠나는 것에서 드러난다. 이렇

게 주체가 분열되면 그 어느 자아도 주체로 확립되지 못하고 떠돌게
될 뿐이다. 이러한 자아의 분열은 곧 자아의 소멸로 이어지게 되는 것
이다. 결국 이 시는 네가 사는 나라에 도달하려 할수록 멀어지고 마
는, 결코 도달할 수 없는 길에 대한 시이다. "네가 사는 나라는 사방이
길이고 사방이 벽"이기에 길 위에서의 과정만이 남게 되는 것이다. 곧
주체는 동일한 정체성을 갖지 못하며, 또한 주체에 이르는 길도 과정
만이 존재하여 주체의 의미는 끊임없이 지연되고 있는 것이다. 이러
한 드러나지 않는 자아 찾기는 도달하지 못하는 주체에 대한 인식으
로 이어져 주체의 소멸에 도달하게 된다.

3.

『밝은 방』(1995)을 지나며 '나는 없다'는 자아소멸의 시적 인식에
도달한 시인이 주목한 것은 '언어'이다. 자기 동일적 주체의 소멸은
텍스트 의미의 결정불가능성으로 이러진다. 모든 의미는 차이에 의해
끊임없이 지연되며 확정되지 않는다. 의미마저 소멸된 후 남는 것은
언어이며, 언어의 심층적이고 무의식적인 법칙인 것이다.

소쉬르에 의하면 언어는 차이에 의해 구성되고 이 차이에 의해 의
미가 생성되며 이렇게 생성된 시니피에가 시니피앙에 우위를 차지한
다. 그러나 데리다는 소쉬르의 차이 개념을 도입하여 차연 개념을 만
들어 낸다. 언어가 차이에 의한 관계라면 끊임없이 의미가 지연되므
로 결코 유일한 의미는 포착되지 않는다는 것이다. 이로 인해 소쉬르
가 지적한 시니피앙과 시니피에의 연관성은 끊어지고 시니피에보다
시니피앙이 중시된다. 즉 시니피앙은 차연에 의해 지연되며 결코 시

니피에에 도달할 수 없으므로 중요한 것은 시니피앙의 차이들이라는
것이다.

차연의 결과로 절대적 주체에 대한 믿음이 무너지고 주체는 상대적
개념이 된다. '나'의 존재는 '너'와의 관계 속에서만 일시적으로 파악
될 뿐인 것이다. 여기서 '나'와 '너'의 관계 또한 개인적으로 만들어
진 관계가 아닌 사회적 상징으로 이루어진 관계이다. 주체의 사유를
결정하는 것은 사회적 상징으로서의 언어에 의해서이다. 언어의 체계
가 'ㅏ'와 'ㅓ'라는 음소의 대립에 의해 이루어진다는 소쉬르의 인식
을 토대로 후기구조주의에서는 주체는 언어를 통해서만 드러난다는
것을 보여주고 있다. 그러나 그러한 언어는 단일한 시니피에를 지시
하지 못하고 시니피앙에 의해 끊임없이 미끄러지므로 언어는 곧, 시
니피앙에 의해 지배받는 시니피앙의 산물일 뿐인 것이다. 다음의 시
들은 이러한 언어에 대한 인식을 잘 보여주고 있다.

> 내가 사는 곳은 언어, 언어 속에 내가 있다 아니 언어가 나다 나는
> 말하고 나는 침묵하고 나는 기침하고 나는 담배를 피우고 난 정치를 모
> 른다 난 국문과 교수도 아니다 이 글 속에서 이 언어 속에서 아니 이 언
> 어의 들판에서 난 염소 옆에서 담배를 피우고 염소도 담배를 비우고 비
> 가 오면 이 언어 속에서 우산을 쓴다 당신과 만난 곳도 여기 이 하얀 원
> 고지 위에서! 어머니와 싸운 곳도 여기! 이 하얀 얼음 위에서! 해질 무
> 렵 개미를 연구한 곳도 이 백지 위에서! 그동안 난 헤맨게 아니다 언어
> 가 헤매고 지금 저무는 하루도 언어 속에서 저문다 물론 언어는 피로하
> 다 당신들이 언어를 죽이기 때문이다 지금 말하는 건 내가 아니라 언
> 어, 그것, 알 수 없는 힘이다
>
> — 「언어」 전문, 『너라는 햇빛』

나는 없고 언어만 있으니 나라는 언어가 나를 만든다 이 글 이 텍스
트 이 짜집기 언어라는 실과 실의 얽힘 속에 양말 속에 편물 속에 스웨
터 속에 당신의 스타킹 속에 내가 있다 나는 거기 있는가? 내가 거기
있다고? 글쎄 난 그것도 모르고 거울만 보며 쉰이 넘었다 망측스럽도
다 거울만 바라보며 세월을 보낸 내가 갑자기 망측해서 주먹으로 한 대
갈기고 이 글을 쓴다 이 글 속에서 이 언어 속에 아무 것도 없는 언어
속에 부재 속에 무 속에 내가 있도다

— 「텍스트로서의 삶」 전문, 『너라는 햇빛』

이 시는 언어로 밖에 '나'를 표현할 수 없음을 토로하고 있다. 그러
나 이러한 언어조차도 완전한 '나'를 말하지 못한다. 언어는 시니피
앙의 세계 속에서 끊임없이 미끄러지고 있기 때문이다. 언어가 만들
어내는 텍스트마저도 실과 실의 얽힘이 만들어낸 어느 한 점 위에 잠
시 머물 뿐 영원히 포착되지 않는 것이다. '나'는 언어로만 존재한다.
언어만이 '나'의 존재를 드러내주는 것이다. 이것은 결국 "나는 없고
언어만 있"다라는 인식을 가능하게 한다. 그러나 언어의 의미는 끊임
없이 지연되며 결정되지 못한다. 이에 따라 '나'의 존재마저도 어느
곳에서도 결정되지 못하고, 결국 언어의 표류 속에서 떠도는 것이다.
차연으로 현존은 불가능해지고 의미는 지연되며 절대성이 무너진
다. 절대적인 의미는 도달할 수 없는 허구임이 드러난 것이다. 의미의
불확정성, 결정불가능성이라는 특징은 이러한 배경 속에서 성립한다.
차연에서 모든 의미의 해석은 해석의 해석, 또 이 해석의 해석에 지나
지 않는다. 해석의 무한 연계성은 결국 총체적 전체성의 울타리 안에
모든 것을 가둘 수가 없음을 뜻한다. 그것이 텍스트의 세계이다. 텍스
트는 현존을 소유하지 않기에 의미 또한 소유할 수 없다. 모든 의미와

지식이 차이에 토대를 두기 때문에 어떤 텍스트도 한 가지 사물만을 의미할 수 없다. 텍스트는 끊임없는 놀이일 뿐, 텍스트의 의미는 확정되지 않고 결정불가능성에 도달하는 것이다.

4.

이승훈의 시세계가 또 다른 전환점을 맞게 되는 것은 불교적 인식을 접하게 되는 『인생』(2002)이후부터이다. '자아/대상/언어'의 관계에서 자아와 대상이 소멸된 후 언어에 주목하던 시인이 남은 언어마저도 버려야 한다는 인식에 도달하고 있는 것이다. 이것이 자아탐구와 자아소멸에 이은 자아불이自我不二의 인식 단계이다. 시인은 자신의 시론에서 자아탐구가 자아있음을 강조하고 자아소멸이 자아없음을 강조한다면 자아불이自我不二는 이런 있음/없음의 경계를 해체하고 변증법적 종합을 초월하는 공空의 세계를 지향한다고 말하고 있다.(「비대상에서 선禪까지」, 《작가세계》 2005년 봄호) 이승훈의 자아불이自我不二가 불교의 불일불이不一不二/異 사유와 맥이 닿아있음은 물론이다.

불일불이不一不二/異는 하나도 둘도 아니라는, 즉 긍정과 부정의 이분법적 대립을 넘어서며 둘을 아우르는 사유라 할 수 있다. 『반야심경』의 '색즉시공色卽是空 공즉시색空卽是色 색불이공色不異空 공불이색空不異色'의 색色과 공空이 하나도 아니고 둘도 아닌, 같지도 다르지도 않은 불일불이不一不二/異의 관계에 있음은 주지의 사실이다. 노자의 『도덕경』 역시 불일불이不一不二/異의 사유로 시작된다. 제1장에서 '말로 표현할 수있는 도는 영원한 도가 아니며 이름 붙일 수 있는 이름은

영원한 이름이 아니다道可道 非常道 名可名 非常名’에 이어 무無와 유有는
같은 것에서 나와서 이름이 다를 뿐이라此兩者 同出而異名는 것은 무와
유가 대립의 관계가 아님을 역설하는 것이며 또한 제2장의 ‘유와 무
는 서로가 낳은 것이다有無相生’라는 사유는 무와 유가 하나도 둘도 아
닌 불일불이不一不二/異의 관계임을 말하는 것이라 할 수 있다. 또한
원효는 『금강삼매경론』에서 불일불이不一不二/異의 사유를 다음과 같
이 보여주고 있다.

> 같다는 것은 다름에서 같음을 분별한 것이요, 다르다는 것은 같음에
> 서 다름을 밝힌 것이다. 같음에서 다름을 밝힌다 하지만 그것은 같음을
> 나누어 다름을 만드는 것이 아니요, 다름에서 같음을 분별한다 하지만
> 그것은 다름을 녹여 없애고 같음을 만드는 것이 아니다. 이로 말미암아
> 같음은 다름을 없애버린 것이 아니기 때문에 바로 같음이라고 말할 수
> 도 없고, 다름은 같음을 나눈 것이 아니기에 이를 다른 것이라 말할 수
> 없다. 단지 다르다고만 말할 수가 없기 때문에 이것들이 같다고 말할 수
> 있고 같다고만 말할 수가 없기 때문에 이것들이 다르다고 말할 수 있을
> 뿐이다. 말하는 것과 말하지 않는 것에는 둘도 없고 別도 없는 것이다.
>
> — 이도흠, 『화쟁기호학, 이론과 실제』

위의 글은 같다는 것同과 다르다는 것異의 하나도 둘도 아닌 관계가
다름 아닌 불일불이不一不二/異의 관계임을 설명하고 있는 부분이라
할 수 있다. 원효는 같은 책에서 주와 객, 주체와 타자를 대립시키지
도 분별시키지도 않는, 양자를 융합하되 하나로 만들지도 않으며 서
로를 비춰주면서 서로를 드러내는 화쟁의 진리를 역설한다. 여기서
이러한 양자의 관계를 ‘씨와 열매’의 비유로 설명하는 부분은 불일불
이不一不二/異의 이해를 돕고 있다.

씨는 열매와의 차이를 통하여 씨라는 의미를 갖지만 씨와 열매는 별개의 사물이므로 하나가 아니다(不一). 그러나 씨에서 열매가 되고 다시 열매에서 씨가 나오니 양자는 둘도 아니다(不二). 씨는 열매 없이 존재하지 못하므로 空하고 열매 또한 씨 없이 존재하지 못하므로 이 또한 空하다. 씨는 썩어 열매를 맺고 열매는 스스로를 없애 씨를 만드는 것처럼 이것이 없으니 저것이 있고 저것이 없으니 이것이 있다. 또한 씨에서 열매가 되고 열매에서 씨가 나오는 것처럼 이것이 있으므로 저것이 있고 저것이 있으므로 이것이 있다. 불교의 공空사상과 연기설緣起說, 불일불이不一不二/異의 사유가 다르면서도 같고, 같으면서도 다른 것 또한 이러한 배경에서이다.

시인도 없고 시도 없고 언어도 없고
듣는 이도 없고 말할 것도 없고 그
러므로

시인도 있고 시도 있고 언어도 있고
듣는 이도 있고 말할 것도 있습니다
그러므로

해가 있고 바람, 나무, 길, 조그만 돌
멩이도 있습니다 모두가 있습니다
마침내

모두가 없기 때문에 모두가 있습니다
모두가 없음 속에 있고 이 없음 속
에 없은 속에

- 「시」 부분, 『인생』

이 시는 불교의 불일불이不一不二/異, 이승훈의 자아불이自我不二의 사유가 잘 드러나고 있는 시이다. 시인도, 시도, 언어도, 듣는 이도, 말할 것도 없다는 것은 또한 이 모든 것들이 있다는 것과 다르지 않다. 모두가 없다는 것은 곧 모두가 있다는 것과 통하는 것이다. 시인이 자아탐구가 자아있음을 강조하고 자아소멸이 자아없음을 강조한다면 자아불이自我不二는 이런 있음/없음의 경계를 해체하고 변증법적 종합을 초월하는 공空의 세계를 지향한다고 말하고 있는 것이 바로 이 시에서의 없음과 있음의 관계가 되는 것이다. 시인이 '자아/대상/언어'의 관계에서 자아와 대상이 소멸된 후 남아 있던 언어마저 버려야 한다는 인식에 도달하고 있는 것 또한 이러한 불일불이不一不二/異, 자아불이自我不二의 사유와 맥이 닿아있음은 물론이다.

나는 지금 시론을 쓰는 심정으로 이 시를 쓴다 언어도 버리자 언어는 존재의 집이 아니라 존재의 짐이므로 집도 버리고 집도 버리고 산도 버리고 거리도 버리고 저 거울도 버리고 나는 그동안 대상을 버린 시를 썼다 비대상은 억압, 충동, 욕망의 구토였다 구토는 지루함이 억압들을 펼쳐 보이는 하얀 식탁보가 아니고 욕망의 전환이 아니다 그건 내가 길들여진 야수적인 고통 나는 타자의 욕망을 상상하기 때문에 이 고통을 견딘다 그러므로 토할 때 나는 다른 누구이고 길을 잃고 헤매지만 헤맴, 방황, 유랑이 희열이고 쾌락이고 주이상스이다 그러므로 나도 버리자 나도 버리고 나도 버리고 남은 건 언어 이 황량한 언어 언어가 나이므로 언어도 버리자 언어도 버리고 언어도 버리고 시를 써야 한다 언어를 버리는 심정으로! 이런 심정도 없는 심정으로!

— 「언어도 버리자」 전문, 『비누』

이 시에서 시인은 자신이 걸어온 시세계를 조용히 응시하고 있다.

"나는 그동안 대상을 버린 시를 썼다"는 것은 시작 초기의 자아탐구, 즉 대상이 없는 비대상시에 주목하며 자아 있음을 상정하고 자아를 찾아 헤매던 자아탐구의 단계를 의미한다. "비대상은 억압, 충동, 욕망의 구토였다"에서처럼 비대상에서 구토를 느끼던 시인은 마찬가지로 정체성이 드러나지 않는 자아에서도 구토를 경험한다. 자아소멸 단계에서 나를 버린 후 남아있던 언어마저도 버리는 자아불이自我不二 단계로의 전환. 이 시는 시인의 시세계 변화 과정을 요약적으로 보여주고 있는 것이다.

어제는 스승의 날 기분 좋게 취해 집으로 돌아왔다 그러나 택시에서 내리면 허전해 편의점에 들러 김밥을 산다 아파트 계단 오르기 전 등나무 벤치에 앉아 담배를 피우고 계단을 오른다 문을 열고 가방을 놓을 때 아니 김밥이 없잖아? 분명히 편의점에서 샀는데 김밥이 없다 다시 나갈 수도 없고 거실에 앉아 TV를 켠다 다음 날 아침 나가 보니 김밥이 등나무 아래 벤치에 그대로 있더라

— 「김밥」 전문, 『이것은 시가 아니다』

깊은 밤 술에 취해 택시를 타면 담배 생각이 나고 난 기사 옆 자리에 앉아 기사에게 말한다 담배 한 대만 피웁시다 그러세요 어떤 기사는 허락하고 에이 좀 참으세요 어떤 기사는 참으란다 깊은 밤엔 많은 기사들이 담배를 허락하고 난 창문을 반쯤 열고 담배에 불을 붙인다 담배가 떨어져 기사에게 빌릴 때도 있다 어느 해던가? 성냥을 켜던 나를 보고 기사가 말했지 선생님 이상하네요 아니 켜기 쉬운 라이터를 두고 왜 성냥을 넣고 다니십니까? 네 성냥이 좋아서요 라이터는 무겁고 성냥은 가볍잖아요? 그런 밤도 있었다

— 「담배」 전문, 『이것은 시가 아니다』

이승훈의 시세계에서 하나도 둘도 아니라는, 즉 긍정과 부정의 이분법적 대립을 넘어서며 둘을 아우르는 불일불이不一不二/異의 사유는 특히 『비누』(2004)와 『이것은 시가 아니다』(2007)에서 현실의 행위나 사건을 있는 그대로 옮기는 것으로 나타난다. 이 시들은 특별할 것 없는 어느 평범한 날의 일들을 그대로 옮겨놓고 있다. 여기에서 상징이나 의미, 이런 것들을 찾아내려는 것은 그야말로 아무 의미가 없는 작업이다. 외출에서 돌아오며 편의점에서 샀던 김밥을 담배를 피우다 집 앞 벤치에 놓고 왔다는 것. 택시를 타고 귀가하며 차안에서 담배를 피우기도 한다는 것. 기사와 가벼운 대화를 했다는 것. 여기에는 아무런 의미가 없다. 그저 그러한 일들이 있었다는 것뿐. "그런 밤도 있었다"는 것뿐이다.

이승훈의 시세계에서 이렇듯 있었던 현실의 행위나 사건을 과장이나 생략 없이 있는 그대로 옮기는 기법은 앞서 지적한 대로 긍정과 부정의 이분법적 대립을 넘어서는 불일불이不一不二/異의 사유와 관련이 깊다. 현실을 있는 그대로 옮겨내는 이러한 이승훈의 시쓰기가 일상을 노래하는 여타의 시쓰기와 변별이 되는 것은 그의 시세계가 불일불이不一不二/異의 사유 체계에 의한 것이기 때문이다. 그에게 이 현실의 기록은 모든 이분법적 경계를 해체하는 과정의 하나로 삶/시, 시/비시, 일상/예술의 단절을 극복하고 경계를 해체한다는 의미를 지니는 것이다. 이러한 삶과 예술의 경계 해체는 아방가르드 미학과 맥이 닿아있다.

아방가르드는 자본주의적 근대성에 저항하는 전략을 구사한다는 점에서 모더니즘과 동일하지만 근대적 반항이 대부분 미학적인 전략으로 이루어지고 심미주의적 시각의 미적 자율성을 중시하는 모더니즘과는 달리 삶과 예술 사이의 경계를 붕괴시키며 예술의 자율성을 파괴시킨다는 점에서 모더니즘과 변별된다. 아방가르드는 실제 생활에서 유리되어 예술을 위한 예술의 자율성을 중시하는 제도로서의 예술을 부정하고, 삶과 예술의 경계선을 붕괴시키려는 운동인 것이다. 현실을 그대로 옮김으로써 자율성의 미학을 파괴하고 일상과 예술의 단절을 극복하려는 이승훈의 시세계는 삶으로부터 유리된 제도 예술을 다시 삶으로 통합시키려는 운동으로서의 아방가르드와 관련이 깊다는 것은 이러한 맥락에서이다. 이것이 그가 그려내는 아방가르드 시학이라 할 수 있는 것이다.

이승훈의 시세계는 강한 자의식에서 출발하여 '자아/대상/언어'에 대한 끊임없는 탐구를 시도함으로써 시적 인식이 자아탐구→자아소멸→자아불이自我不二에 이르는 과정을 보여주고 있다. 자아불이自我不二의 단계에 이른 그가 현실을 그대로 옮김으로써 삶/시, 시/비시, 일상/예술의 단절을 극복하고 모든 이분법적 경계를 해체하고 있다는 것은 의미심장하다. "삶에는 무슨 의미도 본질도 없고 그저 흘러가는 과정이 있을 뿐이다."(『이것은 시가 아니다』 자서)라고 말하는 이승훈은 흘러가고 있다. 삶을 쓰고 있다. 시를 살아가고 있는 것이다.

제4부

내가 만난 이승훈

1. 내가 만난 이승훈

전 상 국

돌아보면, 나는 문학의 길 그 초입에서 극복해야 할 두 개의 높은 산과 만나게 된다. 내 열등감은 그들 앞에서 곱빼기로 팽창하곤 했다. 나를 절망시킨 두 사람은 공교롭게도 모두 시를 쓰는 친구들이었다. 내가 이날 이때까지 글쓰기에 있어서 시에 대한 미련을 눈곱만큼도 안 두게 된 것도 어쩌면 그 두 사람 때문이란 억지도 부려볼 만하다.

대학에 입학하면서 곧바로 만나게 된 이성부가 그 한 사람이었고, 그보다 먼저 나를 기죽인 것이 고등학교 동기동창 이승훈이었다. 맨발의 이성부가 분수처럼 치솟는 강인한 시어로 나를 강타했다면 이승훈은 고뇌하는 지성의 착 가라앉은 목소리로 키만 멀쑥하게 컸지 알맹이가 덜 익은 나를 완전히 압도했다.

내가 이승훈을 만난 것은 고등학교 2학년 초 문예반에 들어가면서였다. 시골에서 중학교를 다니며 책을 좀 읽긴 했지만 아직 소설과 시를 제대로 구별하지 못하는 나와는 달리 도회지 출신 문예반 아이들은 이미 문학병이 노랗게 물든 문제아들이었다. 나는 그들 세계에 매료되었고 쉽게 전염되면서 치기의 문학적 방종을 시작했다. 막소주를 양동이 하나 가득 받아놓고 풀빵을 안주로 해서 냉수 마시듯 들이키곤, 고성방가하며 뒷골목을 헤맸다. 약사리 고개와 사창고개의 그 판잣집 싸구려 대포집을 전전하며 문학 얘기를 어쭙잖니 주절대다가 고추장 한가지로 반찬을 일삼는 자취생활의 그 기름기 없는 뱃속이 반란을 일으켜 길바닥에 먹은 걸 몽땅 토해 놓곤 했다. 우리가 그렇게 토악질을 하고 있는 시간 우리로부터 좀 떨어진 위치에서 밤하늘을 쳐다보고 있는 아이가 이승훈이었다.

> 어느 먼 곳의 조그만 예배당에선/오늘 하루의 일모를/알리는 종소리……/자 우리 다 함께/조용히 기도 올림이 어떻겠습니까
> — 춘고 1학년 때 쓴 이승훈의 「기도」 중 일부

이승훈은 우리들 술자리에 마지못해 끼어 앉긴 하지만 술은 별로였다. 술 대신 그는 우리가 아껴먹는 술안주에 손이 자주 가 원성을 사곤 했다. 술안주라야 선짓국 한 뚝배기가 전부였는데 "나는 뜨거운 국물이 좋더라." 며 거듭 서너 숟갈을 떠먹으니 따가운 눈총을 받지 않을 수 없었던 것이다. "그게 말이야 …" 하고, 이승훈은 주로 우리들 얘기를 가만히 듣고 있다가 결정적인 순간에 나지막한 목소리로 껴들어 자신의 의견을 내놓곤 했는데 그 말들은 매우 합리적이어서 설득력이 있었던 것으로 기억된다.

그때 이승훈은 우리 고장 또래 아이들 중에서는 단연 돋보이는 존재였다. 문예반 선생님에 의해 이승훈이 쓴 시가 국어시간에 낭송되면서 그에 대한 얘기가 전설처럼 떠돌았다. 이승훈은 화장실에 갈 때

국어사전 한 장을 찢어 가지고 들어가 그것을 다 외어버린 다음 아주 먹어치운다는 얘기까지 있었다. 그가 약사리 고개를 넘으며 눈이 올 것 같다는 예감으로 하늘을 쳐다보는 그 우수 어린 모습만으로도 여학생들의 가슴을 설레게 한다는 얘기 등.

사실 그 시절 이승훈의 얼굴에는 어두운 그늘이 깔려 있던 것으로 기억한다. 효자동 언덕 위의 집을 향해 올라가는 이승훈의 뒷모습이 매우 외롭게 보였던 기억도 있다. 그가 억지로 먹은 술 때문에 괴로워하며 집 앞에 섰을 때 문을 열어주던, 그와 같은 학년인, 그의 예쁜 누나 얼굴에서도 우리는 우수를 보았다는 생각이다.

이승훈은 교내는 물론 여러 곳의 백일장에서 늘 좋은 성적으로 입상했다. 우리 고장에서 유일하게 정식으로 문단에 등단한 시인인 문예반 담당 이희철 선생님은 교지 《소양강》의 권두시를 이승훈에게 맡길 정도로 그의 문학적 재능을 높이 평가했다.

어쩌다 나도 두어 번 백일장에 참여했지만 입상을 한 기억은 전혀 없다. 입상은커녕 아주 참담했던 백일장 사건 하나가 또렷이 기억에 남아 있다. 고3에 올라간 그해 봄이었을 것이다. 백일장 참가를 위해 문예반 학생들이 우쭐한 기분으로 교무실 앞에 모였고 문예반 선생님이 나를 비롯한 대여섯 명의 이름을 불렀다. 백일장에 참가해봤자 별 볼일 없는 놈들이니 교실로 돌아가 공부나 하라는 거였다. 열외로 밀려난 우리는 서로 눈 맞추기를 꺼려하며 슬글슬금 개구멍을 통해 학교를 빠져나가 흩어졌다. 소양강변에 웅크려 앉아 울음을 터뜨리던 그 19살 아이의 열패감이 작은 일을 만들었다. 그날부터 이를 악물고 쓴, 내 최초의 소설이 당시 학생들의 유일한 교양지였던 《학원》지의 제6회 학원문학상 소설부문 350여 편 응모작 중에서 3위 입상을 했던 것이다.

그 동안의 열패감이 한꺼번에 씻겨나가는 쾌거였지만 그 즐거움은
또 다른 절망을 안겨주었다. 내가 3위 입상을 할 때 이승훈은 시부문
에서 1위 입상을 해 나보다 배나 큰 트로피를 받았던 것이다. 이승훈
은 분명 나보다 한 수 위라는 것을 다음 해 일월 일일 지방신문의 학
생신춘문예에서도 다시 한번 확인시켰다. 그는 시부문 당선이었지만
나는 당선작 없는 가작 1석이었던 것이다.

이성부가 나보다 앞서 문단에 나갔듯 이승훈도 62년에 《현대문학》
지에 초회 추천을 받아 시인의 길로 들어섰다. 내가 문학공부를 제대
로 하지 못한 채 서둘러 63년 신춘문예로 등단한 것도 항상 내 앞을
우뚝 막아서던 두 개의 산과 무관하지 않을는지도 모르겠다. 결국 그
조급성이 등단 후 10년 동안 문학과 등을 진, 고행의 세월을 가져왔지
만 말이다.

자주 만나지는 못하지만 이승훈은 이제나 그제나 내가 넘어야 할
산이다. 나는 오늘도 아주 작고 삐딱한 글씨로 그가 서명한 그의 시집
을 열심히 읽고 있다. 왜 리얼리즘 문학을 하는지 모르겠다는 그의 힐
책이 자꾸 마음에 걸려 그가 신봉하고 있는 모더니즘의 불길로 나를
담금질하기 위해서다.

이승훈은 오늘도 그렇게 내 문학정신의 부패를 막는 소금으로 거기
우뚝 서 있다.

……/나는 일어서며/하늘에서 들려오는 음성을 듣는다/처음의 나를
향하여 무수히 흘러들던 종소리/너의 수척한 울림을 듣는다.
　　　　　　　　　　　　　　 - 춘고 3학년 때 쓴 이승훈의 「일요일」의 일부

2. 나는 없다, 던 이승훈은 말한다.
너는 없다, 고.

박 의 상

이승훈과는 멀리 1964년 이래 이어온 《현대시》 동인 관계 말고도 둘 만의 사적인 관계가 얽혀 있다. 40년 친구 관계라 본 것도 많고 들은 것도 많고 술 같이 마신 일도 많다.

그나 나는 시인 초기부터 난해시 옹호자였다. 나는 심지어 이런 말도 했다. ─ 이승훈 너야말로 네 멋대로 쓸 자격이 있다. 남들이 모르게 쓸 자격이 있다.

생각하니 이 똑같은 말을 나는 다른 자리에서 두 번 더 했다. 『아담이 눈 뜰 때』를 쓰고 난 장정일을 보고, 그리고 『아름다운 폐인』을 읽고 김영승에게 그랬던 것이다.

여기는 기쁜 자리이므로 그를 뽐내는 몇 마디를 적어놓기로 한다.

먼저 인간 이승훈의 "나"주의, 혼자주의를 거론해보자. 그는 학연 지연 문단과 적극적으로 무관하다. 이런 저런 문학지와 필자 관계는 잘 유지하나 그것을 맥脈으로 써먹거나 파벌로 유지하지 않는다. 물론 이승훈 나름으로 지지하고 지원하는 몇 시인 몇 시론가는 있다. 그가 시 계간지 《현대시사상》을 만들 때 엿보였던 일이다. 그러나 대체로 타인=타시인=타문인과의 관계에 무관심하고 불간섭한다. 무시하거나 홀대하는 것이 아니고 추종하지도 찬미하지도 않는다. 그리고 자기가 무슨 대단한 시인이라거나 교수라거나 시론가라고 과시하지도 않는다. 내가 이름 붙이자면 이승훈은 이기주의자가 아니라 각자各自주의자이고 "나"주의자이고 혼자주의자 외톨이주의자이다. 냉정주의자라는 말이 있다면 이 말에 어울릴지도 모르겠다.

내가 나는 회의주의자에 아나키스트라고 하자 그는 스스로를 낮에는 모더니스트, 밤이면 니힐리스트라고 부른 때가 있다. 그나 나나 참 복잡한 인간이다.

이런 내 판단을 뒷받침하는 것으로 그가 한 세 마디 말을 여기 들어보겠다.

그가 정색이었는지 아니면 지나가는 말이었는지 장난이었는지 모르지만 이런 말을 한 적이 있다. "나는 선생이 없다." 어릴 때 그는 목월 제자로 자부한 적이 있다. 한양대를 간 것이 그렇다. 언젠가 90년대에 한 때 춘수 선생을 모신 적도 있다. 자신을 이상李箱의 계보에 올린 글을 쓴 것도 보았다. 그러나 내가 아는 그의 진정한 의식은 선생 부정의 것이다. 그 자신 제자들에게도 이러지 않을까 모르겠다. "이승훈을 버려라" "혼자 살아라"

어떤 교수시인들은 지용공부를 하면 자기시를 지용시 비슷하게 쓰고 소월공부를 하면 소월시 비슷하게 목월공부를 하면 목월시 비슷하게 썼다. 릴케나 파울 첼란 비슷한 시들을 쓴 교수시인들도 있다. 그러고도 시침을 뗐다. 이승훈은 그런 시들을 가릴 줄 알았다.

그 뿐만인가. 아마 그와 나 둘만이 있던 그 자리에서 그는 이런 말도 했다. "나는 친구도 없다". 새디스틱한 그 말을 듣고 있던 내 기분이 어땠는지는 말하지 않겠다.

이런 외톨이/혼자의 태도는 그의 부모와의 관계에서 얻은 오랜 고아孤兒=기아棄兒의식과 어울린다. 시=문학 때문에 이런 태도가 불쑥 만들어진 것이 아니다. 그가 자기 시는 자의식 탐구였다는 고백을 하기도 했지만 실은 그 불쌍한, 자식 이승훈도 이해해드리지 않았다, 이해할 수 없었다,는 아버지에 대한 탐구가 아니었을까.

그의 의사醫師아버지는 평생 지방과 변두리를 혼자 방황하며 자폐自閉를 사셨다. 그 아들의 이해도 한번 구하지 않으시고.

세 번째 말인데 그래서였는지 그는 시에 이렇게 쓴 것도 있다. "나는 없다." 40년이나 시 쓰면서 '나'의 탐구에 이승훈만큼 몰두한 시인도 드물 것이고 시 속에 직접 '이승훈'이니 '이교수'니 하고 '나는' '나는' 하고 '내가' 하면서 자기를 그렇게 많이 드러낸 시인도 드물 터인데 그가 툭! 내던진 "나는 없다"는 그 말은 무엇인가. 나의 부재不在만을 말하는 것은 아닐 것이다. 나의 부재는 이미 다 말해진 문제 아닌가.

다 알다시피 시인으로서 이승훈은 첫 등단작부터 개성이 강했다. 그 개성은 시의 난바다에 한 줄기 높고 매서운 파도였다. 그 파도로 커다란 바위섬 하나에 미친 듯 달려들고 쳐올리며 날카롭게 짓쪼았다. 그 40년 싸움 끝에 그는 삐쩍 마른 바로 그 바위섬 하나가 되었다. 우리 시의 뱃길에서 꼭 한 번은 들러야 할 신기한 곳이.

그의 개성은 처음에는 자기라는 미로 찾기였고 그 다음에는 그 미로탈출의 놀이로 이어졌다. 찾기에서는 신음이 그리고 탈출에서는 장난이 지배하는 시를 썼다. 그 미로는 대체로 심리적 공황이나 불안 그리고 자폐의 세계였다. 탈출에서는 그 불가능성을 장난하듯 웃으며 노래했다. 내가 읽을 때 실은 그는 시에서 "나는 없다"고 말한 것이 아니라 "너는 없다"고 절규한 것 같기만 하다.

나의 문제에서 너의 문제로 나가면서 그가 도달한 '너의 부재'는 결국은 '너라는 가능성의 부재'의 문제인 듯 하다. 이승훈이 최근 어느 자리에서 동양정신을 발견하게 되어 고맙다고 한 것은 이 '부재不在라는 문제'를 해결할 수 있다는 발견을 말하는 것일까. 그 해결은 해결불가능성을 인정한다는 것이고? 그가 스스로를 한 때 니힐리스트라고 한 말이 딱 들어맞는 장면이 바로 이것 같기만 하다.

그런데―, 공空이라―, 무無와 불不과 허虛라―.

그래, 갈등도 의심도 그만 지쳤으리라. 김수영도 어느 날 갑자기 「풀」을 써던졌지 않은가. 나는 그만의 독특성 치열성이 자 이제 어떻게 어느 길로 내달을 것인지 궁금하다. 생각하니 그는 처음부터 혼자였다. 60년이나 그랬으니 아마 앞으로도 내내 그럴 것이다. 시인은 다 그렇기도 하다지만. 그는 그것에 징징대지 않을 것이다. 그의 부인 최정자 씨도 이제는 그만 두 손을 놓을 것이다.

3. 한결같음에 대하여

강 현 국

　선배라고 부르는 게 좋겠다. 이선배는 한결같다. 이선배는 한결같은 사람이다. 이승훈 문학을 만난 것은 60년대 《현대시》 동인활동할 때부터이지만 몸으로 만난 것은 90년대 초반이다. 잡지 일로 어쩔 수 없이 서울 나들이가 잦고, 자주 시인 만나야 할 일이 생길 무렵이었다. 『밝은 방』 출판기념회, 그 늦은 술자리가 스스럼없는 사이, 친한 관계가 된 계기가 아닌가 싶다. 벌써 십 년 가까이 된 듯하다. 그 동안 우리는 대구에서 만나고 서울에서 만났다. 술집에서 만나고 호텔에서 만나고 교실에서 만나고 노래방에서 만나고 차 안에서 만났다. 전화로 만나고 작품으로 만났다. 이선배는 한결같다. 한결같다는 하얀 길 같다. 이선배는 한결같이 하얀 길 같다.

　한결같이 콤비를 입고 한결같이 책가방을 들고 한결같이 도라지를 피우고 한결같이 박카스를 마신다. 의자에 앉으면 꼬고 앉은 오른발을 끊임없이 까딱거리는 것도 한결같고 멸치 안주에 하이트를 시키는

것도 한결같고 내가 패티 김을 지나 최백호를 지나 김광석을 부를 때
에도 배호만 고집하는 것도 한결같고 후배를 아끼는 것도 제자를 사
랑하는 것도 한결같고 빚지고는 못 견디는 것도 한결같고 헤어질 때
섭섭함을 못 견뎌 하는 것도 한결같다. 낡은 서정을 미워하는 것도 한
결같고 예쁜 것을 좋아하는 것도 한결같고 예쁜 것의 빈자리를 쓸쓸
해하는 것도 한결같고 그러므로 한결같은 우수 속에 붉은 손톱자국을
지니고 사는 것도 한결같다. 어, 강교수, 나 한양대 이교수, 여기 초야
나 술 한 잔 하고 있어, 목소리 듣고 싶어 전화했어, 하는 것도 한결같
고, 술자리를 일어설 무렵 강교수에서 강형으로 바뀌는 것도 한결같다.
　이선배는 한결같다. 한결같다는 하얀 길 같다. 하얀 길은 가늘고 하
얀 길은 외롭고 하얀 길은 불안하다. 말과 글이 한결같고 시와 에세이
가 한결같고 삶과 문학이 한결같다. 한결같이 쓰고 한결같이 책을 만
들고 한결같이 가늘고 외롭고 불안한 하얀 글씨로 서명을 해서 한결
같이 내게 책을 보낸다. 이선배는 가만히 있지 못한다. 외로움 때문일
것이다. 불안 때문일 것이다. 끝없이 말해야 하고 끝없이 써야 하고
끝없이 마셔야 하고 누군가를 끝없이 그리워해야 한다. 초현실에서
비대상으로 다시 비빔밥 시론에서 작금의 선적 상상력으로 끝없이 킬
리만자로를 찾아가는 언어적 노력 또한 외로움 때문일 것이다. 불안
때문일 것이다. 시인이 아니었으면 마약을 했을 사람이라고 박상배
선생이 언젠가 말했다. 그랬을 것이다.
　하얀 길은 외롭다. 힘들어서 외롭고 깨끗해서 외롭고 가난해서 외
롭다. 한결같이 기차도 혼자 타고 숙소도 한결같이 따로 정한다. 이선
배는 미적 편식주의자이므로 세태의 두리뭉실과는 한결같이 힘든 관
계이다. 한결같다의 반대말은 변덕이고 배신이고 거짓이고 음험함이

고, 한결같지 않은 세계는 오염이고 공해이다. 변덕과 배신과 거짓과 음험함의 가면들이 득실거리는 세상에 한결같기란 얼마나 힘든 일이겠는가. 선후배 시인들과 직장 동료, 제자들이 가득 모인 문예회관 대강당에서… 마음속으로 다른 사람 포럼이 부러웠고 나도 언제쯤 《시와 반시》 문학포럼에 초대될 수 있을까 기다렸고… 어젯밤에는 오늘 포럼 때문에 잠을 설쳤다… 고 자신의 심경을 까발리는 솔직함은 얼마나 신선하고 청정했던가. 안팎이 딴판으로 속으로는 전혀 그렇지도 않으면서 촌에서 하는 잡지에 내가 참여해주는 것이 영광인줄 알라는 논조가 기본 문맥인 우리 시단의 역겨움에 비출 때 이선배의 이 맨살 같은 담백함은 얼마나 소중한가.

이선배는 한결같다. 이선배는 한결같은 사람이다. 한결같다는 하얀 길 같다. 하얀 길은 한결같이 깨어 있는 길이고 하얀 길은 한결같이 겨울바람 냄새가 묻어 있는 길이다. 하얀 길은 어디로부터 흘러와서 어디로 흘러드는가. "너에게로 가는 길엔/자작나무 숲이 있고/그해 겨울 숨겨둔 은방울새 꿈이 있고/내 마음속에 발뻗는/너에게로 가는 길엔/낮은 침묵의 草家가 있고/호롱불빛 애절한 추억이 있고/저문 날 외로움의 끝까지 가서/한 사흘 묵고 싶은/내 마음속에 발뻗는/너에게로 가는 길엔/미열로 번지는 눈물이 있고/왈칵, 목메이는 가랑잎 하나/맨발엔 못 박힌 불면이 있고"와 같은 나의 「너에게로 가는 길」은 고백컨대

너에 대한 생각은
가냘픈 들국화 같고
가느다란 들길 같고
이 마음속에 뒹구는

너에 대한 생각은
하얀 눈밭 같고
어디론가 떠나는 배 같고
자꾸만 어디로 가서
살고 싶은
이 마음속에 뒹구는
너에 대한 생각은
활활 타오르는 불길 같고
지상에 남은 한 조각
마지막 빵 같고

와 같은 이선배의 「너에 대한 생각」을 베낀 것이다. 나는 이선배의 한 결같음이, 이선배의 하얀 길의 정체가 「너에 대한 생각」의 정신분석을 통해 가능하리라고 생각하지만 여기서 할 일은 아니겠다. 진주 남강 가의 저녁노을이 하도 이뻐서 서울 가는 막차를 자주 놓치는 이선배를 남강 가에서 만나고 싶다. 노을에 기대앉아 하이트 마시고 싶다. 지난 여름 그 약속을 한 것도 같다.

4. 어디론가 떠나고 싶었던 오토바이

정 민

　선생님과 한 대학 한 건물에서 지내온 세월이 20년이다. 학부 3학년 학생 시절 처음 만났다. 지금도 연구실을 마주 하며 산다. 선생님을 생각하면 떠오르는 일이 참 많다. 하지만 막상 무슨 말을 해야 할지는 잘 모르겠다.

　선생님 생각을 하면 늘 시집 『나는 사랑한다』에 수록 된 「오토바이」란 작품이 생각난다. "난 해질 무렵 몽상가. 소부르주아 시인/세상엔 관심이 없다. 내가 관심을 두는 건/의자, 작은 방, 개미, 염소." 그는 말 그대로 해 질 무렵을 사랑하는 몽상가다. 세상엔 아예 관심이 없는 소부르주아 시인도 그에게 꼭 맞는 말이다. 의자에 집착하고 모자에 집착하고 개미나 염소 같은 하찮은 것에 집착하고, 주문진에 집착하고, 안개에 집착하고, 아름다움에 집착한다.

　"피와 이슬로 된 술 난 현실 따윈 모른다/알려고 하지도 않지만 난 현실을 모르는/국문과 교수. 허리띠를 헐렁하게 매고/거울을 연구하는 교수." 현실 따윈 아랑곳 않고, 귀찮은 것은 죽어도 못한다. 허리띠를 헐렁하게 매고, 와이셔츠 소매 단추는 언제나 채우는 법이 없다. 그리고는 책상 위에 놓인 작은 거울을 연구하는 교수 같지 않은 국문과 교수가 바로 그다.

"그러나 그러나 그러나 감기엔 맥을 못 춥니다/30년 전부터 어디론가/떠나고 싶었지만!"

그가 가장 무서워하는 것은 감기다. 나는 이 마지막 구절에서 늘 목이 메인다. '30년 전부터 어디론가 떠나고 싶었지만!' 얼마나 눈물나는 표현인가? 그는 결국 어디로도 떠나지 못한 채, 늘 똑같은 일상을 변함 없이 되풀이한다.

내가 관찰한 선생님의 일상은 이렇다. 학교에 오면 먼저 허름한 바지로 갈아 입으신다. 날마다 박카스를 두 병 마신다. 그것도 한꺼번에 다 마시지 않고 반 병씩 나눠 마신다. 11시 30분이 되면 대원반점에 전화를 해서 점심을 시킨다. 메뉴는 늘 잡채밥이다. 10년이 넘도록 한 번도 바뀐 적이 없다. 3분의 1쯤 드시고는 신문지로 그릇을 꽁꽁 뒤집어 씌워 방문 앞에 내놓는다. 표지판을 '외출'로 바꿔 놓고 한숨 주무신다. 볼펜은 모나미 볼펜 파란색만 쓴다. 볼펜 심이 길게 나오지 않도록 심지 끝 쪽을 몇 밀리쯤 잘라 펜 끝에 겨우 나올락 말락 하게 만들고는 세워서 쓴다. 개미 허리에 실을 묶어 쓰면 그런 획이 나올까? 아무튼 선생님의 글씨를 알아보는 것은 특별한 재능에 속한다.

석양 무렵이 되면 연구실을 나선다. 집에 들어가기 전, 맥주 두 병, 그것도 하이트만 마신다. 남들이 고기를 구워도 드시지 않고, 밥을 먹어도 드시지 않고, 김과 마른 멸치만 드신다. 기분이 나면 몇 병을 더 마시기도 하고, 더 기분이 좋으면 노래방에 가서, 수첩 속에 꼬질꼬질

접어둔 메모지를 꺼내, 다른 노래도 아니고 언제나 배호의 '안개 낀 장충단공원'을 부른다. 그것도 2절까지 언제나 메모지를 보며 부른다. 집에 가서 더운 국물에 밥을 말아 저녁을 드시고, 잠을 청한다. 아! 고단한 하루여.

최근엔 목 디스크로 오른팔 통증이 심해 운전도 않는다. 해질 무렵 하이트 맥주 두 병은 그래도 거르지 않으신다. 담배는 도라지를 피우시다가 최근에 건강을 생각해서 에세로 바꿨다. 오전에는 에세를 피우시고, 오후엔 금연초를 피운다. 전에는 작은 잔에 커피를 진하게 타서 드시더니, 요즘은 녹차 티백으로 바꾸신 지 꽤 되었다. 무엇이든 한번 결정하면 좀체 바꾸는 법이 없다.

학교에 입시라든가 학과장 회의라든가 모임이 있는 날 아침이면 으레 전화가 온다. 바꿔 주는 아내는 늘 웃는다. "정교수! 나 이승훈이야." 다음 말은 듣지 않아도 내가 다 안다. "몸이 안 좋아서 오늘 학교에 못 나가겠네. 자네가 나 대신 말 좀 잘 해 주게." 중요한 회의라도 그렇다. 꼭 나와야 할 자리라도 안 올 때가 많다. 세상엔 아예 관심이 없고 현실을 모르는 분이다. 그러면서도 '말 좀 잘해주게' 란 말은 꼭 하신다. 겁 많고 소심한 성격이 그대로 드러난다. 악의는 없다. 도대체 원래가 그렇게 생겨 먹은 분이시니 어쩔 도리가 없지 않은가.

선생님의 생활은 규칙적이긴 해도 전혀 논리적이진 않다. 하지만 학문으로 넘어가면, 이야기가 좀 달라진다. 나는 지금까지 이렇게 논리적인 사고를 가진 사람을 본 적이 없다. 시 이론서의 고전이 된 『시론』만 봐도 대충 짐작하겠지만, 미학의 고전부터 현대 시학의 최신 이론에 이르기까지 모든 개념들이 차곡차곡 머리 속에 다 정리되어 있다. 언제 어떤 질문을 해도 거침이 없다. 라깡을 물으면 라깡이 나오고, 하이데거를 물으면 하이데거가 나온다. 촘스키를 물으면 촘스키가 나오고, 푸코를 물으면 푸코가 나온다. 작은 개념을 묻거나, 큰 흐름을 물어도 막히는 법이 없다. 늘 감기에 시달리고, 팔이 아프고, 하이트 맥주도 마시고, 시도 쓰시지만, 공부도 끊임없이 규칙적으로 한다. 지금까지 매년 2권 이상의 연구서를 펴내온 것은 이런 바탕에서다. 선생님이 술 드시는 모습만 본 사람들은 이런 왕성한 작업이 늘 궁금할 것이다.

개념이나 용어에 대한 사고는 단순하고 명쾌하다. 대학원 특별전형 면접시험을 보면, 늘 선생님 때문에 진행이 지체된다. "포스트모더니즘과 모더니즘을 구분해서 설명해 보세요." 학생들은 당황해서 허둥댄다. 질문은 언제나 기본 개념과 용어를 벗어나지 않는다. 질문이나 대답을 녹음해서 그대로 옮기면 손댈 것 없는 문장이 된다. 도대체 군더더기가 없고 멈칫대는 법이 없다. 지난해 《시와 반시》에서 주최한 '이승훈 시인과의 만남'이란 행사에서도 그랬다. 그냥 말씀하시는 이야기가 그대로 고급한 문장이요, 심오한 이론이었다. 느닷없는 질의에도 선생님의 응답은 미리 기다리기라도 했다는 듯이, 다듬은 원고를 써 놓고 읽는 것 같이 정돈된 대답뿐이었다.

전에는 가는 법이 없으시던 국문과 학술답사를 최근 몇 년간은 함께 가셨다. 거기서 한 번씩 백일장을 하면 그 작품 하나하나를 평하는 말씀이 또 주옥이다. 거지같은 작품도 선생님 손에 들어가기만 하면 걸작이 된다. 선생님은 연설하기를 좋아한다. 한번 마이크가 건네지면 보통 10분은 넘어간다. 물론 아무 데서나 그러지는 않는다. 어려운 자리, 격식 갖춘 자리는 아예 나오지도 않을 뿐더러, 나온다 해도 조용히 계시는 편이다. 하지만 학생들과 어울리는 자리에서는 말씀이

청산유수다. 중간중간에 톡 쏘는 위트와 데굴데굴 구르게 하는 유머도 꼭 끼어든다.

최근엔 불교와 도교에 심취하셨다. 한동안 연기론緣起論에 몰두하시더니, 며칠 전엔 내게 오셔서 『산해경』을 빌려가셨다. 시에도 그런 흔적이 풀풀 묻어난다. 선생님의 시를 보면 선생님의 근황을 잘 알 수가 있다. 먼저 세상을 뜬 동생 일로 괴로우시구나, 누구와 연애를 하시나보다, 손주 때문에 정신을 못 차리시는구나, 갑자기 불교 공부를 하시나 보다. 시 속에다 뭐든 다 말씀하시기 때문에 뭐든 다 알 수가 있다. 어떤 사람들은 시시콜콜히 다 말하고, 숨기지 않는 선생님의 이런 시작 태도를 영 못마땅해 하기도 한다. 하지만 선생님은 오불관언吾不關焉 상관하지 않는다. 나는 머리로 생각해낸 진정성보다는 선생님의 그런 시가 더 진실해 보인다. 어떤 사람들은 도대체 시에 진지한 구석이 없다며 타박한다. 이게 말장난이지 무슨 시냐며 시비한다. 하지만 선생님의 언어 속에는 말장난을 넘어서는 어떤 힘이 있다. 아우라가 있다. 간혹 문단에서 논리나 이론을 가지고 선생님과 시비를 붙는 경우도 보았다. 하지만 한 번도 선생님을 이기는 논객은 본적이 없다.

선생님은 도대체 자기밖에 모른다. 아무리 중요한 일이라도 당신 몸이 귀찮으면 모른 척 한다. 그런데 그런 얌체 같은 행동이 밉지가 않다. 함께 술자리에 있어본 사람이면 누구나 느끼겠지만, 선생님의 행동에는 정말로 귀여운 구석이 있다. 밉지만 미워할 수 없는 까닭이다.

선생님의 시는 늘 비슷한 것 같지만 한 번도 같지 않았다. 계속 변화하면서도 일관성이 있었다. 훗날 선생님은 현대 시사에서 큰 시인으로 기억될 것이 틀림없다. 그때가 되면 지금 내가 쓴 버릇없는 이 글도 하나의 사료적 가치를 띤 증언이 될 수도 있지 싶다. 확실히 선

생님은 연구해 볼 가치가 있다. 시도 그렇고 사람도 그렇다. 이 글을
어떻게 써야 할지 몰라 몇 날을 망설였다. 하지만 막상 시작하니 단숨
에 다 써졌다. 내가 알게 모르게 선생님 생각을 많이 했던 모양이다.

제 5 부

대표 시론

1. 비대상

1.

　그동안 시를 써오면서 내가 많은 관심을 기울인 부분은 소위 비대
상의 문제였다. 비대상이란 대상이 존재하지 않는다는 사실을 의미한
다. 대상이 없다는 것은 한 편의 시에서 시인이 노래하고 있는 대상이
분명치 않다는 뜻도 되고, 우리가 전통적으로 알고 있는 자연세계나
일상세계가 시 속에 드러나지 않는다는 뜻도 된다. 시인이 자연세계
나 일상세계를 노래하는 일은 흔히 있는 일이다. 특히 한국의 경우 그
러한 일은 하나의 뿌리깊은 전통으로 수용되며, 누구나 그렇게 객관
적인 대상의 세계를 노래했으며, 그것에 대하여 회의하지 않았다. 대
상의 세계를 노래한다는 것이 어떤 의미를 띠는가에 대하여 한 번도
회의하지 않고 시를 쓰는 태도는 좋게 말해서 소박하고, 나쁘게 말해
서 인습적이요 상투적이다. 시를 쓴다는 것은 물론 삶의 소박한 한 가

지 행위일 수 있다. 그러나 그것은 삶의 인습적이고 상투적인 행위일 수는 없다. 시는 삶의 인습과 상투형을 극복하려는 정신의 소산이기 때문이다.

대상의 세계를 노래하는 시인들은 일단 대상과 시인의 관계에 대해서 소박한 태도를 제시한다고 볼 수 있다. 소박하다는 것은 대상과 시인 사이에 어떤 괴리나 단절이 존재하지 않음을 의미한다. 시인이 자연의 세계나 일상의 세계를 자신과 대립시키기보다는 이미 주어진 하나의 절대명제로 인식하며 사는 것은 많은 일상인들의 삶의 방법이다. 일상적인 삶의 방법은 인습적이며 상투적인 모습으로 드러난다. 그것은 일종의 자동화된 삶의 양식이라 할 수 있다. 물론 대상의 세계를 노래하는 시인들 모두가 그렇다는 것은 아니다. 그러나 그렇지 않은 시인들 역시 자연이나 일상 같은 대상의 세계를 이미 주어진 것으로 상정한다는 점에서는 공통적이다. 다만 대상의 세계와 조화될 수 없는 자신의 어떤 감정을 노래한다는 점만이 다를 뿐이다. 대상의 세계가 어떻게 존재할 수 있는가에 대한 인식론적 회의가 한 번도 제대로 제기되지 않았다는 점을 그동안 나는 전통적인 한국시의 한 가지 한계로 생각하고 있었다.

이러한 소박한 전통적인 태도에 대하여 최초로 이의를 제기한 시인으로 나는 李箱을 생각했다. 이상의 시편에서 내가 읽는 것은 현학적인 스타일이기보다는 그가 어떤 구체적인 자연의 세계나 일상의 세계도 노래하지 않았다는 점이다. 이를테면 비대상의 세계를 그는 노래했다고 할 수 있다. 가령 다음과 같은 시를 살펴보자.

그의 「絶望」이란 시의 전문이다. 그는 어떤 대상의 세계도 노래하
지 않는다. 어떤 대상의 세계도 이 시 속에는 존재하지 않는다. 꽃은
보이지 않는 꽃이며, 그러나 향기로운 꽃이다. 시의 화자가 꽃 속에
눕는 행위 역시 시의 논리에 따르면 비대상의 세계에 속한다. 대상이
없다는 것은 이 시에서처럼 일단 시인의 내면세계만이 형상화된 것이
라고 할 수 있지만, 이 시에서 그러한 내면세계는 일종의 실존의식과
결합된다. 실존의식이란 대상과 시인의 대립이 동기가 되지만, 그것
은 마침내 대상의 근거가 말짱 허구였다는 인식론적 각성과 더불어
대상의 세계를 제로로 만들면서 출발한다. 일종의 현상학적 태도라
할 수 있다. 인간이 이제까지 기대온 자연이나 일상의 세계가 하아얀
백지가 될 때, 우리가 만나는 것은 자아 뿐이지만 그 자아 역시 하나
의 의식적 실체로만 제시된다. 의식적 실체란 의식할 수 있는 능력 외
에는 어떤 형이상학이나 윤리적 체계도 괄호 속에 넣을 때 존재하는
세계이다. 그때 인간에게 남는 유일한 현실은 의식의 운동일 뿐이다.

李箱의 시에서 그것은 無의 새로운 탄생으로 제시된다. 절벽이라는
이미지 속에서 시의 화자가 보이지는 않으나 형기로운 꽃 속에 눕는
다는 것은 이미 어떠한 대상의 세계에도 기댈 수 없는 매우 절망적인
상황에서 우리가 보이지 않는 무의 세계를 지향한다는 사실을 암시한

다. 무의 세계로 가려는 노력은 물론 좌절된다. 그러나 우리는 그러한 세계를 끊임없이 지향한다. 한마디로 비대상의 세계는 무의 세계이며, 무의 세계는 실존적 각성이 환기하는 의식의 운동이라고 할 수 있다. 시대적 상황과도 관련되는 것이지만, 이러한 세계의 발견, 비대상의 세계의 발견은 또한 존재론적 자각과도 관련된다. 불안이라는 분명치 않은 기분 속에서 그것은 자신의 진정한 삶을 증명하려는 노력에 의하여 지탱된다.

2.

내가 고교시절에 李箱의 시를 좋아했고, 金春洙의 시를 좋아했던 것은 우연이었지만, 그동안 시를 써오면서 그것은 하나의 필연이 되고 있었다. 두 분 다 내가 생각하기에는 자연의 세계나 일상의 세계를 소박하게 노래하지 않는다는 공통점을 띤다. 전통적인 시의식을 거부하면서 최소한 시가 인식론적 更新과 관련될 수 있다는 가능성을 나는 두 분에게서 읽었다. 이상이 격렬하고 한결 심리적인 세계를 지향한다면, 김춘수는 다소 온건하고 한결 존재론적인 세계를 지향한다고 판단했다. 이상의 「보이지 않는 꽃」이 김춘수에게선 「얼굴을 가리운 나의 신부」로 드러난다. 보이지 않는 꽃이 「무덤」과 연결된다면, 얼굴을 가리운 신부는 「추억」과 관련된다. 다 같이 존재하지 않는 것, 無, 혹은 不在의 세계를 지향한다. 그것은 비대상을 노래하는 시들의 한 국적 양상이다.

이상에게서 읽을 수 없었던 방법론적 성찰을 나는 김춘수에게서 읽을 수 있었다. 김춘수의 경우 비대상을 노래한다는 것은 수사학적 차원에서 敍述的 이미지를 추구하는 행위가 된다. 서술적 이미지란 어떤 관념의 수단이 아니라는 점에서 비유적 이미지와 다르다. 관념의 수단이 아닌 이미지는 소위 이미지를 위한 이미지, 곧 시의 순수한 상태를 지향한다. 그것은 주문적인 태도이기도 하다. 씨가 그러한 寫生의 극한에서 추구한 것은 그러나 대상의 소멸이 아니라 대상의 재구성이었다. 대상의 재구성이란 대상을 전제로 詩作이 출발함을 의미한다. 이러한 태도는 이상의 시편에서 읽었던 것 같은 비대상의 세계와는 다르다. 이상에게선 비대상, 무, 혹은 부재가 시작의 모티브임에 반하여 씨에게선 대상, 유, 혹은 실재가 시작의 모티브가 된다. 씨의 이러한 단계는 초기의 「얼굴을 가리운 신부」가 관념적인 것이었다는 자각이 한 모티브가 되지만, 씨는 대상을 재구성하려다, 마침내 무의식의 세계와 만나고, 이윽고 대상이 소멸되는 세계를 만난다. 씨의 그러한 발견은 나에게 많은 것을 示唆하고 있었다. 대상이 소멸하는 세계에서 씨가 발견한 것은 서술적 이미지가 아니라 脫이미지의 세계, 곧 리듬만이 존재하는 세계였다.

> 불러다오.
> 멕시코는 어디 있는가,
> 사바다는 사바다, 멕시코는 어디 있는가,
> 사바다의 누이는 어디 있는가,
> 말더듬이 一字無識 사바다는 사바다,
> 멕시코는 어디 있는가,
> 불러다오.
> 멕시코 옥수수는 어디 있는가.

씨의「處容斷章」제2부 가운데 있는 시이다. 이 시에서 우리가 읽는 것은 끊임없이 반복되는 리듬뿐이다. 사바다나 멕시코는 단순히 시를 쓸 때 시인이 체험한 어떤 울림으로서의 가치를 띨 뿐이다. 그것은 무의식적인 만남에 의하여 환기된 언어들이다. 리듬이나 울림은 인간의 호흡과 관련되고, 인간의 호흡은 바로 인간의 생명력을 암시한다. 따라서 한 편의 시에서 리듬만을 읽는다는 것은 시인의 적나라한 실존 의식을 읽는다는 것이지만, 씨의 경우 그것은 지나친 현기의 와중을 견뎌야 함을 의미했다. 씨가 연작시「處容斷章」제2부의 완성을 결국 중도에서 포기하고 만 사실은 무엇을 의미하는가. 비대상의 세계, 대상이 소멸한 세계를 노래한다는 것이 얼마나 어려운가를 여기서 나는 다시 깨달을 수 있었다. 그것은 60년대의 추상표현주의회화의 기수 잭슨 폴록이 왜 마침내 자살하고 말았는가 라는 질문과 무관치 않다. 폴록의 경우 회화는 작렬이요, 외부세계의 전적인 분해인 동시에 색채의 도취, 이지러짐과 無形의 형태의 도취였다. 그것은 바로크적인 생의 태도가 환기한다. 그는 그 세계를 견딜 수 없었던 것이다.

김춘수의 시편에서 읽었던 비대상의 세계는 그러나 하나의 전율로까지는 다가오지 않았다. 씨에게서 나는 비대상의 세계가 나갈 수 있는 방법론적 암시를 읽고 있었다. 70년대 초였다. 나는 산문에서 비대상이라는 말을 사용하기 시작했다. 첫 시집『事物 A』(1969)를 낼 때까지 나는 비대상이라는 말이 아니라 내면성이라는 말을 쓰고 있었다. 그러나 70년대 초, 특히 연작시「毛髮의 展開」, 「지옥의 올훼」 등을 쓰면서 나는 비대상이라는 말을 사용했던 것 같다. 그것은 실존의 투사였고, 외부세계의 無化였고, 언어 자체의 도취였으며, 폴록의 경우처럼 이지러짐의 세계, 무형의 형태를 지향했다. 결국 나는 김춘수의

방법론적 성찰이 도달했으나 포기한 비대상이라는 논리의 연장선상
에 나 자신이 서 있음을 깨달았다.

3.

그러나 두 번째 시집 『환상의 다리』(1976)에서 내가 노래한 것은 비
대상의 세계들이라기보다는 그러한 세계를 실현할 수 없었던 좌절의
암호들이었다. 나는 딜레머를 앓기 시작했다. 언젠가 발표했던 그 무
렵의 짧은 산문 「딜레마」를 다시 옮기면 다음과 같다.

모든 객관적 대상과 헤어진 다음, 나는 나를 대상으로 노래했다. 자
의식의 공간을 노래했던 것이다. 그것은 현기증, 無, 자유, 형벌의 공
간이었다. 나는 그것을 실존의 投射라고 불렀다. 그러한 세계는 의식
이 나를 잡아먹을 때 나타났다. 무의식과의 싸움이 시작되면서 나타
났던 것이다. 그러나 실존의 투사는 얼마나 순간적이고 개인적인 정
신의 모험이 성취하는 세계였던가. 그것은 일순에 내가 폭발되면서
어디론가 터져 나가는 한 磁場이었다. 거기 넘치던 에너지는 어두운
충동의 세계를 거느리고 있었다. 에로스이기보다는 타나토스에 가까
운 무의식, 혹은 혼돈의 실체와 나는 싸우고 있었다. 그러한 싸움 속
에서 모든 리얼리티는 정신의 구성물에 불과하며, 그것은 언어의 자
율적인 힘에 의하여 가능함을 다시 배웠다.
그러나 문제는 언제나 그러한 공간, 현기증 나는 세계에서 이루었
던 하나의 초월이 지나치게 허망했다는 사실에 있었다. 그것은 끝끝
내 이룰 수 없는 어떤 열망을 모티브로 하지만, 그러한 열망은 이따금

지나치게 恣意的인 환상과 결합되었다. 초월, 혹은 환상의 자의성 앞에서 하나의 딜레머를 앓기 시작했다. 자의식의 극한에서 의식은 나를 죽이고, 그러니까 나를 초월하고, 혼돈의 실체와 범벅이 되었지만, 그 혼돈이 환상과 결합되자, 나는 다시 잃어버린 의식의 방향을 더듬고 있었다. 내가 의식을 規制하는 것인가. 아니면 의식이 나를 규제하는 것인가. 그러나 아직도 이러한 딜레머의 심연에 시가 있다는 생각에는 변함이 없다.

비대상의 세계에서 내가 발견한 것은 어두운 충동의 세계들이었다. 어둡다는 것은 내가 무의식적으로 죽음을 지향하고 있었다는 사실을 암시한다. 에로스가 아니라 타나토스에의 집착은 60년대 후반부터 70년대 전반까지 내 시의 가장 강력한 모티프가 아니었던가 생각된다. 詩作의 체험 속에서 그러한 모티프는 언어의 논리로 구현되었지만, 언어는 언제나 무의식과 의식의 변증법적 체계, 혹은 그 둘이 뒤엉킨 실체였다. 딜레마 속에서 차츰 나는 언어의 의식적 측면에 귀를 기울이기 시작했다. 언어의 의식적 측면이란 일종의 의식적 조작에 따라 언어를 처리하는 태도였지만, 그러한 태도는 또한 언어의 무의식적 측면이라 할 일종의 자동기술법과 대립되었다. 그럼에도 불구하고 내가 언어의 의식적 측면을 더 생각했던 것은 언어의 무의식적 측면이 노정하는 환상의 세계가 지나치게 자의적이었다는 사실에 일종의 불안감을 느끼고 있었기 때문이다. 그러나 의식의 논리와 무의식의 논리 사이에서 나는 계속 딜레마를 앓고만 있었다. 의식이 무의식을 규제하는 것인지, 무의식이 의식을 규제하는 것인지 제대로 분별되지 않았다. 그러나 그 무렵 나에게 하나의 확신으로 다가온 것은 시가 그러한 딜레마 속에 있다는 명제였다. 시는 의식과 무의식이 만나는 점을 그릴 수 있다면 그러한 점에 어렴풋이 존재한다는 판단이었다.

두 번째 시집 『환상의 다리』는 나에게 그러한 확신을 주었지만, 결국은 의식의 논리로 나아가게 했다. 언어의 자발성을 전폭적으로 신뢰하면서 한편 나는 그러한 자발성의 세계를 하나의 보편적 구조로 빚어보고 싶었다. 언어의 자발성은 무의식적 실체였고, 하나의 보편적 구조는 의식의 산물이었다. 그 무렵 하나의 보편적 구조로 떠올린 것이 소위 신화적 이미저리, 혹은 原型의 개념이었다. 지금도 이상하게 생각되는 것은 어째서 그 무렵 내가 개인적 상징의 세계에서 보편적 상징의 세계로 나가려 했던가 하는 점이다. 두 번째 시집은 모두 7부로 되어 있으며, 그러한 나의 생각이 구체적으로 드러나기 시작한 부분은 마지막 제7부 「피에타」에서였다. 「피에타」에서 나는 개인적인 고통의 수용과 승화를 어떤 원형으로 제시하고 싶었다. 그러한 몸짓을 가능케 한 계기는 두 번째 시집 재판 서문에서 요약했듯이 다음과 같은 사실들이 아니었던가 한다.

첫 시집 『사물 A』에서 나는 개인적 내면의 세계를 노래했지만, 대체로 그것은 밝은 세계와 어두운 세계로 양분되었다. 밝은 세계는 60년대 전반, 어두운 세계는 60년대 후반의 시들이 반영했다. 에로스와 타나토스의 세계로 나눌 수 있으리라. 그러나 그 무렵의 타나토스는 일종의 피해의식과 깊이 관련되고 있었다. 그러한 피해의식이 한국적 삶과 관련되어 하나의 상징을 획득한 것이 『환상의 다리』 제1부 「감옥」의 세계였던 것 같다. 첫 시집의 타나토스가 바다의 이미지로 제시된다면, 여기서 그것은 감옥의 이미지로 제시되었다. 그리고 감옥으로 표상되는 내적 갈등의 세계에서 내가 최초로 마주친 하나의 형이상학적 명제는 절망이었다. 그러나 제2부에 해당하는 「절망시」를 쓰면서 나는 절망이 죽음에 이르는 병이면서 동시에 죽음에 이르는 병이 아니라는 키엘케골적인 逆說의 개념과 만났다. 그러한 개념은 그후 그러나 더욱 나를 인간적으로 無力케 했으며, 그러한 무력감이 제3부 「사랑의 죽음」으로 나타났다. 모든 사랑이 죽은 땅에서 어떻게 새로운 사랑의 樣式을 건축한단 말인가. 내가 환상의 세계를 생각한 것은 그 무렵이었다. 환상을 통한 일종의 초월을 나는 꿈꾸고 있었다. 내가 노래한 비대상의 세계라고 할 수 있다. 제4부 「毛髮의 展開」가 특히 그렇다. 거기서 나는 거의 모든 악을 조소하고 야유하면서 적나라한 내 실존을 투사하고 싶었다. 그러한 노력은 그후 제5부 「지옥의 올훼」에서 일종의 유모어의식 혹은 자기풍자의식으로 나를 몰고 갔으며, 제6부 「사막」에서는 음악 혹은 뮤즈에의 애타는 갈망으로 나를 몰고 간 것 같다.

이십대 후반에서 시작된 타나토스의식이 삼십대 후반으로 접어들고 있었다. 바다가 감옥이 되었으며, 감옥은 절망, 사랑의 죽음을 지나 모발로 전개되었다. 모발의 전개 속에 지옥의 올훼가 나타났고, 올훼는 마침내 사막에 무릎꿇고 있었다. 사막에서 내가 문득 발견한 하나의 이미지, 그것은 피에타였다. 올훼의 이미지에서 어렴풋이 깨달은 원형이 피에타에서 분명한 형태를 띠고 다가왔다. 어두운 개인의 내면세계에서 어둡기는 하지만 그러나 보편적인 내면의 세계를 나는 생각하고 있었다. 피에타는 죽은 예수를 무릎에 안고 있는 마리아의 이미지이지만, 그것은 개인적 고통의 세계가 바로 인류의 고통과 직결된다는 자각을 환기했다. 나는 노래하고 있었다.

아버지는 바람을 일으킨다
나는 바람 속에 처박힌다
벌판에서 벌판의 피를 뜯어가지고
나는 다른 벌판을 만든다

아버지는 홍수를 일으킨다
내가 만든 벌판이 떠내려 가므로
나는 홍수 속에 처박힌다
홍수의 얼굴을 뜯어가지고

나는 커다란 푸른 담요를 만든다
아버지는 火災를 일으킨다

「피에타 1」의 일부이다. 여기서 아버지와 나는 대립적 관계로 나타
나며, 그 관계는 보편적 상징들인 바람, 물, 불, 공기 등에 의하여 전개
된다. 개인적 내면의 세계에서 나는 어머니를 부르고 있었지만, 이때
부터 나는 아버지와 나의 관계를 생각하기 시작했다. 단순히 어머니를
부르고만 있었던 세계가 개인적인 무의식의 산물이었다면, 아버지와
나의 구조적 관계를 노래하기 시작했다는 것은 무엇을 의미하는가.

4.

시가 의식과 무의식이 만나는 공간에 있다는 생각에는 변함이 없었
지만, 두 번째 시집에서 나는 두 가지 사실을 터득했다. 하나는 언어
의 자발성 자체에 대한 전폭적 신뢰에 마음이 놓이지 않았다는 점이
다. 그것은 개인적 실존의 현기를 견딜 수 없었음을 뜻한다. 다른 하

나는 언어의 자발성이 아니라 언어의 규제성, 곧 언어의 자발성을 의식적으로 규제했을 때, 개인적 상징에서 보편적 상징의 세계로 내가 나가고 있었다는 점이다. 그러한 상징의 한 보기가 「피에타」였다. 그러나 70년대 후반에 해당하는 지난 5~6년간 나는 그러한 작업에 골몰할 수 없었다. 세 번째 시집 『당신의 초상』을 내면서 그동안 이유야 무엇이든 내가 얼마나 詩作에 성실치 못했었나를 반성하게 되었다. 세 번째로 묶는 이 시집에서 나는 보편적 상징의 세계를 나대로 심화시켰어야 옳았을 터인데, 그러한 노력의 흔적은 겨우 제2부 「야곱」에서 단편적으로 엿보일 뿐이다. 부끄러운 노릇이다. 삼십대를 마감하면서 겨우 이 정도라니 한심스러운 생각도 든다.

피에타에서 읽을 수 있었던 인류의 고통은 차츰 성서적인 이미저리들에 의하여 분명치는 않으나 어떤 밝음과 만나기 시작했다. 60년대 후반에서 70년대 전반까지의 그 어둡던 10년 간의 내면세계에 흐릿하나마 하나의 빛이 들어오기 시작했다. 야릇한 노릇이었다. 나는 기독교인도 아니요, 종교에 대해서 골똘히 생각해 본 적도 별로 없었다. 그러나 어느 황량했던 겨울날 성서의 이미저리가 떠올랐고, 그것이 내 생을 은밀히 구원할 수 있을 것 같다는 생각도 들었다. 그러나 생각뿐이었다.

야곱의 아버지는 이삭이며, 이삭의 아버지는 아브라함이다. 이삭에게는 두 아들이 있었고, 야곱은 차남이었다. 장자에게는 하느님 야훼의 축복이 약속되어 있었다. 어느 날 저녁 야곱은 어머니의 도움을 얻어 아버지를 속이고 장남처럼 행세했으며, 또한 붉은 팥죽 한 그릇으로 자기의 형 에사오에게서 장자의 권리를 샀다. 형 에사오가 받을 축복을 가로챈 것이다. 그후 형이 모든 사실을 알고 야곱을 위협한다.

야곱은 어머니의 도움을 얻어 외숙의 집으로 떠난다.

　그러나 야곱의 이미지가 나를 사로잡은 것은 이러한 이야기 때문이 아니었다. 그것은 언젠가 본 고갱의 그림 「천사와 싸우는 야곱」이 준 이미지 때문이었다. 천사와 싸우는 야곱에게서 나는 무엇을 읽고 있었던가. 천사와 싸우는 야곱의 이야기는, 야곱이 많은 재산을 모아 외숙인 라반에게서 도망친 다음, 형 에사오를 만나기 전에 일어난다. 야곱은 두 아내와 두 여종과 열한 아들을 데리고 나루를 건넌다. 개울을 건넌 다음 야곱은 혼자 뒤떨어져 있었다. 그날 밤 어떤 분이 나타났으며, 야곱은 동이 틀 때까지 누구인지도 모르는 그 분과 씨름을 한다. 그 분은 야곱을 이길 수 없으리라는 것을 알고 야곱의 엉덩이 뼈를 쳤다. 야곱은 씨름에서 환도뼈를 다친다. 그 분은 동이 트고 있으니 이제 그만 놓으라고 했지만, 야곱은 자기에게 복을 빌어주지 않으면 놓을 수 없다고 말했다. 그 분은 할 수 없어서 물었다. "네 이름이 무엇이냐?" "제 이름은 야곱입니다". 그 분은 다시 말했다. "너는 하느님과 겨루어 냈고 사람과도 겨루어 이겼다. 그러니 다시는 너를 야곱이라 하지 말고 이스라엘이라 하여라". 야곱이 말했다. "당신의 이름이 무엇인지 가르쳐 주십시오". 그 분은 "내 이름은 무엇 때문에 묻느냐?" 하고는 야곱에게 복을 빌어 주었다. 야곱은 "내가 여기서 하느님을 대면하고도 목숨을 건졌구나"하면서, 다친 다리를 절뚝거리며 그곳을 떠났다. 해가 떠오르고 있었다.

　고갱이 그린 천사와 싸우는 야곱은 이러한 문맥을 거느리고 있다. 그것은 싸움에서 이기는가 지는가의 문제가 아니라, 하느님인지도 모르는 환상과 우리가 싸우고 있다는 사실을 깨닫게 했다. 나의 내면적 갈등은 성서적 이미저리와 그렇게 만나고 있었다. 이번 시집 제2부

「야곱」에서 내가 노래한 세계들은 대체로 그러한 생각을 밑에 깔고 있는 것 같다. 하느님과 인간의 싸움은 하느님을 만나기 위한 하나의 전제인지도 모른다. 나는 그러한 싸움에서 승리한 다음 하느님의 복을 받은 야곱의 이미지가 아니라, 밤새도록 하느님과 싸우고 있는 야곱의 이미지에서 나를 읽고 있었다.

> 하느님 나라에는
> 꽃이 있다
> 어제밤 내가 껴안은
> 찢어진 인생이 있다
> 총알이 있다
> 언제나 찢어진 인생이
> 언제나 총알이
> 찢어진 새의
> 창백한 아우성이
> 하느님 나라에는
> 피에 젖은 얼굴이

「儀式 1」의 일부이다. 하느님 나라에서 내가 상처와 이지러짐의 세계만을 본 것은 시의 후반에서 하느님이 책상에 등을 구부리고 앉아 나에게 편지를 쓰고 있다는 이미지와 대비된다. 하느님의 편지를 받을 수 있다는 기대는 그리하여 하느님 나라에서 읽은 상처나 이지러짐, 썩은 파 따위가 그 자체로 구원일 수 있다는 생각을 몰고 왔다. 그것이 날개의 이미지이다. 날 수 없다는 사실이 바로 날 수 있다는 사실로 통한다는 생각이었다. 실존신학이라는 개념을 쓸 수 있다면 이무렵 나는 그러한 개념을 생각하고 있었는지 모르겠다. 실존의 적나라한 리듬이 환기하던 어떤 허망감이 신적인 세계와 결합되면서 가까스로 극복되는 것 같았다. 그것은 개인적 상징의 세계에서 보편적 상징의 세계로 변모되는 내 의식의 한 유형이었다. 비대상의 논리는 그리하여 70년대 후반에 실존신학적인 측면을 노정했다. 비대상 자체가 환기하던 일종의 실존적 현기가 신학적 지평을 발견하면서 조심스럽게 止揚되고 있었다.

그러나 이러한 지양은 어디까지나 조심스러운 지양이었고, 아직도 조심스러운 지양의 상태에 나는 머물고 있을 뿐이다. 내 체력은 실존의 투사가 환기하던 白熱 같은 현기에 견딜 수 없었다. 따라서 실존신학의 논리에서 실존이 탈락되고 이따금 신학만이 전면으로 노출될 때가 많았다. 그때 시는 생명력, 바로 나의 호흡을 상실하는 것 같았다. 조심스러운 지양이란 결국 실존과 신학의 변증법이 나로서는 매우 힘들게 성취될 수밖에 없으리라는 염려 때문에 나타났다. 그러한 염려에서마저 내가 탈락될 때 나는 감상의 단편들과 만났다. 이 시집의 많은 시들, 특히 제5부 「벙어리」가 그렇다. 감상의 논리에서 말끔히 벗어나기에는 나는 아직도 지나치게 감상적인 데가 많은지 모르겠다.

5.

남들은 어떤지 모르겠으나 그동안 계속된 나의 詩作이란 결국 나의 고독에 의미를 부여하는 행위에 지나지 않았다. 내 시의 근원은 나의 고독이었다. 그러나 한 편의 시가 완성되었을 때 그것은 언제나 근원으로서의 나의 고독과 단절되었다. 나는 다시 고독해질 수밖에 없었다. 고독에 의미를 부여하는 것은 고독을 이기는, 변형시키는 작업이었고, 또한 은밀히 타인들과의 교통을 지향하는 작업이었다. 그러나 그러한 작업 속에서 내가 깨달은 것은 자기증명의 아이러니였다. 나는 타인들과 함께 나를 증명할 수 없지만, 그러나 그들 없이도 나를 증명할 수 없다는 사실, 그것은 언어적인 측면에서도 비슷했다.

자기를 증명할 수 없다는 고뇌는 침묵의 언어와 웅변의 언어 사이에서 나를 헤매게 했다. 자기증명이 끝끝내 성취될 수 없음을 자각했을 때 나는 침묵의 언어를 동경했지만, 그러나 한편 나는 언어의 힘, 언어적 조작의 웅변성을 신뢰하고 있었다. 그것은 이율배반의 세계였다. 웅변을 거부하고 침묵의 세계로 들어갈 것인가, 아니면 침묵을 파괴하고 웅변의 세계를 전폭적으로 믿을 것인가. 나는 선택하지 않으면 안되었다. 나는 선택할 수 없었다. 침묵을 파괴하고 웅변을 쟁취한다는 것은 언어의 습관적 사용에 나를 맡김을 의미한다. 언어의 습관적 사용은 상투적 일상적 사고와 관련된다. 시인은 상투적 일상적 사고를 파괴하고 새로운 비전을 제시하는 자이다. 따라서 시인은 참담한 고뇌 속에서 새로운 의미를 위하여 언어를 시험하지 않으면 안 된다. 그러나 그러한 노력 역시 수포로 돌아갈 수밖에 없다. 언어는 언제나 하나의 도구, 곧 효용성을 전제로 하는 약속의 체계이기 때문이다. 결국 침묵을 파괴하고 웅변의 세계를 지향할 때에도 자기증명이라는 나의 노력은 역시 실패하는 것이었다. 그러한 실패는 시의 본질이 어떤 보이지 않는 세계, 소위 비대상, 혹은 無에 있다는 것, 실현된 작품은 실제로 그러한 무의 일부를 포착하려는 노력의 흔적에 지나지 않는다는 것을 상대적으로 암시했다. 시는 언제나 그러한 과정, 절대적인 필연성이라고 할 수밖에 없는 무의 세계로 나가는 하나의 과정이었으며, 동시에 언제나 실패하고 마는 과정이었다. 나는 다시 침묵과 웅변, 무와 유, 비대상과 대상의 세계에서 고독해지는 것이었다.

그때 나는 문학적 언어에 대한 나의 생각을 다듬지 않으면 안되었다. 현실, 자연, 사회, 삶 일체가 시에서는 언어적 공간으로 제시된다. 대상과 비대상의 관계 역시 그렇다. 언어를 매개로 하여 나는 그 관계를 다시 더듬기 시작했다. 대상의 세계는 언어로 명명될 때 죽거나 이미 부재한다. 블랑쇼가 본 것이 바로 그 점이다. 대상의 세계에 언어가 작동할 때 이미 그것은 비대상의 세계가 되는 것이다. 하나의 꽃을 꽃이라고 했을 때 이미 나는 그 꽃의 빛깔, 모양, 크기, 온도, 아름다움 같은 구체적인 현실을 그 꽃으로부터 박탈하는 것이다. 그러한 박탈은 현실로서의 꽃이 이미 존재하지 않음을 뜻한다. 현실적인 꽃은 죽거나 부재하게 된다. 그러나 이때 놓쳐선 안 될 부분이 현실적 꽃의 죽음 혹은 부재가 단순한 죽음 혹은 부재로 끝나지 않는다는 점이다. 언어의 다른 하나의 특성이 개입하는 자리이다. 현실적 꽃의 죽음이나 부재는 그 꽃의 현실성을 다른 방식으로 알려주기도 한다. 다른 방식으로 알려준다는 것은 현실적 꽃의 기본적 존재가 무에 있음을 간접적으로 시사한다는 말이다. 그것은 모든 실존의 본질이 언어와 연결될 때 하나의 무, 죽음, 비대상에 지나지 않음을 암시한다. 문학, 특히 시가 맡는 몫이 여기 있다. 무나 죽음이나 비대상은 인간의 경우 인간을 파괴하면서 동시에 인간의 본질을 깨닫게 한다. 이것이 언어를 매개로 생각해본 비대상의 논리이다.

그러나 언어의 현실파괴, 대상파괴는 과거적 현실의 교통도 가능케 한다. 대상의 파괴는 대상의 부재, 죽음, 비대상을 의미하며, 우리가 언어를 사용하는 바로 그 순간에 부재, 죽음, 비대상은 존재한다. 그러나 순간은 언제나 과거로서만 인식된다. 따라서 부재, 죽음, 비대상은 과거적 현실에 지나지 않으며, 우리의 언어는 과거적 현실의 세계를 우리에게 알려준다. 과거적 현실의 세계는 인식론적으로는 현실의 세계가 아니다. 일종의 시간이론에 의하여 탁월하게 해명될 수 있겠지만, 그것은 한마디로 무, 부재, 죽음, 비대상의 세계이다. 이것이 언어를 매개로 생각해 본 비대상의 또 하나의 논리이다.

언어의 이러한 논리에서 내가 읽은 것을 문학의 본질, 시의 본질이 결국 비대상의 세계에 있다는 점이다. 시는 무의 세계요 부재의 세계요 죽음의 세계이다. 모든 시는 모든 현실적 잔재, 대상의 흔적을 파괴한다. 그것은 부재와 죽음, 혹은 비대상이라는 중성적 지식이 된다. 중성적 지식이란 현실적으로 지식이 될 수 없음에도 불구하고 지식일 수 있는 지식을 의미한다. 결국 모든 시의 출발, 고독의 심부에는 무, 죽음, 비대상이 있을 뿐이다. 시를 쓰려고 할 때 언제나 나는 내가 무엇에 대하여 쓰려고 하는지 모르겠다고 고백한 적이 있다. 일상세계, 자연세계 같은 어떤 구체적인 대상의 세계가 나로 하여금 시를 쓰게 만들지는 않는다. 나로 하여금 시를 쓰게 한 것은 일종의 분명치 않은 파토스, 혹은 존재론적 불안이었다. 그것은 무, 죽음, 비대상, 바로 그것이었다. 그동안 시를 쓰면서 깨달은 것은 한 마디로 비대상의 개념이었지만, 아직도 나로서 석연치 않게 생각되는 것은 과연 시가 무 자체, 죽음 자체, 부재 자체, 비대상 자체일 수 있을까 하는 점이다. 詩作은 그러한 세계를 더듬는 하나의 과정일 뿐이다. 물론 실패하면서 계속되는 과정이다. 삶의 의미도 또한 그런 것이 아닐까.

2. 시적인 것도 없고 시도 없다

1. 모든 끝이 시작이다

시인이며 문학평론가이며 대학 교수인 (나도 그렇지만) 최동호 교수는 지난 달 《문학사상》 월평에서 「시의 부정, 해체 그리고 시적 생성」이라는 표제로 최근의 우리 시에 대한 그의 견해를 비교적 분명히 드러냈다. 그렇다는 것은 이 글이 비록 월평의 형식을 띠고는 있지만, 아니 그런 형식이기 때문에 오히려 최근의 우리 시에 대한 그의 견해와 주장이 이론적 관념성을 극복하고 있기 때문이다.

많은 월평이 평론가들의 뚜렷한 문학관이나 세계관이나 이론적 토대 없이, 좋게 말하면 친분 있는 시인들에 대한 해설과 광고, 나쁘게 말하면 한담인 경우가 많은 터에 최 교수의 글은, 그동안 내가 읽은 바로는, 문학적 태도도 분명하고 정실에 흐르지도 않고 작품에 대한 해석도 온건한 그런 평론이었다. 그런 점에서 같은 길을 가는 나로서는 언제나 그의 작업이, 비록 나와는 문학적 태도가 다르지만, 우리 시의 발전에 큰 도움이 되리라고 생각해온 터이다. 이런 생각은 지금도 변함이 없다.

그러나 문제는 최 교수가 이번 글에서 최근에 내가 발표한 평론과 시를 지나치게 주관적으로 해석한 점, 새로운 시의 방향에 대한 그의 보수적 입장에 있다. 그가 이 글에서 강조한 것은 최근의 우리 시가 보여주는 시에 대한 부정, 시를 부정한다는 것이 마치 가장 첨단인 것처럼 논의된다는 사실에 대한 비판이다. 이런 비판은 구체적으로 최근에 내가 발표한 「시」「노예」 등(《문예중앙》 가을호)과 「모든 끝이 시작이다」(《문학사상》 9월호), 그리고 「문학의 역사는 폐허의 역사다」(《소설과 사상》 가을호) 등을 대상으로 전개된다.

그는 「모든 끝이 시작이다」라는 시론에서 몇 가지 명제들을 인용하면서, "이 알쏭달쏭한 명제들은 물론 불가능성을 가능성으로 바꾸어 시를 쓰겠다는 언명으로 해석되기는 하지만, 정말 시를 쓰겠다는 것인지 아닌지 잘 알 수 없도록 만들어 일반 독자들에게는 폭력적 표현이 된다"고 말한다. 그가 인용한 명제를 다시 인용하면 다음과 같다.

(1) 내가 최근에 쓰는 글(시라고 할까?)은 시쓰기의 가능성과 불가능성을 문제로 삼는다.
(2) 이 '나'는 시를 생산하는 게 아니라, 그러니까 시를 쓰는 게 아니라 시에 의해 구성된다.
(3) 시쓰기의 불가능성은 시쓰기의 가능성이다.
(4) 문학 속에선 무슨 말이나 해도 된다.
(5) 시를 쓰려면 시를 못 쓴다. 시를 쓰지 않으려고 시를 쓴다.

최 교수에 의하면 이런 발언이나 주장은 시쓰기의 혼란을 야기하고 그야말로 시를 부정하게 만드는 결과를 초래한다고 비판된다. 비판이야말로 평론가들의 최대 무기이다. 발전적인 비판이 별로 없는 우리 문단에서 이런 비판은, 비록 내 글을 대상으로 한 것이지만, 여간 반가운 게 아니다. 이런 비판이 계기가 되어 우리 시에 대한 깊이 있는 논쟁들이 전개되고, 따라서 공부도 좀 하는 그런 시단이 되었으면 한다.

그러나 문제는 첫 번째 명제인 시쓰기의 가능성과 불가능성에 대한 해석이다. 이 글에서 나는 최근에 내가 쓰는 글(시라고 할까?)이 시쓰기의 가능성과 불가능성을 문제로 삼는다고 고백했다. 최근에 내가 쓰는 글, 말하자면 지난해 시집 『밝은 방』을 낸 이후 내가 쓰는 시에 대해 고백을 한 셈이다. 그 고백의 핵심은 '시라고 할까?' 라는 말로 요약된다. 내가 쓰는 글은 시인가, 시가 아닌가? 이런 질문은 그동안 우리가 믿어온 시에 대한 질문이며 회의이며 갈등을 암시한다. 이런 질문이 생기는 것은 크게 시대적 조건과 창조적 조건에 대한 회의를 동기로 한다.

그동안 우리가 믿어온 시는, 그러니까 시라고 생각해온 시는 말 그대로 생각 속에 있는 시에 지나지 않는다. 자연을 노래하는 자연 찬미, 사회를 비판하는 계몽 이성, 초월을 강조하는 관념론적 도피 등이 모두 그렇다. 자연이 있다고 하지만 어디 자연이 있는가? 자연이 있다면 찢어진 자연, 상처받은 자연, 슬픈 괴물이 된 자연이 있을 뿐이다. 그렇게 아름답고 착하고 위안이 되는 자연은 이런 시대, 말하자면 산업자본주의 시대에는 어디에도 없다. 있다면 그런 자연을 찬미하고 찬양하는 시대착오적인 시인들의 머리 속에나 있을 것이다. 현대성

자체가 자연단절, 자연 파괴에 등을 기대고 솟아오른 터에 무슨 자연인가?

자연을 상실했기 때문에 이 시대가 자연을 그린다지만 우리가 그리는 자연은 그런 달콤한 자연이 아니라 보복하는 자연, 복수하는 자연일 것이다. 찢어진 자연의 냉혹성 앞에 시인들이 자연의 아름다움을 찬양한다는 것은 착취당한 자연의 절망을 아름다운 영혼으로 치장하는 위선이 아니면 순진함에 지나지 않는다. 아도르노가 말한 것처럼, '자연은 옛날 사람들이 믿었던 것처럼 선한 것도 아니고 신낭만주의자들이 원하는 것처럼 고귀한 것도 아니다. 자연을 어떤 목표나 모범으로 삼으려 할 경우 그런 자연은 반정신이며 허위이며 야수성이다'

계몽 이성에 대한 절망은 아우슈비츠로 요약된다. 도대체 어째서 이런 일이 독일뿐만 아니라 세계에서 일어나야 하는가? 인간주의자들이 그렇게 믿어온 인간 이성이 이 시대에 오면서 비판의 대상이 되는 것은 이성의 아이러니이다. 결론부터 말하면 이성은 비이성이다. 말하자면 비이성이 이성의 가면을 쓰고 있는 셈이다.

동물과 인간이 다른 점이 이성적 사고에 있다지만 과연 그 이성적 사고는 이성적인가? 동물에겐 이성이 없다. 어디 동물뿐이랴? 자연에도 이성이 없다. 이성이 있는 인간들이 그동안 해온 일이란 이성이 없는 동물들을 죽이고, 자연을 파괴한 일뿐이다. 그리고 이성이 있는 인간들은 이성이 있는 인간들을 죽이고, 물론 이성 밖에 있는 인간들인 병자, 광인, 어린이, 우울증 환자, 알콜 중독자, 사랑에 빠진 인간 등을 가두고 고통을 준다. 요컨대 이성은 인간들의 자기보존 수단에 지나지 않고 그런 점에서 도구 이성적이다.

이성이 비이성적인 이유이다. 이런 사실에 대한 인식이 없다는 것 역시 우리 시의 계몽파들이 최근에 자연 찬미로 퇴행한 이유이다. 이성에 대한 절망은 물론 해체주의적 시각에서도 얼마든지 설명된다. 이른바 휴머니즘으로 불리는 이성중심주의는 이성이 중심이라는 점에서 비이성을 배제하고 이성중심주의적 편견을 드러낸다. 무엇보다 이성중심주의는 한 번도 존재한 적이 없는 현존 개념을 전제함으로써 인식론적 허위를 보여주고, 이성중심 개념에 위협이 되는 타자, 죽음, 여성 등을 배제한다. 그런 점에서 이성은 자기보존 수단이면서 타자를 배제하는 슬픈 독단의 세계이다. 건강한 이성주의자들은 그런 점에서 비이성을 은폐한다.

2. 새로운 시는 시를 부정한다

이런 말을 하려면 한이 없다. 문제는 우리 시이다. 왜 이 시대에 시 쓰기가 불가능한가? 이런 시대에 무슨 초월이 가능하며 정신주의 시, 초월주의 시가 가능한가? 나는 초월이니 본질이니 기원이니 하는 말들을 별로 믿지 않는 편이다. 그렇다는 것은 이런 개념들이 모두 현실/이상, 현상/본질 같은 2항 대립체계를 전제로 하고 또한 이런 체계 속에서도 유독 후자를 중심으로 생각하기 때문이다. 모두가 관념론자들의 넋두리이다. 말하자면 세상을 눈에 보이는 현상세계와 눈에 보이지 않는 이데아계로 보는 플라톤적 사고의 모방이다.

다른 글에서도 비판한 바 있지만 이런 관념론적 사고는 말 그대로 관념에 지나지 않는다. 물론 인간에겐 육체가 있고 정신이 있다. 그러나 이들은 마치 현상계가 이데아를 모방하는 그런 관계로 있는 게 아니다. 초월이란 무엇인가? 어디 있는지 모르는, 눈에 보이지 않는 절대 진리, 절대 정신을 따라가는 행위이다. 육체를 너머 어딘가 있는 정신을 찾아간다. 그러나 이 진리, 이 정신의 세계는 어디 있는가? 있는 것은 무슨 이상한 정신, 관념, 이데아, 진리가 아니라 우리가 세계 속에 존재한다는 사실이며, 좀더 좁혀 말하면 이 한국이라는 세계에 몸으로, 육체로, 그것도 병든, 고통받는, 찢어지는 몸으로 존재한다는 사실이다.

초월을 꿈꾸는 상징주의 미학이 이 시대에 설득력이 없는 이유이다. 그리고 이런 미학, 혹은 세계관의 연장선에서 논의되는 이른바 선禪사상이라는 것도 무언가 크게 잘못 인식되고 있는 것 같다. 선이란 이 땅의 몇몇 시인들이 생각하는 것 같은 초월적 관념의 세계가 아니라 자아 없음에 대한 깨달음이고, 그런 점에서 세계로부터의 해방을 노리는 사상일 것이다. 문제는 해방이다. 초월이 아니라 해방이 문제다. 나로부터의 해방, 너로부터의 해방, 세계로부터의 해방이 문제다.

새로운 시쓰기가 요구되는 것은, 그러니까 이제까지 믿어온 시쓰기가 불가능한 것은 이런 사정 때문이다. 어디 이런 사정만 사정이겠는가? 사정없는 영혼이 어디 있으랴? 내가 그동안 시를 쓰면서 깨달은 것 가운데 하나는 내가 시를 쓴다고 하지만 이 '나' 는 시를 쓰는 게 아니라, 그러니까 시를 생산하는 게 아니라 시에 의해 구성된다는 사실이고 이런 깨달음은 뒤늦은 깨달음이지만 그렇게 뒤늦은 깨달음도 아니라는 점이다. 문제는 이런 깨달음 속에서 내가 깨달은 것이 시쓰기의 불가능성, 그동안 우리가 믿어온 부르주아적 시쓰기가 불가능하다는 점이었다.

두 번째 명제가 나타나는 것은 이 부분에서다. '나' 는 시를 생산하는 게 아니라, 그러니까 시를 쓰는 게 아니라 시에 의해 구성된다. 이제는 창조적 조건이 문제된다. 나는 시를 쓴다. 나는 지금 '달이 뜬 밤 A시에서 술을 마신다'고 쓴다. 시 속에 나오는 '나'는 지금 이 방에서 이 글을 쓰고 있는 '나'가 아니다. 그리고 그런 '나'이다. 그럼 내가 지금 A시에서 술을 마신다고? 시를 쓰는 '나'는 시 속으로 들어가지만 그 '나'는 지금 시를 쓰는 '나'가 아니다. 그렇다면 시를 쓰는 '나'는 누구이며 시 속에 있는 '나'는 누구인가? 독자 여러분들도 한번 생각해 보시오. 시를 쓸 때 시를 쓰는 '나'는 사라지고 다른 '나', 말하자면 시 속의 '나'가 생긴다. 탄생한다. 그런 점에서 시쓰기, 문학이라는 이름의 글쓰기는 나의 소멸, 나를 지우기, 지금 여기 있는, 그동안 있다고 믿어온 나를 없애기, 결국 부재를 증명한다.

나는 없다. 나는 시를 쓸 때, 말할 때 태어날 뿐이다. 그렇다면 부르주아적 시쓰기의 주체인 나에 대한 회의와 부정이 나타나고, 이런 부정과 회의는 부르주아적 주체에 대한 부정과 회의로 발전한다. 무슨 주체가 있는 것이 아니라 시가 있고 언어가 있을 뿐이다. 시가 '나'를 생산하고 언어가 '나'를 생산하고 이런 '나'는 시 속에, 언어 속에 존재할 뿐이다. 내가 없는 터에 어떻게 시쓰기가 가능한가? 시쓰기가 불가능한 이유이다.

그러나 세 번째 시쓰기의 불가능성은 시쓰기의 가능성이다. 무슨 말인가? 모든 게 가능하다면 모든 게 불가능하다. 가능성의 조건은 불가능성이고 불가능성의 조건은 가능성이기 때문이다. 부르주아적 시쓰기, 그러니까 사유 주체, 창조 주체, 생산 주체로서의 시쓰기가 불가능하지만 이런 불가능성이 새로운 시쓰기, 예컨대 언어가 시를 쓰는 그런 시쓰기의 가능성을 연다.

전통적인 시쓰기는 주체가 언어를 수단으로 대상을 노래하는 형식으로 드러난다. 그러나 어떻게 생겨 먹은 위인인지 나는 처음부터 대상을 괄호 친, 이른바 '비대상의 시'를 썼다. 인식론적 회의가 동기였다. 남은 것은 주체와 언어뿐이었다. 그러나 이 주체는 의식이 아니라 무의식에 가까웠다. 그렇던 것이 최근에는 이 주체마저 소멸하고 남은 것은 언어뿐이다. 언어가 시를 쓴다?

네 번째 명제가 개입되는 부분이다. 문학 속에선 무슨 말을 해도 된다. 주체가 없다면, 언어만 있다면 시 속에선 무슨 말을 해도 되고, 아니 문학이라는 이름의 이 이상한 제도 속에선 무슨 말이나 해도 된다는 것은 결국 아무 말도 못한다는 뜻이다. 이 세상이 모두 병원이라면 병원이 없는 것과 같기 때문이며, 또한 아무 말도 못할 때, 침묵할 때 우리는 모든 말을 하고, 침묵이 완전한 말이기 때문이다. 말하기는 언제나 결핍이다. 어떻게 우리가 모든 말을 할 수 있단 말인가? 말하기는 감추기며 은폐이며 생략이다. 언제나 무의식이, 타자가 말하기를 감시하고 검열하고 억압한다. 의식이 무의식을 억압하는 게 아니라 무의식이 의식을 억압한다.

다섯 번째 명제 시를 쓰려면 시를 못 쓴다. 시를 쓰지 않으려고 시를 쓴다. 무슨 말인가? 「시」라는 시에서도 이런 생각을 밝혔지만 결론부터 말하면 내가 여기서 강조한 것은 일반화된 시, 시라는 장르에 침묵하는 시, 너무나 시 같은 시, 장르라는 일반의 옷을 입고 행세하는 시, 말하자면 일반화되고 평준화된 시에 대한 비판이다. 따라서 이런 시를 쓰지 않으려고 시를 쓴다. 아니 좀더 근원적으로 생각하면 시라는 개념이나 제도에 대한 회의, 시와 비시의 경계에 대한 비판이다.

시를 쓴다는 것은 요컨대 우리가 시라고 알고 있는 그 이상한 글쓰기 속에서 헤매는 일이다. 시인들은 시를 쓰는 게 아니라 시 속에서 시를 향해 시와 싸우며 시라는 길 위에서 헤맨다. 이 헤맴 속에 '나'가 있고 시가 있다. 아니 시는, 그리고 '나'는 있으면서 없다. 말하자면 시를 쓰고 시를 못 쓴다. 무슨 정신, 자연, 사회에 대해 쓰는 게 아니라 일반화된 시와 새로운 시 사이에서 헤매며, 비시와 시 사이에서 헤매며, 시라는 사회적 제도 속에서 헤맨다. 시인은 시를 쓰는 게 아니라 헤매는 자이다. 그런 점에서 시인은 이 시대의 유목민이고 이런 방황이 그의 미덕이다. 종착지를 안다면, 그러니까 시가 무엇인가를 안다면 우리는 시를 쓸 필요가 없다. 시를 쓰려면 시를 못 쓴다.

그러나 이상하게도 우리 시단엔 이런 의미로서의 방황이 없고 원로나 중견이나 신인이나 대체로 고만고만한, 말하자면 일반화된 시라는 옷을 입고 행세하는 분들이 많다. 우리 시가 재미없는 것은 결국 시에 대한 자의식, 이 시대의 시쓰기에 대한 절망적인 질문이 없기 때문이다. 새로운 시쓰기가 필요한 것은 이런 사정 때문이다. 우리 시는 한마디로 동일한 것을 재생산하고 있다.

A의 시가 B의 시와 비슷하다는 것은 A의 시와 B의 시가 교환관계에 있음을 의미하고 따라서 A의 시는 B의 시로 대체되어도 무방하다. 그런 점에서 A의 시는 시로서의 동일성, 정체성을 상실한다. 말하자면 시가 사라진다. 자본주의 사회를 지배하는 교환가치가 이제는 시의 영역, 정신의 영역까지 침투한 것인가? 이런 시들이 판을 치고 있는 우리 시단에 요구되는 것은 무슨 시의 진정성이니 건강성이니 하는 문제가 아니라 이런 시들에 대한 부정이며, 시의 상실, 시의 소멸 현상에 대한 자각, 사유, 고뇌이다.

그러나 사유한다는 것은 부정한다는 뜻이다. 내가 나를 생각할 때 사유 주체로서의 '나'는 부정되고 내가 '하늘'을 생각할 때도 '나'는 부정된다. 하늘은? '하늘'이라는 객체 역시 부정된다. 이유는 주체와 객체 사이에 언어, 언어라는 고통이 개입되기 때문이며, 이 언어는 '하늘'이라는 객체를 부정한다. 사물이 언어화될 때 사물은 희생되기 때문이다. 그런 점에서 언어는 존재의 집이 아니라 존재의 짐이며, 언어는 인간도 사물도 죽인다.

시에 대한 사유 역시 그렇다. 시에 대해 생각할 때 이미 시는 추상화되고 부정되고 사라진다. 나는 지금 언어에 대해 말하려는 것이 아니다. 시를 쓰려면 시를 못 쓴다. 시를 쓰지 않으려고 시를 쓴다. 말하자면 시에 대해 생각하면 시를 쓸 수 없고, 따라서 시를 쓰지 않으려고, 시를 생각하지 않으려고, 시를 부정하려고 시를 쓴다. 그런 의미로서 나는 시를 부정한다. 그리고 이런 부정은 긍정이다. 부정하면서 긍정하고 긍정하면서 부정한다. 모든 끝이 시작이다.

따라서 새로운 시쓰기는 가능한 동시에 불가능하다. 그러니까 불가능성이 가능성이고 가능성이 다시 불가능이다. 그래서 나는, 당신은, 이승훈 씨는, 우리는 시를 쓴다. 최근에 내가 생각하는 게 그렇다. 말하기는 말 못하기이며 동시에 말을 못할 때 우리는 말을 한다. 새로운 시는 시를 부정한다. 밖에는 가을비가 내린다. 비 속에서 언어 속에서 가을밤이 깊어간다. 남은 건 언어뿐이다. 언어가 우리를 속일지라도 그래도 언어가 있다. 아도르노는 '삶의 사무치는 공허감 속에서 빠져나가기 위해서는 저항이 필요하며, 이런 저항의 핵심수단이 언어'라고 말했다. 그렇다면 다시 언어란 무엇인가?

3. 우울증과 언어 훔치기

최동호 교수 역시 이런 주장에 동조하듯이 '어떻게 보면 새로운 시 쓰기는 그와 같은 부정을 통해 그 가능성이 열릴 수도 있을 것이다'라고 말한다. 그러나 그는 이런 말 뒤에 곧장 '그러나 기본적 가정을 부정하고 있다면 그 뒤에 따라붙은 여러 가지 번다한 수사들은 끝내 시 쓰기를 긍정하는 것이 될 수 없다'고 말한다. 나는 시쓰기를 부정한다. 이때의 시쓰기는 부르주아적 시쓰기이며, 사유 주체가 존재한다는 입장에서의 시쓰기이며, 그런 점에서 인습적인 시쓰기다. 이런 시쓰기, 혹은 시를 부정하는 것은 새로운 시쓰기를 동기로 하며, 따라서 내가 시를 부정한다는 것은 하등 욕될 것도 없고, 비난받을 일이 못 된다.

그가 내 주장을 비판하는 이유로는 이른바 내가 '기본적 가정'을 부정하기 때문이다. 그가 말하는 '기본적 가정'은 아마도 '시'를 의미하는 것 같다. 그는 '결국 그가 말하는 글쓰기는 가능하지만, 그의 글쓰기는 시를 포기한 자의 글쓰기를 뜻한다'고 말한다. 문장이 제대로 되지 않은 글이긴 하지만 요컨대 이 글에서 그는 내 글쓰기를 '시를 포기한 자의 글쓰기'로 정의한다. 말하자면 '시'라는 근본적 가정을 포기하고 시를 쓰기 때문에 시를 부정한다는 주장이다.

나는 시를 포기한다는 말을 한 적이 없지만 기본적 가정을 전제로 시를 쓴 적도 없다. 우리가 생각하고 있는 '시'라는 기본적 가정은 '시'라는 문학적 제도에 지나지 않고, 이 제도는 무슨 영원한 본질이 있는 게 아니라 어디까지나 시대와 사회의 산물이다. 이조 시대에 시라고 생각하던 것과 이 시대에 시라고 생각하는 것이 같지 않은 것은 이런 기본 가정이 논리적으로 오류임을 드러낸다. 모든 철학은 그런 점에서 시대적·사회적 산물이며, 따라서 한 시대에 통용되는 문학, 혹은 시는 이데올로기적 흔적을 지닌다. 내가 시를 부정하고, 최 교수 말처럼 포기한다면 그건 이런 생각 때문이다. 새로운 시는 시를 부정하고 시를 포기하고 시를 잡아먹고 시와 싸운다. 무엇이 잘못이며 왜 이런 생각이 비판되어야 하는가?

최 교수는 《문학사상》 9월호에 내가 발표한 「이 시대의 시쓰기」를 평하면서 다음처럼 말한다. '이 시를 문맥 그대로 해석하면 '이승훈 씨의 시는 언어를 도둑질한 것이다'가 된다. '염치도 없이'라는 말을 반복하는 시의 화자는 이렇게 순진한 해석을 거부할지 모르지만, 그의 시는 우울증의 산물이며, 그 우울증은 언어를 훔침으로써(실제는 아니지만) 시쓰기로 극복된다는 것이다.' 그런가 하면 이 글의 후반에서 그는 '우울증 환자가 시를 쓸 수 있겠지만, 그것이 새로운 시대의 글쓰기 방법도 아닐 뿐만 아니라 시를 쓰는 모든 사람이 우울증에 걸려야 하는 것도 아니다'고 이상한 주장을 하고 있다. 나는 시를 쓰는 모든 사람이 우울증에 걸려야 한다고 말한 적이 있다. 아니 혹시 그렇게 읽어도 할 수 없다. 문제는 우울이다. 그가 인용한 내 시의 일부를 다시 인용하면

> 험담은 병이 아니라 이 시대의 상식이다 험담을
> 하고 모함을 하고 인간들은 우울증을 극복한다
> 나도 극복한다 우울증 환자 가운덴 알콜 중독자도
> 있고 투전꾼도 있고 약물 중독자도 있고 요컨대
> 이승훈 씨가 쓰는 시는 우울증의 산물이다 오오
> 우울증이 무슨 죄란 말입니까? 그는 불안이라고
> 하지만 아마 우울증일 것이다 그건 누구보다 내가

잘 안다 우울증은 자랑할 일이 아니다 불안하면
도둑질도 한다 무슨 짓을 못하랴? 그는 오늘도
그가 읽는 책에서 언어를 훔치고 창문도 훔치고
종이고 줍고 물론 불을 지를 순 없으리라 언어
속에서 언어를 훔치는 이승훈 씨여 언어라는
아파트에서 그는 가구나 물건들 (예컨대 재떨이,
신발, 양말, 의자, 낡은 셔츠 등)을 훔친다
도둑질을 한다 그는 염치도 없이 염치도 없이

와 같다. 내가 내 시를 해설한다는 것도 우습지만 이런 자리에선 해설
하지 않는 것도 우습다. 욕심 같아선 이 시를 중심으로 한 편의 시론
을 쓰고 싶은 심정이다. 그만큼 할 말이 많다는 말씀이다. 이 시에서
내가 강조한 것은 물론 표제가 암시하듯이, 「이 시대의 시쓰기」에 대
한 나대로의 성찰이다. 그것은 크게 두 가지 문제로 요약된다. 하나는
언어의 문제, 다른 하나는 우울증의 문제이다. 내가 시를 쓰는 것은
언어가 있기 때문이다. 언어가 없다면 어떻게 시를 쓸 수 있겠는가?
그러나 언어란 무엇인가?

　나는 언어 때문에 시를 쓰지만 언어 때문에 실패의 연속이다. 앞에
서는 자아 문제를 중심으로 언어에 대한 내 생각을 밝혔지만 재현 문
제, 혹은 표현 문제를 중심으로 살펴도 결론은 비슷하다. 나는 '낙엽
이 진다' 고 쓴다. 그러나 이 글 속에 과연 낙엽이 지는가? 낙엽이라는
낱말도 그렇다. 이 낱말이 있기 때문에 이런 시를 쓰지만 동시에 이
낱말은 현실, 곧 지금 이 가을밤 서초동 아스팔트에 뒹구는 구체적이
고 개별적인 낙엽들을 추상화한 것에 지나지 않는다. 그런 점에서 이
낱말은, 이 언어는 사물을 그려내는 게 아니라 사물을 죽인다. 이런

죽음과 싸우는 게 시라지만 이런 싸움에서 이긴 시인들은 없고, 이겼다면 죽을 때까지 시를 썼겠는가? 언어의 조건이 이렇다면 언어에 대해 생각할 것이 아니라 언어에 불을 지르는 일이 언어와의 싸움에 승리하는 일일 것이다.

그러나 언어가 사회를 구성한다. 언어가 없다면 사회가 없고 현실이 없고 법이 없고 이른바 아버지라는 이름이 없다. 우리는 말을 배우면서 사회생활을 시작한다. 나는 내 이름이 이승훈이라는 것을 알게 되었을 때 이른바 자아를 의식했으며, 어머니라는 말, 아버지라는 말을 알게 되면서 가정이라는 사회, 말하자면 아버지―어머니―나의 관계 속에 들어간다. 그런 점에서 언어는 사회를 구성하고 언어는 관계에 지나지 않고 나는, 이승훈이라는 사람은 이 관계 속에 존재한다. 내가 꿈꾸는 것은 이런 관계, 곧 사회라는 언어 그물에서 벗어나는 일이다. 왜냐하면 언어 속에 들 때 나는 나를 상실하기 때문이다. 언어를 몰랐던 어린 시절이 행복했던 것은 언어를 안다는 것이, 사회 속에 든다는 것이 이 행복을 억압하기 때문이다. 그런 점에서 언어는 '나'를 드러내지만 동시에 '나'를 억압한다.

이런 언어로부터 해방되는 가장 바람직한 길은 이 언어라는 체계에 불을 지르는 일이다. 그러나 시인이 무슨 힘으로 이런 거대한 언어 체계에 불을 지른단 말인가? 퍼트리샤 워도 지적하듯이 이제 우리(이 글을 쓰는 이승훈 씨를 포함하여)가 할 수 있는 일은 부르주아 문화의 텍스트를, 그런 텍스트가 숨기고 있는 허구성을 파괴하고 절단하고 훔치고, 훔친 파편들을 세상에 뿌리는 일이다. 불을 지를 순 없고 도둑질밖에 할 일이 없구나. 오늘날 부르주아 이데올로기에 속하지 않는 언어의 영역은 존재하지 않는다. 우리는 그곳에 감금되어 있다. 유일한 해결책은 대항도 파괴도 아닌 도둑질이다.

최동호 교수의 말이 맞다. 이승훈 씨의 시는 염치도 없이 언어를 도둑질한다. 그러나 이런 도둑질이 왜 문제가 되는가? 이 시대의 시인들이 언어를 훔치는 것은 부르주아 이데올로기를 반영하는 텍스트가 숨기고 있는 허구성을 파괴하는 일과 통한다. 문제는 우울증이다. 물론 우울증은 자랑할 일이 못 된다. 그러나 우울증에 무슨 죄가 있는가? 우울증에 죄가 있는 것이 아니라 인간들에게 죄가 있고, 이 시대에 죄가 있고, 이 사회에 죄가 있고, 말하자면 부르주아 이데올로기에 죄가 있다.

우울한 시간에 나를 찾아오는 것은 공포와 슬픔이지만 이런 분위기 속에서 사물들은 파편으로 뒹군다. 말하자면 우울한 시간에 사물들은 전체에서 분리되고, 탈락되고, 떨어져 나온다. 전체와 관계없이 뒹구는 파편들이 보인다. 전체가 아니라 부분에 집착한다. 따라서 우울증은 분리, 단절, 소외를 체험하는 시간이며 세계가 파편으로 뒹구는 시간이다.

벤야민은 우울 속에서 사물은 물화된다고 말했다. 물화된 사물엔 시간이 존재하지 않는다. 우울 속에는 '비균질적인 특이한 단편적인 순간들'만 존재한다. 그런 점에서 우울증의 시간은 역사가 없는 시간이다. 지속이 아니라 우울, 그것은 건전한 인간 오성이 허위로 드러나는 시간이다. 말하자면 우울증은 역사, 시간적 계기성, 전체성, 총체성이라는 그럴듯한 부르주아 이데올로기가 해체되는 순간에 대한 체험이다. 전체성을 상실한다는 점에서 우울은 전체성이라는 그럴듯한 허구를 부정적으로 비판한다. 상상력이 전체성을 강조한다면 우울증이 보여주는 이런 단편성, 파편성은 상상력의 균열을 의미하고, 이런 균열은 건전한 이성에 대한 부정적 비판이 된다. 「노예」라는 시의 형식은 이런 우울증을 반영한다.

그렇다면 우울증이 무슨 죄인가? 상상이 아니라 상상의 균열을 보고, 이성이 아니라 이성의 허위를 보고, 건강이 아니라 광기를 본다는 것은 인간이 물화되고 사물이 물신이 되는 이런 자본주의 사회에선 무엇보다 솔직한 미학이 될 것이다. 모든 것이 병든 사회에선 병들지 않고 건강하다는 것이 병이며, 모두가 미쳐 가는 사회에 미치지 않는 인간들이 미친 인간들이다. 그러므로 건강한 인간들이 시를 쓸 수는 있겠지만, 그것이 새로운 시대의 글쓰기 방법도 아닐 뿐만 아니라 시를 쓰는 모든 사람이 건강해야 하는 것도 아니다. 문제는 광기다. 우리 시엔 광기가 없다. 이 문제는 별도의 글을 요구한다.

4. 문학도 없고 시도 없다

최동호 교수가 제시하는 우리 시의 활성화의 가능성은 진정성을 바탕으로 하는 시적인 것의 추구이며, 진정성과 더불어 건강성이 강조된다. 말하자면 진정성과 건강성을 바탕으로 시적인 것을 추구해야 한다는 주장이다. 진정성이니 본질이니 하는 말들이 과연 시론에서 무슨 의미로 쓰이는지 잘 모르는 나는 잠시 이 글을 쉬고 한글 사전을 펼쳐본다. 사전에는 진정성이 참되고 바름, 거짓이 없음이라고 정의되어 있다. 그렇다면 참되고 바르다는 것은 무엇인가? 참되다는 것은 거짓이 없다는 의미일 것이다.

그렇다면 최 교수가 강조하는 시는 참과 거짓, 진리와 허위 가운데 전자를 옹호하는 셈이다. 그러나 과연 우리는 참을 증명하고 진리를 주장하기 위해 시를 쓰는 것인가? 진리라고 하지만 무엇이 진리인지 모르겠고, 진리 역시 무슨 절대적 진리가 있는 게 아니라 세계관에 따라 과학적 진리, 종교적 진리, 예술적 진리 등으로 나누어진다. 시적 진리는 과학적 진리도 아니고 종교적 진리도 아니다. 모든 시는 이런 진리, 특히 과학적 진리나 일상적 진리를 뒤집어 엎고, 아니 무슨 진리/허위의 2항 대립체계를 부정함에 그 진리가 있다.

예컨대 청마의 「깃발」에 나오는 '저것은 소리없는 아우성'이라는 시행만 하더라도 이 시행에 무슨 진리가 있는가? '깃발'이 '소리없는 아우성'이라는 말은 말이 안 된다. 이 세상엔 '소리 없는 침묵'이 있거나, '소리 있는 절규'가 있을 뿐이다. 진리도 아니고 허위도 아니다. 그리고 모든 시는 진리도 아니고 허위도 아닌 이상한 세계에 있고, 도덕적으로 바른 소리도 아니고, 이상한 세계라는 것이 문학의 특성이고, 이 이상한 세계는 현실 속엔 없고, 따라서 부재, 죽음, 타자, 폐허에 지나지 않는다. 시는 진정한 것도 아니고 진정하지 않은 것도 아니다. 진정성이 아니라 진지성이 문제이며 그것도 체험의 진지성이 문제일 것이다.

건강성은 앞에서 말했기 때문에 이러니저러니 다시 말하지 않는 게 좋을 것 같다. 그러나 최 교수는 시의 건강성을 주장하면서 '오늘날의 독자들은 환자들의 시를 읽으려는 것이 아니다. 삶의 깊이를 천착하고 음미한다는 것과 우울증적 자기 호소를 독자들에게 강요하는 것은 서로 다른 문제이다'라고 말한다.

그가 말하는 독자들이 누구인지 알 수는 없지만 환자들의 시니 우울증적 자기 호소니 하는 말은 이렇다 할 개념 정의가 없는, 그러니까 즉흥적이고 다소 감상적인 느낌이다. 최동호 교수 같은 알아주는 대학의 알아주는 시론 교수가 이런 식으로 감정적인 어투를 사용하는 것은 어쩐지 민망하다. 삶의 깊이를 천착하고 음미한다지만 나로서는 삶에 무슨 깊이가 있고 표면이 있는지 알 수도 없고, 또한 깊이는 진리이며 표면은 비진리라고 생각하는 데에도 문제가 많다.

요컨대 최 교수에 의하면 우리 시가 나갈 길은 '시적인 것'의 추구이다. 그는 '시적인 것 자체를 부정하면 시적 진정성도 부정될 것이며 시가 아닌 시 비슷한 글쓰기가 범람하게 될 것'이라고 걱정이다. 도대체 시적인 것이 무엇인가? 시적인 것이 있는 것이 아니라 언어가 있고 언어와의 싸움이 있을 뿐이다. 최 교수 말처럼 어딘가에 시적인 것이 있다면, 그래서 그 시적인 것을 추구해야 한다면 얼마나 좋겠는가? 시적인 것이 있다면 찾아가고 싶은 심정이다. 그러나 과연 시적인 것이 어디 있단 말인가? 시적인 것은 없고 시도 없다. 그리고 시가 없기 때문에 시가 태어난다. 시가 있다면 우리가 쓰는 시는 이미 존재하는 시를 베껴먹는 일에 지나지 않는다.

내가 「시」라는 시에서 "시가 없을 때 시가 태어난다. 아아 시가 없을 때 시가 없을 때 시가 있다면 시를 쓸 필요가 없다. 말하자면 나는 이 시대의 문학이라는 유령과 싸운다"라고 말한 것은 이런 사정 때문이다. 시든 문학이든 무슨 본질, 순수한 기원이 있다고 믿는 건 자유지만 이런 자유가 우리 시의 발전을 억압한다. 그 자체가 문학인 텍스트도 없고 그 자체가 시인 텍스트도 없다. 문학도 없고 시도 없다. 비시가 시이며 시가 비시이다. 시는 부정을 먹고 산다.

3. 비빔밥 시론

1. 편지냐 시냐

「나는 시적인 것은 없고 시도 없다」고 1996년 11월호 《문학사상》에서 최동호 교수의 글에 대한 반론의 형식으로 시에 대한 최근의 내 생각을 밝힌 바 있다. 그 후 이런 내 생각에 대해서는 박상배 시인이 고맙게도 옹호를 해 주었고, 김준오 교수가 종합하는 입장에서 글을 써 주었고, 그 글들은 시쓰기에 대한 내 사유에 많은 도움이 되었다. 특히 이 자리를 빌려 내 생각을 옹호해 준 박상배 시인과 김준오 교수에게 고마움을 전한다. 하기야 시에 대한 자신의 입장이 분명하다고 시를 잘 쓰는 것도 아니고, 그런 입장이 모호하다고 시를 못 쓰는 것도 아니다.

문제는 내 시론에 대한 신경질적 반응에 있고, 그건 그들의 자유이지만, 나도 나대로의 자유가 있다. 「시적인 것은 없고 시도 없다」는 내 주장이 문제다. 어째서 이런 주장이 나온 걸까? 최근에 내가 쓰는 시, 혹은 시라는 이름의 글이 노리는 것은 의도적인 것은 아니지만 아무튼 이런 명제로 요약된다.

사실 우리 시단엔 시가 없는 것이 아니라 시가 너무 많고, 시라는 이름의 요물들이 너무 많고, 너무 많다는 것은 없다는 것과 같다. 이 세상에 무덤이 너무 많으면, 그래서 무덤이 세상을 가득 채우면, 세상은 무덤이 되고, 집과 무덤의 차이는 존재하지 않는다. 무덤은 없는 셈이다. 하기야 데리다는 '차연' 에서 무덤의 그리스 어원은 오이케시스(oikesis)이고, 이 낱말은 그리스어로 집을 뜻하는 오이코스(oikos)와 친척이라고 말하고는, 이 오이코스에서 '경제' 라는 말이 도출되었다고 말한다.

나는 지금 무덤, 집, 경제에 대한 데리다의 사고를 해석하고 사유하고 비판하려는 게 아니다. 문제는 우리 시단엔, 아니 시단이 아닌 곳에서도 너무 많은 시들이 발표되고, 그것도 상투적인 유형의 시들이 발표되고, 그런 점에서 시가 사라진 게 아닌가 하는 생각이고, 그런 시들에 내가 지쳤다는 점이다. 쉽게 지치는 건 내 습관이고 병이다. 그러나 병이라고 걱정할 필요는 없으니 안심해도 된다.

《문학사상》에서는 이런 소박한 의미로 시는 없다는 주장을 했고, 또 시든 문학이든 무슨 본질, 순수한 기원이 있다고 믿는 태도를 비판하면서, 그 자체가 문학적인 텍스트도 없고, 그 자체가 시가 되는 텍스트도 없다고 말했다. 말하자면 문학도 없고 시도 없다. 비시가 시이며 시가 비시이다. 시는 부정을 먹고 산다. 그 글은 이렇게 끝난다.

다시 읽어보니까 의견 개진이 다소 미진한 구석도 있고 논리적인 연결이 튀는 부분도 있다. 그러나 시는 시가 아니며 시가 아닌 것이 시다. 시는 시를 부정한다. 시라고 하지만 과연 어디 시가 있는가? 이승훈 씨의 시는 독자가 읽을 때 시가 된다. 말하자면 시로서의 아이덴티티를 획득한다. 그러나 다른 독자가 읽을 때도 그 시는 동일한 것인가? 시로서의 아이덴티티, 고유한 본질, 자기 동일성은 한결같이 유지되는가?

그렇지 않다. 이승훈 씨의 시뿐만이 아니라 다른 분들의 시도 A라는 독자가 읽을 때와 B라는 독자가 읽을 때는 전혀 다른 물건이 된다. 같은 것이 아니다. 다른 것으로 나타난다. 그런 점에서 시가 있는 것이 아니라 차이가 있고, 독자들 사이의 차이가 시라면, 시는 불확정적이고 전환적이고 끝없이 떠도는, 이름 없는 유령이고 차이이고 반복이다.

사정이 이렇다면 이제까지 우리가 믿어온 그럴싸한 시론, 특히 본질주의자들의 시는 비판되어야 하며 얻어맞아야 한다. 시를 찾는다는 것은 시를 포기하는 행위와 통한다. 시라는 실체가 있는 것이 아니라 차이가 있고 반복이 있다. 시의 정체성, 기원, 목적은 없다. 기원이 비기원이다. 이런 결론에 도달한 것은 1995년 12월 시집 『밝은방』을 낸 이후이다. 그 시집은 초판을 3천 부 찍었지만 아직까지 재판을 내자는 소식이 없다. 내 시의 대중성이 약한 증거일 것이다. 아무튼 초판이라도 나가야 출판사가 체면이 설 것 같지만 아직은 어쩔 수 없는 신세다.

그건 그렇고 그 해 겨울 내 시집을 읽고 제일 먼저 이만식 시인이 편지를 해 주었고, 나는 그의 편지가 고마워 그에게 주는 편지 형식으로 한 편의 시를 썼다. 이만식 시인의 편지에는 내 시집 서문에 나오는 '그러나 고독하다는 것, 홀로 있다는 것은 과연 무엇인가?' 라는 글을 패러디한 시와 안부 내용이 적혀 있다.

지금도 겨울이지만 그때는 1995년 12월이고 지금은 1997년 1월이다. 그때도 감기에 시달렸지만 지금도 감기에 시달린다. 다영이(딸아이 이름)가 쓰던 작은 방으로 이사를 하고는 아슬아슬하게 감기를 이겨온 내가 마침내 감기로 몸이 쑤시고 두통으로 고생을 하게 된 것은 오늘 오전부터이다. 어제 저녁엔 어머님 제사가 있었고, 나는 오후 내내 《문학사상》에 보낼 「풍자냐 패러디냐」라는 제목으로 우리 시의 문제점을 밝히는 원고를 썼다.

아마 그래서일 것이다. 과로일 것이다. 술도 문제다. 돌아가신 어머님 생각이 나서 맥주를 평소보다 조금 더 마셨고, 무엇보다 오늘 아침(나는 이 글을 1월 18일 토요일 오후부터 쓰고 있다) 날씨가 갑자기 추워진 것도 모르고 준이(생후 18개월)를 안고 아파트 앞 문방구를 다녀온 것이 감기를 도지게 했을 것이다. 감기에 걸리면 정신집중이 안 되고 힘이 없고 머리가 아프다. 나는 지금 이 글을 머리가 아픈 상태에서 쓴다. 명색이 주간인 내가 원고 마감 날짜를 어기고 감기탓만 할 수는 없어서이다.

이만식 시인은 내 시집 서문을 '그러나/쓴다는 것/계속 쓴다는 것은/과연 무엇인가?' 라고 패러디했다. 나는 다시 내 글을 패러디한 그의 시를 패러디한 시를 썼다. 그리고 그 시를 김재홍 교수가 주간으로 있는 시 계간지 《시와 시학》에 발표했다. 일종의 시로 쓴 시론인 셈이다. 이런 시론시는 그 후에도 「윤호병 교수와의 대담」(《작가세계》, 1996년 봄호), 「크리티포에추리?」(같은 책), 「시」(《문예중앙》 1996년 가을호), 「이 시대의 시쓰기」(《문학사상》, 1996년 11월호), 「이 글쓰기」(《현대시사상》, 1996년 겨울호) 등으로 전개된다.

이만식 시인에게 보내는 편지 형식의 시는 제목이 답장으로 되어있다. 그리고 '이만식 시인에게'라고 부제를 붙였다. 그렇다면 이 시의 독자는 누구인가? 편지는 읽을 사람이 정해져 있고, 내용도 사적인 것이 대부분이다. 그리고 답장이라니? 이 시는 시인가, 편지인가? 시 잡지에 실렸으므로 시라고 할 수밖에 없지만 분명히 나는 읽을 사람을 밝혀놓았다. 그렇다면 다른 독자들은 읽지 말라는 말인가? 그렇지는 않다. 왜냐하면 시 잡지에 발표했기 때문이다. 시와 편지는 다른 형식의 글쓰기다. 그러나 여기서, 이 '답장'이라는 시에서 나는 이 구별, 장르의 대립, 2항 대립성, 논리적 체계를 깨고, 해체하고, 뭐가 뭔지 모르는 그런 경계를 노렸다.

시는 없고 차이와 반복만 있다면 이 시에서 나는 시와 편지 사이에 시가 있고, 시와 편지의 차이가 시이고, 또 편지와 시 사이에 편지가 있고, 편지와 시의 차이가 편지라는 이른바 사이의 미학, 혹은 반미학을 노린 셈이다. 일종의 장르 해체이며, 광의로는 복합매체(intermedia) 미학을 염두에 두고 있었다. 이런 작업은 지금도 계속된다.

2. 거짓말을 하든지 죽든지

시론시에서 노래되는 것들은 현실도 아니고 현실이 아닌 것도 아니다. 「답장」에서 나는 글쓰기, 시쓰기에 대한 나대로의 사유를 노래했고, 시의 후반에서는 추신 형식으로 답장을 쓰던 날의 내 근황을 다소 엄살을 섞어 노래했기 때문이다. 섞는다는 것, 혼합성, 복수성이 문제다.

나는 이 글의 제목을 「비빔밥 시론」이라고 붙인다. 그렇게 붙일 수도 있고 붙이지 않을 수도 있다. 나는 체질적으로 일식이 마음에 들지만 일식은 비싸고, 이상하게 비빔밥 생각이 날 때가 있다. 그동안 난 연구실에서 잡채밥을 시켜 먹고 지냈다. 원래는 아내가 도시락을 싸 주기로 했지만 이 핑계 저 핑계로 한 번도 도시락을 제대로 얻어먹은 적이 없고, 아내도 도시락 싸기가 귀찮을 것이고, 중국집에서 시켜 먹은 잡채밥은 불결할 때가 많고, 그래서 배탈로 고생을 한 것이 한두 번이 아니다.

비빔밥은 잡채밥과 다르다. 내가 태어나 처음으로 비빔밥을 맛있게 먹은 건, 지금은 앓고 계시지만, 젊은 시절 진주 처가에 갔을 때, 장모님이 사주신 진주 비빔밥을 먹었을 때이다. 비빔밥은 밥도 아니고 반찬도 아니고 밥과 반찬의 경계가 모호할 뿐 아니라 재료들을 섞고, 비비고, 만드는 과정이 먹는 과정보다 중요하다. 그런 점에서 비빔밥은 완성된 것도 아니고 개방적이다. 모든 음식은, 김밥이나 주먹밥까지도, 완성된 다음 먹는 것이지만 비빔밥은 내가, 당신이, 우리가 만들며 먹는다. 만든 다음 먹는 것이 아니라 만들며 먹고, 무엇을 만드는지 모르고 먹는다.

독자의 참여를 요구하는 시라고 할까? 그리고 완성이 아니라 만드는 과정, 생성이 중요하고, 그런 생성이 무슨 단일한 세계가 아니라 복수성, 파편의 세계로 뒹구는 것도 중요한 점이다. 비빔밥에서는 안과 밖이 섞이고 밥과 반찬이 섞이고 당신과 내가 섞이고 시와 비시가 섞인다. 섞임의 미학이다. 이런 복수성 세계는 이른바 2항 대립체계, 위계질서를 해체한다는 점에 의미가 있고, 무의미가 있고, 철학이 있다. 「답장」에서 나는 시쓰기에 대한 나의 사고를

그러나 쓴다는 것은 고독하다는 것이며 나를 나에게서 분리 시키고
두 개의 나를 만드는 행위라고 생각합니다
　　그러나 쓴다는 것은 나를 버리는 행위입니다 종이 위에 나를 버리고
나는 하나의 차이로 존재합니다
　　그러나 쓴다는 것은 계속 쓴다는 것은 나를 계속 연기시키는 일입니
다 종이 위에서 나는 계속 연기됩니다 나는 이미 내가 아닙니다 나타나
고 사라지는 무수한 텍스트, 밝은 방 속에 드러나는 이 흔적!
　　그러나 쓴다는 것은 산다는 뜻입니다 글 속에서만 내가 있으므로 나
는 내가 아니고 동시에 나입니다
　　오오 그러나 쓴다는 것은 내가 언어이며 타자라는 사실이고 타자의
타자가 나라는 사실이고 나는 무수히(글을 쓰는 만큼) 나타나고 사라집
니다
　　그러니까 사막입니다 계속 쓴다는 것은 우리 인생에 의미가 없다는 사
실을 깨닫는 일이고 방랑이고 (아무튼 시작도 끝도 없지요)

처럼 노래했다. 그리고 계속해서 '내 시는 여기서 끝내야겠습니다' 라
고 썼다. 끝이라고? '깨닫는 일이고 방랑이고' 는 끝이 아니라 휴식이
고 연속이다. 우리는 이런 방식으로 글을, 시를, 문장을 끝내지 않는
다. 그런 점에서 끝은 연기된다. 이런 내용이 나온 다음 이 시는 편지
고마웠다는 내용, 쓴다는 것은 업이라는 말, 지난 밤엔 《내일의 시》
동인들이 마련한 출판기념회(인사동 누님 국수집)에서 술을 너무 마
셔 하루종일 앓았다는 내용이 나오면서 끝난다.

　시론시라지만 다시 읽어보면 이 시에는 세 개의 코드가 들어 있다.
하나는 이만식 시인의 시, 하나는 내가 쓴 시론, 하나는 내 근황이다.
하나의 메시지 속에 두 가지 이상의 코드가 들어 있는 것은 비빔밥과
비슷하고, 나는 이런 형식을 복수성의 미학이라고 불러본다. 문제는

시론이다. 이 시에 나오는 시쓰기에 대한 생각은 그동안 내가 영향을 받았다면 받았다고 할 수 있는 데리다의 철학에 빚을 지고 있다. 언젠 가는 갚아야 할 것이다. 데리다의 철학에 기댔다고 창피할 건 없지만 자랑할 것도 못 된다.

이런 형식, 이른바 복수성의 형식은 박상배 형에게 주는 편지형식의 시 「기차를 향한 배고픔」(《현대시》, 1996년 1월호), 「끄노에 대한 단상」(《시와 반시》, 1996년 봄호), 「거짓말을 하든지 죽든지」(《현대 시학》, 1996년 4월호)에도 나타난다. 거짓말을 하든지 죽든지 이런 형식은 시라는 동일성 개념을 해체하고 막힌 것을 뚫고 김수영 시인 이 쾌활한 마음으로 '누이야 장하고나'라고 외칠 때 같은 그런 세계 를 지향한다. 문제는 내 시론이다.

시를 쓸 때 고독이 문제지만(고독의 문제에 대해서는 그때와 지금 이 다르지만) 나는 두 개의 자아로 분열된다. 두 자아는 시를 쓰는 나 와 시 속의 나를 뜻한다. 시를 쓸 때 나는 하나가 아니라 둘이며, 뒤에 다시 말하겠지만, 무수한 내가 존재하고 또한 존재하지 않는다. 나는 지금 '담배를 피운다'고 시를 쓴다. 그러나 시를 쓰는 나는 담배를 피 우지 않는다. 그렇다면 이 나, 시 속의 나는 누구인가? 그리고 시 밖의 나는 누구인가?

쓴다는 것은 나를 버리는 행위이다. 시를 쓸 때 나는 종이 위에 나 를 버리고 혹은 버려지고, 나는 하나의 차이로 존재한다. 시 속의 나 는 시 밖의 나를 버릴 때 태어난다. '담배를 피우는 나'는 종이 위에만 존재하지만, 그런 점에서 시를 쓰는 나의 투사이며 버림이며 죽음이 지만, 이 나는 나가 아니다. 이 나는, 지금 이 종이 위에서 담배를 피 우는 나는 지금 시를 쓰는 나와 다르고, 따라서 두 자아 사이엔 차이가 존재한다. 나는 없고 차이가 있을 뿐이다.

「시적인 것은 없고 시도 없다」라는 글에서 나는 ‘나는 없다. 나는 시를 쓸 때, 말할 때 태어날 뿐이다’라고 말했다. 김준오 교수는 이런 나의 진술을 ‘모든 텍스트에 선행하는 선험적이고 초월적인 존재로서의 저자의 개념을 (곧 주체중심주의) 텍스트 시간 속에서만, 텍스트를 읽을 때만 존재하는 생산자, 그것도 필사자 또는 편집자의 개념으로 대치한 포스트모더니즘의 관점을 재진술한 것’으로 해석한 바 있다. 정곡을 찌른 발언이라고 생각한다.

그러나 그는 언술행위의 주체가 없이는 시 속의 나, 곧 언술내용의 주체가 존재할 수 없기 때문에 새로운 시쓰기를 ‘나를 지우기’로 규정한 것은 이치에 맞지 않는다고 주장한다. 수긍이 가는 대목이다. 그러나 지금 다시 생각하면 그때 나는 언술행위 주체로서의 나와 언술내용 주체로서의 나의 관계를 있음/없음의 관계로 말하려는 것은 아니었고(이 점이 지금도 미진한 구석이고), 지금 이 글에서 말하듯 두 자아가 차이, 연기의 관계에 있다는 사실을 염두에 두고 있었다.

그리고 또 하나 언술행위의 주체와 언술내용의 주체는, 내가 생각하기로는, 앞뒤의 관계가 아니라 동시적 관계, 말하자면 두 주체가 있는 것이 아니라 두 주체는 있으면서 없다고 할까? 아무튼 그런 관계, 데리다식으로 차연差延의 관계에 있다는 점이다. ‘나’라고 하지만 그 ‘나’는 모두 언어 속에만 존재하고, 언어의 본질은 차연에 있기 때문이다. 물론 이 문제는 앞으로 좀더 공부해야 할 부분이다.

3. 준이와 나

　시 속에서 나는 하나의 차이로 존재하지만 그 차이는 계속 연기된다. 그런 점에서 차연이 있을 뿐이다. 언어는, 기호는 시니피앙(말소리)과 시니피에(의미)로 구성되지만 시니피앙과 시니피에 사이에는 자의적 관계만 있고, 그런 점에서 기호는 무슨 의미, 본질, 심층을 지시하지 않고 언어라는 체계 속에서 다른 기호를 지시한다. 시니피앙은 다른 시니피앙을 지시하고, 이런 관계가 차이이고 연기이다.

　결국 무수한 텍스트가 있을 뿐이다. 그렇지 않은가? 나는 지금 '당신'이라고 쓴다. '당신'이라는 기호는 누구를 지시하는가? 이 글을 읽은 독자들을 지시하는가? 내가 마음 속에 두고 있는 사람을 지시하는가? 이 기호는 누구를, 어떤 실체를 지시하는 게 아니라 '나'라는 말과의 차이에 의해서만 기능을 나타내고, 그런 점에서 차이이고, 동시에 '당신'의 의미는 '당신은 술을 마신다'고 쓸 때, 말할 때, 중얼거릴 때, 계속 연기된다. '당신'은, 술을 마시는 당신은 다시 '당신은 잠을 잔다'에서 잠을 자는 당신이 되고 이런 연기와 차이가 있다. 결국 의미가 있는 것이 아니라 의미의 연기가 있고, 차이가 있고, 기호의 흔적이 있을 뿐이다.

　그렇다면 말하기, 글쓰기, 시쓰기는 누가 수행하는가? 차연이 수행하지만, 차연은 개념도 아니고 실체도 아니다. 차연은 흔적이고 타자이다. 시쓰기는 결국 시인의 부재를 알려주고, 시인의 부재는 죽음이다. 그런 점에서 시는 죽음을 운반한다. 존재, 진리, 의미에 대한 질문을 망각하지 않으면 안 된다. 망각이 진리이고, 시를 구성하는 주체는 없고, 주체는 시 속에서 구성된다. 차연은 잡히지 않는다. 그런 점에서 타자이고 불확정적이다. 시니피앙과 시니피에는 결국 차연의 관계에 있다.

무수한 텍스트가 있을 뿐이다. 시인도 소재도 주제도 없다. 밝은 방 속에는 흔적이 있을 뿐이다. 어떤 흔적인가? 타자의 흔적일 것이다. 그리고 흔적이 타자다. '오오 쓴다는 것은 내가 언어이며 타자라는 사실이고 타자의 타자가 나라는 사실이고 이 나는 무수히(글을 쓰는 만큼) 나타나고 사라집니다' 라고 이승훈 씨는 말했다. 그리고 지금 말한다. 이 말 역시 차연이고 흔적이고 타자가 하는 말이다.

타자, 흔적, 차연으로서의 시쓰기는 내가 쓰는 것이 아니다. 나도 잘 모르겠다. 모른다는 건 자랑은 아니지만 부끄러움도 아니다. 인간에겐 모를 권리가 있다. 무지는 순결이고 우리 준이이고 준이의 흔적이 있는 이 방, 이 글을 쓰는 작은 방을 가득 채운다. 기원도 없고 본질도 없다. 오직 문학이라는 이름의 장르가 있을 뿐이다. 그렇다면 내가 할 일은 박상배 시인과 함께 이 문학이라는 이름의 유령과 싸우는 일이다. 이 싸움은 그동안 두 가지 방식으로 수행되었다.

하나는 문학의 자율성, 일관성, 통일성을 해체하는 방법이고, 다른 하나는 문학, 혹은 시의 제도성을 해체하는 방법이다. 전자는 「노예에 대해」(《문예중앙》, 1996년 여름호), 「이 글쓰기」(《현대시사상》, 1996년 겨울호)에서 이른바 파편의 기법, 혹은 좀더 유식하게 말하면 뿌리기 혹은 산종(dissemination)의 기법으로 수행된 셈이다. 물론 크게 보면 이런 시들도 복수성의 개념에 포섭되지만 의도는 시적 통일성, 한 편의 시 속엔 오직 한 편의 시만 존재해야 한다는 이상한, 그러나 한 번도 의심하지 않은 부르주아적 허구성을 파괴하는 데 두었다.

이런 산종, 혹은 파편화는 기쁨이고, 쾌락이고, 어린 시절의 순결이

고 놀이이다. 혹자는 놀이를 비판하지만 논다는 것이 왜 나쁜가. 놀이
는 해방이고 자유이고 꿈이다. 「이 글쓰기」에는 세 개의 파편이 존재
하고, 형태도 하나의 큰 부분을 왼쪽에서 파고드는, 그러나 독립성을
유지하는, 독립성을 유지하면서 유지하지 않는 두 개의 파편으로 구
성된다. 그러니까 세 개의 파편으로 구성된다. 시의 앞부분만 옮기면,

난 글쓰기를 두려워했다 글쓰기를 사랑했기 때문이다
뭐라고 할까? 난 글쓰는 환자 불안 때문에 병이 든 이
승훈 씨는 우울 때문에 병이 든 이승훈 씨다 그러나
어제부터, 꿈속에서 박목월 선생님이 나타나시고 난
　　　　　　　　　　　글을 써야 한다고 생각했다
난 글을 쓰면서 커피를　글쓰는 환자들은 행복하다
조금 마시고 담배를 피　글쓰기는 병을 치료하는 한
우고 바카스를 조금 마　가지 방법이다 어제는 「문
시고 아무 것도 마신건　학의 역사는 폐해의 역사」
없다 아무 것도 달라진　라고 글을 썼다 30매를 쓴
건 없다 아무것도 생긴　다는 게 35매를 썼다 원고료
건 없다 사라진 것도 없　를 조금 더 받으려고 그런
다 이 종이를 보시오!　　건 아니다 물론 난 어디로
　　　　　　　　　　　갔던가? 글을 쓰면서 난 컴
　　　　　　　　　　　퓨터를 두드리면서 동시에
창 밖을 볼 순 없다 인간은 동시에 두 가지 일을 못한
다 그러나 담배는? 오 담배를 피우며 컴퓨터로 두드릴
순 있다 담배는 그만큼 인간적이다 담배를 모욕해선
안된다 난 흐린 날을 두려워했다 흐린 날이 오면 흐린

와 같다. 의미는 계속 연기되고, 전환되고, 접목되고, 나도 무슨 소리

를 하는지 모르겠고, 무슨 소리가 무슨 소리이다. 통일성도 없다.

그런가 하면 「준이와 나」(《현대시사상》 1996년 겨울호), 「쏘파 이야기」(《현대시학》, 1996년 10월호), 「뒤샹의 샘?」(《현대시》, 1997년 1월호)에서는 제도로서의 시, 혹은 인습으로서의 시, 시라는 전통적인 장르를 해체한다. 「준이와 나」는 준이를 안고 있는 나, 준이와 내가 함께 있는 사진을 제목만 붙여 시랍시고 발표했다. 많은 시인들이 욕을 했을지 모르지만 욕을 했을 것이다. 욕을 먹어도 할 수 없다. 이 시 사진을 쓰면서 오리면서 붙이면서 나를 사로잡은 것은 시란 무엇인가라는 새삼스러운 질문이었다. 시의 전문을 옮겨본다.

제목만 있고 시는 없다. 그렇다면 사진이 시란 말인가? 시일 수도 있고 아닐 수도 있다. 이 사진은 1995년 겨울 아내가 찍어준 일종의 기념사진이다. 가족 앨범에 넣으면 기념사진이 된다. 그러나 앨범에는 제목 같은 건 안 붙인다. 붙이는 사람들도 있겠지만 나는 안 붙인다. 나는 이 사진에 제목을 붙였고, 시 계간지에 발표했고, 시를 쓴 사람이 이승훈이라고 밝혔다. 그러니까 엄연히 시다. 쓴 사람 이름이 나오고 시지에 발표하면 시가 된다.

그러나 앨범에 붙이면 기념사진이 되고, 내 책상 앞 벽에 걸면 사진 그림이 된다. 잃어버리면 내가 찾는 물건이 되고 사진관에서는 돈이 되고 준이에게는 무엇인지 모르는 것이 되고, 장난감이 된다. 시는 어디 있고 사진은 어디 있는가? 시는 시라는 이름의 제도 속에 있고, 사진은 앨범이라는 이름의 책 속에 있다. 그리고 이 시는 누가 쓴 것인가? 아내가 찍었으므로 아내가 저자인 것 같지만 분명히 내 이름이 나오므로 내가 저자인 것도 같고, 그러나 나는 제목만 붙였다.

저자는 없다. 낱말, 글, 문자는 저자의 부재, 죽음을 운반한다. 그러나 나는 이 시의 저자로 원고료를, 그것도 4만 원이나 받았다(받을 것이다). 고마운 일이다. 4만 원이 어디인가? 파출부 하루 노동의 대가는 3만 5천 원이다. 뒤샹에 대한 관심도 비슷하다. 뒤샹이 피카소보다 매혹적인 이유는 뒤샹의 작품은 매체들, 장르들 사이에 존재하지만 피카소의 작품은 그림이라는 실체로 존재하기 때문이다. 앤디 워홀은 그림을 그린 게 아니라 사진에 물감만 칠하고, 그것도 계속 반복해서 칠하고 위대한 예술가가 되었고, 보이스는 한술 더 떠 물감칠도 하지 않고 위대한 예술가가 되었다. 나는 이런 예술가들을 존경한다. 예술이 없고 예술이라는 제도만 있고, 이 제도가 예술을 잡아먹고, 이들은 이 제도와 싸웠기 때문이다.

예술은 업이고 사막이고 우리의 인생에 의미가 없다는 사실을 깨닫는 일이고 해탈이고 그런 점에서 위대한 놀이이다. 우울이 사막이지만 사막엔 시작도 중간도 끝도 없다. 확정할 수 없는 것, 목적이 없는 것, 기원도 없는 것, 다만 무언가 생기고 있는 것, 존재가 아니라 과정이 진리이고, 오류가 인생이고 행복이다. 밖은 안에 있고, 안은 밖에 있다.

4. 누가 코끼리를 보았는가

1. 순수도 폭력이다

열네 번째 시집 『이것을 시가 아니다』를 묶는다. 원래는 책 뒤에 평론가의 해설을 싣는 게 관례이지만 이경호 주간에게 부탁을 해서 이번 시집에는 해설 대신 시론을 싣는다. 무슨 다른 이유는 없고 이번 시집을 내면서 시쓰기에 대한 나의 사유, 특히 시집 『인생』(2002), 『비누』(2004) 이후에 내가 추구하고 시도하고 실험한(?) 시에 대한 사유를 정리하고 싶기 때문이다. 시나 쓰면 되지 시에 대한 사유는 무엇이고 정리는 무엇인가?

이런 질문은 시와 시쓰기, 이론과 실천의 관계를 무시하고 부정하는 사람들의 생각이고 나는 입장이 다르다. 시를 쓰는 것은 결국 시에 대해 생각하는 것이고 시론 속에서 시론을 생각하며 시론과 함께 글을 쓰는 행위이다. 쉽게 말하면 시에 대해 아는 것이 없다면 우리는 시를 쓸 수 없다. 최소한 시와 산문, 현대시와 시조의 차이 정도는 알아야 시를 쓸 수 있고 그러므로 시쓰기는 시론을 전제로 하고 거꾸로 시론은 시쓰기를 전제로 한다. 그렇다면 시론이 앞서는가? 시쓰기가 앞서는가? 문제는 그렇게 단순하지 않고 그러므로 이런 문제에 대한 섬세한 사유가 요구된다. 많은 흑백 논자들처럼 어느 하나가 원인이고 다른 하나가 결과라면 무슨 문제가 있겠는가? 이런 사유는 너무 쉽고 너무 쉬운 사유는 사유가 아니다.

내가 『비누』 이후에 써온 시들에 대해 말하는 것은 심심해서 그러는 게 아니라 시쓰기와 시론, 실천과 이론의 관계가 그렇게 단순하지 않기 때문이고 이런 모호성이 계속 나의 사유를 지극하기 때문이다. 과연 시론과 시쓰기는 어떤 관계에 있는가? 나가라주나龍樹를 회상하자. 그가 강조하는 것은 중도中道 사상이고 2항 대립 해체이다. 예컨대 그는 주체와 행위의 관계에 대해 말하지만 그것은 시와 이론, 시쓰기와 실천의 관계에도 적용된다. 이론이 주체라면 실천은 행위에 해당한다.

흔히 우리는 주체가 원인이고 행위는 결과라고 생각한다. 과연 그런가? 주체와 행위는 그렇게 분명하게 구별되는가? 가는 작용, 행위가 없다면 가는 주체는 없다. 비유적으로 말하면 시쓰기가 없다면 시론이 없다. 그러나 가는 작용, 행위가 있다면 주체에겐 가는 작용이 두 개 있게 되어 가는 자가 간다는 모순이 발생한다. 시쓰기가 없다면 시론이 없지만 시론과 별도로 시쓰기가 존재한다면 시쓰기가 두 개 있게 되어 모순이 발생한다. 그러니까 가는 행위가 있어도 모순이고 없어도 모순이고 시쓰기가 있어도 모순이고 없어도 모순이다. 주체와 행위, 시론과 시쓰기의 관계는 인과적인 것도 아니고 대립적인 것도 아니다.

이런 사유를 발전시키면서 나는 시론과 시쓰기는 같은 것도 아니고 다른 것도 아니라는 불이不二 사상과 만나고 그런 점에서 시쓰기에 대한 사유는 시론에 대한 사유이고 거꾸로 시론에 대한 사유는 시쓰기에 대한 사유이다. 내가 이번에 시집을 내면서 시론을 쓰는 이유이다. 한편 나는 시론 「비대상에서 禪까지」(《작가세계》, 2005, 봄)에서 『비누』 이후의 시에 대한 생각들을 밝힌 바 있고 그때 강조한 것은 시에도 삶에도 무슨 자성自性은 없고 시와 삶, 시와 비시도 불이의 관계에 있다는 것. 그러나 다시 생각하자.

다시 생각하는 것은 반복이 아니다. 그때 미처 생각하지 못한 부분, 생각했지만 좀더 치밀하게 분석하지 못한 부분을 이 기회에 보완하고 보충하고 2년 동안 내가 쓴 시들에 대한 나의 사유를 종합하고 분석하려는 게 이 글의 목표이다. 이런 종합과 분석은 과연 보완하고 보충하는 행위인가? 도대체 보충한다는 것은 무엇인가? 데리다도 강조했지만 보충은 모자라는 부분을 첨가한다는 의미도 있고 부족한 부분을 다른 것으로 대리, 대체한다는 의미도 있고 특히 후자가 강조되면 예컨대 정규 학교 수업을 보충하는 학원 과외가 정규 수업을 대체하고 이 대체물이 학교 수업 위에 군림하게 되어 단순한 보충의 의미를 벗어난다. 첨가냐 대리냐?

지금 내가 쓰는 글은 먼저 쓴 글의 부족한 부분을 보충한다는 점에서는 첨가 행위이지만 한편 그 글을 다른 것으로 보충한다는 점에서는 대리이고 회사에서 대리는 과장의 일을 대신한다는 의미도 있지만 그가 해야 할 몫이 있다. 그러므로 이 글은 보충일 수도 있고 대리일 수도 있고 아마 먼저 쓴 글을 밀어부치는 위험한 대체물이 될 것이다.

결국 보충이면서 보충이 아니고 대리 보충이고 따라서 이 글이 먼저 쓴 글을 잡아먹을지도 모르고 나는 제발 잡아먹기를 바란다.

시집 『비누』 이후 2년 동안 내가 관심을 둔 것은 한 마디로 현실을 그대로 옮기는 것. 그러나 나는 리얼리즘을 처음부터 부정하는 입장이기 때문에 이런 시쓰기는 리얼리즘과는 아무 관계가 없다. 이런 시쓰가 노리는 것은 시와 삶, 시와 현실의 경계를 해체하는 데 있고 이런 해체를 통해 근대 부르주아 예술이 강조한 이른바 미적 자율성을 파괴하고 일상과 예술의 단절을 극복하고 이런 극복이 현실 환원주의나 거친 리얼리즘으로 퇴행하지 않기 위해서는 불이不二 사상을 지향해야 한다는 생각이다.

시와 삶의 경계를 만드는 것은 시인들이 좀 특수하다는, 일반인과 좀 다르다는 선민選民 의식 아니면 차별 의식에 지나지 않고 이 썩어가는, 아름답고 퇴폐적인 자본주의 시대에 일상적 세속적 삶과 다른 무슨 고상하고 향기로운 정신과 영혼의 세계가 있다고 믿는 시인들은 너무 소박하거나 위선자일 것이다. 소박하다는 것은 이들이 세계를 물질과 정신, 육체와 영혼, 현상과 본질처럼 2항 대립 체계로 인식하고 후자를 우위에 두기 때문이고 위선자라는 것은 이들의 경우 대체로 삶과 시가 모순의 관계에 있기 때문이다. 이들은 자본주의적 삶의 양식에 충실하게 살면서 시는 순수한 초월의 세계를 노래한다. 쉽게 말하면 쓰레기통 현실 속에 살면서 이슬, 영혼, 정신을 노래한다. 그러나 이런 영혼 따윈 허위이고 이 시대엔 무슨 고상한 형이상학도 없다. 나는 이렇게 노래한다.

사유는 결국 미친 짓이죠 무슨 영혼, 진리, 본질 따윈 버리세요 잊으
세요 망각하세요 시라는 이름의 쓰레기들을 버리세요 세계와 거리를
두지 마세요 그저 사세요 영혼 따위에 속지 마세요 진리를 찾지 마세요
삶이 그대로 진리입니다 당신의 진리가 있는 게 아니라 당신이 진리죠
오전엔 눈이 오고 오후엔 해가 납니다

「우리가 할 일은 웃는 것이다」의 후반부이다. 쓰레기통 속에서 이
슬을 노래하는 시인들은 삶과 진리를 분리하고 삶을 초월하는 어디
머언 곳에 이슬처럼 순수한 진리가 있다고 믿는다. 그러나 이런 태도
는 자신을 속이는 기만이고 위선이다. 그들의 진리는 웃음을 모르는
진리이고 너무 진지하고 엄숙하고 이 시대의 시가 쓰레기라는 걸 모
른다. 그들이 노래하는 영혼은 순수하다. 그러나 그들은 이런 순수가
폭력이라는 걸 모르고 나는

순수도 서정도 폭력이다 순수는 불행을 모르고 고통을 모르고 타자
를 모르고 서정도 서정도 허위다 서정시가 끝난 시대에 서정을 주장하
는 건 불순하고 순진하고 천진하고 시가 갈 길은 무수히 많다 갈 데가
없으므로 갈 데는 많고 그러므로 갈 곳이 없고 지금 책상에 날아와 앉
는 파리처럼 갈 곳이 없고

처럼 노래한다. 「서정시」의 일부이다. 시 따로 놀고 인생 따로 노는
위선자들은 순수도 서정도 폭력이라는 것을 모르고 이 시대 우리 시
가 갈 곳이 없다는 것을 모른다. 하기야 이런 인간들이 어디 시인들
뿐이랴? 선禪 공부를 한다는 교수, 시인들 가운데도 가짜들이 많고 물
론 나도 가짜이지만 나는 최소한 내가 가짜라는 건 안다. 아무튼 선
공부를 합네 하는 어느 교수가 보여주던 탐진치貪瞋痴 삼독三毒에 내

가 질려버린 건 2006년 1월이다.

2. 이것은 시가 아니다

이야기가 좀 빗나갔지만 할 수 없다. 문제는 이 시대의 시적 모순이고 이런 모순을 극복하기 위해서는 시가 있는 게 아니라, 그러니까 시에 무슨 자성自性이 있는 게 아니라 시라는 이름, 언어, 제도가 있다는 인식이 요구되고 이런 인식을 토대로 근대 자율성 미학을 파괴할 필요가 있다. 1917년 뒤샹은 남성용 변기를 전시장으로 옮기고 나는 일상적 현실, 그것도 아무 의미가 없는 구체적 삶의 단편들을 이 시집에 옮긴다. 옮긴다는 말을 강조하자. 옮기는 것은 원래 물체에 손을 대는 것도 아니고 변형시킨 것도 아니고 원래 물체를 소재로 새로운 세계를 창조하는 것도 아니다. 뒤샹이 한 것은 변기에 '샘'이라는 제목을 붙여 뉴욕 앙데팡당전에 출품한 것. 물론 운영위원들은 이 작품(?)을 전시장 칸막이 뒤에 버렸고 뒤샹은 대대적인 반격에 나선다.

이때 변기는 변기로서의 사용 가치가 사라진다. 그렇다고 이른바 미적 가치가 있는 것도 아니다. 전통적으로 미적 가치는 창조 개념을 전제로 한다. 그렇다면 미적 규범에서 벗어나는 이런 변기가 노린 것은 무엇인가? 한 마디로 그것은 근대 예술에 대한 비판, 곧 근대 예술이 사회적 제도에 지나지 않는다는 주장이고 창조란 그에 의하면 개떡이다. 그는 사물을 선택하고 제목을 붙이고 전시장으로 옮겼을 뿐이다. 그렇다면 먼저 시 한 편을 인용하자.

깊은 밤 술에 취해 택시를 타면 담배 생각이 나고 난 기사 옆 자리에
앉아 기사에게 말한다 담배 한 대만 피웁시다 그러세요 어떤 기사는 허
락하고 에이 좀 참으세요 어떤 기사는 참으란다 깊은 밤엔 많은 기사들
이 담배를 허락하고 난 창문을 반쯤 열고 담배에 불을 부친다 담배가
떨어져 기사에게 담배를 빌릴 때도 있다 어느 해던가? 성냥을 켜던 나
를 보고 기사가 말했지 선생님 이상하네요 아니 켜기 쉬운 라이터를 두
고 왜 성냥을 넣고 다니십니까? 네 성냥이 좋아서요 라이터는 무겁고
성냥은 가볍잖아요? 그런 밤도 있었다

「담배」 전문이다. 정효구 교수도 친절하게 해석한 것처럼 나는 이
시에서 그저 살면서 겪은 작은 삽화를 그대로 옮겼을 뿐이다. 그러니
까 담배에 대한 몽상도 없고 상상도 없고 진술이나 해석이나 비판도
없고 무슨 정서적 반응을 노래한 것도 아니다. 그저 이런 일이 있었다
는 것. 일체의 가치 판단을 보류한 상태에서 삶의 공간, 그것도 별 의
미가 없는, 흘러가는 삶의 공간을 그대로 옮겼을 뿐이다. 그러므로 이
런 시를 읽는 독자나 일부 평론가나 시인들은 아마 당황할 것이다. 왜
냐하면 그들의 경우 시는 이렇게 삶의 세계를 그대로 옮기는 게 아니
라 이런 세계를 소재로 새로운 세계를 창조해야 하고 창조는 상상력
과 정서를 동반해야 하기 때문이다.

언젠가 어떤 여류 시인은 이와 비슷한 시 「화장실 문」을 읽고 전화
까지 한 적이 있다. 선생님 어떻게 이런 게 시가 될 수 있습니까 ? 그
녀의 질문 요지였다. 당시 내가 무슨 대답을 했는지 지금 기억이 나지
않는다. 이런 시는 시가 아니다. 말하자면 당신들이 생각하는 시가 아
니고 당신들이 현대 시론과 시창작론에서 공부한 그런 시가 아니다.
왜냐하면 이런 시는 창조한 것도 아니고 무슨 은유나 상징도 없고 요

컨대 미적 가치가 없기 때문이다. 그런 점에서 나는 현대시가 끝났다는 입장이고 내 시의 종말end이 내 시의 목적end이고 내 시의 목적이 내 시의 종말이다. 그러니까 40년 가깝게 나는 현대시의 종말을 향해 시를 써온 셈이다. 그리고 이런 시쓰기가 노리는 것은 이 시대 시인들이 보여주는 자율성 미학의 위선, 시 따로 삶 따로 노는 부르주아 시인들의 위선에 대한 부정과 비판이다.

그러나 이런 시쓰기, 아니 의미 없는 현실을 그대로 옮기면서 나는 이 현실에 구멍이 뚫리는 이상한 경험을 하게 된다. 현실은 언어로 구성되고, 그런 점에서 언어 질서이고 라캉 식으로 말하면 상징계이고 이 상징계, 언어 질서에 구멍이 뚫릴 때가 있다. 예컨대 다음과 같은 시.

올 겨울엔 이런 일이 있었다 진눈깨비 치던 오전 난 택시를 타고 공항터미널로 가고 있었다 그날 제주에서 제주대 대학원 박사 논문 심사가 있었기 때문이다 나는 기사 옆에 앉고 그는 50대로 보이는 남자 공항터미널로 가면서 그가 힐끗힐끗 곁눈으로 나를 보더니 조심스레 물었다 선생님은 무얼 하십니까? 난 검은 바바리를 걸치고 낡은 밤색 가방을 무릎에 놓고 있었다 글쎄 뭐 하는 사람 같아요? 그랬더니 기사 왈 철학하는 사람 같군요! 네? 철학이요? 왜 있잖아요? 풍수도 보고 예언도 하는 철학 말입니다 진눈깨비 치던 겨울 오전이었다

「철학」 전문이다. 물론 이 시도 그때 생긴 삽화를 그대로 옮긴 것. 내가 꾸미거나 고치거나 변형시킨 건 하나도 없다. 있는 그대로다. 그러나 앞의 시와 다른 것은 여기 옮긴 현실 속엔 구멍이 뚫린다는 점이다. 특히 시의 후반부에 전개되는 나와 기사의 대화가 그렇다. 다른 글에서도 말했지만 철학하는 사람 같다는 기사의 말에 대한 나의 질

문 "네? 철학이요?"와 기사의 대답 "풍수도 보고 예언도 하는 철학 말입니다"는 아이러니를 보여준다. 말하자면 나의 기대가 배반된다는 점에서 일종의 극적 상황적 아이러니이다. 그러나 이런 아이러니는 시적 아이러니와는 다르고 이 차이가 문제이다. 시적 아이러니는 두 요소의 변증법적 종합을 지향하고 공안에 나타나는 선적禪的 아이러니는 그런 종합을 모르는, 종합과 싸우는 아이러니이고 이 시의 경우도 비슷하다. 나는 이런 아이러니를 현실에 구멍이 뚫리는 현상으로 해석하고 그러므로 이 구멍이 문제이다.

현실에 구멍이 뚫린다는 것은 언어 질서, 법, 구조에 구멍이 뚫리는 것이고 이때 주체는 작은 해방을 체험한다. 말하자면 언어 때문에 주체가 되면서 동시에 자신으로부터 소외되고 분열되는 주체인 나는 이때 이상한 해방감을 느낀다. 이런 아이러니의 순간에, 그러니까 어? 하는 놀람의 순간에 나는 현실적 주체, 현실에 구속된 주체, 법에 구속되는 주체, 말하자면 제주대 박사 논문 심사를 떠나는 국문과 교수가 아닌 다른 나와 만난다. 언어 질서 속에 있는 내가 아니라 그런 질서에서 벗어나는 나, 의식할 수 없는 나.

라캉에 의하면 언어는 기표들로 구성되고 기표는 다른 기표를 위해 주체를 생산한다. 그런 점에서 기표와 기표 사이에 내가 있지만 이 기표들의 연쇄가 잠시 파괴되는 순간이 있고 그때 나는 기표가 생산하는 내가 아니다. 그렇다면 누가 생산하는가? 거울도 아니고 언어도 아니고, 그러니까 상상계와 상징계를 초월하는 그것it이 생산하고 그것이 진리이다. 그런 점에서 이런 아이러니의 순간에 내가 보는 것은 상징계의 결여이고 결핍이고 얼룩이고 무의식이고 욕망이다. 나는 현실의 극한에서 무의식을 발견한다. 기표와 기표의 연쇄가 아니라 이런 연쇄를 가능케 하는 것. 결여, 부재, 욕망, 무의식, 그것.

3. 삶이 꿈이다

그러나 이런 의미로서의 구멍이 아니라 심연이 아니라 결여가 아니라 부재가 아니라 부성 기능paternal funtion의 결여, 이른바 부명父名이 상징계에서 폐제될 때, 그러니까 아버지라는 이름이 상징계에 통합되지 않고 버려질 때, 구멍이 생길 때 우리가 체험하는 것은 정신병적 삶이다. 신경증 환자들이 상징계를 수용하면서 자아 정체성에 회의한다면 정신병 환자들은 상징계를 거부하고 심한 경우 환각과 망상에 시달리고 내가 현실의 극한에서 발견한 또 하나의 구멍이 그렇다.

그러니까 나는 언어 질서, 현실, 상징계의 극한에서 상징계에 뚫리는 구멍을 발견하고 그것은 두 가지 유형으로 나타난다. 하나는 기표들의 연쇄를 가능케 하는 구멍이고 다른 하나는 부명의 폐제가 생산하는 구멍이다. 전자는 그것, 무의식, 욕동drive과 만날 수 있는 길을 열고 후자는 정신병의 길을 연다. 그러나 무슨 차이가 있는가? 시인들의 상상력이 정신병적 구조라고 말한 건 라캉이고 어느 시대나 진짜 예술가들, 진짜 시인들은 상징계에 구멍을 뚫거나 상징계를 거부한다. 다음은 이런 의미로서의 구멍을 보여주는 시.

한양대 교수로 직장을 옮긴 1980년대 초 밤이면 김일성이 자신의 집을 폭파하겠다고 전화를 하고 밤새도록 지붕 위엔 낯선 비행기가 떠 있다고 편지를 보낸 제자가 있었다 춘천교육대학을 중퇴하고 결혼에 실패한 그는 대학 시절 서울 집으로 간다며 철길을 계속 걸어간 적이

있지 어느 날은 그의 시집이 영국에서 출판하게 되었으니 선생님이 평
론을 쓰셔야 한다는 편지도 보냈다

「이것은 시가 아니다」의 전반부. 이것은 시가 아니다. 물론 앞에 인
용한 「담배」도 시가 아니고 「철학」도 시가 아니고 「이것」도 시가 아니
다. 그러나 나는 이 글을 《현대시학》(2005, 6)에 발표했고, 따라서 이
글은 시가 된다. 시가 되는가? 「담배」는 일상의 세계를 그대로 옮겼기
때문에 시가 아니고 「철학」도 그렇고 다만 후자에는 일상의 세계에
구멍이 뚫리는 것만 다르다. 여기 인용한 글 역시 일상의 세계에 구멍
이 뚫리지만 이때의 구멍은 부명의 폐제를 동기로 하고 따라서 정신
병의 세계를 보여준다.

　나는 정신병으로 고생하는 제자의 편지 내용을 그대로 옮겼기 때문
에 이 글은 시가 아니라 표절이고 그러나 내 이름을 밝히고 제목을 붙
였기 때문에 이 글은 표절이 아니고 표절이 아닌 것도 아니다. 좀 우
스운 이야기지만 뒤샹은 변기에 '샘'이라는 제목을 부치고 작가 이름
을 무트Mutt라고 적고 나는 제자 편지의 일부에 '이것은 시가 아니
다' 라는 제목을 부치고 내 이름을 적고 시지에선 이 글을 그대로 수록
한다. 따라서 이 글은 시로 대접받은 셈이다. 그러나 다시 생각하자.
이 글은 시가 아니다. 제자의 편지, 그것도 정신병에 시달리는 제자의
횡설수설이 어떻게 시가 될 수 있는가? 그리고 나는 솔직하게 '이것
은 시가 아니다' 라고 밝혔다. 그러나 지금도 이상한 것은 그때나 지금
이나 나의 이런 행위에 대해 아무도 이의가 없다는 점이고 이런 상황
은 우리시의 후진성, 소박성, 무지, 지적 태만과 통한다.

　이것은 시가 아니다. 그러나 시지에 발표되었기 때문에 시로 대접

받는다. 휴지통에 넣으면 휴지가 되고 편지로 보내면 편지가 되고 일기로 쓰면 일기가 되고 정신과 의사의 노트에 적으면 병력이 된다. 도대체 시는 어디 있는가? 내가 이런 제목을 달아 시지에 발표한 것은 도대체 당신들이 생각하는 시는 뭐요? 시는 과연 어디 있소? 이런 질문을 하고 싶었기 때문이고 정신병의 세계를 그대로 옮긴 것은 이젠 우리시도 이런 세계를 제대로 수용하고 공부하면서 광기에 대한 새로운 사유가 요구되기 때문이다. 예술은 광기를 먹고 산다. 미치지 않은 시인들을 어떻게 믿을 수 있겠는가? 정신도 육체도 멀쩡한 시인들은 가짜다. 김소월, 이상, 김수영을 생각하자. 그러니까 광기의 이성에 대해 사유하고 이성의 광기에 대해 사유하자.

물론 이것은 시가 아니다. 지금 내가 하는 소리는 시가 아니다. 푸코가 마그리트의 파이프 그림 '이것은 파이프가 아니다'를 해석한 방식으로 말하면 대명사 '이것'은 시가 아니고 '이것'은 문장 속의 '시'를 지시하지 않고 '이것'은 검은 활자이기 때문에 '시'가 아니고 '이것'은 '시가 아니다'라는 말을 지시할 수도 있고 도대체 지금 나는 무슨 소리를 하고 있는가? 나도 잘 모르겠다. 과연 안다는 것은 무엇이고 모른다는 것은 무엇인가? 그러니까 안다는 것을 안다는 것은 무엇이고 모른다는 것을 안다는 것은 무엇이고 모른다는 것을 모른다는 것은 무엇인가?

그동안 나는 이 시론의 제목 때문에 얼마나 고민을 했는지 모른다. 지금도 고민이다. 물론 내일 병원 갈 일도 고민이고 입추가 지났지만 계속되는 이 놈의 더위도 고민이고 건강 때문에 담배를 끊고 낙이 없는 것도 고민이다. 처음 이 글의 제목은 '누가 코끼리를 보았는가'였고 다시 고민을 하다가 '우리가 할 일은 웃는 것이다'로 고치고 그런 제목으로 글을 쓰다가 어제 다시 지우고 '과정으로서의 시'로 고치고 쓰다가 다시 마음이 놓이지 않아 오늘 이 글을 쓰면서 결국 '이것은 시가 아니다'로 고쳤다. 그러나 다시 불안해서 원래 제목인 '누가 코끼리를 보았는가'로 고치고 이 글을 쓴다. 코끼리가 이런 나를 보면 얼마나 가련하게 생각하겠는가?

아마 내일 또 다른 제목으로 고치고 글을 쓰고 고민하고 다시 생각하고 결국 이 글이 끝날 때까지, 아니 끝난 다음에도 고민의 연속일 것이다. 정말 나 대신 누가 제목을 붙여주면 좋겠다. 이 글도 누가 불러주고 나는 그의 말을 그대로 옮기고 내 이름으로 발표하면 얼마나 좋겠는가? 이것은 시가 아니다. 시가 될 수도 있고 안 될 수도 있다. 나도 이 시집을 영국에서 출판하게 된다면 얼마나 좋겠는가? 환각도 진리이고 망상도 진리이다.

삶은 무엇이고 꿈은 무엇인가? 결국 삶이 꿈이다. 오늘도 나는 사는 게 아니라 꿈을 꾸는 것 같다. 나는 현실을 그대로 옮기면서 현실의 극한에 뚫리는 구멍을 보고 이 구멍에서 무의식을 발견하고 마침내 이 무의식이 삼키는 현실과 만난다. 말하자면 꿈과 만난다. 이제 현실은 꿈이고 꿈이 현실이고 내가 할 일은 이 꿈을 그대로 옮기는 것. 그런 점에서 이런 행위도 뜰 앞의 잣나무다. 나는 무엇을 만드는 게 싫다. 나는 예술의 본질을 믿지 않는다. 나는 오늘도 꿈을 꾼다. 꿈을 꾸는 건 누구이고 꿈을 구경하는 건 누구인가?

김춘수 선생님 전화야요 난 아내가 준 전화를 받는다 가을 오후인지 겨울 오후인지 기억이 안 난다 선생님 목소리다 그러나 내용은 기억나지 않고 난 수화기를 놓고 말했지 이상해 돌아가신 선생님이 어떻게 전화를 했을까? 아마 누군가 김춘수 선생님이라고 속였을 거야요 아내의

말이다 아니야 선생님 목소리가 맞아 도대체 알 수 없군 돌아가신 선생
님이 전화를 하다니! 난 오늘도 꿈을 꾼다

「바람 부는 날」 전문이다. 난 아내가 주는 전화를 받는다. 돌아가신
김춘수 선생님 목소리다. 정말 알 수 없는 노릇이다. 돌아가신 선생님
이 어떻게 전화를 하신 것일까? 이 시는 꿈 내용을 그대로 옮긴 것. 프
로이트에 의하면 꿈, 환상, 증상은 의식과 무의식, 검열과 회피, 자아
와 이드의 타협물이다. 그러므로 꿈은 논리를 모르고 의도를 모르고
아니오를 모르고 2항 대립을 모른다. 꿈 속에는 시간이 존재하지 않
고 따라서 삶과 죽음의 경계가 모호하다. 그러므로 돌아가신 선생님
이 전화를 할 수도 있고 꿈 속에서는 돌아가신 어머니와 만날 수도 있
다. 얼마나 좋은가? 꿈길 밖에 길이 없어 오늘도 꿈을 꾸고 꿈이 구원
이다. 이 꿈은 돌아가신 선생님을 만나고 싶은 나의 무의식의 변장이
고 마스크이다. 변장된 것은 자아의 검열, 의식의 개입 때문이다.

그렇다면 이 꿈은 누가 꾼 것인가? 나는 자고 있었다. 따라서 내가
이 꿈을 꾼 것은 아니고 나도 모르는 그것, 라캉 식으로 말하면 아는
주체가 아니라 모르는 주체unknowing subject가 꾸고 꿈에 의해 난
이 모르는 주체와 만나고 이 모르는 주체가 꿈을 꾸고 나를 지배한다.
외디프스가 부친을 살해하고 그의 어머니와 잠자리를 같이 한 것도
그가 자신의 행위에 대해 아무 것도 몰랐기 때문이다. 내가 이 꿈을
꾼 것을 나는 모르고 그러므로 모르는 주체가 있고 그러나 꿈 속에 나
는 나오고 이 나를 나는 구경한다. 말하자면 지금 난 작은 아파트에
앉아 글을 쓰지만 이 현실이 꿈이라면 방에 앉아 글을 쓰는 나를 바라
보는 내가 있고 이 꿈은 모르는 주체, 그것, 무의식의 산물이지만 의

식과의 타협물이다.

그러므로 꿈은 의식도 아니고 무의식도 아니고 의식이 아닌 것도 아니고 무의식이 아닌 것도 아니다. 삶 역시 그렇지 않은가 ? 부처님은 『금강경』에서 이렇게 말씀하신다. 일체 현상은 꿈과 같고 환상과 같고 물거품 같고 그림자 같고 이슬 같고 또한 번개 같으니 응당 이와 같이 보아야 한다一切有爲法 如夢幻泡影 如露亦如電 應作如是觀. 이 부처님 말씀이 강조하는 것은 相을 취하지 말라는 것. 함허당 득통에 의하면 상을 취하지 않는 것은 三相 (有, 假, 中)을 취하지 않는 것이고 그러므로 진여자성眞如自性은 有相도 아니고 無相도 아니고 非有相도 아니고 非無相도 아니다.

4. 개는 사람을 문다

꿈이 현실이고 현실이 꿈이다. 그러나 우리는 이 현실이 꿈이라는 것을, 지금 방에 앉아 이 글을 쓰는 내가 풀잎의 이슬이라는 것을, 주체가 아니라 인연들이 이렇게 잠시 모여 있다는 것을 모르고 아직도 무슨 본질, 진리, 자성을 찾아 헤맨다. 일체 현상에는 자성이 없다. 시에도 자성이 없다. 과연 시의 본질은 무엇인가? 시나 삶이나 무슨 자성이 없다면 시와 삶, 시와 비시도 不二의 관계에 있을 뿐이다. 그러므로 그 동안 내가 삶을 그대로 옮기며 깨달은 것은 시와 삶이 같은 것도 아니고 다른 것도 아니라는 것. 삶과 꿈의 관계도 그렇다는 것. 이런 불이 사상은 이밖에 시와 비시, 시와 시론에 대한 사유에도 적용된다.

시와 비시의 구분은 애매하다. 어디가 경계인가? 이런 구분 역시 이성의 산물이고 분별의 산물이다. 현실을 지배하는 것은 이성이지만 이성과 광기의 경계도 애매하고 결국은 경계가 있는 게 아니라 언어, 이름, 정의가 있을 뿐이다. 그러므로 시의 본질 찾기는 시의 명명 행위이고 모든 명명 행위는 자의적이고 영원한 것이 아니다. 예컨대 이런 게 시요 하고 누가 정의한다면 이런 정의는 영원한 게 아니라 그저 한 시대 공동체의 약속일 뿐이다. 시에 대한 낭만주의, 상징주의, 모더니즘, 포스트모더즘의 정의가 다른 것은 결국 시의 본질은 없고 시라는 언어가 있고 이 언어는 시대, 제도, 동의, 약속이 생산한다는 사실을 반증한다.

데리다는 문학이라는 이름의 이상한 제도라고 말한 바 있다. 문학은 근대적 제도에 속하지만 이상한 제도이다. 이상하다는 것은 문학이 모든 것을 모든 방법으로 말할 수 있는 제도이기 때문이다. 그런 점에서 문학은 사회 제도이지만 그런 제도를 뛰어 넘는 제도, 이상한 제도이다. 문학 역시 제도라는 점에서 법을 지켜야 하지만 이상한 제도이기 때문에 법, 법칙, 문학의 원리, 규범 등은 지키려고 존재하는 것이 아니라 위반하려고 존재한다. 요컨대 문학의 본질은 비본질이고 시의 본질도 비본질이다. 그러므로 아직도 시의 본질, 진리, 자성을 강조하는 시인, 평론가들이 많다는 것은 웃기는 일이고 그런 점에서 나는 본질주의자가 아니고 시의 고민이 사라지고 쓰는 시는 시의 본질에 대한 고민이 사라지고 쓰는 시이고 따라서 시와 비시의 경계가 없는, 섞이는 멀티multi 시이고 다중 구조의 시이다. 다음과 같은 시가 그렇다.

이 시는 시의 고민이 사라지고 쓰는 시 아무렇게 써도 되고 안 써도
되는 시 비가 오면 아무 일도 못하고 비 때문에 비 때문에 이제 시는 끝
났다 비가 올 때 끝나고 시의 문제는 철학의 문제로 넘어간다 아슬아슬
하게 넘어간다 시와 산문의 전쟁도 끝나고 오늘부터 끝나고 시의 종말
은 시의 죽음이 아니야 한 시대가 끝난 거야 이젠 무슨 시론도 본질도
없지 최근 젊은 애들이 쓰는 시를 욕해선 안되지 이게 우리시의 희망이
고 미래야 본질주의자들은 엿이나 먹어라! 또 비가 오잖아? 사흘만 참
으면 돼 사흘 뒤에 사흘 뒤에 너를 만나겠지

「개는 사람을 문다」의 전반부. 인용한 부분을 다시 요약하자. 이 시
는 (1)시의 고민이 사라지고 쓰는 시라는 시쓰기에 대한 사유, (2)비가
오면 아무 일도 못한다는 비에 대한 정서적 반응, (3)시가 끝나고 철학
이 시작된다는 시에 대한 사유, (4)시와 산문의 문제, (5)시의 종말과
우리시의 미래, (6)본질주의 비판, (7)만남에 대한 기대 등 무려 일곱
가지를 대상으로 하고 좀더 간추리면 이 시는 시창작, 정서, 시론, 철
학, 사랑을 대상으로 하고 전통적인 기준에 의하면 시쓰기, 시론, 철
학은 시가 아니고 정서, 사랑의 세계가 시로 간주된다. 그렇다고 이
시는 시를 대상으로 하는 메타시도 아니다. 그렇다면 나는 이 시에서
시가 아니라 시쓰기, 시론, 철학에 대한 강의를 하고 틈틈이 날씨 이
야기, 비 오는 날의 심리 상태, 어떤 만남에 대한 기대를 말하는 것인
가? 어느 것이 핵심 주제인가? 이 시의 경우 핵심 주제는 없고 위의
항목들이 다중 구조를 형성하고 따라서 나는 이런 시를 멀티시라고
불러본다. 멀티미디어의 시대에 멀티 포에트리, 잡종, 쓰레기, 혼종의
시를 쓰는 건 하등 이상할 게 없다.

결국 본질은 없다. 개의 본질은 무엇이고 인간의 본질은 무엇이고

이 저녁의 본질은 무엇인가? 개의 본질은 없다. 개는 낯선 사람을 보면 물고 인간은 배 고프면 밥을 먹고 잠이 오면 잔다. 이 저녁에 무슨 본질이 있고 진리가 있고 자성이 있는가? 내가 「나는 빠르게 늙어간다」 같은 고백적인 시를 쓴 것 역시 크게 보면 내 삶의 본질, 내 삶이 은폐하는 것, 숨기는 것이 없다는, 혹은 숨길 것이 없다는, 그러니까 무슨 진리같은 것이 없다는 이런 사유를 동기로 한다. 결국 나도 앤디 워홀처럼 기계가 되고 싶다. 사유는 힘이 들고 괴롭다. 나는 시가 싫어서 시를 쓴다. 쓸 것이 없는 시, 시 되기를 거부하는 시.

나오는 대로 쓰는 거야 내 안엔 아무 것도 없지 이런 소리가 무슨 소리지 모르니까 좋아 밥맛은 없지만 매일 밥을 먹고 밥 먹다 말고 갑자기 배가 아파 화장실 가는 사람 나만이 아니리 그래도 좋아 그래도 좋아 기침하는 가을이 좋아 떨리는 글씨가 좋아 바람에 흔들리는 코스모스 어느 날 그대 낙지 천국에서 매운 낙지 먹고 난 고등어 먹으리 그래도 좋아 그래도 좋아 바람에 흔들리는 백지 읽을 수 없어도 좋아

「손이 떨려도 좋아」의 후반부. 시에 대한 사유는 계속되고 마침내 시가 시론이고 시론이 시가 되는, 그러니까 시와 시론은 같은 것도 아니고 다른 것도 아니라는 불이 사상을 만나면서 나오는 대로 쓰는 시, 손이 떨리면 떨리는 대로, 글자가 틀리면 틀리는 대로 쓰는 시에 대한 사유가 여기 있다. 이런 시는 시론시, 메타시가 아니라 시와 시론이 불이의 관계에 있는 시. 그러므로 나는 이런 시를 쓰면서 시를 쓰는지 시론을 주장하는지 나도 모르고 그저 나오는 대로 쓴다.

나오는 대로 멋대로 쓰자 싫증이 나면 그만 두고 재현도 표현도 아
닌 시 ! 물론 서정시는 버린지 오래다 결국 난 시를 쓰지 않으려고 시를
쓴다 시를 버리려고 언어도 버리려고 모두 버리려고 담배도 바꿨다 가
느다란 에세를 피우다가 뚱뚱한 원으로 바꾸고 에세는 가느다란 여성
같고 원은 뚱뚱한 남근 같고 그럼 난 담배를 손에 쥘 때마다 호모가 되
는가? 미친 소리다 모두가 미친 소리야 결국 시는 미친 소리다 벌써 가
을 난 또 담배를 바꾸리라

「시론」 후반부이다. 제목이 「시론」이다. 나오는 대로 쓰자. 시든 시
론이든 이젠 따지고 분별하고 사유하는 게 지겹다. 그동안 내가 쓴 시
들은 재현도 표현도 아닌 시. 그러니까 대상이나 현실을 노래한 것도
아니고 내면, 격정, 파토스를 노래한 것도 아니다. 나는 무엇을 창조
한 게 아니라 그저 기표를 따라 표류했을 뿐이다. 기의가 없는 기표의
세계에서 떠돈 것은 언어를 버리고 시도 버리고 나도 버리기 위한 하
나의 시도였다. 결국 언어가 문제이다. 언어가 현실이고 언어가 법이
고 언어가 아버지다. 따라서 언어를 버리기 위한 시는 미친 소리이고
미친 소리가 구원이고 해탈이다.

5. 미친 소리가 구원이다

미친 소리는 언어, 상징계, 현실에 구멍이 뚫리는 소리이고 상징계
를 거부하는 소리이고 이 소리는 마침내 침묵의 소리가 되어야 하지
만 시에 대한 나의 사유는 현재 이 미친 소리 부근에서 헤맨다. 원래
시는 바른 말이 아니다. 바른 말은 시비를 가리지만 시는 시비를 가리
지 않고 도덕도 아니고 떡도 아니고 실천도 아니고 논리도 아니다. 장

자莊子도 어디선가 그런 말을 했지만 결국 시는 미친 소리이고 침묵의 소리가 되어야 하지만 아직은 그 경계에서 헤맨다.

어느 날 문수文殊 보살이 찾아와 불이 법문에 대해 논할 때 유마維摩 거사는 말이 없었고 이렇게 언어와 문자를 여읜, 벗어난, 떠난 상태의 거사를 보고 문수는 참된 不二 법문이라고 말한다. 참된 불이 법문은 법문이고 그대로 깨달음이고 침묵이 그대로 언어이다. 아니 법문과 깨달음은 같은 것도 아니고 다른 것도 아니고 침묵과 언어의 관계도 그렇다. 그러므로 이런 법문은 사상이나 철학이 아니다. 그러나 나의 경우 불이 법문은 법문이 아니라 사상이고 철학이고 이런 게 나의 한계이고 내 禪 공부의 한계이다. 그러나 한계는 한계이고 이런 한계는 한계령이 아니다. 한계령이라면 얼마나 좋겠는가?

아무튼 유마 거사의 침묵은, 언어를 여의는 것은 언어가 여위는 것, 수척하고 파리하게 되어 마침내 언어가 소멸하는 경지이고 미친 소리는 언어에 구멍을 뚫는 소리이고 그 구멍이 내는 소리이고 아니 언어를 부정하고 거부하고 배척하는 시인들의 소리이다. 그렇다면 왜 거부해야 하고 어떻게 거부해야 하는가? 정신병 환자들은 이유와 방법을 모르고 언어에 절망한 나같은 시인들은 이유와 방법을 알고 알아야 한다.

먼저 언어, 상징계, 현실을 부정하고 거부하고 배척해야 하는 이유는 많다. 내가 주체가 되는 것은 언어 속에 들 때이고 그러므로 내가 언어를 지배하는 게 아니라 언어가 나를 지배하고 언어가 나를 구성한다. 말하자면 언어가 없다면 내가 없다. 예컨대 나는 이승훈이라고 명명되고 이 이름이 호적부에 기재될 때 비로소 현실적 주체가 된다. 그러나 내가 승훈이 되어야 할 내적 필연성은 없고 또한 이렇게 언어로 재현될 때 나는 금이 가고 나로부터 소외되고 분열되고 말하자면 살아 있는 게 아니라 죽어간다. 이유는 기호로서의 언어의 본질 때문이다.

기호로서의 언어의 본질은 사물을 재현함에 있고 그런 점에서 언어 질서, 상징계, 현실은 사물들이 아니라 언어로 재현된 사물들의 체계이고 그물이고 네트워크이다. 그러나 라캉이 강조하듯이 언어로 재현될 때 사물들은 죽는다. 예컨대 나는 지금 '개미' 라고 말한다. 지금 여기, 그러니까 이 글을 쓰고 있는 방에는 개미가 없고 따라서 이 낱말은 지금 여기 없는 개미를 재현하고 그런 점에서 이 낱말은 현존이 아니라 부재를 재현하고 동시에 마당을 기어가는 살아 있는 개미를 추상화한다는 점에서 죽은 개미, 개미의 죽음을 재현한다. 언어, 상징계, 현실이 죽음으로 조직된다는 말은 이런 의미이다.

뿐만 아니라 언어는 지속적인 결여를 본질로 한다. 무슨 말인가? 언어, 상징계, 현실은 사물들이 아니라 기표들의 연쇄로 구성되고 현실을 산다는 것은 결국 기표들의 연쇄를 따라가는 것에 지나지 않는다. 그러나 다시 생각하자. 라캉에 의하면 기표는 다른 기표를 위해 주체를 생산하고 따라서 주체는 기표를 떠나며 다른 기표를 만나는 존재이다. 그리고 기표는 죽음이고 결여이므로 죽음은 우리가 떠나며 기다리는 목표이다. 결국 우리가 주체로 산다는 것은 언어를 대표하는 기표들의 연쇄 (죽음) 속에서 계속되는 기표 (죽음)를 만나는 과정이고 그런 점에서 죽음, 결여가 지속될 뿐이다. 이게 운명이다.

내가 시를 쓰는 것은 언어가 있기 때문이고 시는 죽음을 표상하는 언어를 매개로 이 죽음과 싸우는 방식이다. 그러나 시는 이 언어, 현실, 상징계를 극복할 수 없고 그런 점에서 언어와의 싸움이 아니라 언어를 버리는 시가 요구되고 이런 시는 언어도 환상이라는 인식을 동반한다. 앞에서 말했듯이 현실이 꿈이고 환상이라면 언어도 꿈이고 환상이다. 왜냐하면 현실이 언어이고 언어가 현실이기 때문이다. 나는 이렇게 노래한다.

<blockquote>

이 우아한 밤에
남은 건 언어
언어가 시를 쓴다고
시론을 쓴 날들도 가고
해체시도 가고
난 힘이 빠지고
머리가 빠지고
그래도 맥주를 마시며
산다
언어가 시를 쓰던
날들도 가고
마침내 마침내 마침내
오오 마침내 언어도
환상이다
그러므로 언어도 버리고
시를 써야지

</blockquote>

「언어도 환상이다」의 일부이다. 그러므로 언어도 버리고 시를 써야지. 어떻게? 그건 나도 모른다고 했지만 그동안의 시쓰기는 언어도 버리고 시를 쓰기 위한 연습이고 훈련이고 시도이고 모험이고 모함이고 아무래도 좋다. 내 인생에 대해 난 할 말이 없다. 말하자면 내 인생은 의식의 죽음의 역사이고 남은 건 정신분석이다. 정신분석에 의해 나는 언어를 버리고 시를 쓰는 방법에 대해 생각한다. 내가 생각하는 정

신분석은 당신들이 주장하는 건강한(?) 사회적 자아, 에고를 지향하는
게 아니라 거꾸로 그런 자아가 거울에 지나지 않고 가짜이고 환상이
라는 것을 강조한다.

따라서 정신분석이 노리는 것은 환상 깨기, 환상 가로지르기이고
이런 시쓰기는 결국 상상계와 상징계에 대한 동시적 파괴를 노리고
따라서 언어로 표현할 수 없는, 그러나 존재하는 그것, 욕동drive, 실
재의 세계를 지향한다. 그러기 위해서는 은유, 상징, 유사성, 동일성
의 시학을 파괴해야 하고 이런 파괴가 상상계 파괴와 통한다. 한편 상
징계 파괴는 상징계를 구성하는 문법을 파괴하고 의미를 구성하는 기
표와 기의의 관계를 해체하고 기호, 구조의 세계를 파괴해야 한다. 이
런 시쓰기가 禪과 만나기를 기대하지만 아직은 기대일 뿐이다. 결국
무엇을 기대한다는 것도 착着이다. 그러므로 기대하지 말고 기대가
나를 찾아와야 한다. 禪도 버리자. 그때 그때 기표들 사이에 소멸하고
태어나는 내가 있을 뿐이다. 한 교수에게 보내는 편지 형식의 시 「비
누에 대하여」에서 나는 이런 생각을

> 언제나 사라짐이 있을 뿐입니다 우리는 사라질 때 있습니다 비누는
> 사라지며 시로 소신 공양한다는 한 교수 말도 좋습니다 그러나 시가 비
> 누이고 시쓰기는 비누처럼 자아를 버리는 수행이고 연습이고 도닦기입
> 니다 목적도 기원도 없이 흘러가는 시! 과정으로서의 시! 無住의 시! 뿌
> 리도 진리도 과거도 미래도 없는 시! 오오 마침내 시도 없는 시! 모두가
> 시인 시! 한 교수는 사라지면서 버리면서 시가 비누를 얻는다고 했지만
> 시도 언어도 삶도 비누입니다 비누는 공양을 모르고 공양을 합니다 우
> 리는 비누가 되어야 합니다

처럼 노래했다. 누가 코끼리를 보았는가? 우리는 코끼리를 사진, 그림, 이미지로 보거나 코끼리라는 낱말, 언어에 의해 생각한다. 마리야누스Jaanus도 말하듯이 코끼리는 이미지, 상상계와 낱말, 상징계로 존재하고 이런 존재는 코끼리가 아니다. 상상계도 상징계도 실재의 코끼리를 망각한다. 실재의 코끼리는 코끼리의 현실reality로 치환되고 이 치환된 세계를 실재Real로 착각할 뿐이다. 그런 점에서 내가 강조하는 시쓰기, 상상계와 상징계를 동시에 부정하고 파괴하는 시쓰기는 실재 찾기이고 이 실재는 상상과 언어 너머 있고 그러므로 자성이 없고 진리가 없고 본질이 없는 과정, 흐름, 변화, 말하자면 비누이다. 누가 비누를 보았는가?

연보 · 저서 목록 · 참고 서지

이승훈 연보

- 1942년 11월 8일 강원도 춘천시 소양로 2가 60번지에서 부친 이부영 씨(한 학자 이교승 씨의 차남)와 모친 최숙영 씨(제헌의원, 농림부 장관, 강원도 지사를 지낸 최규옥 씨의 장녀) 사이에 장남으로 출생. 의사이던 부친을 따라 유년시절을 강원도 홍천군 화촌면에서 지냄. 화촌초등학교 입학.
- 1950년 초등학교 2학년 때 6·25 동란 발발. 부모를 따라 부산 등지로 피난. 수복 후 강원도 원주에서 지내다 춘천으로 이사. 춘천초등학교 졸업.
- 1954년 3월 춘천중학교 입학.
- 1957년 3월 춘천고등학교 입학. 2학년 때 강원일보 주최 도내 고교학생문예현상에 시 「얼굴」 당선. 학생 잡지 《학원》에 「나목이 되는」이 우수작으로 선정. 3학년 때 학원문학상 시부문에 「거울」이 우수작으로 당선. 고교 시절 교사로 계시던 이희철 선생의 지도를 받음. 동급생으로 전상국(소설가)이 있음.
- 1960년 고교 졸업 후 1년을 집에서 보냄. 겨울에 부친이 강원도 영월군 영월도립병원 원장으로 직장을 옮겨 가족들이 영월로 이사.
- 1961년 3월 한양대 공과대 섬유공학과에 특차로 입학. 당시 국문과 교수로 계시던 박목월 선생의 지도를 받음. 1학년 때 한대신문사 주최 한양문학상 시부문에 「모의」로 당선. 아내 최정자는 섬유공학과 동기생.

• 1962년 4월 《현대문학》에 「낮」 외 1편이 박목월 선생의 추천으로 1회 추천. 같은 해 8월 「바다」 외 1편이 2회 추천.

• 1963년 4월 「두 개의 추상」이 3회 추천되어 등단. 여러 가지 사정으로 섬유공학과 3년 자퇴. 1년을 캠퍼스 룸펜으로 지냄.

• 1964년 3월 한양대 인문대 국문과 3년으로 재입학 전과. 동기생으로 이건청(시인)이 있음. 11월 《현대시》 동인에 참여. 당시 동인은 김영태, 주문돈, 이유경, 이수익, 정진규, 황운헌. 허만하. 그후 동인으로 참여한 박의상, 오세영, 김종해, 김규태, 오탁번, 이건청 등과 함께 1972년까지 활동.

• 1966년 3월 한양대 대학원 국문과 석사과정 입학.

• 1968년 2월 대학원 석사과정 졸업. 지도 교수 박목월. 최정자와 결혼. 아들 상규(현재 단국대 의대 교수. 자부 김문정도 의사) 출생.

• 1969년 8월 시집 『사물 A』(삼애사) 간행. 9월 춘천교육대학 국어과 전임강사로 취임. 춘천으로 이사.

• 1970년 3월 한양대 국문과 강사로 출강. 딸 다영 (현재 미국에 거주. 사위 김성한은 주립 펜실베니아 공과대 교수) 출생.

• 1972년 강원도 문화상 수상.

• 1975년 시론집 『반인간』(조광출판사) 간행. 조교수로 승진. 강원대 강사로 출강.

• 1977년 시집 『환상의 다리』(일지사) 간행. 부교수로 승진.

• 1978년 3월 연세대 대학원 국문과 박사과정에 입학.

• 1979년 시론집 『시론』(고려원) 간행.

• 1980년 3월 한양대 인문대 국문과 조교수로 취임. 수필집 『안개여 꿈꾸는 그대 영혼이여』(고려원) 간행.

• 1981년 시집 『당신의 초상』(문학사상사) 간행. 연세대 강사로 출강.

- 1982년 8월 연세대 대학원 국문과 박사과정 졸업. 「이상시연구」로 박사학
  위 받음. 지도 교수 신동욱.
- 1983년 시집 『사물들』(고려원), 시론집 『비대상』(민족문화사), 문학론 『문
  학과 시간』(이우출판사), 역서 랭거의 『예술이란 무엇인가』(고려
  원) 간행. 동국대 강사로 출강.
- 1984년 시선집 『상처』(영언문화사) 간행. 속초에서 개업의를 하시던 부친
  별세. 부교수로 승진. 현대문학상 수상.
- 1985년 『한국명시감상』(청하) 간행.
- 1986년 시집 『당신의 방』(문학과 지성사), 시론집 『이상시연구』(고려원),
  시론집 『한국시의 구조분석』(종로서적), 그림 시집 『샤갈』(문학과
  비평사), 수필집 『너의 행복한 얼굴 위에』(청하) 간행. 중앙일보 문
  화센터 시작반 강사로 출강. 한국시협상 수상.
- 1987년 시선집 『너를 본 순간』(문학사상사) 간행.
- 1988년 시집 『너라는 환상』(세계사), 시론집 『시작법』(문학과 비평사), 『이
  상시전집주석』(문학사상사) 간행.
- 1989년 수필집 『너라는 신비』(세계사) 간행. 시전문계간지 《현대시사상》을
  고려원에서 창간. 1999년까지 10년 동안 주간을 맡음.
- 1990년 교수로 승진.
- 1991년 시집 『길은 없어도 행복하다』(세계사), 시론집 『포스트모더니즘 시
  론』(고려원), 시선집 『환상이라는 이름의 역』(미래사) 간행.
- 1992년 수필집 『모든 섬은 따뜻하다』(고려원) 간행.
- 1993년 시집 『밤이면 삐노가 그립다』(세계사), 시론집 『한국현대시론사』
  (고려원) 간행.
- 1995년 손자 석준 출생. 시집 『밝은 방』(고려원), 시론집 『모더니즘 시론』
  (문예출판사), 편저 『문학상징사전』(고려원) 간행.

- 1996년 『한국현대시 새롭게 읽기』(세계사) 간행.

- 1997년 시집 『나는 사랑한다』(세계사) 간행. 이대 대학원 강사로 출강.

- 1998년 시론집 『해체시론』(새미사) 간행. 모친 별세. 시 전문계간지 《시와 반시》 편집자문위원.

- 1999년 손자 호준 출생. 시론집 『한국현대시의 이해』(집문당), 수필집 『당신도 15분간 유명하다』(모아드림) 간행. 한양어문학회(현재 한국언어문화학회) 회장에 취임. 월간 《현대시》 추천심의위원.

- 2000년 시집 『너라는 햇빛』(세계사), 시론집 『한국모더니즘시사』(문예출판사), 편저 『한국현대대표시론』(태학사) 간행.

- 2001년 문학론 『현대비평이론』(태학사) 간행.

- 2002년 시집 『인생』(민음사), 시론집 『모더니즘의 비판적 수용』(작가), 시선집 『아름다운 A』(황금북) 간행.

- 2003년 문학론 『탈근대주체이론–과정으로서의 나』(푸른사상) 간행. 시전문 계간지 《시와세계》 편집자문위원

- 2004년 시집 『비누』(고요아침) 간행, 시론집 『이승훈의 알기 쉬운 현대시 작법』(현대시) 간행. 시와 시학상 평론상 수상. 백남학술상 수상.

- 2005년 시론집 『시론』(태학사) 개정판. 『선과 기호학』(한양대출판부), 『이승훈의 현대회화 읽기』(시작사) 간행.

- 2007년 시집 『이것은 시가 아니다』(세계사), 시론집 『정신분석 시론』(문예출판사), 시론집 『현대시의 종말과 미학』(집문당), 시와세계 기획 『이승훈의 문학탐색』(푸른사상), 회화론 『이승훈의 아방가르드 산책』(태학사), 시집 『이승훈 시전집』(뿔) 간행. 김삿갓문학상 수상.

저서 목록

시집

1. 『사물 A』, 삼애사, 1969

2. 『환상의 다리』, 일지사, 1977

3. 『당신의 초상』, 문학사상사, 1981

4. 『사물들』, 고려원, 1983

5. 『상처』, 영언문화사, 1984(시선집)

6. 『당신의 방』, 문학과 지성사, 1986

7. 『샤갈』, 문학과 비평사, 1987(그림 시집)

8. 『너를 본 순간』, 문학사상사, 1987(시선집)

9. 『너라는 환상』, 세계사, 1988

10. 『길은 없어도 행복하다』, 세계사, 1991

11. 『환상이라는 이름의 역』, 미래사, 1991(시선집)

12. 『밤이면 삐노가 그립다』, 세계사, 1993

13. 『밝은 방』, 고려원, 1995

14. 『나는 사랑한다』, 세계사, 1997

15. 『너라는 햇빛』, 세계사, 2000

16. 『인생』, 민음사, 2002

17. 『아름다운 A』, 황금북, 2002(시선집)

18. 『비누』, 고요아침, 2004

19. 『이것은 시가 아니다』, 세계사, 2007
20. 『이승훈 시전집』, 뿔, 2007.

시론집

1. 『반인간』, 조광출판사, 1975
2. 『시론』, 고려원, 1979
3. 『비대상』, 민족문화사, 1983
4. 『문학과 시간』, 이우출판사, 1983
5. 『한국명시감상』, 청하, 1985
6. 『이상시연구』, 고려원, 1987
7. 『한국시의 구조분석』, 종로서적, 1987
8. 『시작법』, 문학과 비평사, 1988
9. 『포스트모더니즘 시론』, 세계사, 1991
10. 『한국현대시론사』, 고려원, 1993
11. 『한국대표시해설』, 탑출판사, 1993
12. 『모더니즘 시론』, 문예출판사, 1995
13. 『한국현대시 새롭게 읽기』, 세계사, 1996
14. 『이상-식민지 시대의 모더니스트』, 건국대출판부, 1997
15. 『해체시론』, 새미사, 1998
16. 『한국현대시의 이해』, 집문당, 1999
17. 『한국모더니즘시사』, 문예출판사, 2000
18. 『한국현대대표시론』, 태학사, 2000(편저)
19. 『현대비평이론』, 태학사, 2001
20. 『모더니즘의 비판적 수용』, 작가, 2002
21. 『이승훈의 알기 쉬운 현대시작법』, 한국문연, 2004

22. 『시론 개정판』, 태학사, 2005

23. 『선과 기호학』, 한양대 출판부, 2005

24. 『이승훈의 현대회화 읽기』, 시작사, 2005

25. 『정신분석 시론』, 문예출판사, 2007

26. 『현대시의 종말과 미학』, 집문당, 2007

27. 『이승훈의 아방가르드 산책』, 태학사, 2007

28. 기획 『이승훈의 문학탐색』, 푸른사상, 2007

수필집

1. 『안개여 꿈꾸는 그대 영혼이여』, 고려원, 1983

2. 『너의 행복한 얼굴 위에』, 청하, 1986

3. 『너라는 신비』, 세계사, 1989

4. 『모든 섬은 따뜻하다』, 고려원, 1992

5. 『당신도 15분간 유명하다』, 모아드림, 1999

번역

1. 엘리스, 『문학의 이론』, 대방출판사, 1982

2. 랭거, 『예술이란 무엇인가』, 고려원, 1982

기타

1. 『글을 어떻게 쓸 것인가』, 문학아카데미, 1992

2. 『문학상징사전』, 고려원, 1995

<h1 style="text-align:center">참고 서지</h1>

김수영, 「포오즈의 폐해」, 《세대》, 1966. 7

김수영, 「새로운 포멀리스트들」, 《현대문학》, 1967. 3

김우창, 「새 시인세대 형성」, 〈동아일보〉, 1967. 12. 19

최하림, 시집 「사물 A」, 《월간문학》, 1969. 11

김　현, 「무엇이 문제인가」, 《월간문학》, 1970. 1

이유경, 「전봉건과 이승훈」, 《현대시학》, 1970. 5

전봉건, 「갇힌 세대의 시」, 1970. 12

김춘수, 「스타일의 존재론-지양된 어둠」, 『예술논문집』 15집, 대한민국예술
　　　　원, 1976. 11

이기철, 「이지주의와 열정주의」, 《현대시학》, 1977. 10

김준오, 「날개 없는 인간의 싸움」, 《심상》, 1979. 1

장석주, 「이승훈론-어둠, 무의식의 지평 속에 투사된 실존」, 『언어의 마을을
　　　　찾아서』, 1979

장석주, 「두 시인의 상상력- 이승훈과 김승희」, 위의 책, 1979

김재홍, 「이승훈론」, 《심상》, 1980. 6

김　현, 「어두움과 싱싱함의 세계」, 《심상》, 1981. 9

안수환, 「이승훈론-내면의 세계 그 비대상」, 《현대시학》, 1982. 1

김영태, 「백색의 공포」, 시집 『사물들』, 1983

김승희, 「촛불의 신음, 아니 혹은 전보의 언어」, 《문학사상》, 1983. 5

최동호, 「대담-나의 문학 나의 시작법」, 《현대문학》, 1984. 8

조남현, 「방법적 회의의 결실을 기다리며」, 시집 『당신의 방』 1986

정효구, 「현대시의 진단」, 《현대문학》, 1986. 3

김시태, 「고독한 시인의 순례」, 《문학정신》, 1986. 12

김승희, 「그림과 시인의 만남 그 부딪침의 환상」, 《현대문학》, 1987. 12

송상일, 「우리 시대의 천사」, 《문학과 비평》, 1987. 겨울

오규원, 「시의 구조와 기법에 대한 연구」, 《문학과 비평》, 1988. 가을

오탁번, 「정치한 척도와 미시적 분석」, 《한국문학》, 1988. 1

이경수, 「절망의 신화적 공간」, 《문학과 비평》, 1988. 가을

정효구, 「너에 대한 탐구」, 《문학정신》, 1989. 3

김혜순, 「안 보이는 방을 찾아-이승훈의 공간인식」, 《현대시학》, 1989. 3

서준섭, 「이승훈론」, 『한국현대시연구』, 민음사 1989

최순열, 「언어에 재갈 물리기의 시법」, 《현대시》, 1990. 8

정효구, 「무소속의 시인들」, 《문학정신》, 1990. 2

김혜순, 「너와 나, 안과 밖 그리고 가출」, 《세계의 문학》, 1990. 봄

서준섭, 「도시와 자연 사이」, 《작가세계》, 1990. 봄

성찬경, 「그가 꿈꾸는 빙산」, 《현대시학》, 1990. 5

정효구, 「절망이 낳은 기교」, 《현대시》, 1990. 8

김승희, 「형이상학적 트리스탄의 떠도는 시니피앙」, 《현대시학》, 1990. 2

정효구, 「이승훈론-독백에서 대화로」, 《현대문학》, 1990. 4

신범순, 「이승훈론-타자의 풍경, 기표의 주사위」, 《현대시》, 1991. 11

이남호, 「이승훈, 김승희, 허수경의 시」, 《현대시학》, 1991. 9

정선숙, 「대담-시인을 찾아간다」, 《심상》, 1991. 3

이진우, 「이승훈론-나에게서 너로 가는 갈」, 《현대시학》, 1991. 6

서준섭, 「대담-환상이라는 이름의 역을 찾아가는 언어」, 《문학정신》, 1991. 6

박민수, 「이승훈론 1」, 『관동향토문화연구』 9집, 춘천교대, 1991

정효구, 「독백에서 대화로 가는 길」, 시선집 『환상이라는 이름의 역』, 1991

김제철, 「함께 가는 사람」, 《문학정신》, 1991. 6

이경호, 「시쓰기 밖의 시쓰기」, 시집 『길은 없어도 행복하다』, 1991

이승하, 「70년대의 우리시」, 《현대시학》, 1992. 4

이진우, 「이 시대의 행복한 리얼리스트」, 《현대시학》, 1992. 4

김승희, 「상징계 무너뜨리기에 바쳐진 시니피앙들의 카니발」, 《현대시학》, 1992. 2

박상배, 「환유의 세계와 그 미학」, 《외국문학》, 1992. 봄

박민수, 「이승훈론 2」, 『관동향토문화연구』 10집, 춘천교대, 1992

서준섭, 「시, 사랑, 유토피아」, 시집 『밤이면 삐노가 그립다』, 1993

이창민, 「시인의 사랑」, 《현대시학》, 1993. 12

정의홍, 「독자적인 세계와 그 목소리」, 《현대시학》, 1993. 8

서준섭, 「한국현대시와 초현실주의」, 《문예중앙》, 1993. 봄

하현식, 「이승훈론-비대상과 비논리」, 《심상》, 1995. 5

김준오, 「메타시의 인칭과 의미론」, 시집 『밝은 방』, 1995

정효구, 「밤이면 삐노가 그립다」, 『20세기 한국시의 정신과 방법』, 1995

용윤선, 「이승훈론」, 『목원국어국문학』 3집, 1995

이만식, 「나는 누구인가 나는 있는가」, 《시와 사상》, 1996. 여름

정효구, 「대담-형식으로부터의 자유로운 숨쉬기」, 《문예중앙》, 1996. 봄

장경린, 「떡갈나무와 개」, 《현대시학》, 1996. 4

김영근, 「몇 개의 이유 있는 단상들」, 《시와 반시》, 1996. 여름

윤호병, 「해체시대의 시쓰기와 문체 혁명」, 《시와 시학》, 1996. 봄

김정란, 「당신의 과거에서 당신의 현재를 지나, 없는 당신의 없는 시간과 없는 나라로」, 《현대시사상》, 1996. 봄

승용조, 「대취한다」, 《시와 반시》, 1996, 여름

윤호병, 「방법의 새롭게 읽기와 의미의 새로운 충전」, 《작가세계》, 1996. 가을

허혜정, 「타이어 또는 말 아래의 공간」, 《현대시학》, 1997. 10

이만식, 「문학적 대화의 현재완료시제, 그리고 현재진행형시제, 그런 다음 미
　　래시제」, 《현대시》, 1997. 11

진순애, 「참말을 찾아가는 거짓말의 시학」, 《현대시학》, 1997. 7

조하혜, 「아직도 우리에겐 마법이 필요하다」, 《현대시학》, 1997. 7

윤호병, 「흔적의 남김과 원본의 소멸」, 《현대시사상》, 1997. 봄

동시영, 「이승훈의 암호 분석」, 『한국문학연구』 19집, 동국대 한국문학연구
　　소, 1997

김경복, 「한국현대시에 보이는 환상성의 의미」, 《외국문학》, 1997. 가을

조동구, 「이승훈론」, 『현역중견작가연구』, 한국문학연구회, 국학자료원, 1998

최현식, 「데포르마시옹의 시학과 현실 대응」, 『1960년대문학연구』, 깊은 샘,
　　1998

정효구, 「이승훈의 시와 시론에 나타난 자아탐구의 양상과 그 의미」, 어문논
　　총, 충북대, 1998

윤호병, 「해체시대의 시연구를 위한 길잡이」, 《시와 반시》, 1998. 가을

이재복, 「대담–해체는 파괴가 아니라 창조다」, 《한국문학평론》, 1998. 가을

허혜정, 「릴레이, 시로 출발하기」, 《현대시학》, 1998. 8

김춘식, 「세기말, 막다른 세상의 끝」, 《문학과 창작》, 1998. 6

김경복, 「한 미적 자유주의자의 꿈」, 《시와 사상》, 1998. 가을

이원규, 「이승훈론–끊임없는 자아탐구의 생명력」, 성대대학원, 1998. 8

이재복, 「흔적과 소멸, 그 존재 비우기의 시학」, 《현대시학》, 1999. 1

이재복, 「허무와 소멸의 미학–비대상과 해체시론을 중심으로」, 《심상》, 1999. 6

허금주, 「이승훈론」, 《심상》, 1999. 6

김강태, 「이승훈론-이승훈씨 계십니까」, 《다층》, 1999. 가을

이만식, 「나르시시즘 시론으로 이승훈의 '너라는 햇빛' 읽기」, 《현대시학》, 2000. 9

윤호병, 「타자화된 너와 객관화된 나」, 시집 『나라는 햇빛』, 2000

이경훈, 「대표시 대표평론」, 《실천문학사》, 2000

백인덕, 「폐허로써 부재와 놀기-끊임없는 자아추구의 길」, 《심상》, 2000. 11

김효중, 「한국현대시에 수용된 샤갈의 그림」, 『한국현대시의 비교문학적연구』, 푸른 사상, 2000

김수림, 「글쓰기의 감옥」, 《현대시》, 2000. 11

정효구, 「불안해서 시를 쓰고 전화를 건다」, 《현대시학》, 2000. 10

진순애, 「사실과 왜곡의 양성구유」, 《21세기문학》, 2000. 겨울

박찬일, 「사전과의 결별, 기표의 번성」, 《시와 시학》, 2000. 겨울

이재복, 「텍스트로서의 삶, 삶으로서의 텍스트」, 《문학사상》, 2001. 2

윤호병, 「사물의 진실과 언어의 욕망」, 《현대시학》, 2001. 6

진순애, 「코스모스를 흔드는 카오스의 언어」, 《시현실》, 2001. 가을

정효구 외 「시인에게 듣는다-시와 반시 문학 포럼」, 《시와 반시》, 2001. 가을

문혜원, 「언어의 담장 너머 밖을 보며 놀다」, 《문학사상》, 2001. 12

이하석, 「섬세한 돌의 표면에 남기는 희미한 소음」, 《21세기문학》, 2001. 가을

김행숙, 「고전적인 엄격함과 새로운 힘」, 《시안》, 2002. 봄

정효구, 「모더니스트의 여정」, 《현대시》, 2002. 11

윤호병, 「해체의 세계와 포스트모던의 세계」, 《현대시》, 2002. 11

송준영, 「현대선시의 새로운 기미」, 《현대시》, 2002. 11

서준섭, 「바깥으로의 사유」, 《현대시》, 2002. 11

박찬일, 대담 「자아찾기의 긴 여정」, 《현대시》, 2002. 11

김강태, 「내가 만난 이승훈은 사물 Q였다」, 《현대시》, 2002. 11

전상국, 「내가 만난 이승훈」, 《현대시》, 2002. 11

박의상, 「나는 없다던 이승훈은 말한다」, 《현대시》, 2002. 11

강현국, 「한결같음에 대하여」, 《현대시》, 2002. 11

정　민, 「어디론가 떠나고 싶었던 오토바이」, 《현대시》, 2002. 11

진순애, 「해체의 사유」, 《사시와 사상》, 2002. 겨울

박찬일, 「모더니즘의 비판적 수용」, 『한국언어문화』 22집, 2002. 12

신주철, 「불안을 사랑하게 된 이승훈 씨」, 《미네르바》, 2002. 겨울

박찬일, 「주체분열에서 주체부정으로」, 《유심》, 2003. 봄

김이듬, 「라캉과 이승훈이 만나면」, 《책과 인생》, 2003. 6

김재홍, 「무의미의 시 비대상의 시」, 『한국명시감상』 2권, 《문학수첩》, 2003. 12

진순애, 「모더니즘의 역사적 위치와 그 이후」, 《시와 반시》, 2003. 겨울

박찬일, 「모더니즘의 계보–김수영, 김춘수, 이승훈을 중심으로」, 《리토피아》, 2003. 가을

김향라, 「이승훈 시 연구–시와 시론을 중심으로」, 경상대 대학원 국문과 석사 논문, 2004. 2

이만식, 「시를 써서 무엇하나」, 《현대시》, 2004. 5

이승하, 「시인–언어를 버려 시를 얻는 자」, 《시와 세계》, 2004. 여름

백인덕, 「무슨 말이 필요하랴」, 《다층》, 2004. 여름

김지선, 「버림의 시학」, 《시현실》, 2004. 여름

권오만, 「낡은 스웨터」, 『서울로 시를 읽는다』, 혜안, 2004

이재복, 대담 「이승훈–예술은 자유를 꿈꾸는 놀이」, 《시를 사랑하는 사람들》, 2004. 9–10호

정효구, 「동사성을 지닌 선시 혹은 시선」, 《시와 사람》, 2004. 가을

차영한, 「이승훈의 시와 시론에 나타나는 주체의 변모 양상」, 『경상어문』 10집, 경상대 국문과, 2004. 8

이재훈, 대담 「비대상에서 禪까지」, 《시와 세계》, 2004. 겨울

김이듬, 「유토피아를 향한 놀이의 변화 과정」, 《시와 세계》, 2004. 겨울

이낙봉, 「암호의 이승훈」, 《시와 세계》, 2004. 겨울

조하혜, 「이승훈이라는 기표에 대하여」, 《시와 세계》, 2004. 겨울

김지선, 「너라는 환상」, 《시와 세계》, 2004. 겨울

한명희, 대담 「외롭고 불안해서 시를 쓴다」, 《시와 시학》, 2004. 겨울

윤호병, 「하이모더니스트 이승훈」, 《시와 시학》, 2004. 겨울

김상미, 대담 「이상한 토양에 이상한 거름으로 된 이상한 꽃」, 《작가세계》,
　　　　2005. 봄

윤호병, 「아포리아의 언어, 그 진리의 핵심을 찾는 하이퍼-모더니스트」, 《작
　　　　가세계》, 2005. 봄

정효구, 「방 없는 방에 도달하기, 그곳에서 살기」, 《작가세계》, 2005. 봄

이재복, 「유에서 무로 무에서 무로」, 《작가세계》, 2005. 봄

송기한, 「타자적 언어와의 대결 구도 속에서의 자아 찾기-이승훈론」, 《현대
　　　　시》, 2005. 9

최라영, 「공포와 불안의 힘-이승훈론」, 《현대시학》, 2005. 11

황병승, 대담 「인간은 태어나서 살다 죽는다」, 《현대시학》, 2005. 12

주병율, 「시적인 것은 없고 시도 없다」, 《학산문학》, 2006, 여름

김홍진, 「내면탐구와 언어실험」, 『한국문예비평연구』, 19집, 2006, 4

김나영, 대담 「아스팔트에서 피어오르는 이상한 그 회색꽃」, 《시선》, 2006,
　　　　가을

정효구, 「비대상의 시론에서 不二의 시론까지」, 『한국현대시와 평인의 사
　　　　상』, 푸른사상, 2007

이만식, 「시와 시론의 중도」, 《현대시》, 2007, 7

김이듬, 「이것은 서평이 아니다」, 《시와세계》, 2007, 여름

오남구, 「이승훈의 시, 이렇게 읽을 수도 있다」, 《다층》, 2007, 여름

서안나, 「당신도 이미 시다」, 《시현실》, 2007, 여름

원구식, 「이승훈의 작문」, 《시를 사랑하는 사람들》, 2007.9~10

권경아, 「아방가르드 시학」, 《시와세계》, 2007, 가을

이수명, 「누가 비누를 보았는가」, 《시와세계》, 2007. 가을

김 참, 「선생님과 나」, 《시와세계》, 2007, 가을

이연승, 「이승훈 시의 미학적 특성에 관한 연구―90년대 이후를 중심으로」,
　　『한국언어문화』 33집, 2007. 8

이승훈의 문학탐색

2007년 11월 10일 초판 인쇄
2007년 11월 15일 초판 발행

엮은이 시와세계
펴낸이 한 봉 숙
펴낸곳 푸른사상사

등록 제2-2876호
주소 서울시 중구 을지로3가 296-10 장양B/D 701호
대표전화 02) 2268-8706(7) **팩시밀리** 02) 2268-8708
메일 prun21c@yahoo.co.kr / prun21c@hanmail.net
홈페이지 //www.prun21c.com
ⓒ 2007, 시와세계

값 25,000원

ISBN 978-89-5640-591-9 03810

☞ 21세기 출판문화를 창조하는 푸른사상에서 좋은 책 만들기에 노력하고 있습니다.
저자와의 합의에 의해 인지 생략함.